어떤 계모님의 메르헨

Which stepmother's Märchen

냥이와향신료 장편소설

어떤 계모님의 메르헨 Ⅲ

냥이와향신료 장편소설

초판 1쇄 찍은 날 | 2018년 12월 21일
초판 2쇄 펴낸 날 | 2021년 3월 31일

지은이 | 냥이와향신료
펴낸이 | 권태완 우천제

편집책임 | 박은정
편집 | 박가연 김효주 천희진 유안진

펴낸곳 | (주)케이더블유북스
등록번호 | 제25100-2015-43호
등록일자 | 2015. 5. 4
WFN | 제3-037호

주소 | 서울특별시 구로구 디지털로31길 38-9 에이스테크노타워 1차 401호
전화 | 02-867-4626 팩스 | 02-866-4627
E-mail | cl_production@naver.com

ISBN 979-11-293-2341-5 04810
       979-11-293-2338-5 (set)

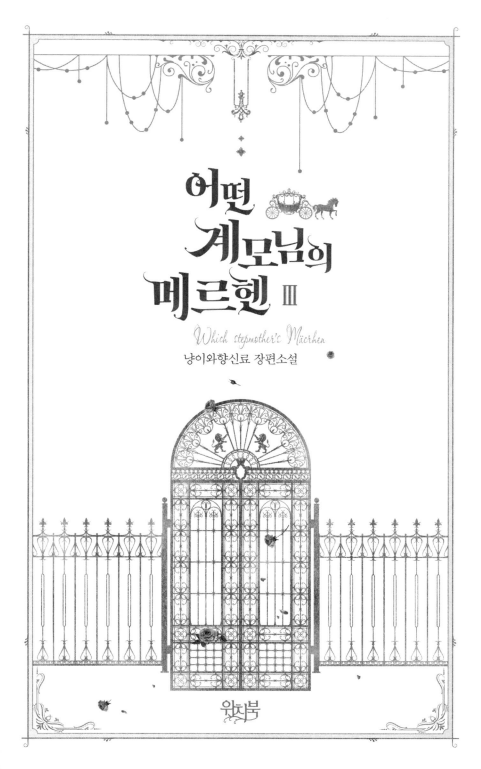

어떤 계모님의 메르헨 Ⅲ

Which stepmother's Märchen

낭이와향신료 장편소설

위츠북

Contents

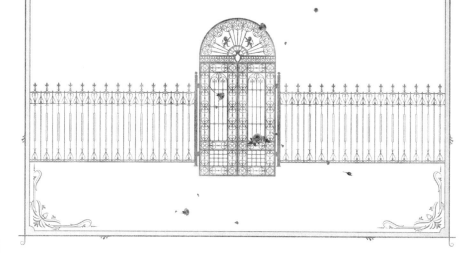

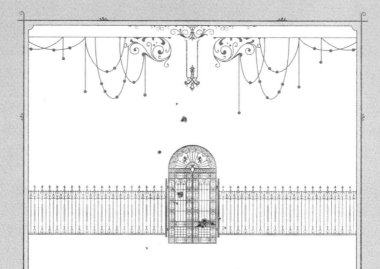

Chapter 13
햇빛과 달빛

그럭저럭 여러모로 성과를 거둔 무도회가 파했을 때는 자정을 훌쩍 넘겨 있었다.

반쯤 탈진한 밀러 백작은 도저히 그냥 귀가시킬 상태가 아니었기에 시종들을 시켜 손님용 객실로 옮겨둔 터였다. 살다 살다 우리 집에 아이들의 친척을 재우는 상황이 오다니, 과연 인생은 알 수가 없다.

어쨌든 하나둘씩 떠나는 손님들과 작별 인사를 나누고 기념 선물을 나누는 일까지 전부 마치고 나자 진이 쏙 빠졌다(엘리자베트는 가면서 나더러 며칠 내로 꼭 들르지 않으면 절교할 거라고 으름장을 놓았다).

"아흐으, 갑갑해서 죽는 줄 알았네."

"그래도 용케 잘 쓰고 있던데? 중간에 벗어서 팽개쳐 버릴 줄 알았는데 말이야."

"무슨 소리야, 어머니가 주최한 파티를 망치는 건 기사도에 어긋나는 짓이라고."

제레미가 참으로 기특하게 투덜대는 동안 쌍둥이는 하품을 하면서 졸리다고 투정을 부리기 시작했다.

나는 하녀들에게 시켜 둘의 잘 준비를 지시하고는 웬일로 조용히 소파에 앉아 있는 오늘의 주인공에게 다가갔다.

"피곤한가 보네? 아니면 즐겁지 않았던 거야?"

"……."

"엘리? 오늘의 주인공께서 왜 이렇게 조용하실까?"

설마 이대로 잠들어 버린 건가 싶어 마스크를 벗겨주려고 손을 뻗던 찰나였다. 손님들이 전부 떠나고 우리끼리만 아늑한 드로잉 룸에 모여들기까지 답지 않게 고고한 침묵을 유지하던 엘리아스가 갑작스레 마스크를 벗어 바닥으로 홱 팽개치며 다짜고짜 포효를 꽥 내질렀다.

"그럼 즐거웠겠냐?!"

분노가 생생하게 느껴지는 고함에 눈이 절로 휘둥그레졌다. 괜스레 서성대며 지팡이 모양 사탕을 들고 으적으적 깨물어 먹던 제레미와 막 문을 나서던 쌍둥이 역시 어안이 벙벙한 얼굴이 되어 이쪽을 돌아보았다.

"뭐야, 작은오빠. 미쳤어?"

"개념을 지붕 위에 던져두고 왔냐. 어디다 대고 빽빽 악을 쓰고 난리야? 성인 된 기념으로 먼지 나게 처맞고 싶냐?"

"내가 그럼 악 안 쓰게 생겼어?! 형이야말로 친구 사귀는 눈이나 키우시지!"

"이게 진짜 미쳤나. 취할 거면 곱게 취할 것이지 누굴 닮아서 이따위 주사를……."

"미쳤냐고? 내가 미쳤냐고? 하, 그 질문은 내가 아니라 형 친구 놈한테 가서 해야 할 거 같은데?"

"지금 대체 뭔 소리를……."

"아니, 거기까지 갈 것도 없이 여기 계신 본인한테 물어보시지! 형 친구라는 작자랑 슈리가 대체 무슨 짓을 하고 있었는지에 대해서 말이야!"

온 저택을 와르르 무너뜨릴 기세로 고함친 엘리아스가 식식대며 번득이는 시선으로 나를 쏘아보았다. 심장이 철렁하는 동시에 내 손이 절로 올라가 입을 가렸다. 신이시여 맙소사! 그럼 아까 그게……. 내가 그 자리에서 굳어버린 사이 제레미는 입안에 든 사탕을 으드득 깨물며 제 동생을 잡아먹을 듯 빤히 노려보았다. 그러고는 말했다.

"뭔 개소리야?"

"……제기랄! 아까 형 친구 놈이 얘랑 알콩달콩 껴안고 있었다고! 주둥이를 들이밀고 있었단 말이다! 표정 보니까 부정할 생각도 없나 보네!"

내 안색이 어떻게 바뀌는지 눈에 보이는 듯했다. 제레미가 문자 그대로 얼어붙은 눈으로 되어 나를 돌아보는 사이 엘리아스는 더더욱 흉포해진 기세로 으르렁거렸다.

"대체 언제부터야?! 언제부터 그놈이랑 그렇고 그런 관계가 된 거냐고?! 언제부터야?!"

"엘리, 나는…… 그게, 일단 내 얘기부터 들어줘……."

"진짜 둘 다 미친 거 아니야?! 어떻게 그럴 수가 있어?!"

"그러면 왜 안 되는데?"

불쑥 끼어든 건 다름 아닌 레이첼이었다. 그녀는 방을 나가려다 말고 얼떨떨하고도 어리둥절한 얼굴이 된 제 쌍둥이와 함께 이쪽으로 다가왔다. 그리고 엘리아스는 어이가 없다 못해 넋이 나갔다고 주장하는 표정이 되었다.

"왜 안 되냐고? 지금 그걸 말이라고 하냐?!"

"작은오빠야말로 왜 그렇게 야단법석인 건데? 물론 좀 놀라운 소식이긴 하지만……."

"야! 야단 안 떨게 생겼냐?! 지금이 때가 어느 땐데 그딴 놈한테 홀려서……."

"어느 땐데? 그리고 그러는 작은오빠 시도 때도 없이 좋을 대로 연애질이잖아!"

"내, 내가 그러는 게 여기서 왜 나와?! 그 문제랑 이 문제랑 같냐!"

"뭐가 다른데? 전혀 예상 못 한 바도 아니었거든?! 여태까지 일어난 모든 일을 고려해 봐도 그 공자님이……."

"네가 예상했든 안 했든 아무튼 달라! 상대가 누가 됐든 절대 용납할 수 없는 일이라고! 난 죽어도 용납 못 해! 어떻게 그럴 수가 있……."

"엄마도 사람이야! 엄마도 사람이라고!"

자타공인 암사자께서 힘껏 발을 구르며 내뿜은 엄청난 포효에 그 엘리아스마저 일순 움찔했다.

나로 말할 것 같으면 그저 멍한 눈으로 레이첼을 바라볼 따름이었다. 아무리 그녀가 뭔가를 눈치챘었다 한들, 예측하기 어려운 아이인 레이첼이 적극적으로 내 편을 들고 나서줄 줄은 몰랐다.

"누, 누가 사람 아니래?! 난 그저, 그러니까 아버지가 돌아가신 지 얼마나 됐다고……."

"아빠가 땅에 묻힌 지 벌써 3년이 다 됐거든?! 엄마 나이가 몇인데 평생 수절이라도 하길 바라는 거야, 뭐야?!"

"누가 수절까지 바랐댔냐! 곧 있으면 우리 아버지 기일이라고! 그런데 어떻게 이럴 수가 있냔 말이야!"

"기일이고 자시고 대체 그게 무슨 상관인데?! 살아 있는 사람은 살아야 할 거 아니야!"

"입 닥쳐! 너는 어떨지 몰라도 난 절대 용납 못 해! 내 눈에 흙이 들어가기 전까진 절대 용납 못 한단 말이……."

"너야말로 입 닥치지 못하나?!"

여태 충격 속에 얼어붙어 있던 제레미가 다짜고짜 버럭 고함쳤다. 그 바람에 사이좋게 으르렁대던 레이첼도 엘리아스도 일제히 흠칫 놀란 얼굴로 제레미를 돌아보았다.

레이첼은 저 호령의 대상이 자신이 아닌 것에 놀란 듯했고 엘리아스는 정확히 그 반대인 듯했다.

"뭐야, 형…… 설마 지금 이 녀석 말에 동의하는 거 아니지? 그놈은 형 친구잖아! 이걸 어떻게 내버려 둘 수가 있……."

"황도의 난다 긴다 하는 기사들 전체를 붙들고 물어봐라. 열에 여덟은 슈리가 내 친구라고 대답할 거다. 넌 그럼 끽해야 우리 또래인 슈리에게 우리 아버지 또래 중늙은이들 하고나 놀라고 주장하는 거냐?"

"아아악! 그런 말이 아니잖아! 내 말은, 쟤가 어떻게 우리 아버질 배신할 수 있냐는 거라고!"

순간 머리가 휘청했다. 배신이라…… 그렇게 느낀 거로구나. 내가 자기 아버질 배신했다고 느끼는 거로구나. 가슴에서 뜨거운 것이 솟아오르는 기분이 들면서 헛웃음이 터져 나왔다. 한 달이 아니라 삼 년, 삼 년이 아니라 십 년이라 해도 마찬가지였을 거라는 생각이 일어서였다.

만약 내가 남편의 죽음 이후 약 칠 년간의 세월을 기억하는 게 아니었다면, 그런 허탈한 죽음을 겪고 이리 과거로 돌아온 게 아니었다면 이런 서운함은 느끼지 않았을지도 몰랐다.

엘리아스의 저런 반응이 이해가 가면서도 한편으론 내게 바란 모습이 딱 그 정도로구나 하는 기이한 서운함이랄까. 아니면 노라의 존재 때문에 나 역시 변해가고 있는 걸까?

내 쓰라린 웃음을 본 제레미가 걸음을 옮겨 내 곁에 다가와 섰다. 그러고는 무언가를 억누르는 듯한 기이한, 폭발하기 직전의 아슬아슬한 음성으로 내뱉었다.

"한 번만 더 아버지 운운하면 헛바닥 뽑아버린다."

"뭐, 뭐…… 무슨…… 형까지 대체 왜애 이래애?! 형은 그럼 이걸 용납하겠다는 거야 뭐야?!"

"우리가 용납하고 자시고 운운하는 건 엄연한 월권행위다."

잠시 정적이 흘렀다. 나와 엘리아스가 거의 똑같이 얼이 빠져 버린 얼굴로 제레미를 응시하는 가운데, 여태까지 한마디도 하지 않고 그저 멍한 얼굴로 남매들의 왈가왈부를 듣기만 하던 레온이 조용히 입을 열었다.

"난 뭔가…… 언제까지고 우리밖에 없을 거라고 생각했어."

"레온……."

"그냥 그렇다고. 확실히 내가 추리했던 전개는 아니네."

그리고 레온은 조용히 등을 돌리더니 그대로 방을 나갔다. 내가 미처 붙잡으려 하기도 전에 엘리아스가 재차 의기양양한 어조로 외쳤다.

"우리 똘똘이도 마음에 안 들어 하잖아! 정상인은 나랑 레온 둘뿐인 거냐!"

"음, 레온은 맘에 안 들어 한다기보다는……."

"넌 닥쳐! 네 쌍둥이 반만 닮아봐라! 사파비 가서 누구한테 홀린 모양인지 아주 편드는 꼴이 동병상련……."

"내가 네 주둥이를 곱게 찢어놓으면 두 번 다시 우리의 누이한테 닥치라는 소리 못 하겠지."

"……혀, 형은 왜 나한테만 그래?! 난 솔직히 형이 제일 뒤집어질 줄 알았다고! 대체 왜 이렇게 죽자 살자 편드는 건데?!"

거의 발악에 가까운 엘리아스의 울부짖음에 제레미는 아무런 대꾸도 하지 않았다. 그저 복잡다단한 눈빛으로 나를 바라볼 뿐이었다.

나는 아주 가까스로 입을 뗄 수 있었다. 심장이 입 밖으로 튀어나올 지경으로 쿵쿵거렸다.

"너희한테…… 어떻게 설명해야 할지 고민했어."

"……."

"쉬이 받아들이지 못할 거라고 생각했지만…… 솔직히 나도 어떻게 된 일인지 마냥 얼떨떨한 기분이었던지라……."

"좋아해?"

"어?"

"진심으로 좋아하냐고. 그놈."

느릿하게 묻는 제레미의 목소리는 위화감이 느껴질 만큼 온화했다. 본인의 폭발을 억누르려 애쓰느라 그런다기보다는 마치 그럼으로써 상대가 폭발하는 것을 방지하려는 듯한 느낌이랄까. 물론 내가 폭발할 상황 자체가 아니지만 말이다.

나는 나를 노려보는 엘리아스의 이글거리는 시선을 느끼며 숨을 들이켰다. 그러고는 반쯤 애원하는 투로 대답했다.

"진심으로 좋아해…… 그걸로 너희한테 사과하고 싶지 않아. 제발 이해를……."

"하! 전부 미친 거야, 미친 거라고! 난 죽어도 인정 못 해애!"

마지막까지 꽥 고함친 엘리아스가 그대로 홱 뛰쳐나가 버렸다. 그 뒤에 대고 레이첼이 마찬가지로 꽥 소리를 질렀다.

"아, 진짜 저 얼간이가 끝까지! 확 가다가 미끄러져 자빠져 버려라!"

우당탕!

아니나 다를까 레이첼이 외치자마자 요란한 굉음와 함께 짧은 비명이 울리더니 이어 뭐라 뭐라 거칠게 욕설을 내뱉는 소리가 들려왔다. 나는 반사적으로 외쳤다.

"안 다쳤니?"

"……상관 마!"

"하여간 저놈은 뭘 해도 저 지경이냐."

혀를 끌끌 차 보인 제레미가 이윽고 나를 돌아보며 미소를 지었다. 평소처럼 장난스러운 미소가 아닌, 부드럽고도 가라앉은 미소였다.

"신경 쓰지 마. 저놈도 저러다 말 거야."

"제레미……."

"거참, 어느 운 좋은 놈이 될까 싶었더니……. 아무튼 오늘은 이만 가서 쉬어. 피곤해 보인다. 내일 다시 얘기하자고."

나는 잠깐 망설이다가, 이내 힘없이 머리를 끄덕였다. 이 상태로 더 말해봤자 무슨 진전이 있겠나. 일단은 머릿속을 가라앉히고 잘 고민해 볼 수밖에.

"슈리?"

"응?"

"……아니야. 잘 자."

"……너희도 잘 자."

대개, 특히나 연회 같은 행사가 치러진 피곤한 밤이라면, 엘리아스가 야심한 시각에 제 형의 처소에 들이닥치는 일은 별로 없었다.

그러나 실로 엄청난(?) 진실이 밝혀진 이 밤, 엘리아스는 치를 떠는 제 형을 찾아 노크도 없이 그 방에 당당히 쳐들어가는 자신을 발견하고 있었다.

"나랑 얘기 좀 해!"

아우의 평소답지 않은 행위에, 아직 옷도 갈아입지 않은 채 침대맡에 걸터앉아 생각에 잠겨 있던 제레미는 마찬가지로 지극히 평소답지 않은 반응을 보였다.

"앉아."

"……."

당연히 곧장 뭔가 날아올 줄 알았던 엘리아스는 호기롭게 입장했던 것이 무색하게도 잠시 머뭇거렸으나, 이윽고 순순히 의자 하나를 끌어다 앉았다. 그러고는 식식대며 으르렁거렸다.

"어떻게 그렇게 아무렇지도 않을 수가 있어?!"

"……네 눈에는 내가 아무렇지도 않아 보이냐?"

"아, 아무튼 나는 내 눈에 흙이 들어가도 그 꼴 다시 못 본다고! 내 다음번에 그놈을 만나면 기필코 놈의 거들먹거리는 면상에 화살을 꽂아 주겠……."

"그냥 닥치고 얌전히 받아들이는 편이 네 정신 건강에 이로울 텐데."

"뭐, 뭐?"

"하루라도 빨리 받아들이는 편이 네 신상에도 좋을 거라고."

나직하게 중얼거리는 제레미의 음성은 섬뜩하리만치 낮았다.

엘리아스는 잠시 입을 벌린 채 고개 숙인 제레미의 정수리를 빤히 노려보았다가, 다시 으르렁거렸다.

"형은 대체 뭔 생각이야? 슈리가 그놈 때문에 우릴 떠나게 될지도 모르는데……."

"그게 네가 두려워하는 거냐? 슈리가 떠날지도 모른다는 거?"

"다, 당연하잖아. 거기다 조금 있으면 우리 아버지 기일인데……."

"우리의 아버지가, 너희와 나의 아버지가 어떤 종류의 남편이었는지 알고 배신 운운한 거냐?"

이번에야말로 엘리아스는 몸을 움찔하며 눈을 크게 떴다. 뭔가가 이상하다. 뭔진 모르겠지만 아무튼 이상하다. 대체 저 질문의 요가 무엇인가?

"그러니까 그건 나도 모르게…… 아니, 근데 우리 아버지가 왜? 적어도 내가 기억하기론 우리 아버진 맨날 개밖에 몰랐던 것 같은데. 어디 다녀올 때마다 드레스나 반지들 선물 세례에……."

"……."

"뭐야, 형? 내가 모르는 뭐라도 알고 있는 거야?"

굳게 닫혀 있던 방문이 다시 한번 멋대로 홱 열어젖혀진 것은 그때였다.

이 집안에서 엘리아스 외에 이런 짓을 저지를 만한 사람은 쌍둥이밖에 없었다. 둘이 이러고 있을 거라는 걸 짐작이라도 했는지 어쨌는지, 사이좋게 베개를 끌어안고 들이닥친 쌍둥이가 당당히 걸어 들어와 화려한 처소 한구석에 자리를 잡았다.

먼저 입을 연 쪽은 레이첼이었다.

"좋아, 다들 그만 다투라고. 특히 작은오빠! 뭐가 그렇게 충격이라고 야단이야? 난 진작부터 이렇게 될 거라고 예상했다고!"

"뭐? 야, 넌……."

"큰오빠한테도 이미 말했지만, 엄마랑 사파비에 갔을 때 가는 길에나 거기 있을 때나 돌아오는 길에나 엄만 한 번도 몽유병 증세 보인 적 없어. 여기서 어떤 특정한 손님이 묵고 갈 때마다 그랬던 것처럼. 그게 무슨 뜻일 것 같아?"

엘리아스는 한동안 멍한 얼굴로 누이동생의 입만 응시하다가, 이내 버럭했다.

"무, 무슨 뜻이긴! 그냥 우연이겠지! 아니면 딱 그 시기에 맞춰 병세가 사라졌든가……."

"몽유병의 주된 원인은 무의식에 내제된 불안감이라고 하지. 여태껏 엄마가 밤산책한 모든 날짜를 일일이 체크하고 대조해 본 결과 그 시커먼 공자님이 있을 때마다 아무 일 없었어. 그 말인즉슨 오로지 신만이 아실 엄마의 불안감의 원인을 그 공자의 존재가 어떻게든 없애준다는 것이지."

마치 추리 소설이라도 읽는 듯한 투로 읊조린 레온이 안경을 콧대 위로 밀어 올리며 형제들을 번갈아 노려보았다. 그리고 엘리아스는 이제 멍하다 못해 턱을 쩌억 떨어뜨린 상태가 되었다.

"야, 그게 대체 뭔…… 그게 말이 되냐?! 대체 그놈 어딜 봐서 믿음직하다고?!"

"어디 보자, 일단 신성 재판 때 일은 말할 필요도 없고, 이번에도 엄마가 외국 가게 되니까 따라나선 것도 그렇고……."

"하, 하지만 그건 한참 뒤에 생긴 일들이잖아! 몽유병 증세는 그 전부터……."

"엄마가 왜 그 공자님이 있을 때마다 안심하는지는 신만이 아실 일이지. 아마 엄마 본인도 모를 거야, 이건 보다 심도 깊은 심리학적 지식이 요구되는…….”

“너, 너까지 왜 갑자기 태세 전환이야?! 아까까지만 해도…….”

“뭐 솔직히 언제까지고 우리끼리만 있을 거라는 순진한 생각을 한때 좀 하긴 했었는데, 사실 말도 안 되는 소리잖아? 그리고 그 공자님이라 면 우리에 껴줘도 괜찮지 않아?”

이어지는 레온의 말에 레이첼은 열렬히 머리를 끄덕였으며, 엘리아스 는 벌린 입이 점점 더 벌어져 턱이 바닥까지 닿을 지경이 되었다. 여차 하면 침까지 흘릴 기세였다.

“누…… 누구 마음대로 껴줘어?! 다들 아까 둘이 무슨 꼴을 하고 있 었는지 못 봐서 이러는 거라니까! 그 음흉한 늑대 자식이 막막 슈리를 잡아먹을 것처럼 쳐다보면서…….”

“천박하게 굴지 좀 마, 작은오빠. 오빠가 누구한테 음흉하다고 할 만 한 처지가 돼?”

“야!”

“뭐!”

엘리아스와 레이첼이 드잡이를 계속하는 가운데 레온은 슬그머니 고 개를 돌려 이 소란을 그저 쓴웃음으로 방관하고 있는 맏형을 바라보았다.

“큰형은…… 이제는 괜찮은 거야?”

꼬마 지식인 동생으로부터 슬그머니 들려오는 질문에 제레미는 눈가 를 약간 찡그렸다. 이상한 질문이었다. 이제는 괜찮냐니, 대체 뭐가?

“뭐, 결국 이렇게 될 거라고 예상하긴 했지.”

나지막이 흘러나온 말에 레온은 그저 의미심장한 눈길로 화답할 뿐 이었다.

제레미 역시 딱히 대답을 기대하고 내뱉은 말은 아니었기에 그저 자조적으로 웃으며 손으로 금빛 머리카락을 쓸어 넘겼다.

그래. 어차피 결국엔 이리될 거라고 짐작했었다. 이리될 거라고, 이게 맞는 수순이라고. 그런 식으로 이미 마음을 다잡고 다잡은 상태였기에 생각보다 충격이 크진 않았다.

밑바닥에서 희미하게 꿈틀거리는 씁쓸한 감정조차 그런대로 견딜 만했다. 그럼에도 불구하고 속에서 자꾸 불길이 치솟는 이유는 무엇일까?

그 누구보다도 소중한 가족을 친구 놈한테 빼앗기게 되어서?

언젠가 이런 일이 일어날 거라고 짐작하긴 했으나 막상 상황이 닥치고 보니 분통이 터지는 것이었다.

상식적으로 더없이 소중한 가족이 어느 날 갑자기 자신의 친구 놈과 연애한다고 하면 '허허, 그렇구나' 하고 웃어넘길 수 있는 인간이 얼마나 되겠는가?

추가적으로 현재 엘리아스가 보이는 극적인 반응이 그의 심기를 벅벅 긁는 데 톡톡히 한몫 보태고 있었다. 물론 워낙 지 감정밖에 모르는 놈이니 저런 반응인 것도 이해가 안 가는 건 아니다.

하지만 꼭 저렇게 나와야 하는 걸까? 꼭 저런 식으로 나와서 그로 하여금 그들의 아버지의 추악한 면모를 동생들에게 까발릴 수밖에 없게 해야 할까? 대체 누굴 위해서?

제레미는 자신의 마음 한구석에 얹혀 영영 사라지지 않을 무거운 짐을 동생들이 나눠 지기를 바라지 않았다. 그가 진실을 알고서 느꼈던 비탄과 수치심과 자괴감 등의 감정을 어린 동생들까지 느끼지 않길 바랐다.

하지만 엘리아스가 계속해서 저런 식으로 나온다면 말할 수밖에 없게 될 것이었다. 우리 아버지가 어떤 남편이었는지 알기나 하느냐고, 그러니 우리 중 누구도 감히 슈리로 하여금 그녀가 느끼는 행복을 포기하게 할 수 없다고 말이다.

"……아, 아무튼 난 절대 반대야! 결사 반대라고! 나 확 죽어버릴 거야!"

……그냥 저 멍청한 아우 놈이 더는 낑낑대지 못하도록 마구잡이로 패주고 싶다. 지극히 재수 없는 친구 놈 또한 패주고 싶다. 이미 저 세상에 가 있는 아버지 또한 지옥까지 쫓아가서 두들겨 패주는 패륜을 저지르고 싶다.

그랬다. 현재 제레미는 패주고 싶은 사람이 아주 많았다.

어릴 때부터 혈연들에 의해 살가운 정서와는 영 거리가 먼 강도 높은 정신적 압박에 시달려 온 데다 부친과의 사이까지 나쁜 대가문의 후계자라면 대개 그러하듯, 노라는 자신의 친척들을 좋아하지 않았다.

특히나 그와 사이가 나쁜 그의 부친조차 못마땅해하는 기색을 감추지 못할 정도로 고지식하고 제멋대로이며 사람 속 박박 긁는 데 남다른 일가견이 있는 할아버지라면 더더욱.

그런 할아버지가 꼭두새벽부터 별다른 연통도 없이 방문해(여기까진 딱히 놀랄 일도 아니었다) 홀의 인테리어를 천박하다고 흉보며(이것 또한 딱히 놀랄 일이 아니었다) 혀를 끌끌 차다 말고 다짜고짜 손자를 불러 웬 듣도 보도 못한 남의 나라 여인의 초상화를 툭 던져 보였을 때, 노라가 내보인 반응은 당연히 고울 수가 없었다.

"이게 대체 뭡니까?"

"명색이 이 뉘른베르의 후계자라는 녀석이 어찌 그리 기억력이 나쁜 게냐. 지난 건국기념 연회에 방문했던 튜튼 왕국의 2왕녀 아니더냐."

노라는 잠시 지난여름 건국기념 연회 때 황궁을 방문했던 외국 방문객들을 떠올려 보았다. 개중에 튜튼의 왕자 왕녀들이 있기야 있었다, 당연히. 단 그가 그들의 얼굴을 곧장 떠올리지 못한 이유는 기억력이 나빠서가 아니라, 그때 순전히 한 사람에게만 온 정신이 팔려 있었기 때문이다.

"허어, 과연 늙어도 늑대는 늑대라니. 늘그막에 재혼이라도 하실 작정이십니까?"

재미있다는 듯 신랄하게 웃으며 이죽거리자 아니나 다를까 곧장 푸캉, 하고 재떨이가 날아왔다.

노라는 잽싸게 머리를 숙여 재떨이를 피하면서 혀를 끌끌 차 보였다.

"뭐 그렇게 수줍어하실 것까지야."

"저저, 하여간 주둥이 놀리는 꼴 하고는! 넌 대체 누굴 닮아 그 지경인 게냐?!"

"할아버지의 아드님 닮았습니다만. 그보다 상대 왕녀님 나이를 고려해 보건대 이거 완전히 도둑놈 심보 아니십니까?"

"누가 내 신붓감이라더냐! 네 녀석의 신붓감이다, 이 보기만 해도 속 터지는 녀석아!"

"저 아버님…… 이건 너무 갑작스러운 것 같은……."

"하이데 너는 빠지거라! 알브레히트는 널 인정했을지 몰라도 난 아니니까. 막말로 네가 보다 건강해서 후사를 더 보았더라면……."

"어머니한테 소리치지 마십시오."

한껏 약 올리는 기세로 실실 웃던 노라가 표정을 싸하게 굳히며 으르렁거리자, 노쇠한 전 공작이 창백하게 질려 있는 며느리로부터 시선을 거두고 재차 손자를 노려보기 시작했다.

"네 나이 벌써 다음 6월이면 열여덟이 아니더냐. 혼약 맺을 시기로 충분하고도 남지. 황도의 어지간한 가문 영애보다는 차라리 외국 왕녀와 혼약하는 것이 가문의 앞날에……."

"전 누구와도 정략결혼할 마음 없습니다."

"지금 네 녀석이 그런 태평한 소리 하고 앉아 있을 때냐!"

"정 그리 가문의 앞날이 걱정되신다면 할아버지께서 직접 결혼하지 그러십니까? 물론 연세가 있으신 만큼 후계 양산은 장담 못 하겠지만……."

"이, 이놈의 자식이!"

휘리릭!

이번에 날아온 것은 다름 아닌 지팡이였다. 다시 한번 잽싸게 움직여 피한 노라의 어깨를 아슬아슬하게 지나쳐 날아간 장미목 지팡이는 이어 소란을 듣고 막 안으로 들어서던 참인 제삼자의 손에 그대로 붙들려 버렸다.

일순 정적이 감돌았다. 막상 지팡이를 집어 던진 장본인마저 멈칫한 가운데, 정면으로 날아온 흉기(?)를 재주 좋게도 한 손으로 붙든 현 공작께선 잠시 홀 안에 모인 가족들을 한번 슥 쳐다보더니만 이윽고 어처구니가 없다는 투로 내뱉었다.

"이게 대체……. 아니, 아버지, 연통도 없이 대체 여긴 웬일이십니까?"

"하! 마치 내가 못 올 곳에 멋대로 침입하기라도 한 것 같은 말투로구나!"

"엄밀히 따지자면 침입 맞습니다. 제가 가주니까. 그보다 이건 대체 왜 던지신 겁니까?"

"네가 앉아 있는 자리가 처음부터 네 자리였더냐?"

"처음부터 예정된 자리긴 했지요. 제게 겸손함을 일깨워 주려 이리 꼭 두새벽부터 찾아오신 겁니까?"

"누가 너와 네 아들놈의 건방진 낯짝이나 보러 찾아왔다더냐? 너희가 손 놓고 앉아 있으니 내 친히 손자 놈의 앞날을 바로잡으려 온 것 아니냐!"

전 공작이 맹렬한 기세로 외치고는 테이블 위에 놓인 초상화를 가리켜 보였다.

현 공작은 잠시 그 초상화를 지그시 응시하다가, 문득 아들 쪽으로 시선을 주었다. 그 아들로 말할 것 같으면 여차하면 폭발하기 일보 직전의 아슬아슬한 눈빛으로 부친과 조부를 노려보고 있었다.

"……아버지가 무슨 권리로 제 아들의 앞날을 바로잡습니까?"

"권리이?! 지금 네가 나한테 권리 운운하는 게냐?!"

"제 아들의 혼사는 저희가 알아서 정할 겁니다. 그 부분에 있어 아버지껜 아무런 권한이 없단 말입니다. 그런 시기는 이미 끝났……."

"지금 그런 태평한 소리나 늘어놓을 때냐! 하여간 그 아들에 그 애비로군! 네 아들 녀석이 웬 과부한테 홀려서 몇 번이나 사경을 넘겼거늘, 그 꼴을 보면서 옛 생각이라도 난 게냐?! 그런 한심한 추태를 계속하도록 내버려 두느니 차라리 이 기회에 아예……."

"옛날이야기는 꺼내지 마십시오. 그리고 정 그렇게 혼사가 다급하시면 아버지께서 직접 하시는 게 어떻습니까?"

"알브레히트!"

"야, 이 음흉한 똥강아지 자식아! 이 시간까지 처자빠져 늘어져 있지 않을 거란 거 뻔히 아니까 당장 순순히 튀어나와라!"

난데없이 공기를 찢어발기며 들려온 엄청난 포효는, 일부러 그랬다 해도 믿을 수 있을 만큼 타이밍이 적절했다.

홀 안에 모인 늑대들이 일제히 약속이라도 한 듯 똑같은 표정을 지어 보이는 사이 이 장소와 좀체 어울리지 않는 우렁찬 포효가 다시 한번 울렸다.

"어디서 꼬리를 말고 숨어 있는 거냐?! 당장 튀어나오지 못해애?! 10초 내로 튀어나오지 않으면 내 기필코 오늘 네놈의 대를 끊어주겠어!"

사내라면 필히 오금이 오싹해질 법한 무시무시한 경고였다.

노라는 잠시 자신을 황망히 노려보는 어른들의 시선을 한 번 마주 보았다가, 곧 한숨을 삼키며 성큼성큼 홀을 빠져나가 문제의 포효의 원흉이 있는 장소로 다가갔다.

"뭐냐, 아침부터 재수 없는 포효라니? 여기가 네놈 구역인 줄 아냐?"

태연자약하다 못해 한심해하는 기미마저 섞인 노라의 뻔뻔한 발언에, 꼭두새벽부터 당당히 늑대 굴의 앞뜰에 들이닥쳐 마구잡이로 포효를 내지름으로써 공작저 기사들에게 더없는 혼란과 공포를 선사하던 제레미가 곧장 계단 위로 뛰어 올라갔다. 그러고는 반쯤 계단을 내려오던 참인 노라를 향해 그대로 주먹을 날렸다.

퍽!

노라는 잠시 비틀거리다가, 이내 중심을 되찾고는 손을 들어 얼얼한 입가를 매만졌다. 짧은 순간 푸른 눈에 아연함이 스쳐 가나 싶더니 이내 하, 하고 알겠다는 실소가 터져 나왔다. 그리고 제레미는 기가 막히다 못해 넋이 나갔다고 주장하는 듯한 흉포한 표정이 되었다.

"웃어? 지금 웃음이 나오냐?!"

"……아니. 더 치고 싶으면 지금 쳐."

"뭐?"

"치고 싶으면 지금 실컷 쳐두라고. 맞아주는 건 이번뿐이니까."

제레미는 잠깐 물끄러미 친우의 뻔뻔한 낯짝을 노려보았다가, 순순히 그 말에 따랐다.

퍽!

그리고 공작저의 용맹한 기사들은 어쩔 줄 몰라 하는 표정이 되어버렸다. 분위기를 보아하니 섣불리 끼어들기도 뭣하고, 그렇다고 해서 공자님을 지키는 의무를 저버릴 수도 없는 노릇이었다.

설상가상으로 제집 안뜰에서 대체 무슨 일이 벌어지고 있는 건지 확인하러 나온 공작이 어처구니가 없다는 표정으로 파이프를 꺼내 물고 지켜보기만 하는 바람에 기사들의 혼란은 더더욱 증폭되었다.

서너 대쯤인가 더 순순히 얻어맞고만 있던 노라가 불쑥 손을 들어 날아오는 친우의 주먹을 붙들었다. 그러고는 제레미가 '이거 놔' 하고 으르렁대기도 전에 선포했다.

"아까 했던 말 취소다. 더는 못 참아주겠군."

퍽!

이번엔 제레미의 몸이 크게 휘청했다.

곧 두 청년은 서로를 향해 뭐라 알아듣기도 힘든 욕설을 고래고래 외치며 사이좋게 한데 엉켜 계단을 굴러 내려가 아름답게 꾸며진 뜰의 잔디 위에서 엎치락뒤치락하기 시작했다.

시커먼 기사 무리와 한 중년의 공작을 관객 삼아 벌어진 이 쇼는, 어째 싸움이라기보다는 그간 쌓인 스트레스를 이 기회에 마음껏 발산하며 치고받는 것에 좀 더 가까워 보였다.

"네놈이 태어났다는 사실 자체가 제국의 재앙이다, 이 음흉한 새끼야! 내가 순순히 네놈한테 우리 슈리를 넘겨줄 것 같냐! 감히 네 이웃의 어머니를 탐하다니 이 지옥에 떨어질 놈아!"

"어쩌라고! 그래, 내가 네 엄마랑 키스했다! 됐냐?! 아빠라고 불러보시지!"

"이 후안무치한 자식이! 네놈 같은 아빠 따위 두느니 차라리 역사에 길이 남을 후레자식이 되고 말 거거든?!"

"나도 네놈 같은 아들 따위 두느니 차라리 대를 끊고 말겠어!"

차마 들어주기도 뭣한 소리를 해대며 한참 그렇게 미친 듯이 치고받던 두 기사가 마침내 숨을 헐떡이며 암암리에 휴전을 선포했을 때쯤엔 푸르스름한 새벽빛이 가시면서 서서히 동이 터오고 있었다.

만신창이가 되어서 짓이겨질 대로 짓이겨진 잔디 위에 사이좋게 나란히 풀썩 드러눕는 두 사람의 모습은, 세간에 알려진 낭만적인 기사도의 그것과는 영 거리가 멀었다.

"헉…… 헉……. 대체 언제부터냐?"

"……헉…… 헉…… 사파비에서부터."

역시 늑대한테 양을 맡긴 꼴이었던 게 맞았다. 제레미는 치미는 통탄의 눈물을 삼키며 다리를 들어 친구의 다리를 걸어찼다. 노라 역시 지지 않고 그의 정강이를 걸어찼다.

두 장정은 그러고도 한참이나 더 유치찬란한 발차기를 교환하다가 마침내 완전히 기진맥진하여 대자로 뻗어버렸다.

"푸흐…… 후우……. 근데 어떻게 알았냐?"

"후우…… 후우우…… 원래 부모 자식 간엔 척하면 척이라는 말이 있지."

"……푸우…… 지랄을 한다."

서늘한 아침 바람이 불어와 땀범벅이 된 두 청년의 머리카락을 흩날렸다.

　제레미는 잠시 호흡을 가누며 서서히 밝아오는 아침 하늘을 노려보다가 이윽고 상체를 벌떡 일으켜 앉았다. 그러고는 여전히 누워 있는 노라의 발을 제 발로 툭 쳤다.

　"야."

　"뭐."

　"자신 있어?"

　"뭐?"

　"행복하게 해줄 자신 있느냐고. 어떤 일이 있어도 슬프게 만들지 않겠다고 맹세할 수 있어?"

　노라는 조용히 상체를 일으켜 앉아 친구의 이글거리는 눈을 마주 보았다. 아침 안개 탓일까, 일순 암녹색 눈동자에 물기가 아른거린 것처럼 보였다.

　"내가 그렇다고 말하면 곧이곧대로 믿을 거냐?"

　"……간밤에 엘리아스 자식이 게거품을 물고 날뛰었어. 너희 둘의 모습을 어쩌다 보게 된 모양이더라고."

　"……."

　"쌍둥이는 의외로 큰 거부감이 없어 보였는데, 문제는 엘리아스 그놈이야. 그 멍청한 놈이 슈리한테 어떻게 그럴 수가 있느냐며 날뛰는 와중에 내가 무슨 생각을 했는지 알아?"

　"무슨 생각 하고 있었는데?"

　"저러다가 슈리가 갑자기 떠올려선 안 되는 기억을 떠올리게 되는 거 아닐까 하는 생각. 지난번에 그 빌어먹을 목걸이 건 때 그랬던 것처럼 갑자기 확 정신을 놓아버리는 거 아닐까, 그러다가 기억이 전부 나버리는 거 아닐까 하는 걱정 때문에 얼마나 조마조마했는지 알아?"

짓씹는 듯한 어조로 읊조리는 제레미의 얼굴은 참담했다. 참담하다 못해 처참했다. 노라는 그 얼굴을 그저 묵묵히 바라보고만 있었다.

"슈리가 진짜 기억을 못 하는 건지, 아니면 기억 못 하는 척을 하는 건지는 신만이 아실 일이지. 단 내가 봤을 땐 기억 못 하는 게 맞아. 그리고 신께 바라옵건대, 제발 그런 괴로운 기억 따위 살아나지 않기를. 그리고 너한테 말 안 한 게 있는데……."

"……."

"우연일지도 모르지만, 사파비 사절 기간 때도 그렇고…… 네가 주변에 있을 때면 단 한 번도 몽유병 증세를 보인 적이 없어."

느릿하게 흘러나오는 중얼거림은 낮디낮았다. 동시에 기이한 떨림 같은 것을 담고 있었다. 마치 울음을 필사적으로 억누르고 있기라도 한 것처럼 말이다. 뭐라 형언하기도 어려운 무거운 침묵이 흐른 끝에 노라가 마침내 입을 열었다.

"그래서 너는 그런 나라는 존재가 누나를 배신할까 봐 두려운 거냐? 내가 네 아버지처럼 누나를 산 채로 삼켜 버리려고 들까 봐?"

"……나는."

"나는 단지 네 불안을 덜어주기 위한 맹세 같은 건 하지 않을 거다."

자못 냉정하기까지 한 이 말에 제레미는 곧장 인상을 찡그렸다. 그러거나 말거나 노라는 계속 말했다.

"있는 힘껏 노력은 하겠지. 그러면서도 때때론 의도치 않게 누나를 실망시키거나, 울려 버리는 일도 생기겠지. 그건 장담할 수 있어."

"……."

"하지만 어떤 일이 있어도 누나한테 상처 주진 않을 거라고 맹세할게.

그리고 어떤 일이 있어도 떠나지 않겠다고.”

차분한 푸른 시선이 거세게 일렁이는 녹색 시선을 담담히 마주봤다.

그 표정을 눈에 담고 있던 제레미가 시선을 바닥으로 떨구었다. 그러면서 손등으로 눈가를 거칠게 문지르기 시작했다. 노라는 그다지 보기 좋은 풍경은 아니라고 생각하며 쯧 혀를 찼다.

“툭하면 짜지 좀 마라.”

“……안 짜거든?!”

꼭두새벽부터 한바탕 소동이 벌어진 뉘른베르 공작저는 언제 그랬냐는 듯 다시 엄숙하고도 고요한 분위기에 잠겨 있었다. 소동의 결과로 만신창이가 된 공자의 얼굴만 아니라면 아무 일도 일어나지 않았다 해도 믿을 수 있을 정도였다.

아직까지 욱신거리는 턱을 매만지며 검만 대충 챙기고 저택을 빠져나가던 노라는 느닷없이 들려온 달갑지 않은 목소리에 의해 발걸음을 멈춰야 했다.

“식사도 안 하고 어딜 가는 게냐?”

“……제가 어딜 가는지 왜 그렇게 관심이 많으십니까?”

“그 얼굴을 하고 대체 어딜 가려는 건지 궁금해서 말이다.”

나직하게 대꾸하며 다가오는 부친의 모습에 노라는 절로 인상을 찡그렸다.

“집 나갑니다. 됐습니까?”

“네 친구가 같이 가출하자더냐?”

“그 녀석이 가출할 이유가 뭐가 있겠습니까? 누구처럼 낄 데 안 낄 데 구분 못 하는 조부님한테 시달리는 것도 아닌데.”

"그럼 혼자 어딜 가려는 게냐?"

"……황태자 암살하러 갑니다. 듣자 하니 조만간 황태자를 갈아치울 거라는 소문이 돌더군요. 미리부터 손써두는 게 낫죠."

도발하는 것이 명백한 비아냥이었음도 불구하고 공작은 그저 무표정한 얼굴로 눈을 내리깔 뿐이었다. 좀처럼 적응되지 않는 반응이었기에 노라는 연신 눈썹을 꿈틀거렸다.

"그런 다음엔 뭘 할 작정이냐?"

"글쎄요, 이왕 검을 뽑았으니 끝까지 가야겠죠. 아마 교황을 암살하러 갈 겁니다. 이 나라에 교황 따위 더는 필요 없어질 테니까요."

"야심찬 계획이구나. 그리고?"

"운 좋게 살아남는다면 사랑하는 여인에게 청혼하러 가겠지요."

"낭만적인 결말이군. 그대로만 된다면 완벽하겠는데."

천천히 고개를 들어 올린 공작이 느릿하고도 부드러운 어조로 감상을 표했다.

노라는 입술을 짓씹으며 공작의 시선을 피했다.

"……제가 생각하는 완벽한 결말은 아닙니다."

"그래? 어째서냐?"

"전 암살자가 아니라 기사니까요. 영광스럽지 못한 꽃을 그녀에게 안겨주고 싶지 않습니다."

그랬다. 슈리는 그것보다 훨씬 나은 대접을 받아야 했다. 그런 생각을 삼키며 노라는 타오르는 눈으로 제 아버지를 빤히 응시했다.

"……전 절대 제가 원하지 않는 그 누구와도 혼약 따위 맺지 않을 겁니다. 할아버지나 아버지가 아무리 안달하셔도요. 계보에서 파내 버린다 해도 상관없습니다. 다른 건 뭐든 시키시는 대로 따르겠지만 그것만큼은 안 돼요."

"노이반슈타인 부인이 네게 있어 그리 중요한 존재더냐."

그리 중요한 존재냐고?

노라는 헛웃음을 삼키며 한쪽 주먹을 꽉 움켜쥐었다. 절대로 속내를 털어놓고 싶은 상대가 아니었음에도 불구하고 속이 들끓고 있어서인지 말이 제멋대로 흘러나왔다.

어쩌면 그녀의 안위를 위해서라도 설득해야 한다는 필사적인 의무감 탓일지도 몰랐다. 어쨌든 그는 그녀를 위해서라면 아버지 앞에 무릎을 꿇을 수도 있으니까.

"제가 숨 쉬고 살아 움직이게 하는 유일한 존재입니다. 아버지 같은 분은 이해 못 하시겠지만. 제국 전체, 아니, 세상 전체를 얻는다고 해도 거기에 그녀가 없으면 아무 소용 없어요. 숨은 붙어 있다 한들 정신적으론 완전히 죽어버릴 거라고요. 결국 저 자신과 주변 모든 것까지 산산조각 내면서 자멸해 가겠죠."

"그래…… 그게 바로 정확히 내가 처할 심정이겠구나."

말꼬리를 길게 늘이며 공작은 입꼬리를 움직여 쓰라린 미소를 만들어 냈다.

"내 너를 잃게 된다면 말이다."

침묵이 흘렀다. 견고하리만치 흔들림 없는 눈으로 아들을 가만히 바라보고 있는 공작과 달리, 노라의 눈은 혼란스레 흔들리다 못해 거친 파도처럼 일렁이고 있었다.

두 푸른 시선이 맞부딪히는 동안에 무언가 금이 가고 갈라졌다. 한참만에 울린 목소리 역시 반쯤 갈라져 있었다.

"……저한테…… 대체 뭘 바라시는 겁니까?"

"글쎄."

쓸쓸하게 중얼거리며 공작은 다시금 시선을 아래로 내리깔았다.

"일단은…… 네가 원하는 바를 내게 말해줬으면 하는 것뿐이구나. 조금 전처럼 말이다."

"노라랑 싸웠다고……?!"

"너무 걱정하지 마. 내가 한 대 더 때렸으니까."

"제레미!"

"크헴, 실은 내가 한 대 더 맞은 것 같아."

문자 그대로 만신창이가 된 얼굴을 하고서 참으로 능청스레 떠드는 제레미의 행각에 절로 기가 막혔다.

세상에, 꼭두새벽부터 어디로 말도 없이 사라졌나 했더니 노라랑 싸우러 간 거였어?

"대체 어쩌자고 그런…… 얼굴 꼴이 이게 뭐니? 세상에, 입술 터진 것 좀 봐!"

"아야야야. 너무 세게 만지지 마. 아프단 말이야."

"맞을 때는 안 아팠고?!"

"안 아팠어! 그놈이라면 아팠겠지만…… 아야야!"

나는 고개를 절레절레 흔들고는 하녀들에게 약단지를 가져오라 지시했다. 내가 둥그런 원형 단지 안에 든 연고를 조심스레 덜어내는 동안 제레미는 내 눈치를 슬슬 살피는 듯하더니 영 어울리지도 않는 조심스러운 어조로 물었다.

"큼…… 내가 그 녀석 때렸다고 화난 건 아니지?"

"현실적으로 말하자꾸나. 네가 때린 게 아니라 같이 사이좋게 주거니 받거니 한 거잖아."

"아, 아무튼! 그 녀석이랑 싸웠다고 화난 거 아니지?"

"무슨 소리야? 우리 금쪽같은 큰아들 얼굴을 이렇게 만들어놓다니, 화를 내려면 그 녀석한테 내야지."

말은 그렇게 하면서도 속으로는 노라한테 미안해서 어쩔 줄을 모르겠는 심정이었다. 물론 제레미와 노라는 친구인 데다 제레미 입장에선 충분히 가서 치고받고 뒹굴 수 있는 일이겠지만……. 끄응, 하여간 남자들이란! 어쨌든 내 대답이 꽤 만족스러웠는지 제레미는 퍽 득의만면한 미소를 지어 보였다.

"그 자식 얼굴도 만만치 않았어. 아니, 나보다 더 심할걸."

"……흐음."

"왜, 왜? 안 믿겨?! 설마 그 녀석이 나보다 더 강하다고 생각하는 거야? 그런 거야? 와, 벌써부터 그런 편애라니! 나 상처받았어!"

이젠 이 녀석까지 편애 운운할 작정인가? 어처구니가 없는 한편으로는 평소처럼 마냥 장난스레 구는 모습이 고마웠다. 만약 제레미마저 나와 노라 사이의 일을 두고 거부감을 표출하거나 내게 거리를 두기 시작했다면 정말 어떻게 해야 할지 알 수 없었을 것이다.

"아야얏!"

"가만히 좀 있어. 이거 다 발라야 빨리 낫는다니까. 그래서 실컷 싸우고 무슨 얘길 했니?"

"얘기는 무슨! 그놈을 깔고 앉아서 보란 듯이 경고를 해줬지! 만약 그놈이 네 눈에서 눈물 나게 한다면 즉시 다리를 찢어 죽여주겠다고 말이야!"

음, 노라를 깔고 앉아서 살벌하게 경고하는 제레미라니. 뭔가 심히 왜곡된 것만 같은데 기분 탓인가? 나는 가슴 한구석에서 스멀스멀 피어오르는 불신의 연기를 무시하면서 미소를 지었다.

"그 말을 하려고 간 거였어……?"

"그럼 네 곁에서 떨어지라고 난리 칠 줄 알았어? 그렇게 말해도 들을 놈도 아니지만, 아무튼 솔직히 말해서 그놈만큼 널 위하는 놈도 없으니까. 그리고 요 며칠 사이 네가 유난히 반짝거리는 것 같기도 했고. 뭐, 네가 행복하다면 더 바랄 게 없지."

녀석의 피멍이 든 눈가에 연고를 바르던 내 손길이 멈칫했다. 나도 모르게 바보 같은 표정이 되어버린 모양인지, 얌전히 눈을 깜박이던 그가 눈꼬리를 얇게 접으며 킥킥 웃는 소리를 냈다.

"뭘 그렇게 놀라? 내가 전에도 몇 번이나 말했잖아."

"제레미……."

"그 자식이 무슨 행운을 타고나서 네 마음을 잡은 건진 모르겠지만, 그놈이 내 친구든 아니든 그 사실은 별로 중요하지 않아. 중요한 건 그놈이 얼마나 너한테 잘하냐는 거지. 너는 상대가 누가 됐든 무조건 사랑받고 행복해야 돼. 그러지 않는다면 내가 그놈을 가만두지 않을 거야."

다정하고도 따스한 말에 눈가가 절로 아려왔다. 나는 조금 전까지 연고를 바르고 있었다는 사실조차 잊고 몸을 일으켜 팔로 그의 머리를 꼭 감싸 안았다. 그러고는 보드라운 금빛 정수리에 입을 맞추었다.

"고마워, 제레미. 그렇게 말해줘서 정말 고마워……."

전혀 예기치 못했던 목소리들이 들려온 것은 그때였다.

"큰형이 대체 언제부터 저렇게 말을 잘했지?"

"장족의 발전이네. 저런 얼굴로 진지하게 말하는 것도 웃기지만."

"……레이첼? 레온?"

대체 언제부터 거기 있었던 건지, 문가에서 고개만 빼꼼히 내민 채 나와 제레미를 구경하던 쌍둥이가 쪼르르 앞다투어 달려 들어왔다. 그러고는 우리가 앉은 소파에 하나씩 자리를 차지하고 앉았다.

"큰오빠 솔직히 말해봐. 엄마한테 앙탈 부리고 싶어서 일부러 맞고 온 거지?"

"……사랑하는 누이야. 네가 내 마음을 아프게 하는구나. 실은 그랬던 거였으면 나도 좀 좋겠다!"

레이첼과 제레미가 저러한 훈훈한(?) 대화를 나누는 동안 나는 불안불안한 심정으로 레온을 바라보았다. 지난밤 엘리아스만큼은 아니었지만 꽤 떨떠름한 반응을 보인 레온이었기에 무슨 말을 해야 할지 밤새 고민했던 것이다.

하지만 정작 레온은 아무렇지도 않아 뵈는 얼굴로 테이블 중앙에 놓인 쿠키를 깨작대며 나를 마주 보더니만 이어 끙 소리를 내면서 이리 묻는 것이었다.

"근데 엄마, 그럼 그 공자님이 우리 아빠 되는 거야?"

정적이 내려앉았다. 차마 뭐라 형언하기 어려운 어색한 정적이 얼마나 흘렀을까, 반쯤 넋 나간 얼굴로 레온을 응시하던 제레미가 이윽고 꽥 포효를 내질렀다.

"아빠는 누우가 아빠야?!"

"아, 깜짝이야. 큰형은 왜 악을 쓰고 그래?"

"네가 끔찍한 소리를 하니까 그렇지!"

"끔찍하다니, 나는 엄연히 예정된 족보적 사실 그대로를……."

"그만해애앳!"

"하기야 큰오빠 입장에선 좀 그렇긴 하겠다. 친구보다 서열이 낮아지는 거잖아?"

"무슨 소리를 하는 거냐, 누이야! 아들은 모든 면에서 아버지를 뛰어넘는 법…… 아니, 이게 아니라! 아무튼 끔찍한 소리 하지 마!"

상상만 해도 끔찍하다는 듯 팔을 벅벅 긁어대는 제레미 덕에 한바탕 웃음이 터져 나왔다. 손으로 입을 가리며 키득키득 웃던 레이첼이 이윽고 눈을 반짝이며 나를 돌아보았다.

"엄마를 행복하게 해줄 수 있는 사람 만나서 다행이야. 그치?"

"……고마워, 우리 딸."

과연 우리 딸내미 최고다! 나는 치미는 감동의 눈물을 삼키며 팔을 벌리고 레이첼을 꼭 껴안았다. 그러자 레온이 외쳤다.

"어라? 뭐야, 큰형도 해주고 레이첼도 해줬는데 왜 난 안 해줘? 이건 편애야!"

……아무래도 우리 집의 편애 운운은 더는 엘리아스만의 전유물이 아니게 된 것 같군.

나는 싱긋 웃으며 다른 쪽 팔로 레온의 어깨를 감싸 안고 금빛 정수리에 입을 꼭 맞추었다. 남이야 뭐라고 하든 내게는 이 애들의 인정이 가장 중요했다. 다행이다, 정말 다행이야.

……아직 완벽하게 다행이라고 할 수는 없지만 말이지.

나는 엘리아스의 처소가 있는 남쪽 동을 곁눈질하며 약하게 흘러나오는 탄식을 삼켰다. 내 기색을 눈치챈 모양인지 제레미가 슬그머니 헛기침을 했다.

"그놈 신경 쓰지 말고 그냥 내버려 둬."

"……하지만 아침 식사도 하지 않고 계속 틀어박혀만 있는데……. 아무래도 이대론 안 되겠어."

"어쩌려고?"

"붙들고 얘기해 봐야지. 배도 고플 텐데 언제까지 저러고 있을 참인지 나 원……."

"하지만 엄마, 작은오빠 또 못돼 처먹은 소리나 할 텐데……!"

"하라지. 원래 그런 녀석인데 어쩌겠니."

그렇게 나는 나를 만류하려 애쓰는 세 남매를 뒤로하고 곧장 엘리아스의 처소로 향했다.

굳게 닫힌 두터운 문 앞에 서서 짧게 심호흡을 하고는 조심스레 손을 들어 노크를 했다.

똑똑똑.

"엘리?"

"……저리 가!"

아니나 다를까, 곧장 들려오는 버럭버럭하는 고함에 저절로 쓴웃음이 새어 나왔다.

"엘리, 나랑 얘기 좀 해."

"할 얘기 없어! 그놈이랑 끝내겠다는 얘기 아니면……."

"일단 나와. 너 아침 식사도 하지 않았잖아."

"하든지 말든지 무슨 상관이람!"

"나랑 얘기하기 싫으면 나와서 식사라도 하라고. 또 부엌 들어가서 뭐 훔쳐 먹지 말고……."

"내, 내가 언제 그랬냐?! 네가 그놈이랑 끝장내기 전까진 아무것도 안 먹을 거라고!"

단식투쟁이라도 하겠다는 소린가? 나는 인내심을 가지고 다시 한번 똑똑똑 문을 두드렸다.

"엘리, 그러지 말고 일단 나와서 얘기 좀 하자니까. 일단 내 얘기 좀 들어주……."

"듣고 말고 할 게 뭐가 있어?! 네가 그 시커먼 놈이랑 끝장내기 전까지는 너랑 얘기도 안 할 거고 이 방에서 한 발짝도 안 나갈 거라고!"

"너 지금 협박하니? 어제 성인 됐다는 애가 무슨 그런 유치한 협박을 해?"

"마음대로 생각해! 나 굶어 죽는 꼴 보고 싶으면 마음대로 하란 말이야!"

"제발 쓸데없는 소리 좀 하지 마. 네가 굶어 죽긴 왜 굶어 죽니?"

"죽을 거거든?! 굶어 죽든 목매어 죽든 콱 죽어버릴 테니까 그놈이랑 알콩달콩 잘 해보시지!"

"엘리……."

"눈앞에서 나 죽는 꼴 보고 싶거들랑 어디 한번 계속 그놈이랑 놀아나 봐! 하! 남자 때문에 자식 죽인 어머니로 낙인찍히고 싶으면……."

……뭐어가 어쩌고 어쩐다고?

순간 머리가 핑 도나 싶었다. 다음 순간 정신을 차려보니, 일전의 도박 사건 이래 처음으로 엘리아스의 방문을 쿵 밀치며 들어서고 있었다.

그러자마자 가운만 대충 걸친 채 창가에 껄렁하게 걸터앉아 있던 엘리아스가 기겁하며 뛰어내렸다.

"뭐, 뭐야?! 이게 무슨 짓……."

"죽어어? 네가 내 눈앞에서 죽어어?!"

"아, 아니, 그니까 네가……."

"그래서 내가 남자한테 정신 팔려서 말만 한 자식새끼 죽였다고 널리 널리 퍼지는 게 네 궁극의 목표야? 그런 거야?!"

"아니, 그건 그냥 은유법……."

"어떻게 그딴 소리를 그토록 아무렇지도 않게 할 수가 있어! 내가 너희를 어떻게 키웠는데 내 눈앞에서 죽는다는 소리를 해? 어떻게 나한테 그런 말을 할 수가 있니?!"

"그니까 나는 네가……."

"하, 내 잘못이지. 전부 내 잘못이야. 내가 나가 죽어야지! 그렇고말고, 의붓아들로 하여금 자살 충동이나 느끼게 만드는 못된 계모 따위 나가 죽어버려야지!"

속이 상하기도 한 데다 어제 엘리아스가 했던 말들이 한꺼번에 떠오르면서 감정이 격해진 모양인지 나도 모르게 목소리가 고래고래 터져 나왔다. 그리고 엘리아스의 얼굴은 순식간에 허옇게 질려 버렸다.

"슈, 슈리이이!"

"엄마아아아!"

"마, 마니이이임!"

내 목소리가 아무래도 좀 많이 컸던 모양이다. 하기야 내가 웬만해선 이렇게 소리 지르는 법이 없긴 했다. 어쨌든 내가 바닥에 털썩 주저앉아 꺼이꺼이 흐느끼는 가운데 애들이고 사용인들이고 기사들이고 우르르 몰려와 어쩔 줄 몰라 하며 야단법석을 떨기 시작했다.

"야! 내 결국 네놈 새끼가 일 저지를 줄 알았다고!"

"아, 아니, 나는 그냥…… 슈, 슈리, 내가 잘못했어! 다 잘못했어! 죽는다는 말 취소야! 그냥 해본 소리…… 아악! 진짜 그냥 해본 소리라니까!"

"그냥 해본 소리라 해도 어떻게 그딴 소리를 할 수 있어?! 하여간 작은오빠는 그놈의 주둥아리가 문제라고!"

"맞아, 맞아! 어떻게 엄마한테 그딴 소리를 할 수 있어?! 큰형, 내 몫까지 좀 더 때려줘!"

"아악! 악! 아아악! 잘못했다니까! 지, 진심이 아니었다고! 난 그러니까 그냥 생각 없이……."

"아니, 작은 도련님께선 장난으로 던진 돌에 개구리가 맞아 죽는다는 말도 모르십니까?!"

"성년식까지 치르신 분께서 어찌 그토록 무모, 아니, 안하무인, 아니, 무개념일 수가 있단 말입니까?!"

"아니, 저, 이봐……."

"이제 속이 후련하십니까? 대체 도련님께선 어쩌자고 매번 이리 마님 속을 끓이십니까?!"

애들뿐만 아니라 우리의 하녀장과 집사, 거기다 기사들까지 합세해서 저마다 한마디씩 거드는 통에 엘리아스는 그야말로 옴짝달싹 못 하는 상태가 되어버렸다. 그저 허둥지둥하며 날아오는 제 형의 주먹으로부터 머리통을 보호하려 애쓸 뿐이었다.

나는 그 안쓰러운 꼴을 잠깐 더 지켜보다가, 마침내 훌쩍이며 몸을 일으켰다. 그러고는 일제히 쏟아지는 무수하고도 조마조마해하는 시선들을 한 몸에 느끼면서 입을 열었다.

"밥 먹을 거지……?"

"머, 먹을게요! 먹는다고!"

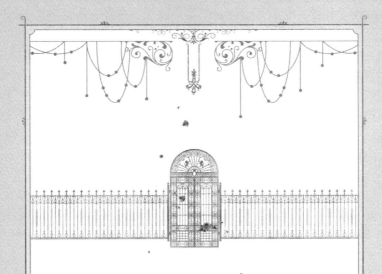

Chapter 14

저무는 해, 떠오르는 해

"……또 한 해가 이렇게 가는군."

뒷짐을 지고 서서 갈색으로 물들어가는 황궁의 늦가을 전경을 바라보던 막시밀리안 황제가 한참 만에야 던지듯 중얼거린 말이었다. 이에 알브레히트는 아무런 대꾸도 하지 않았다.

"짐도 나이가 든 모양일세. 가을이 지날 때마다 어쩔 도리 없이 옛 생각이 나는 것을 보면."

"……."

"자네도 기억하겠지. 우리 넷이서 랑엔네스까지 현자의 돌을 찾으러 갔던 그 가을 말이네. 찾기는커녕 터널 속을 헤매다가 드워프들한테 혼쭐이 났었지. 그토록 작으면서 특기까지 갖춘 종족이 있다는 사실이 어찌나 신기했던지……."

"……아무도 우리가 누구인지 못 알아봤었죠."

"그래서 더 즐거웠던 듯해. 생각해 보면 그때야말로 아무것도 거칠 것이 없었어. 자네와 나, 요헤너스와 루도비카가 함께 있는 한 세상 어떤 일도 가능하다고 여겼지…… 어떤 것도 두렵지 않았어. 심지어 신조차."

"……."

"그게 바로 청춘의 힘일지도 모르겠군. 하나 짐의 청춘은 너무도 빨리 끝나 버렸어……. 그녀가 죽는 순간 끝났으니. 걸음마도 못 하는 핏덩이 하나만 덩그러니 남겨놓고는……. 그녀와 닮은 데라곤 눈곱만큼도 없는 내 아들……. 알브레히트, 이건 자네가 내게 하는 복수인가? 그녀를 내게 빼앗겼던 것에 대한 복수인가?"

알브레히트는 조용히 파이프를 내렸다. 꼿꼿이 서 있는 옛 친구이자 주군의 등을 바라보는 그의 푸른 눈은 한없이 냉랭하기만 했다.

"요헨 그 친구나 폐하라면 모를까 소신은 까마득한 옛 추억에 젖어 이 나이 먹도록 주책이나 떠는 취미 따위 없습니다. 그리고 테오발트 전하께 무슨 일이 생긴다 한들 폐하께서 눈 하나 깜짝하실 분입니까?"

묘한 책망이 깃든 어조에 묵묵히 등을 돌리고 있던 황제가 마침내 고개를 홱 돌렸다. 찌르는 듯한 금빛 시선과 냉랭한 푸른 시선이 거세게 충돌했다.

"루도비카가 죽고 난 뒤 자네는 짐이 자네 누이와 결혼하기까지 한마디도 하지 않고 그저 방관만 했지. 결국 이게 목표였나? 황실을 늑대들이 독식하는 것……?"

"그리 보이셨습니까?"

"자네 도대체 무슨 꿍꿍이인가? 짐이 무엇 때문에 노이반슈타인 부인을 사파비로 보냈는데, 웬걸 그녀와 사파비 왕실이 손을 잡았을 뿐만 아니라 자네까지 그쪽 사상에 푹 빠졌다는 보고가 쉴 새 없이 들려오더군! 대체 자네 아들이 죽을 뻔했던 일 뒤에 진정 교단이 있다고 어찌 장담하나? 사파비 놈들이 뒤에서 꾸민 짓일 수도 있지 않은가!"

"……."

"그것만으로도 기가 찰 노릇인데 이젠 황후와 짜고서 레트란을 황태자로 만들려 들어? 짐은 여태까지 자네와 테오발트가 꽤 각별한 사이라고 생각했는데 아니었던 모양일세! 아니면 전부 철저한 연극일 뿐이었나? 교활한 핏줄 아니랄까 봐 전부 철저한 계략일 뿐이었어? 자네 도대체 누구인가? 그 누구보다도 자네를 잘 안다고 생각했는데 이젠 자네가 누구인지조차 모르겠는 기분이란 말이네!"

피를 토하듯 외친 막시밀리언이 손을 들어 화려한 다마스크 직물 벽감을 세게 내려쳤다.

알브레히트는 잠시 시선을 들어 천장에 아로새겨진 백금 독수리 문양을 바라보았다가 차분하게 입을 열었다.

"교단이 무너진다 해서 폐하께 해가 갈 일은 아무것도 없습니다. 그 누구보다도 교황에게 이를 갈던 분이 바로 폐하 아니십니까?"

"이젠 짐을 멍텅구리 취급하는 겐가? 단순히 교권이 약화되는 것과 아예 없어지는 것에 어떤 차이가 있는지 코흘리개 어린애도 알 걸세! 결국 득을 보는 건 귀족들뿐이겠지! 자네하고 그 빌어먹을 대귀족들! 나아가 테오발트가 설령 추기경 몇몇과 가까이 지낸다 한들 그건 제국의 황태자로서 당연한 행보일 뿐이야! 황태자로서 마땅히 감내해야 할 사교 문제를 물고 늘어져서 기어이 사달이라도 낼 작정인가?"

"……."

"자네 말이 옳아, 짐은 짐의 자식들에게 큰 애정이 있지는 않네. 그렇다고 해서 누가 멋대로 짐의 핏줄들의 권리를 침해하려 드는 걸 용납할 수 없지. 테오발트는 루도비카가 남겨준 아이야! 그녀의 넋을 기리기 위해서라도 테오발트는 반드시 황좌를 이어받아야 해!"

"폐하께선 아직까지도 귀족이라는 종자들을 제대로 이해하지 못하고 계신가 봅니다."

싸늘하게 내뱉은 알브레히트가 눈을 가늘게 떴다.

"이미 황도의 귀족 대부분이 교단에 등을 돌리기 시작했습니다. 황도뿐만 아니라 다른 지역 역시 마찬가지입니다. 전국에 반교황청 정서가 퍼져가기 시작하고 있다 이 말입니다. 이러한 상황에서 폐하께서 속히 테오발트 전하를 폐하지 않으신다면 전하께서는 앞으로 발생할 충돌들에 휘말려 크나큰 치욕을 당하실 겁니다. 황족으로서 감내하기 어려운 수모를 겪느니 차라리 태자 자리를 내려놓는 편이 낫겠지요."

"치욕과 수모라니, 결국 짐이 폐태자 건을 엎는다면 테오발트를 교단과 엮어서 추락시키겠다는 선포 아닌가? 그게 귀족들의 의지인가? 대체 그 녀석한테 무슨 한이 맺혀서……."

"천만의 말씀입니다, 폐하. 온전히 소신의 의지입니다."

잠시 정적이 흘렀다. 황제가 자신의 귀를 심히 의심하고 있다고 주장하는 눈빛을 지어 보이는 가운데 강철의 공작은 한결 가라앉은 음성으로 덧붙였다.

"굳이 그렇게까지 하고 싶지는 않기에 폐하께 선택권을 드리는 겁니다……. 소신과 폐하의 우정을 감안해서."

"이 대체 무슨…… 자네 그 아이를 사랑했던 거 아니었나? 그 아이는 루도비카의……."

"만일 소신이 루도비카의 아이가 아닌 소신의 아이에게 눈을 돌렸었다면, 폐하께서 루도비카의 빈자리를 메우는 여인네들의 품에 안기기보다 폐하의 아이들에게 눈을 돌렸었다면, 요헤너스가 루도비카의 허상을 어느 어린 소녀에게 덮어씌우지 않았더라면, 우리 모두 보다 다른 오늘을 맞고 있었겠지요."

쓰라린 어조로 내뱉는 알브레히트의 음성에는 기이한 울림이 섞여 있었다. 그에 따라 막시밀리안의 얼굴에도 노기 대신 얼떨떨함이 깃들어 갔다.

그도 그럴 것이 그로서는 거의 평생을 알아왔던 친우가 이토록 자조적이며 회한에 젖은 투로 말하는 모습을 처음 목도하는 것이었기 때문이다.

"자네……."

"우스운 게 뭔지 아십니까……? 그렇게 난 다르다고 생각해 놓고는 결국 저 역시 두 사람과 별반 다를 바 없는 인간이었습니다. 그 사실을 어쩌면 끝까지 몰랐을 수도 있습니다. 그 문제에서 가장 큰 희생양이었던 누군가가 제 눈을 뜨게 해주지 않았더라면 말입니다. 그러지 못했더라면 전 지금쯤 아들을 영영 잃었을 테지요. 폐하께서 본인의 아들이 얼마나 뒤틀린 인간으로 자랐는지 내내 모르셨던 것처럼."

"대체……."

"그 요헤너스의 아들이 저더러 루도비카의 아들이 황좌에 앉는 세상을 두고 볼 수 없다고 말했다면 믿기십니까?"

이 질문에 반쯤 멍하기까지 하던 금빛 눈동자에 불쑥 화르륵 불꽃이 피어올랐다. 그야말로 뜬금없다 못해 무시무시한 변색이었으나 알브레히트는 왠지 이럴 줄 알았다는 표정을 지어 보이고 있었다.

"감히! 그놈한테 그리 지껄일 자격이 어디 있다고……!"

"똑바로 들으십시오. 요헤너스가 아니라 요헤너스의 아들이 한 말입니다."

"그게 그거지 뭔가?!"

"그게 그거라고요? 지금 말 다 하셨습니까? 대체 폐하께선 언제까지 옛 시절에 갇힌 채 사리 분별도 못 하고 쳇바퀴질이나 하고 계실 겁니까? 그러니 테오발트 전하가 그따위로 자란 거 아닙니까!"

우당탕!

황제가 기운 좋게도 냅다 집어 던진 의자를 공작이 간발의 차로 피했다. 다음으로 챙, 하는 섬뜩한 굉음이 울리더니만 검을 뽑아 든 황제가 격노한 기세로 오랜 친우를 향해 분노의 칼날을 휘두르기 시작했다.

"감히 어느 안전이라고 뚫린 입을 함부로 지껄이는가?! 내 이번에야말로 네놈의 지긋지긋한 혀를 뿌리째 뽑아버리고 말리!"

"폐하께서 걱정하셔야 할 혓바닥은 소신의 혀가 아니라 오직 테오발트 전하의 혀입니다!"

"입 닥치지 못할까?! 네놈의 아들부터 걱정하시지!"

"제 아들은 매우 바람직하게 잘 자랐습니다만?! 폐하의 아들이야말로 제국의 골칫덩이, 누가 부전자전 아니랄까 봐 암군 새싹이란 말입니다!"

"감히 누구더러 감히 암군이라는 게야?! 혼자 고상한 척하면서 결국 네놈도 우리와 똑같지 않나! 상대가 노이반슈타인 부인이 아니었음 이리 냅다 편들어줬겠냔 말이다!"

"제 아들이 그러길 바라는데 그럼 아비로서 아들 소원 하나 못 들어줍니까?! 그러는 폐하야말로 상대가 노이반슈타인 부인이 아니었다면 진작 끌고 와서 대질하셨을 거 아닙니까?! 누가 누구더러 편든다는 건지……."

"이이잇, 그게 뭐 어쨌다고! 그녀와 똑 닮은 얼굴로 똘망똘망한 눈깔

치켜뜨는데 마음 안 약해지고 배기겠냐 말이다! 네놈이야말로 언제부터 그리 자식새끼를 위했다고!"

"아무 생각 없는 폐하보다는 낫습니다!"

"아무 생각이 없다고?! 천 년이 넘는 세월 동안 다져왔던 제국의 모든 기반을 송두리째 날리라고 간언하는 주제에 뭣이 어쩌고 어째?!"

"뭐가 문제입니까?! 앞으로 새로운 기반을 다지시면 될 것 아닙니까!"

"그, 그놈의 세 치 혀는! 말이야 쉽지! 정녕 그리한다면 비스마르크 황가는 신앙의 보호자라는 중대한 정통성을 영영 잃게 될 거란 말이다!"

"대신에 새 정통성을 만들어갈 수 있겠지요! 종교의 간섭 따위 받지 않는 독보적인 정통성을! 제국의 황제로서 이쯤이면 제발 사내답게 뭔가 해보십시오!"

"알브레히트!"

"막시밀리안!"

"이게 대체 뭐 하는 짓들이오?!"

이 소란을 전해 듣고 달려온 엘리자베트 황후가 날카롭게 외치자마자, 신성한 알현실에서 때아니게 현란한 칼춤을 선보이던 황제도, 이리저리 피하며 으르렁대던 공작도 동시에 약속이라도 한 듯 동작을 뚝 멈췄다. 그러면서도 여전히 흉포하게 식식대며 서로를 찢어발길 기세로 노려보았다.

그 한심한 행태를 잠시 물끄러미 노려보던 엘리자베트가 곧 허리에 한 손을 올리며 기가 막힌다는 투로 물었다.

"두 사람 모두 역병에 걸리셨소이까? 머리 쪽으로 말이오."

"……공작이 짐더러 감히 애비 자격 운운하지 않소!"

"누님, 누님께서도 아시다시피……."

"닥치십시오, 두 사람 모두. 사춘기 코흘리개들도 이보다 더 한심할 순 없을 터이니. 태자나 공자가 대체 누굴 닮아 그 지경인가 싶었더니 딱 부전자전이구려."

"태자 얘기가 나와서 말인데, 황후, 짐은 황후가 테오발트를 더없이 아끼는 줄로만 알았소. 한데……."

"저 역시 한때 그리 생각했사옵니다, 폐하. 하오나 누굴 탓하시렵니까? 일이 이 지경까지 온 것은 전부 폐하 탓입니다. 그러니 저를 못된 어미라 꾸짖으시려거든 얼마든지 하십시오. 배 아파 낳은 하나뿐인 친자를 계속해서 내팽개치느니 차라리 천하의 못된 의붓어미가 되고 말 것입니다."

엘리자베트가 붉은 입술을 뒤틀며 신랄하게 뱉은 저 말에 황제는 일순 말을 잃었다. 그저 새삼 낯선 이를 보는 듯한 눈빛으로 자신의 아내를 멀거니 응시할 뿐이었다.

"아시겠습니까? 테오발트는 폐하의 친자이지 제 친자가 아닙니다. 그간 부정이라곤 눈을 씻고도 찾아볼 수 없던 분께서 새삼 무얼 그리 놀라워하십니까?"

그야말로 게세게 쏘아붙이며 일갈하는 황후의 만행에 황제는 격노하기는커녕 되레 당황해 버린 것 같았다. 냉랭하게 빛나는 두 쌍의 푸른 눈을 번갈아 보는 사이 날카로운 금빛 눈동자에 덮여 있던 얇은 막이 서서히 바스러져 떨어져 나가는 듯했다.

차마 형언하기도 어려운 무거운 침묵이 잠시 흐른 끝에, 황제가 검을 던지듯 내려놓고는 천천히 걸음을 옮겨 알현실 중앙에 놓인 테이블에 스르륵 주저앉았다.

황가의 인장이 새겨진 반지 세 개가 줄줄이 꿰어 있는 손이 은빛 머리를 받쳤다. 금색 눈동자는 뭐라 형언하기도 어려운 감정의 덩어리로 요동치고 있었다.

한참의 정적 끝에 마침내 울린 목소리는 놀라울 만큼이나 낮고도 공허했다.

"대체 무슨 일이 벌어졌던 것이기에……."

엘리자베트가 무어라 말하려 입을 벌리는 찰나 알브레히트가 손을 들어 누이를 저지했다. 그러고는 한결 차분히 가라앉은 어조로 입을 열었다.

"됐습니다. 폐하도, 요헤너스도, 저도 모두 잘못했습니다. 남아 있는 우리가 할 수 있는 일은 뒤늦게나마 잘못된 일을 바로잡으려 애쓰는 것뿐이겠지요. 그러니 이번 한 번만이라도 자식에 대한 책임감을 가지고 결정을 내리십시오."

"태자의 자격을 박탈하는 것이 애비로서 책임감 있는 행동이란 말인가? 자네들더러 교권과 대적하라 허락하는 것이 책임감 있는 행동이라고?"

"뒤늦게 발악하고 있는 저로부터 보호하시란 말씀입니다."

느긋하게 힘주어 말하는 알브레히트의 음성은 차분하다 못해 온화했으나 동시에 외면할 수 없는 강철 같은 뼈대가 실려 있었다. 이쯤이면 거래라고도, 회유라고도 하기 어려웠다. 태자 자리에서 내려놓음으로써 보호하느냐, 여태까지 그래왔던 것처럼 그저 방관만 하다가 파국 속으로 내던지느냐…….

"……짐에게 주어진 선택지는 처음부터 단 하나뿐이었던 것 같군."

"……."

"교권 문제에 대해서도 마찬가지겠지."

"우리 아래 세대들이 새 시대를 여는 데 그 무엇도 장애물이 되지 못

할 것입니다."

"……교황이 가만히 있지 않을 것이야. 이미 그쪽에서 노이반슈타인 부인을 향한 협동 심문을 요청했네."

이 말에 알브레히트도 엘리자베트도 동시에 인상을 찡그려 보였다.

"예상하지 못했던 건 아닙니다만 어째서 노이반슈타인 부인뿐입니까? 사파비엔 공자도 같이 다녀왔는데."

"……공자는 그녀에게 물든 것뿐이라고 생각하고 싶은 모양이지. 혹은 뉘른베르 공작가까지 한 번에 상대하기엔 영 자신이 없거나. 하여간 여러모로 약아빠지고 치졸한 놈들이야."

치가 떨린다는 듯 혀를 끌끌 차는 황제의 모습에 공작은 약간 미소를 지었다가 머리를 끄덕여 보였다.

"과연 현명한 치들은 아니군요. 차라리 잘됐습니다. 협동 심문 요청을 받아들이십시오, 폐하."

"자네 미쳤나? 조금 전엔 나더러…… 아니, 뭣보다 노이반슈타인 부인은 짐의 백성이란 말이네! 신성 재판만으로도 분통이 터지는데 또 그런 고생을 겪게 한다면…… 거기다 교단에서 그녀를 무작정 압박했다가 행여나 사파비에서 난리 치기 시작한다면 어디 교황청이 쥐뿔이라도 책임지나?"

황제가 용암이 끓는 듯한 음성으로 일갈하자마자 황후가 기다렸다는 듯 동생을 거들고 나섰다.

"폐하께서 노이반슈타인 부인을 그리 애틋이 여기시는 것이 꼭 폐하의 백성이기 때문만은 아닌 것 같긴 합니다만, 아무튼 예상하고 있던 수순인 데다 그녀라면 능히 패를 뒤집을 수 있을 겁니다. 그간 그녀가 법정에 섰을 때마다 무슨 사달이 벌어졌었는지 우리 모두 잘 알지 않습니까?"

"마마 말씀이 옳습니다. 어차피 한 번쯤은 거쳐야 할 수순입니다. 상황을 어떻게 이쪽으로 유리하게 돌리느냐가 관건입니다만 노이반슈타인 부인이라면 충분히 가능한 일입니다."

누가 같은 핏줄 아니랄까 봐 번갈아가며 일침해 대는 늑대 남매의 행각에 막시밀리안은 이제 반박할 여지를 모두 잃어가는 자신을 발견하고 있었다. 딱히 다른 선택지가 존재하는 것도 아니지만서도.

"그래, 그렇지…… 그녀라면 능히 해내고도 남겠지. 그렇다면 거기서 짐이 할 일은 도대체 뭔가?"

테이블 위로 상체를 숙이며 황제와 시선을 맞추는 공작의 눈동자가 심오한 빛으로 번득였다.

"어차피 심문은 전부 추기경들이 이끌어갈 것입니다. 폐하께선 그저 방관하는 듯하되 암묵적으로 개혁을 지지하고 있다는 의사를 내비치십시오. 그리하시면 이 개혁은 만백성에게 제국 전체와 부패한 성직자들의 싸움으로 각인될 것입니다."

전생에선 고작 한 번뿐이었는데 이번 생애에선 벌써 세 번째다. 내가 신과 사람들 앞에서 진실만을 고할 것을 맹세하며 법정 안에 들어가는 일 말이다.

물론 이번에 심문 소환장이 날아온 것은 예상 못 한 바가 아니었기에 앞선 두 건과는 달리 한결 덤덤한 기분이었다. 그렇다고 해서 긴장이 아예 안 되는 것은 아니었지만 말이다.

교단 측에서 요구한 상대가 오로지 나뿐이라는 사실 역시 그다지 놀라운 일이 아니었다. 불쾌함이 안 이는 건 아니었지만. 어쨌든 뉘른베르 공작님이 보낸 서신에 따르면 황제를 걱정할 필요는 없게 된 것 같았다. 온전히 성직자들만 상대하면 된다는 의미였다.

그간 세밀히 물밑 작업을 진행해 왔음에도 불구하고 막상 청문회 당일이 되자 좀 떨렸다.

나는 일부러 수수한 크림색 드레스와 간소한 장신구만 착용하고는 재판이 열릴 예정인 궁중 성당으로 향했다.

성당 주위에 속속히 몰려든 인파와 더불어 청문회가 열리는 2층 홀의 양측 계단식 관객석을 꽉 메운 관중을 보니 긴장감이 배로 증폭했다.

여기서 조금이라도 흔들리는 모습을 보이면 여태껏 쌓아왔던 모든 것이 산산조각 날지도 모른다는 불안이랄까.

만일 재판관들이 내게 압박감을 주기 위해 나 홀로 바닥에 서서 상단에 자리한 모든 사람을 상대하게 만든 거라면 어느 정도는 성공했다 볼 수 있었다. 물론 뒤쪽에도 관중이 앉아 있긴 했지만 홀의 거의 절반을 덩그러니 차지하는 심판대는 심문당하는 본인과 그 소지품 외의 다른 이는 누구도 함께할 수 없게끔 되어 있었다.

그랬기에, 막 법정 안으로 발걸음을 들이던 참인 나는 나보다 한발 앞서 심판대에 다다라 당당히 서 있는 커다란 녀석을 발견하고는 당연히 아연실색할 수밖에 없었다.

"노라……?"

"아, 누나. 늦을까 봐 걱정했는데 제가 좀 더 빨랐네요."

"하지만 여기는……."

내가 미처 말을 다 잇기도 전에 짧고도 요란한 종소리가 울리더니 곧

이어 검은 성복을 입은 추기경들이 하나둘씩 입장해 상단의 재판석에 앉기 시작했다.

황제 폐하로 말할 것 같으면 성직자들보다 한층 위쪽의 상단에 두 황자와 함께 나란히 앉아계셨다.

흐음, 테오발트야 그렇다 쳐도 레트란까지 동반하시다니…….

문득 테오발트의 표정을 살피려고 힐긋 보니, 은발의 황태자는 앞으로 자신에게 벌어질 일들을 아는지 모르는지 그저 무표정한 얼굴로 이쪽을 응시하고 있었다.

"정숙, 정숙!"

땅땅땅, 하는 힘찬 의사봉 소리와 함께 울린 엄숙한 음성에 술렁이던 청문회장 안이 순식간에 조용해졌다.

나는 시선을 돌려서 상단의 우측에 앉아 있는 한 젊은 추기경을 올려다보았다. 어쩐지 아까부터 신경이 곤두선다 싶더니 아니나 다를까, 신성 재판 때조차 모습을 드러내지 않았던 리슐리외 추기경이었다. 실로 오랜만이라 할 수 있겠다.

저 작자가 거의 노라를 죽일 뻔했다. 하, 음흉하게 독살이나 꾸미는 주제에 저리 뻔뻔한 낯을 하고서 당당히 재판석에 앉아 있는 모습이라니.

일이 뜻대로 안 풀려서인지 어째서인지 리슐리외 추기경은 그간 더 핼쑥해진 모습이었다. 어울리지 않는 밝은 다갈색 머리칼과 꺼림칙하고 불쾌한 암흑 같은 시선은 여전했다. 저 후안무치한 시선 너머로 무슨 생각을 해대고 있을까. 불현듯 저자의 입을 벌리고 칸타렐라를 한 바가지 퍼부어주고 싶다는 사나운 충동이 일었다. 저 인간 때문에 노라가 어떻게 죽을 뻔했던가. 얼마나 고통스러워했던가…….

재판석 중앙에 앉은 중년의 추기경이 입을 연 것은 그때였다.

"심판대에는 심문 대상 외의 다른 누구도 함께할 수 없습니다, 노라 폰 뉘른베르 공자. 즉각 퇴장하십시오."

나는 눈을 깜박이며 노라를 돌아보았다. 노라로 말할 것 같으면 자신을 죽이려 한 심중상의 범인과 유년기의 철천지 원수까지 나란히 저 위에서 거들먹거리고 있는데도 불구하고 대체 무슨 생각인 건지 천연덕스러운 미소를 유지하고 있을 따름이었다.

"심판대에 허용되는 이는 피고인과 그 피고인의 소지품들이라 알고 있습니다."

"그걸 알면서도……."

"제국법상 기사와 레이디의 관계는 소유와 피소유의 범위가 허용되는 걸로 알고 있습니다. 저는 여기 모인 모든 분이 잘 알고 계시듯 레이디 노이반슈타인의 명예의 기사입니다. 따라서 이 자리에서 저는 단지 레이디 노이반슈타인의 소유물로 간주될 뿐입니다."

저 얼토당토않은 주장에 관중석에서 휘파람과 야유, 박수 등등이 터져 나온 건 당연한 수순이었다.

나는 턱을 아래로 떨어뜨리기 일보 직전이 되어 노라의 유유자적한 옆모습을 멍하니 바라보고만 있었다. 뭐가 어쩌고 어째?

황당함을 감추지 못하는 건 추기경들도 마찬가지인 듯했다.

"아니, 이 무슨 황당한……. 공자, 지금 신성한 청문회를 모독할 작정입니까?"

"천만의 말씀입니다. 철저히 법적 절차에 따른 소유물로서의 권리를 주장하는 것뿐인데요."

묵묵히 입을 다물고 있는 리슐리외 추기경의 표표한 시선이 오롯이 노라에게 가 꽂혔다. 그러는 동안 관중석은 점점 더 요란해져 가고 있었다.

"아암, 자고로 기사란 그 레이디의 소유물이지!"

"저게 그 기사돈지 뭔지 하는 거냐?"

"나도 소유 좀 당해보고 싶은데."

"그냥 옆에 있게 해주쇼, 좀! 한창 불타오를 때구먼!"

어이가 없다 못해 기가 막힌다는 표정으로 노라를 노려보던 추기경들이 곧이어 몸을 돌리고 저들끼리 뭐라고 수군대기 시작했다.

아무래도 이런 경우는 듣도 보도 못했기에 어지간히 당황스러운 듯했다.

잠시 후 중앙석에 앉은 추기경이 헛기침을 하며 이쪽을 향해 눈을 부라렸다.

"비록 그 조건이 성립된다 한들 지정 피고인 외 누구도 질의응답에 관여할 수는 없습니다."

"알고 있습니다. 어차피 전 한마디도 하지 않을 겁니다. 소유물일 뿐이니까요."

기다렸다는 듯 느긋하게 받아친 노라가 나를 돌아보며 한쪽 눈을 찡긋해 보였다. 그 꼴을 보고 있자니 헛웃음이 다 나왔다. 단지 같이 있겠다는 작정만으로 이런 짓을 벌이다니……! 그러나 기분이 좋지 않다고 한다면 거짓말이리라.

"정숙! 다들 정숙하시오!"

의사봉이 다시 한번 힘차게 울림과 동시에 다시 한번 고요가 찾아왔다. 바야흐로 심문의 시작이었다.

이른 나이에 머리가 반쯤 벗겨진 추기경 하나가 내게 익숙한 책자 하나를 한 손에 쥔 채 높이 쳐들었다.

"레이디 노이반슈타인. 이 〈성복 속의 뱀〉 책자에 대해 알고 계십니까?"

"알고 있습니다."

"레이디 노이반슈타인, 당신이 이 책자의 저자입니까?"

"아닙니다."

"레이디 노이반슈타인, 거룩한 교단의 신앙과 교리를 모욕하는 이 책자는 노이반슈타인 소속 상인 길드들을 통해 최초로 유포되었습니다. 당신이 아니라면 누가 저자라는 겁니까?"

"황제 폐하의 칙령에 따라 사파비에 사절로 갔을 때 그곳에서 유행하던 흥미로운 책을 몇 권 들여왔습니다. 꽤 인상적인 내용들이라 길드 상단을 통해 판매 및 유통한 겁니다."

"황제 폐하의 칙령에 따라 사파비에 사절로 다녀오신 분이니 현재 그곳에 어떤 망조가 깃들고 있는지 잘 아실 테지요. 이 책자가 어떤 내용을 담고 있는지도 알고 계십니까?"

"알고 있습니다."

추기경의 입꼬리가 기다렸다는 듯 위로 올라갔다.

"이단들이 쓴 것이 분명한 악의적인 문서임을 알면서도 거룩한 교황청이 뿌리를 내리고 있는 제국 내부에 유통시켰단 말씀입니까?"

"어디가 악의적이라는 말씀이십니까?"

고조된 긴장감이 녹아든 정적이 내려앉았다. 추기경들의 찌르는 듯한 맹렬한 시선이 일제히 나를 노려보는 가운데 나는 내 곁에 선 노라의 존재를 느끼며 허리를 꼿꼿이 폈다. 그가 옆에 있다는 사실을 상기하는 것만으로도 바짝 밀려오던 긴장감이 한 걸음 물러서는 느낌이었다.

"충성스러운 제국민이자 신앙인으로서, 부인께선 이 책자의 내용이 악의적이라 생각하지 않는다는 겁니까?"

"충성스러운 제국민이자 신앙인으로서, 몇 차례 읽어본 결과 여느 스캔들이나 가십거리를 담은 잡지들과 별반 다를 바 없어 보였습니다. 성직자들의 낯 뜨거운 취미라든가, 성서와는 도통 연관도 없는 교리라든가, 혹은 전,현 교황들의 스캔들 등을 사실 위주로 낱낱이 적은 것뿐이니 말입니다. 딱히 악의적이라 할 만한 의도는 느껴지지 않았습니다."

"사실 위주라? 사실 위주라니 그게 대체 무슨 뜻입니까?"

"무슨 뜻인 것 같습니까? 저보다야 예하들께서 더 잘 아시지 않습니까?"

나도 알고 그들도 알고 모두가 아는 사실이다. 단지 섣불리 입 밖으로 내지 못했을 뿐이지.

법정이 술렁이기 시작했다. 온 사방에 술렁임이 퍼져가는 한복판에서 누군가가 정숙을 외쳤고, 하여 청문회장 안은 다시 고요에 잠겼다.

"레이디 노이반슈타인. 이것은 혹 일전의 신성 재판에 관련한 일종의 보복심에 의거한 행위입니까?"

"그건 아닙니다만 보복당할 만한 일이라고 여기시긴 하나 봅니다."

"그 무슨……."

"그 부당하고도 부조리했던 재판의 결말을 제국 전체가 압니다. 한데 저와 제 아이들은 부당하게 모욕당한 것에 대한 일말의 사과조차 받지 못했습니다."

"무슨 신성모독적인 발언이십니까, 그게! 교황청은 언제든 죄인으로 의심받는 자를 상대로 심문을 행할 수 있으며 모든 결과는 신의 뜻인 고로 어떤 책임도 부과되지 않습니다!"

"그런 아니면 말고 식의 교리로 그간 얼마나 많은 결백한 제국민을 죽이고 충성스러운 귀족들의 명예를 실추시켰는지 의문스럽군요."

여기저기서 다시 소란이 터져 나왔다. 중앙석에 앉은 추기경이 연신 의사봉을 내려치며 정숙을 외쳤으나 술렁임은 점점 더 커져갈 뿐이었다.

그러다가 별안간 모든 술렁임이 뚝 멈췄다.

"레이디 노이반슈타인. 당신은 교황청의 권위에 대해 이의를 제기할 어떤 권한도 없습니다."

그야말로 전혀 예기치 못했던 존재, 침묵의 종께서 입을 열었기 때문이다.

쇠구슬을 맞대고 문지르는 듯한 거칠고도 스산한 음성이 놀라움에 잠긴 법정 안에 표표히 울렸다.

"모든 교리와 규율은 성부와 성모의 이름 아래 건국 초기 때부터 확립된 규범입니다. 충성스러운 제국민이라면 마땅히 준수하고 순종해야 할 법도입니다. 그것에 대해 의구심을 제기하는 자는 악마에 농간에 흔들리는 이단일 뿐입니다. 부인께선 이 나라의 근간 자체에 의혹을 제기할 작정이십니까?"

칠흑 같은 시선이 나를 잡아먹을 듯 쏘아보며 활활 타오르고 있었다. 나는 잠시 그 시선을 물끄러미 마주하다가, 손을 옆으로 움직여 내 옆에 선 노라의 손을 확 붙들었다.

노라가 눈을 동그랗게 뜨고 나를 쳐다보는 것이 느껴졌다. 리슐리외로 말하자면 어느덧 시선을 약간 돌려서 우리의 맞잡은 손을 찢어발길 듯 응시하고 있었다.

그 끔찍한 모양새를 눈에 담으며 나는 차분히 입을 열었다.

"이 나라의 근간은 건국을 행하신 초대 선황 폐하와 여섯 대가문의 수장들에게 있습니다. 그분들의 안배를 통해 터를 잡은 종교인들이 아니라요. 한데 그런 질책이라니, 과연 황제 폐하의 권위가 교황의 아래에 있다 여기시는 모양입니다."

"커흐흠!"

여태 한마디도 안 하시고 묵묵히 방관만 하던 황제가 불쑥 헛기침을 해 보인 것은 그때였다. 그것을 신호로 잠시나마 잠잠했던 청문회장 안이 재차 웅성거리기 시작했다. 이어 추기경 하나가 벌떡 몸을 일으켰다.

"레이디 노이반슈타인, 리슐리외 예하의 말씀은 그런 의미가 아니잖습니까! 이 나라의 근간에 신앙 또한 자리를 차지하고 있다는 것은 부정할 수 없는 일입니다!"

"그 신앙의 전통 깊은 규율들을 누구보다도 앞장서서 어기고 있는 이들이 현시대의 성직자들 아닙니까? 교회법상 서품을 받은 모든 성직자는 철저한 금욕을 지켜야 한다는 사실은 누구나 다 알지 않습니까? 우리가 아는 교황의 정부들과 사생아만 해도 몇 명입니까?"

"시, 신성모독입니다!"

"신성모독은 오히려 그쪽이 저지르고 있는 것 같습니다만. 그 책의 내용대로 현시점 교단과 교황은 누가 봐도 심각한 자가당착과 위선에 빠져 있습니다. 그런 신뢰하기 어려운 이들이 어찌 신의 이름으로 황실의 세속권에 간섭하며 무슨 권리로 건국 초기부터 황실을 비호해 온 대귀족들을 휘두르려 들 수 있습니까?"

"옳소!"

"맞아, 맞아!"

"칸타렐라는 누구 거냐!"

"감히 귀족을 독살하려 하다니! 이 나라가 어떻게 세워졌는데!"

비록 이 자리에서는 한마디도 언급하지 않았으나 뉘른베르 공자가 사파비에서 독살당할 뻔했던 일의 전말은 귀족들 사이에 공공연하게 퍼져 있는 상태였다.

칸타렐라 자체가 생소한 물질인 데다 그 어떤 물증도 없는 상황인지라 설마설마하는 이들도 당연히 있긴 했다. 그러나 그 뉘른베르 공작님이 앞서서 확신하고 있는 만큼 대다수의 대귀족 역시 심증뿐인 정황 자체만으로도 귀족의 자존심이 손상되었다 여기는 판이었다. 진정한 진실이 뭐가 됐든.

이제 관중석에서 터져 나오는 소리는 더는 술렁임이라고 칭할 수 없어졌다. 다들 대놓고 큰 소리로 자기 의견을 외치고 있었다. 개중 이단 어쩌구 하는 사람도 당연히 있었지만 맞는 말인데 왜 난리냐는 호통에 묻혔다. 종합해 보건대 태반 이상이 내게 호응을 보내고 있는 듯했다.

그렇게 사방이 온통 소란스러운 상황에서 으스스한 눈길로 나를 응시하던 리슐리외가 다시금 입을 열었다.

"레이디 노이반슈타인. 만일 당신이 대귀족 가문의 수장이 아니었다면 이 책자를 제국에 가져온 즉시 불에 살라지고도 남았을 겁니다. 제국의 평화와 신앙의 존속을 위해 지금이라도 교단을 향한 모든 반발을 철회하십시오. 그리한다면 교황청에서도 더는 이 일로 문제 삼지 않을 것입니다."

소란스럽던 장내가 고요해졌다. 이번엔 저 침묵의 종이 말하는 것 자체가 신기해서가 아니라, 그가 한 말에 내가 어떤 대답을 할지 지켜보는, 반은 호기심, 반은 전전긍긍함에 가득 찬 숨죽인 고요였다.

내가 잠시 아무 말도 안 하고 있자 그가 재차 힘주어 덧붙였다.

"부인이 사파비에서 귀국한 이래 행한 모든 일과 이 자리에서 했던 모든 발언을 전부 철회한다고 말하기만 한다면, 교황 성하께선 특별 사면을 내릴 의지가 있다고 하셨습니다."

그렇단 말이시지. 객관적으로 봤을 때 교황의 태도는 놀라우리만치 온건하고도 너그러운 편이었다. 신성 재판 때와 비교하면 더더욱. 그러나!

"외람된 말씀이오나 교황께선 제게 사면을 부여할 어떠한 권한도 명분도 없습니다. 대체 무엇에 대해 사면한다는 겁니까?"

"……제국 내에 분열을 조장한 죄를 부정하는 겁니까?"

"수교국의 유행 잡지를 들여와 길드를 통해 판매한 일이 어떻게 분열 조장죄가 될 수 있는지 도통 모르겠습니다. 만약 제가 여기서 표한 책의 내용에 대한 솔직한 감상이 지나치게 직설적이었다면 여러분의 마음을 상하게 한 데에 미안하게 생각하겠습니다만 그게 죄가 된다고 생각하진 않습니다."

칠흑 같은 시선과 내 시선이 거세게 충돌했다. 나는 여기서 리슐리외가 이성을 잃고 폭발하지 않을까 내심 기대했으나 그는 놀라우리만치 냉철한 태도를 유지했다.

다른 추기경들로 말하자면 내가 그들의 고환을 따 가겠다고 선포하기라도 한 것 같은 표정으로 나를 노려보고 있었다.

"뭔가 착각하시는 것 같은데 제국의 신성한 권한에 이의를 제기하며 사람들의 혼란을 야기하는 것 자체가 반역죄에 속합니다. 만약 끝까지 철회하지 않겠다면……."

"진실을 말했다고 화를 내는 분들을 위해 제 양심을 어겨가면서까지 발언을 철회하지는 않을 겁니다. 제가 귀족으로서 반역죄를 의심받는다면 온전히 황제 폐하와 같은 귀족들의 선처를 구할 일이지 부패한 성직자들의 자비를 구할 일이 아닙니다."

'옳소!' 하는 외침들이 다시 터져 나왔다.

나는 그 기세를 등에 업고 마지막으로 힘주어 쐐기를 박았다.

"노이반슈타인 가문의 수장이자 대귀족의 일원으로서 제가 충정을 바쳐야 할 상대는 같은 귀족과 비스마르크 황실뿐입니다. 거기서 신앙은 개개인과 신 사이의 문제일 뿐, 그 누구보다도 신앙에 대한 의혹을 불러일으키는 성직자들에게 사면을 구하고 말고 할 것도 없다고 생각합니다. 그것이 제가 현재 속해 있는 노이반슈타인 가문의 의지이자, 제 옆에 서 있는 기사가 속한 뉘른베르 가문의 의지이고, 건국 초기부터 황실을 받들며 이 땅의 기반을 다져온 모든 귀족의 긍지입니다."

"옳소!"

"옳소이다!"

"암, 그렇고말고!"

리슐리외의 흑단 같은 눈동자가 불을 뿜었다. 만약 눈빛만으로 사람을 찢어 죽일 수 있다면 나는 진작에 천 갈래로 산산조각이 났을 터였다.

그러거나 말거나 나는 더는 이곳에 있을 이유가 없다고 선포하는 양 몸을 홱 돌렸고, 그렇게 이 심문은 부지불식간에 종결을 맞이하게 되었다.

밖으로 나가는 내내 사방이 온통 떠들썩했다. 상상했던 것보다 훨씬 열렬하여 되레 얼떨떨할 지경이었다.

"치마 두른 놈들이 무슨 권리로 고귀한 혈통들을 심판하나!"

"이단이다!"

"이단은 무슨 이단! 너 이리 내려와!"

"과연 사자들의 어머니로세! 치마 입은 놈들의 협박 따위 눈 하나 깜짝하지 않는군!"

"의외로 꽤 하더군."

"과찬이십니다."

"하기야 나한테 하는 것만 봐도 그대가 코끝으로 웃으며 사람 속 박박 긁어놓는 데 일가견 남다른 실력이 있다는 사실은 명백하지. 어쨌든 이 걸로 여론이 완전히 역전되겠구먼."

그냥 잘했다고 한마디로 끝내면 어디가 덧나나. 하여간 솔직하지 못한 사람 같으니라고.

웃음을 삼키며 분홍빛이 도는 블루멜로우 찻잔을 입에 가져다 대는 데 어째 오묘한 눈길로 나를 응시하던 엘리자베트가 불쑥 물었다.

"한데 그대⋯⋯. 요즘 연애하나?"

"⋯⋯풉!"

내가 사레가 들려 입에 머금고 있던 찻물을 반쯤 뿜어버렸다 해도 어쩔 수 없는 일이었다.

내가 캑캑대는 동안 엘리자베트는 내 허물을 탓하는 대신 눈을 가늘 게 뜨나 싶더니 이내 손바닥을 마주치며 짝 소리를 내는 것이었다.

"과연 내 눈은 못 속인다니까! 역시 그런 거였군! 상대가 누구인가? 응? 얼른 말해보게!"

눈을 번쩍번쩍 번득이며 재촉하는 꼴이 중년의 황후라기보다는 십 대 영애 같다.

나는 겨우겨우 기침을 갈무리하고는 어쩔 도리 없이 순순하게 자백했 다. 아니, 자백하려고 했다.

"그게⋯⋯."

"역시 내 시건방진 조카 놈인가?"

"아니, 그걸 어찌⋯⋯."

"하! 내 역시 이럴 줄 알았지! 이럴 줄 알았어! 자네도 참 어지간히 보는 눈도 없군그래? 대체 그 녀석 어디가 좋은가?"

어디가 좋냐고?

나는 잠시 멍한 눈으로 엘리자베트를 바라보기만 했다. 양손에 턱을 받친 채 안광을 내뿜으며 발그레 얼굴을 붉힌 모습이 무서울 지경이다.

"이럴 줄 알았다니, 그게 무슨 뜻입니까?"

"아이 참, 왜 새삼 내숭인가? 그 녀석이 그간 해온 짓만 봐도 뻔하지. 누가 봐도 그대를 연모해 마지않는 게 분명했는데 어찌 모를 수가 있겠는가? 그래서 그놈이 잘해주나? 진도는 어디까지 나갔고? 제법 쓸 만하던가?"

"마, 마마아!"

얼굴을 화르륵 붉히며 비명을 토해내듯 외치자 그녀가 깔깔거리며 웃기 시작했다. 이럴 때면 그녀와 노라가 같은 혈통임을 절실히 느꼈다.

"뭘 새삼스레 수줍어하고 그러나? 후후훗, 그대에게도 이런 면모가 있다니 과연 연애가 좋긴 좋군. 어쩐지 요즘따라 얼굴에 꽃이 피었다 했어! 하아, 부럽구먼. 나도 한때 그런 시절이 있었지."

뭔가 우리 사이의 나이 차이를 새삼 실감하게 해주는 말이었다.

나는 이제 어딘가 아련한 눈빛을 지어 보이는 황후를 향해 조심스레 말을 건네었다.

"마마께선……."

"까마득한 옛날 일이지. 막 사교계에 데뷔했을 때 어찌나 긴장했던지, 춤을 추다가 발이 걸려 넘어질 뻔하고 말았어. 그때 날 잡아준 어느 후작가 영식한테 홀딱 반해서 한동안 마주칠 때마다 두근두근 설레했지. 어릴 때부터 황태자의 배필이 되어야 한다고 귀에 못이 박이도록 들어

온 나였지만 마음이 어디 뜻대로 되는가?"

"……풋풋한 시절이었네요."

"어차피 나도 막시밀리안도 처음부터 서로한테 눈곱만큼도 관심이 없었으니. 막스는 루도비카에게 홀딱 빠져 있었고 그건 내 동생과 그대의 고인이 된 남편도 마찬가지였네. 결국 막스와 루도비카가 결혼했을 때 난 마침내 집안의 압박으로부터 완전히 해방될 거라고 생각했지만…… 정신 차리고 보니 이렇게 되어 있을 줄 누가 알았겠는가? 다름 아닌 내가 루도비카의 아이의 의붓어미가 되어 있을 줄 누가 알았겠느냐고."

다소 씁쓸하게 덧붙인 엘리자베트가 푸른 눈을 내리깔며 자신의 손을 내려다보았다.

"어쨌든 전부 지난 일이라네. 그보다 부자 2대에 걸쳐 취향이 비슷한 걸 보아하니 이래서 씨 도둑질은 못 한다고 하는가 보군. 물론 내가 보기엔 그대가 훨씬 낫지만."

"……그것 참 감사합니다만 그런 식으로 생각하면 기분이 마냥 좋지만은 않은데요."

"안 좋을 건 또 뭔가? 외모만 좀 닮았다 뿐이지 다른 건 영 딴판인데."

그래도 그 얘기는 더 하고 싶지 않았기에 나는 화제를 돌렸다.

"그보다 마마, 공작님께선 정녕 황태자 교체를 밀어붙일 작정이신 듯한데 마마께선 괜찮으십니까?"

"괜찮냐니, 뭐가 말인가?"

"……마마께서 황태자 교체에 찬성하시는 이유가 공작님의 그것과 같은 종류인 듯싶어서 말입니다."

애초부터 두 사람에게 불씨를 던져 준 건 나였다. 이런 후폭풍을 일으키게 되리라곤 예상치 못하고 한 일이었지만. 어쨌든 내가 한 말이라

곧 그저 도박장 사건에 관한 것뿐이지 않은가. 그 이후 그 누구보다도 가장 테오발트와 가까웠던 두 사람이 갑작스레 이리 불타오르기 시작한 것에는 순전히 그들만이 아는 뒷사정이 있을 터였다.

엘리자베트는 잠시 말없이 찻잔을 달그락거리기만 하다가 이내 한숨을 푹 내쉬었다.

"내가 나쁜 어미라고 생각하나?"

"그걸 제가 도대체 무슨 수로 판단하겠습니까?"

"……그대는 우리 레트란에 대해 어찌 생각하나?"

다소 뜬금없는 질문에 나는 잠깐 망설이다가, 곧 솔직히 대답했다.

"아직 여러모로 미숙하시나 선량하고 솔직한 분이라고 생각합니다. 그냥 딱 그 나이 대 활발한 소년 같달까요."

"그러고 보니 그대의 차남과 우리 레트란이 가까운 사이였지. 그 애가 신경질적인가?"

"아니요, 신경질적이셨다면 애초에 우리 엘리아스와 그리 가까워지지도……."

"자기 뜻대로 안 되면 패악질 부리거나 하진 않나?"

"전혀요. 그러니까 그러셨다면 애초에……."

"거짓말은 하지 않고?"

"……오히려 너무 솔직해서서 탈인 것 같습니다만."

"그래…… 그렇지…… 우리 레트란은 그런 아이지……."

쓰라린 어조로 중얼거린 그녀가 머리를 수그리며 양손으로 얼굴을 감쌌다. 나는 그저 조용히 그 모습을 바라보고만 있었다.

"……막스와 결혼해서 황후가 된 직후 나는 걸음마도 채 못 하는 테오발트를 보면서 결코 나쁜 의붓어미가 되지 않겠다고 결심했었네. 미위했던 여인의 아이라는 것 때문에 죄 없는 아이한테 화풀이나 하는 그렇고 그런 나쁜 의붓어미가 되지 않겠다고. 심지어 내 배로 낳을 아이보다 더 잘해주겠다고……."

"……."

"레트란이 태어난 이후로 더더욱 스스로를 몰아붙였던 듯해. 지금 와서 생각해 보면 그저 남들의 눈에, 막스나 내 동생의 눈에 어찌 비칠지 급급했던 것뿐인데…… 순수한 애정이 아니었던 게지. 어쩌면 테오도 그걸 알았을지도 모르겠어. 알았으니 그리 행동했겠지. 결과적으로 난 두 아이 모두에게 결코 좋은 어미가 아니었던 게야."

"마마……."

"누굴 탓하겠나? 전부 내 탓이지. 탓할 사람은 나 자신과 부성이라곤 눈곱만큼도 없는 막스뿐이라는 걸 알면서도, 아는데도…… 테오발트가 그동안 내 필사적인 의무감을 이용해서 레트란을 망가뜨렸다고 생각하면 화를 주체할 수가 없어. 그 앨 탓할 것도 아닌데, 전부 내 잘못인데…… 하잘것없는 보상 심리와 보복 심리 때문에 이제 와서 이리 애쓰는 것도 우스운 일인데……."

그녀의 목소리가 갈라지나 싶더니 이어 수그린 어깨가 파들파들 떨리기 시작했다. 내가 앉아서 얼어붙어 있는 가운데 끅끅거리는 흐느낌이 흘러나왔다.

"마, 마마……."

"……끄흐흑…… 그대가 보기엔 더없이 한심한 일이겠지……. 한심하다는 거 나도 알아…… 나도……."

무슨 말을 해줘야 할지 모르겠다. 하여 나는 조심스레 그녀 옆으로 가서 그녀의 떨리는 어깨를 조심조심 토닥이기 시작했다.

……어쩨 묘한 기시감이 피어오른다. 남매라 그런지 우는 모습도 비슷하군.

엘리자베트를 겨우겨우 달래고 마침내 황후 궁을 나섰을 때쯤엔 벌써 땅거미가 지고 있었다. 겨울이 코앞이라 그런지 요즘 들어 해가 빨리 떨어지는 느낌이다.

올 성탄절은 과연 어떻게 될까. 교황청과 상관없이 성탄절은 성탄절이니 여태까지와 다를 바 없을까? 성탄절이 없어진다면 어린애들이 가장 아쉬워할 텐데…….

그런 생각에 잠긴 채 어느덧 부쩍 차가워진 공기에 케이프를 꼭꼭 여미며 걸음을 옮기던 차, 불현듯 등 뒤로 빠르게 다가온 누군가가 뒤에서부터 나를 덥석 끌어안았다. 일순 나는 그게 노라라고 생각했다. 그가 오늘 제 아버지와 함께 황궁에 들른다는 사실을 알고 있었기 때문이다. 하지만 그건 노라가 아니었다.

"전하……? 이게 대체 무슨 짓입니까?"

다름 아닌 테오발트였다. 내 어깨에 얼굴을 묻은 은빛 정수리만 봐도 알 수 있었다. 기겁하며 몸을 빼내려는데 그는 대체 무슨 생각인 건지 팔에 힘을 꽉 준 채 좀체 날 놓아주려 하지 않았다.

"이것! 놓으세요! 대체 뭐 하시는 겁니까?"

"……."

"전하!"

이 사람이 미쳤나!

행여나 누가 보면 어쩌나 싶어 온 힘을 다해 그 팔을 뿌리치려 애쓰는 찰나, 그가 다가왔던 것만큼이나 급작스레 팔을 풀었다. 하여 나는 그만 아마릴리스가 가득한 뜰 바닥 한복판에 그대로 넘어져 버렸다. 꽃향기가 코를 찌르면서 손바닥과 무릎에 알싸한 충돌이 퍼져갔다.

"이게 대체 무슨……"

이게 대체 무슨 짓이냐고 버럭 외치려는 참에 또 한 번 예상 밖의 일이 벌어졌다.

바닥에 넘어진 내 앞에 은빛 머리통을 푹 수그린 채 무릎을 대고 앉은 테오발트가 다짜고짜 어깨를 부들부들 떨기 시작한 것이다. 어찌나 갑작스러웠는지 나는 순간 그가 웃는 게 아닐까 싶었다.

"전하?"

"……끄흑…… 흑……."

……환장하겠군. 요즘엔 체면도 개의치 않고 무작정 울고 보는 것이 유행인가? 공작님과 황후로도 모자라 이젠 테오발트라니, 조만간 황제가 통곡하는 모습을 볼 수 있을지도 모르겠다.

나는 낮게 신음을 삼키며 앉았다.

"전하? 왜 우십니까?"

"……."

"대체 이게…… 후우. 전 도무지 전하의 속을 모르겠습니다."

"……."

"전하께서 순수하게 절 좋아하시는 건지, 아니면 다른 속내가 있으신 건지, 제게 다이아몬드 목걸이는 왜 보내셨는지, 왜 제 오라비를 이용해서 도박장을 차렸던 건지, 신성 재판 때 무슨 증언을 하려 하셨는지, 진정 교단과 손잡은 상태인지, 방금 전 절 왜 껴안으셨는지 도무지 모르겠단 말입니다. 그리고 솔직히 지금 흘리시는 눈물이 진짜인지도 모르겠습니다. 말씀을 하지 않으시면 제 나름대로의 추측을 사실이라 여길 수밖에 없습니다.”

한탄 섞인 어조로 말하자 그가 여전히 고개를 숙인 채로 입을 열었다. 꽉 잠기고 깔쭉깔쭉 갈라지는 음성이 흘러나왔다.

“……제 어머니가 보고 싶습니다.”

“…….”

“그분이 살아계셨다면…… 아마 절대 저를 버리지 않으셨겠지요.”

나는 손을 들어 지끈거리는 관자놀이를 지그시 눌렀다. 엄밀히 말해서 지금 테오발트가 처한 상황은 자업자득인 꼴이었다.

내가 어느 정도 관여하기는 했지만. 아무튼 그가 차후 그에게 바람막이가 되어줄 이들을 적으로 만들지 않았더라면 이런 사태는 벌어지지 않았을 터였다.

……온전히 그 혼자만의 책임이라고 할 순 없지만 말이다.

“전하께선 어른이십니다.”

“…….”

“훨씬 어린 나이에 온 세상으로부터 버림받았다고 느낀 사람들은 따로 있습니다. 바로 전하 때문에 말이죠. 제가 무슨 말을 하는지 이해하실 거라 생각합니다.”

삼 년 전 그 예배당 안에서 혼자 울고 있던 검은 머리의 소년이 떠올랐다. 그 어디에도 털어놓을 곳이 없어 혼자 성모상 아래 무릎 꿇고 앉아 울던 노라가.

“전하, 교단 내 누구와 손을 잡으신 겁니까? 만약 이번에도 솔직히 말씀하시지 않으신다면 전 더는 전하를 마주하고 있을…….”

“전 교단 인사 누구와도 손을 잡은 적 없습니다.”

손등으로 눈가를 문지른 그가 마침내 고개를 약간 들며 말했다. 금빛 눈동자 주변이 온통 빨갛게 충혈되어 있었다.

"가까이 지냈던 성직자는 몇몇 있지만 누구와도 진정 내통하고 있는 게 아니라는 말입니다. 신성 재판도 운 좋게 정보를 얻었던 것뿐이었기에 부인께 그 목걸이를⋯⋯."

"그래서 그 목걸이를 보낸 다음 재판 때 제 연인이라고 주장하기라도 하려 하셨습니까? 제게 그 정보에 대해 미리 경고해 주시는 것이 아니라?"

"⋯⋯."

"굳이 제 오라비를 이용해 도박장 차려서 어쩔 작정이셨습니까? 레트란 전하와 제 아들까지 끌어들여서 어쩌실 작정이었습니까? 단지 절 곤란하게 만들 작정이셨던 건가요, 아니면 제 속을 뒤집어서 제 아들과 이간질이라도 할 작정이었던 건가요, 아니면 둘 다였나요?"

"⋯⋯."

"만일 전하께서 저를 연모하는 마음이 진심이었다면 그런 짓은 하지 못했을 겁니다. 절 그렇게 강제로 당신의 것으로 만들어서 뭘 어쩔 작정이었던 겁니까? 전 그런 관계에 질리고 질린 사람입니다."

테오발트는 아무 말도 하지 않았다. 그저 눈을 떨군 채 손으로 메마른 잔디를 쥐어뜯을 뿐이었다. 그 꼴을 보고 있자니 한숨이 나왔다.

"그냥 솔직하게 행동하는 것이 그리 어렵습니까? 왜 그리 온 주변 사람들을 이간질하지 못해서⋯⋯."

"⋯⋯전 누구에게도 진심 어린 마음을 받아본 적이 없습니다. 어차피 이리될지도 모른다고 생각하긴 했으나⋯⋯."

"자기가 누리지 못했다고 남들까지 누리면 안 된다는 건 대체 무슨 심보랍니까!"

나도 모르게 꽥 소리치자 그가 움찔했다. 젖은 눈을 동그랗게 뜨고 멍하니 바라보는 모양새에 부글부글 치밀어 오르던 화가 느닷없이 확 가라앉았다. 연민이 일어서가 아니라, 갑자기 어린아이를 상대하는 기분이 들었기 때문이다.

"적어도 황제 폐하께선 전하를 보호하려 애쓰시는 듯하더군요."

쓰라리고도 냉소적인 빛이 그의 만면을 스치고 지나갔다.

"……아바마마께선 절 태자 자리에서 폐하려 하십니다."

"그러지 않는다면 뉘른베르 공작께서 전하를 산산조각 내버릴 테니까요."

금빛 눈동자가 재차 움찔하더니 지진이라도 일어난 듯 흔들리기 시작했다. 나는 쓴웃음을 지으며 몸을 일으켰다.

"기만으로 부풀어 오른 거품은 언젠가 꺼지게 마련입니다."

"……."

"앞으로 할 수 있는 최선이 무엇인지 생각해 보셔야 할 것 같습니다."

그러고 몸을 돌리려는 찰나였다. 멍하게 바닥에 주저앉아 있던 테오발트가 나를 따라 벌떡 일어서더니 내 팔을 붙들고 늘어지기 시작했다.

"부인, 잠깐만……."

"이것 놓으세요……!"

"하지만……."

"뭐 하는 짓거리야?!"

……저건 내가 한 말이 아니었다.

난데없이 들려온 엄청난 고함에 테오발트도 나도 동시에 움찔하며 고개를 돌렸다.

이어 우리는 두 눈을 활활 불태우며 야수와 같은 기세로 이쪽을 향해 성큼 다가오는 노라를 보게 되었다.

"노, 노라……."

내가 미처 뭐라 말하기도 전에, 노라는 곧장 테오발트의 목덜미를 붙들고는 그대로 바닥에 내던지다시피 팽개쳐 버렸다.

쿠당탕!

은발의 청년이 수풀 바닥과 격한 포옹을 하는 동시에 허공에 뭔가가 튀어 오르며 내 손등을 한 대 치고 바닥에 떨어졌다.

그것이 모두의 행동을 멈췄다. 그대로 테오발트를 죽사발로 만들어 버릴 기세던 노라나 그런 그를 말리려 하던 나나 일순 멈칫하며 바닥에 떨어진 그것을 물끄러미 바라보았다.

그건 바닥에 떨어지며 뚜껑이 열린 달걀 크기의 로켓이었다. 안에 든 초상화 속의 여인이 나를 올려다보며 미소를 짓고 있었다.

잠시 정적이 내려앉았다. 순간 우리 모두 무슨 주문에라도 걸린 듯한 침묵이었다.

"많이 닮았지……?"

바닥에 쓰러진 테오발트가 부스스 몸을 일으키며 우리를 향해, 정확히는 노라를 향해 중얼거렸다.

나는 그저 반쯤 넋이 나간 채 뭐에 홀리기라도 한 것처럼 로켓을 주워 들어 초상화 속의 여인을 응시했다.

이미 알고 있었음에도 막상 얼굴을 보니 기분이 이상했다. 초상화 속의 여인, 즉 루도비카 전 황후의 얼굴 말이다. 그녀는 머리 색과 눈동자 색만 빼면 정말 나랑 비슷했다.

"아바마마께서 밤이고 낮이고 가지고 다니시는 거지. ……내 진짜 어머니의 초상화 말이야. 부인이랑 참 비슷하지 않아? 반응을 보아하니 몰랐던 모양이네."

"……."

"신기하지? 나도 처음엔 신기했어. 내 아버지도, 네 아버지도, 네 친구의 아버지도 전부 푹 빠져 계셨던 분이 내 생모셨다니…… 거기다 그분하고 그토록이나 닮은 분이 있다니."

나는 초상화에서 눈을 떼고 노라를 바라보았다. 푸른 눈을 깜박깜박하며 나와 내 손에 들린 로켓을 번갈아 보던 노라가 천천히 입을 열었다. 다음 순간 놀랍게도 지독히 냉소적인 목소리가 흘러나왔다.

"어디가 닮았다는 겁니까?"

"……."

잠시 당황한 얼굴로 노라를 올려다보던 테오발트가 더듬대는 투로 웅얼거렸다.

"어디가 닮았냐니…… 누가 봐도 닮았잖아?"

"전혀요. 누가 그런 소리를 합니까?"

"……우리의 아버지들까지 인정하신 사실인데."

"우리의 아버지란 분들이 하나같이 나사가 빠져 있다는 사실은 진작부터 알고 있었습니다만, 대체 어딜 봐서 닮았답니까? 지금 슈리 누나가 순간 전하의 어머니로 보였니 뭐니 하는 말 같잖은 개소리 하려고 그런 주장을 펼치는 겁니까?"

싸늘하게 빈정대는 노라의 모습에는 아무리 봐도 일부러 저러는 것 같은 기색이 없었다. 따라서 테오발트는 더더욱 당혹스러워하는 얼굴이 되었다.

"나, 나는 그저……."

"노라, 그만해. 그만 가자. 응?"

내가 빠르게 팔을 붙들며 애원하자, 노라는 쩔쩔매는 테오발트를 잡아먹을 듯 노려보다 말고 이내 내 손을 홱 낚아채듯 잡더니 몸을 돌렸다.

나는 다른 쪽 손에 들고 있던 로켓을 살며시 바닥에 내려놓고는 서둘러 걸음을 옮겼다. 가면서 뒤를 힐끔 돌아보니, 테오발트는 어느덧 몸을 일으켜 세우고는 입가에 허탈한 미소를 띤 채 이쪽을 바라보고 있었다.

마차에 오르기까지 내내 노라는 단 한 마디도 하지 않았다. 마차의 문이 닫히고 출발하기 시작했을 때도 그는 상체를 수그리고 앉아 한 손으로 이마를 누른 채 아무 말도 하지 않았다.

무슨 생각을 할까. 침묵이 계속 이어질수록 점점 더 불안감이 밀려왔다. 마침내 나는 더는 견디지 못하고 조심스럽게 입을 열었다.

"노라……?"

"……."

"노라, 화났어……?"

그 말에 그가 고개를 홱 쳐들었다. 짙푸른 눈동자가 기묘하게 일렁이는 모습에 순간 간담이 서늘해졌다.

역시 오해하고 있는 걸까? 내가 뭔가 구실을 줬다고……?

"나, 난 아무 짓도 하지 않았어. 전하께서 갑자기 나타나서 붙들고 늘어지신 거라고. 난 오늘 황후마마 만나러 황궁에 갔던 거야."

"……뭐라고요?"

"난 단지 황후 궁에서 나오는 길이었단 말이야. 갑자기 나타나서 붙드는데 내가 어쩌겠니? 그러니까 그간 연락한 적도 없고 마주친 적도 없는데 갑자기 왜 그러셨는진 모르겠지만 아무튼 뭔가 오해할 말은 하나도 하지 않았어. 물론 뿌리치려고 했지만 힘 자체가 비교할 수 없는 데다 비명이라도 질러야 했다면 그렇게 했겠지만 만약 다른 누가 보고 오해라도 한다면-"

빠르게 말을 쏟아붓는 내 모습을 더없이 해괴한 눈빛으로 빤히 응시하던 노라가 갑작스레 팔을 움직여 나를 제 품 안으로 확 끌어당겨 안았다. 어찌나 세게 끌어안았는지 그의 몸에 새겨진 단단한 근육 하나하나가 다 느껴질 정도였다.

노라는 그 자세 그대로 내 정수리에 입술을 대고 꼭 눌렀다. 머릿속을 사납게 들쑤시던 정체 모를 공황이 차츰차츰 물러가면서 그의 심장이 거칠게 쿵쿵 울리는 것이 느껴졌다. 내 심장 역시 마찬가지로 쿵쿵 울리고 있었다. 방금 도대체 무슨 일이 일어난 건지 잘 알 수가 없었다. 내가 뭐라고 말하고 있었지?

얼마나 그러고 있었을까, 한참 나를 껴안고 있던 노라가 고개를 숙여 내 이마와 제 이마를 맞댔다. 그러면서 자조적인 웃음기가 밴 투로 속삭였다.

"……그 자식을 어떻게 족쳐야 잘 족쳤다고 소문이 날까 고민하고 있었어요. 기왕이면 그 추기경 놈하고 같이 묶어서 도나우강 속에 던져 버리고 싶은데."

"아……."

"그놈이 누나한테 이상한 소리 지껄이진 않았어요?"

이상한 소리? 나는 머리를 가로저으려다가 끄덕였다.

"……본인의 생모가 그리우시대."

"대체 왜 누날 붙들고 지 엄말 찾는답니까? 하여간 매번 핑계 대는 거하고는……."

"있지, 노라, 정말로 나랑 아까 그 초상화랑 안 닮았다고 생각해?"

조심스레 묻자 노라는 푸른 눈을 약간 크게 치켜뜨더니만 이상하다는 투로 대답하는 것이었다.

"당연하잖아요. 그리고 닮았든 말든 그게 왜 중요한데요?"

"……내 남편이 나랑 결혼했던 이유가 그거였거든."

나는 나직하게 속삭이며 눈을 꼭 감고 그의 목에 팔을 둘렀다. 그렇구나, 노라가 보기엔 조금도 비슷하지 않구나…….

등을 쓰다듬는 손길이 느껴지면서 원인 모를 안도감이 피어올랐다.

"그분이 일찍이 노안이 오셨나. 그러니까 그 전 황후 되는 분이 고 노이반슈타인 후작과 황제 폐하의 첫사랑이다 뭐 이런 건가요?"

"그리고 네 아버지의 첫사랑이기도 했고."

"하! 그 꼬장꼬장한 아버지한테 그런 시절도 다 있었다는 건 좀 의외지만 보는 눈은 제가 더 높은 게 확실하군요."

평소 같은 짓궂음이 묻어나는 말에 웃음이 나왔다. 내가 쿡쿡거리며 웃자 그 역시 낮게 웃는 소리를 냈다. 그러면서 나를 안은 팔에 힘을 주었다.

"나 오늘 누나 집에서 저녁 먹어도 돼요?"

"나야 좋은데, 엘리아스가 좀 걱정이라……. 처음처럼 헤어지라니 하는 소리는 더는 안 하는데 널 보면 또 어떻게 나올지 모르겠어."

"흐음. 그건 걱정하지 마요. 무슨 소리를 지껄여도 참아줄 테니까."

느긋하게 대꾸한 그가 이제 팔을 풀고 한 손을 들어 내 흐트러진 머리카락을 쓰다듬었다. 생소하고도 다정하게 느껴지는 동작에 따스하고도 충만한 안도감이 피어올랐다. 그러는 동안 그의 푸른 시선은 내 얼굴을 샅샅이 살피고 있었다.

"괜찮아요?"

"괜찮지 않을 게 뭐가 있겠어? 너는 괜찮아?"

"……나야 누나가 괜찮다면 괜찮지만."

묘한 여운이 느껴지는 말이었다. 나는 잠깐 기다려 보았으나 노라는 더는 아무 말도 하지 않았다. 장난스러운 미소를 머금은 푸른 눈동자 뒤로 복잡한 감정의 충돌이 일고 있는 것을 나는 미처 잡아내지 못했다.

반나절 동안 과녁이 누군가의 면상이라고 상상하고 열렬히 쏘아젖힌다면 저녁 식사 시간이 다 됐을 즈음엔 당연히 배가 미친 듯이 고파오게 마련이다.

하여 활을 껄렁하게 멘 채 빠르게 뜰을 가로질러 안으로 뛰어 들어가려던 엘리아스는, 바로 조금 전까지 과녁 삼았던 상상 속의 낯짝이 제집 정원에 어슬렁거리고 있는 모습을 보고는 당연히 곧장 발걸음을 뚝 멈추었다. 그리고.

"너 이…… 야 이 새끼야! 여기가 어디라고 기어 들어와?!"

이 거친 환영 인사에, 한쪽 무릎을 꿇고 앉아서 우리 안에 갇혀 헥헥대는 사냥개들과 사이좋게 눈빛을 교환하던 노라가 자연스레 고개를 돌리고 그를 바라보았다.

"여, 나도 만나서 반갑다."

"……난 하나도 안 반갑거든?! 네놈이 대체 왜 여기 처기어 들어와 있는 거냐고!"

"너 보러 온 거 아니니까 그렇게 기뻐하진 말고."

"누, 누가 날 보러 왔대?! 그리고 누가 기뻐해! 내 덜떨어진 형 새끼는 네놈을 인정했을지 몰라도 난 아니야! 네놈 같은 음흉한 놈한테 우리 슈리 못 준다고! 아니, 다른 누구한테도 못 줘!"

"누가 누구더러 음흉하다는 건지 나 원."

혀를 끌끌 찬 노라가 다시 고개를 돌리고 우리 속의 개들을 바라보았다. 그러면서 손을 들어 주둥이를 내미는 개의 콧등을 만지작대는 모양새가 참 태평하기 짝이 없다. 하여 엘리아스는 자연스레 더더욱 부글부글 끓는 자신을 발견하게 되었다.

"난 네놈 인정 못 한다고오!"

"그래, 그래."

"야! 얕보는 거냐! 우리 집에서 당장 꺼져! 두 번 다시 얼씬도 하지 말란 말이야!"

"흐음. 그럼 누나한테 외식하자고 해야겠군. 좋은 데이트가 될 것 같은데."

"데, 데이트는 무슨 데이트 같은 소리 하고 자빠졌어! 슈리 주변에 얼씬도 하지 마! 걔가 뭐에 씌어서 너한테 홀려 있는지 몰라도 이 내가 있는 한 결코 네놈 뜻대로 되진 않을 거거든?! 내 무슨 수를 써서라도 너희 둘 떨어뜨려 놓고 말겠어!"

"고난이 생길수록 사랑은 더 깊어지는 법이라지."

"야!"

급기야 엘리아스는 들고 있던 활-슈리가 사파비에서 가져다준 특대 상아 활 말이다-을 힘껏 휘둘러 노라의 뒤통수를 그대로 강타해 버렸다.

픽! 하는 둔탁한 마찰음이 장엄하게 울린 뒤, 막 몸을 일으키려던 노라는 그대로 머리를 감싸 쥐며 도로 털썩 주저앉았다.

잠시 정적이 있었다. 엘리아스가 순간 자신이 저지른 일을 잘 인지하지 못하는 동안 낮은 신음을 흘린 노라가 한 손으로 머리를 싸쥔 채 몸을 일으켰다. 그러고는 천천히 엘리아스 쪽을 돌아보았다.

이에 엘리아스는 저도 모르게 마른침을 꿀꺽 삼키며 한 걸음 정도 뒷걸음치게 되었다. 절대 인정하고 싶지 않은 사실이겠으나 지금 노라의 기세가 상당히 무시무시했던 것이다. 짙푸른 안광을 섬뜩하게 번득이며 노려보는 모양새가 마치 사냥감을 덮치기 전에 가늠하는 늑대의 그것 같았다.

괜찮아, 설마 저놈이 내 집에서 날 어쩌진 못하겠지. 암 그렇고말고……. 애써 그리 생각하며 마음을 추스르는 엘리아스의 귀에 마침내 살기 흉흉한 으르렁거림이 들려왔다.

"……너."

"뭐, 뭐……."

"너, 대체 언제까지 그따위로 살 작정이지?"

"……뭐?"

"언제까지 지 생각밖에 할 줄 모르는 애새끼로 살 작정이냐고. 슈리 누나가 너한테 해주는 게 마냥 당연해? 한 번이라도 갚을 생각 해봤나?"

뼈를 찌르는 듯한 발언에 엘리아스는 욱해서 꽥 고함을 치려다가, 가련하게도 차마 입을 열지 못하고 머뭇거렸다. 그랬다간 저 짐승 같은 놈이 이 자리에서 그를 둘로 쪼개 버릴지도 모른다는 예감이 들어서였다.

"네, 네가 무슨…… 상관이야……?"

"하……."

더더욱 무시무시하게 일그러지는 노라의 표정에 엘리아스는 그만 후회하고 말았다. 아, 차라리 아무 말도 하지 말 걸 그랬나…….

한참 그렇게 엘리아스를 찢어 죽일 듯이 노려보던 노라가 대뜸 살기 어린 눈빛을 풀며 표정을 확 바꿨다. 엘리아스가 이건 또 뭔가 하고 멍하니 처다보는 가운데, 노라는 이제 뇌진탕이 오기라도 했는지 양손으로 머리를 싸쥔 채 바닥에 털썩 무릎을 꿇고 주저앉는 것이었다. 그러면서 도무지 어울리지도 않는 곡소리를 냈다.

"아우으으윽!"

그와 동시에 또 다른 목소리가 울렸다.

"다들 여기서 뭐 하…… 노라?!"

그 목소리의 주인공은 다름 아닌 슈리였다. 눈이 휘둥그레진 그녀가 곧장 바닥에 주저앉아 있는 노라에게 달려가는 모습에 엘리아스는 저도 모르게 들고 있던 활을 슬그머니 등 뒤로 감췄다. 그런다고 가려지진 않았지만.

"아야앗! 괜찮아요. 별거 아니……."

"세상에, 피 나잖아?! 대체 무슨 일이 벌어진 거야?!"

"그냥 좀……."

처량하기 짝이 없는 투로 웅얼거리는 노라의 시선이 입을 쩍 벌린 채 굳어 있는 엘리아스 쪽으로 향했다. 따라서 슈리의 시선 역시 자연스레 그쪽으로 가게 되었다. 풀빛 눈망울에 믿을 수 없다는 빛이 떠올랐다.

"엘리아스 너……."

"아, 아니, 나는…… 아니, 그보다 저 녀석이 지금……!"

"엘리아스 폰 노이반슈타인! 뭐가 어쨌든 어떻게 이런 짓을 할 수가 있어?!"

"아니, 그러니까 저 자식이 지금 일부러……."

"일부러는 뭐가 일부러야?! 네가 이런 거 맞잖아! 세상에, 이래서야 내가 공작님 얼굴을 어떻게 보겠니?!"

맞는 말이긴 했다. 엘리아스 본인이 조금 전에 저 얄미운 놈의 머리통을 활로 후려치지 않았나? 그럼에도 엘리아스는 뭐라 설명할 길이 없는 억울함에 휩쓸리는 자신을 발견하고 있었다. 저 새끼, 늑대가 아니라 여우였어?

"아니, 그게, 그러니까 내가 한 건 맞는데……."

"엘리아스, 제발 좀! 화를 내려면 그냥 나한테만 내. 네가 이렇게까지 할 줄은 정말 몰랐어. 이 정도로 개념이 없을 줄은 몰랐다고!"

"아, 아니, 그니까 저놈이 지금……."

"화내지 마요, 누나. 전 괜찮아요. 다 이러면서 친해지는 거죠."

머리를 문지르며 몸을 일으킨 노라가 달래는 투로 말하자 슈리는 허리에 손을 얹은 채 한숨을 푹 내쉬더니, 이윽고 노라의 팔을 붙들고 안으로 향했다.

엘리아스는 그저 바보처럼 입을 벌린 채 그 모습을 바라보고만 있었는데, 설상가상으로 의기양양하게 슈리를 따라 들어가던 노라가 고개를 힐긋 돌리더니 그를 향해 한쪽 눈을 찡긋해 보이는 것이었다.

"……저, 저, 저! 야! 야 이 개자식아!"

결국 뭐라 표현할 길이 없는 울분에 사로잡힌 엘리아스가 꽥 내지른 포효가 저택 전체를 와르르 무너뜨릴 기세로 울렸다.

엘리아스는 그러고도 한참을 더 온갖 비교육적이며 반사회적인 욕설을 고래고래 퍼부어대다가, 결국 소리를 듣고 나온 제레미한테 한 대 맞고 조용해졌다.

"그래서 새 새끼는 결국 폐위되는 건가?"

"제레미, 동생들 앞에서 말 곱게 쓰라니까."

"새 새끼가 왜 욕이야? 독수리 새끼니까 새 새끼잖…… 아악! 내 등!"

"하여간 매를 버는 놈이라니까."

"그게 네놈이 할 소리냐, 이 똥강아지야!"

"누나, 저 파이 하나 더 먹어도 돼요?"

"나도 하나 더 먹을래."

"엄마, 나도 파이 먹고 싶은데……."

"나도 엄마. 난 가장자리 많이 붙은 거."

그럭저럭 훈훈한 저녁 식사였다. 다들 제멋대로 떠들다 하나같이 파이 타령을 하기까지 오직 엘리아스만 한마디도 하지 않고 있었다. 어떻게 해야 저 시커먼 놈을 엿 먹일 수 있을까 고민하고 있었기 때문이다.

그러다가 다들 하나같이 파이 타령 해대는 꼴을 보고 있자니 배알이 꼴렸다. 상석에 앉은 슈리가 웃으면서 순순히 반 정도 남은 산딸기 파이를 적절한 크기로 잘라내는 모습을 보고 있자니 더더욱 열불이 치솟았다. 저 여우 같은 늑대 놈은 지가 뭔데 저걸 하나 더 먹겠다고 누나누나 거리는가!

급기야 엘리아스는 살기를 한껏 눌러 담은 음성으로 으스스하게 으르렁거렸다.

"나도 줘. 나도 파이 달라고."

"너도? 알았어."

"딸기 제일 많은 부분으로 줘."

"그래, 그래."

"두 조각이야. 빨리 좀 주라고."

"알았다니까. 하여간 잘난 척은."

테이블에 앉은 전원이 입에 포크를 문 채 킥킥대는 가운데 엘리아스는 더더욱 분통이 터지는 것을 느꼈다. 소리라도 꽥 지르고 싶은데 그랬다간 저 처웃고 있는 네 멍청이한테 집단 구타당할 것 같았다.

거기다 아까 일이 무색하게도 아무렇지도 않게 구는 슈리가 이번에야말로 진짜 화를 낼 것 같았다. 어쩌면 지난번처럼 울면서 화낼지도 몰랐다.

거기까지 생각을 마친 엘리아스는 일단 포효를 보류하기로 마음먹었다. 대신에 자신의 접시에 덜어진 맛깔스런 파이 조각을 나이프로 푹푹 내려찍으며 난도질을 시작했다.

슈리가 눈을 동그랗게 떴다.

"파이랑 원수졌니?"

"……먹기 좋은 크기로 만든 것뿐이야."

"그래, 맛있게 먹으렴."

"애 취급하지 말라고……!"

"우유 더 주라고 할까?"

더 이상 참을 수 없었다. 안 그래도 분통 터지는 마당에 이딴 애 취급이라니! 뇌가 부글부글 끓는 느낌에 엘리아스는 자신의 빈 우유잔을 찢어 죽일 듯이 노려보기 시작했다.

그때 그의 철천지원수의 목소리가 들려왔다.

"누나, 저도 우유 더 마셔도 돼요?"

"그럼. 얼마든지……."

"내 우유야!"

결국 엘리아스가 꽥 소리치는 만행을 저질렀다. 모두 일순 행동을 멈추고 눈을 크게 뜬 채 핏빛 사자를 바라보았다.

잠시 후, 분노하신 장본인을 제외한 전원이 일제히 폭소를 터뜨렸다. 심지어 우유병을 들고 오던 하녀들까지 황급히 손으로 입을 틀어막았다.

"푸하하하하! 아우야, 우유가 그렇게 먹고 싶었느냐?!"

"하여간 작은오빠 애라니까. 성년식 치르면 뭐 해."

다들 배를 잡고 낄낄대는 훈훈한 상황 한복판에서 엘리아스는 그만 죽고 싶은 충동을 느껴 버렸다. 마음 같아선 석궁을 가지고 와서 저 거들먹대고 있는 시커먼 공자 놈의 면상에 화살을 꽂아주고 싶다! 하나 상대가 순순히 맞아주고 있으리란 보장이 없었다. 하여 엘리아스는 놈이 낄낄대며 방심하고 있는 틈을 타 화살 대신 잔이라도 던지기로 마음먹었다.

"엘리? 네 우유 아무도 안 뺏어가. 그러다 잔 부서지겠다."

"……."

아니다. 지금 잔을 던지면 안에 담긴 우유가 자신에게 튈 것 아닌가.

작전을 바꾸기로 마음먹은 엘리아스는 이제 우유 잔 대신에 포크를 꽉 쪼나 쥔 채 건너편에 앉은 시커먼 원수를 노려보았다. 그 맹렬한 시선을 느낀 놈이 푸른 눈을 순진하게 깜박거렸다.

"내 파이도 드리랴? 누나를 봐서라도 양보할 수 있는데."

"……슈리 앞에서 착한 척하지 마!"

"엘리, 말투가 그게 뭐니? 양보하려는 사람한테. 그리고 네 것 아직 다 먹지도 않았잖아."

"……."

득의만면한 노라의 뻔뻔한 낯짝을 마주한 엘리아스는 그만 테이블을 통으로 뒤집어엎어 버리고 싶은 잔혹한 충동을 느꼈다. 저 자식이 진짜 끝까지……!

그때 제 파이를 다 해치운 제레미가 팔꿈치를 움직여 노라의 팔을 툭 쳤다.

"야, 양보하려면 나한테 하면 안 되냐?"

"넌 세 개나 처먹었잖아. 과식은 몸에 안 좋다."

"그게 네가 할 소리냐?"

"제레미, 테이블에 다리 올리지 말라니까."

"얘도 올렸어! 이놈도 올렸다니까!"

"아닌데? 아닌데? 안 올렸는데?"

"와! 이 얍삽한 자식이!"

"제레미, 좀!"

"……흐엉엉, 이건 편애야! 나한테만 뭐라고 하고……."

"편애는 웬 또 뜬금없는 편애니?"

"편애지 뭐야아!"

"그래서 서운했어요, 우리 금쪽같은 큰아들?"

"와핫핫! 들었냐? 난 그런 존재다!"

"딱히 내가 부러워할 만한 애칭은 아닌 것 같은데."

엘리아스는 참 가관이 따로 없다고 생각하며 이를 뿌드득 갈았다.

다들 아양 떠는 꼬라지 하고는! 거기다 금쪽같은 큰아들이라니, 저 덩치만 큰 얼간이가 어딜 봐서 금쪽같단 말인가!

옆구리를 쿡쿡 찌르는 손길이 느껴진 건 그때였다. 맹렬히 돌아본 엘리아스의 눈에 테이블 아래로 웬 듣도 보도 못한 약병을 슬그머니 내미는 레온의 모습이 들어왔다.

"뭐냐, 이건……?"

"내가 제조한 신경안정제. 저 공자님 있을 때마다 한 알씩 먹으라고."

"……."

✦

"나 죽어버릴 거야. 이번에야말로 진짜 확 죽어버릴 거라고!"

이대로는 참을 수 없다. 어떻게든 저 시커먼 놈을 엿 먹이지 않고서야 견딜 수가 없을 것 같다.

그러한 비장함에 사로잡힌 엘리아스가 몸을 약간 굽히며 올라선 곳에서 휙 뛰어내림과 동시에 슈리의 드높은 비명이 울렸다.

"엘리! 그건 대체 또 무슨 바보 같은 놀이야?!"

"사, 상관 마시지! 이게 바로 스릴이라고 하는 거……."

"스릴이고 자시고 그러다 다쳐서 누구 속을 끓이려고!"

"뭐야, 저놈이 또 뭔……."

사고뭉치 동생이 또 무슨 수작을 부리나 싶어 곧장 뛰쳐나온 제레미의 눈이 곧이어 휘둥그레 벌어졌다.

엘리아스는 후원의 분수대 동상과 별관의 지붕 처마 끝을 로프로 연결한 뒤 그걸 타고 신나게 내려오고 있었다. 제레니가 그 꼬라지를 바라보며 외쳤다.

"와, 나도 좀 해보자!"

"형은 저리 꺼지시지!"

"치사하게 혼자만 하기냐?! 저리 좀 비켜봐라!"

"아악! 제레미 너까지 대체 왜 이래애?!"

슈리가 속이 다 터진다는 투로 외치거나 말거나 제레미는 대체 뭐에 홀린 건지 엘리아스의 만행에 동참하기 시작했다. 심지어 자신이 제조한 신경안정제의 부작용을 의심 중이던 레온까지 앞다투어 합세했다.

잠시 후, 어이가 없다 못해 넋이 나가기 일보 직전이 되어 저 한심한 풍경을 노려보는 슈리의 귀에 한발 늦게 나온 노라의 차분한 음성이 울렸다.

"대체 또 무슨 일이에요?"

"……아니 글쎄, 노라, 쟤들 하는 꼴 좀 봐봐! 대체 저러다 다치면 어쩌려고."

걱정이 그득 서린 슈리의 한탄에 노라의 서늘한 시선이 곧장 언젠가 자신의 의붓자식들이 될지도 모르는, 철부지 사자 새끼들이 공중 재주를 펼치고 있는 현장으로 향했다.

"오오, 재미있겠다."

잠시 침묵이 흘렀다. 슈리가 실로 기막혀하는 눈빛으로 그를 노려보는 가운데, 저도 모르게 솔직하게 감탄해 버린 노라가 어쩔 줄을 모르고 쩔쩔매며 머리를 긁적이기 시작했다.

"아니, 그니까 물론 위험하기야 하겠지만 뭐 다 저러면서 크는 거……."

"남자들 평균 수명이 왜 짧은지 이제야 이해가 가네."

슈리와 거의 비슷한 표정으로 서서 제 형제들을 노려보던 레이첼이 혀를 끌끌 차며 내뱉은 일침이었다. 슈리 역시 끌끌 혀를 차 보이고는 안으로 홱 들어가 버렸다.

이 집안에서 상식적인 면모를 죄 가져가 버린 두 레이디가 매몰차게 자리를 뜨자 남은 사나이들 사이엔 그제야 새삼 멋적은 분위기가 감돌았다. 분위기만 그랬다 이 얘기다.

"이얏호! 내가 바로 천하의 주군이다!"

동생들이 공중전에 몰입해 있는 동안 그나마 장남이라고 먼저 정신을 차린 제레미가 머리를 긁적이며 마찬가지로 머리를 긁적이는 중인 친구 곁으로 다가왔다.

"머리는 좀 괜찮냐? 저 망나니가 너 때렸다며? 웬일로 그냥 맞아줬냐?"

"그럼 누나 아들내미를 패 죽여주랴?"

"뭐? 아니, 너 저번엔 나 때렸잖아!"

밑도 끝도 없이 무작정 공정성을 강조하는 제레미의 이 뻔뻔한 행각에, 노라 역시 마찬가지로 뻔뻔하게 받아쳤다. 즉 동문서답을 했다.

"네 동생들은 아무것도 모르는 것 같네."

"뭐를?!"

"너희 아버지 일."

툴툴대며 괜스레 발치의 자갈돌을 걷어차던 제레미의 얼굴이 순식간에 딱딱하게 굳었다. 노라는 그저 평온한 눈길로 그런 친구의 반응을 지켜보았다.

잠깐의 침묵 끝에 제레미가 먼저 웅얼거리듯 입을 열었다. 영 달갑지 않은 화제에 화가 났다기보다는 어째 변명하는 듯한 투였다.

"……그야, 그랬다가 혹 엘리아스 저 멍청한 놈이 슈리한테 죄 불어버릴 가능성도……."

"그래서 말인데, 넌 괜찮냐?"

이 다소 뜬금없는 질문에 제레미는 저도 모르게 인상을 찡그렸다.

"괜찮냐니? 내가 안 괜찮을 건 또 뭐가 있냐?"

"글쎄, 네놈은 혼자 끌어안고 끙끙대는 거랑은 영 거리가 멀잖냐. 그래서 물어본 거다."

느긋하고도 장난스럽게 받아친 노라가 시선을 돌려 공중전 삼매경에 빠진 꼬꼬마들을 바라보았다.

뭔가 생소하게 느껴지는 그 모습에 제레미는 하나뿐인 절친을 멍하니 노려보다가, 문득 걱정 어린 어조로 중얼거렸다.

"있잖냐, 정말로 만에 하나 혹 슈리가 그 기억을 떠올리게 된다면……."

"그건 내가 알아서 할 문제지, 네 문제가 아니라."

칼같이 자르는 어투였다. 이에 제레미는 더더욱 멍한 표정이 되었다.

"하지만 그건 내 아버지의……."

"그러니까 내가 감당할 문제라고. 망자의 혼이 나타나 누나한테 무릎 꿇고 사죄할 수 있다면 모를까……. 기억 없이 그때 남은 충격만 불쑥불쑥 튀어나온다 해도, 혹 네 말대로 갑작스레 그때의 기억이 돌아온다 해도, 그땐 내가 어떻게 하느냐에 달렸겠지. 너나 네 동생들한테 달린 게 아니라. 어쨌든 우린 우리일 뿐이지 우리 아버지들이 아니잖냐."

네게 그 자리가 허락되지 않았다고 말하는 듯했다. 동시에 묘하게 책임을 전부 가져가려는 듯한 어투이기도 하다. 하여 제레미는 이제 멍하다 못해 형언하기 어려운 당혹감에 사로잡힌 자신을 발견하게 되었다.

"야……. 너, 뭔 일 있었어?"

"일은 무슨."

"아닌데? 뭔 일 있었던 것 같은데? 뭔데? 뭐야? 대체 뭔 일이 있었던 거야? 슈리랑 뭔 일이 있었던 건데?"

끈질기게 달라붙으며 보채는 제레미의 행각을 노라는 그저 외면하며 등을 돌렸다. 그랬다가, 불현듯 뒤를 돌아 성가시게 칭얼대는 친구의 이마에 손가락을 대고 딱 튕겼다. 부지불식간에 기습을 당한 사자가 꽤액 포효했다.

"으갸아악! 뭐, 뭐야, 이 미친……."

두개골이 함몰되는 듯한 생소한 고통에 사로잡힌 제레미가 차마 말을 다 잇지 못하며 낑낑대는 가운데, 노라는 그저 퍽 한심해하는 눈초리로 그 꼴을 지켜보더니만 이어 장난스럽게 내뱉었다.

"주제 파악 좀 해라. 엄마랑 있었던 일을 전부 말하는 아빠가 어디 있냐?"

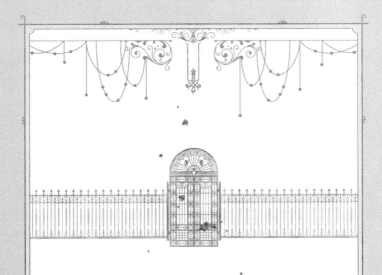

Chapter 15
수확의 계절

청문회 사건 이후 반교황청 정서의 불씨는 놀라울 정도로 빠르게 번져갔다. 여러 복잡다단한 정치적 사정과 이해관계 등으로 얽혀 있던 귀족 가문들이 속속히 단결하기 시작하면서 대다수가 개혁파 쪽으로 돌아섰다. 개중에는 뮐러 백작가를 선두로 한 몇몇 방계 가문까지 있었다. 몇 대에 걸쳐 서로 못 잡아먹어 안달하던 원수 가문들끼리도 임시 동맹을 선포하는 상황이니 당연했다.

교권이 무너지고 나면 대귀족들의 손아귀에 굴러 들어올 새로운 패권과 어마어마한 자산, 거기에 노라의 독살 기도 사건으로 상처 입은 귀족들의 자존심, 그리고 뉘른베르 공작과 엘리자베트 황후를 선두로 한 황태자 교체의 조짐이 맞물리면서 압도적일 정도의 시너지 효과를 일으키고 있는 중이었다.

물론 변하고 있는 건 대다수의 귀족뿐만이 아니었다. 〈성복 속의 뱀〉

문서를 제국민 누구보다도 먼저 접했던 상인 계급들 역시 국가에서 떼어가는 세금으로도 모자라 교단에서 떼어가는 어마어마한 교세에 치를 떠는 상태였다.

더구나 그들은 성직자들의 사치스런 소비문화를 그 어떤 계급보다도 세밀히 파악하고 있는 계층이었던 것이다. 그런 그들 역시 반교황청 정서에 불타오르기 시작한 건 놀라울 일도 아니었다.

이 모든 불씨가 번져가는 동안 교황청은 그 어떤 성명도 내놓지 않고 그저 침묵으로 일관하기만 하나 싶더니, 머지않아 이단 재판을 명목으로 상인 및 그 아래 계급의 사람들을 마구잡이로 체포했다.

사상 유례없는 단결을 이루어가는 귀족들을 섣불리 건드렸다간 여차하면 역풍을 맞게 될 상황이었으므로 보다 만만한 하위 계급들부터 잡아들이기 시작한 것이다.

우리 가문이나 여타 대가문의 길드에 속한 상단들은 충분히 비호를 받을 수 있었으나 그렇지 못한 상단들은 하루가 멀다 하고 곡소리가 났다.

그러다가 더는 견디지 못한 상인들 측에서 반격을 개시했다. 곧이어 전국의 수도원들이 하루가 멀다 하고 폭동들에게 피습을 당했다는 소식이 들려왔다.

하여 교황청에선 폭도들을 잡아들이기 위해 곳곳에 추가로 성기사들을 파견했는데, 문제는 그 성기사들이 파견된 곳 대부분이 길드 상단과 일반 상단이 발 빠르게 움직여 단합해 있는 상태라는 거였다.

따라서 자연스레 길드 상단들을 보호하는 중이었던 귀족가 소속 기사들과의 마찰을 피할 수가 없게 되어버렸다. 그리고 그 마찰에는 신성 재판발 명예의 결투 이후 교단 소속 성기사들과 귀족가 기사들 사이에 암암리에 타오르던 호승심이 크게 기여했다.

급기야 수도원과 상인 이하 계급 간의 충돌이 성기사들과 귀족가 기사들의 충돌로 번져 버렸다.

자신의 기사들이 공격당했다는 소식을 들은 귀족들이 이를 빠득빠득 갈며 성기사들이 눈에 띄는 족족 족쳐 버리라는 밀령을 각 영지의 기사단에 보내기 시작했음은 당연지사였다.

고로 황궁과 교황청, 그리고 내로라하는 가문들의 본거지가 나란히 모여 있는 비텔스바흐를 제외한 대부분의 지역에선 이미 거센 알력 다툼이 번져가고 있는 판이었다.

그 여파가 황도를 덮쳐오기까지는 그다지 오래 걸리지 않을 거라는데에 아무도 이견이 없었다.

만일 황제가 뒤늦게나마 교단의 편을 들고 나섰다면 상황이 좀 달라졌을지도 모를 일이었다. 하지만 이 모든 일이 벌어지는 내내 황제는 교황청으로부터 쏟아져 들어오는 청원과 항의에 묵묵부답으로 일관했으며, 동시에 개혁파 귀족들에겐 방관적인 태도를 고수했다.

그 와중에 과거 가장 강력한 우방국이었던 사파비 왕실에서는 대놓고 교단과의 단절을 통보하며 교구와 관련된 모든 자금을 끊어버렸다. 사파비-튜튼-나라 왕국 중 가장 핵심적인 동맹이 기어이 완전히 떨어져 나간 것이다.

상황이 이렇다 보니 급진적 무력행사를 주장하는 목소리가 나오기 시작한 것은 어찌 보면 당연한 일이었다. 귀족들의 병력을 합쳐서 교황령 사크로상트를 침공하여 종지부를 찍자는 파격적인 주장은 주로 혈기왕성한 젊은 층, 특히 기사들 위주로 터져 나오고 있었다.

만약 황제가 황도 내 무력 충돌만은 안 된다는 엄명을 내리지 않았더라면 진작에 일을 저질렀을지도 몰랐다. 아무리 출중한 병력을 갖춘 귀족군이라 해도 교황군과 황제군 양쪽을 상대하기는 버거운 일이었으니까.

그러는 동안 가을이 다 지나고 겨울의 냉기가 밀려오기 시작했다. 분출되지 못하는 짜증과 호승심으로 황도 전체가 부글부글 끓어오르는 삼엄한 분위기 한복판에 성탄절의 계절이 발을 디딘 것이다. 그리고 성탄 축일을 보름가량 앞둔 어느 날, 그 모든 아슬아슬한 절제들의 종말을 고하는 요란한 신호탄이 쏘아 올려졌다.

"어서 오세요, 레이디 노이반슈타인. 연통 받고 기다리고 있었답니다. 오신다고 해서 다른 예약은 전부 뒤로 미뤄놨어요."

어른들의 사정이야 어찌 됐든 성탄절은 성탄절. 하여 나는 이 얇은 눈이 내리는 오후 쌍둥이와 함께 살롱들이 밀집한 귀족 전유 거리를 찾아 마담 멜리샤의 의상실을 방문했다.

성탄 축일 뉘른베르 공작저에서 열릴 대규모의 연회에서 내가 입을 옷과 쌍둥이에게 입힐 옷을 구매하기 위해서였다. 제레미와 엘리아스의 것은 성인 남성복 상점에 따로이 주문을 해놓은 터였다.

"엄마, 저기 앞에서 서점 새로 열었대. 외국 서적들 잔뜩 들여왔다는데."

"엄마, 엄마, 저기 여성화 전용 상점 새로 생겼어. 신발들만 판다고 들었는데 요즘 유명하대."

치수 재는 일들을 다 마치고, 내가 카탈로그를 들여다보는 동안 레온과 레이첼은 지루해서 안달해 댔다. 그러다가 커다란 창문 너머로 보이는, 자신들의 성탄절 선물 목록을 파는 상점들을 보고는 재촉기 다분한 지저귐을 쏟아내기 시작했다.

아무래도 오래 걸릴 것 같았기에 나는 결국 둘에게 수행 기사들과 함께 가고 싶은 상점들에 들르는 것을 허락하고는 홀로 남았다.

"처음 자제분들하고 같이 여기 오신 날이 엊그제 같은데, 세월 정말 빠르네요."

따스한 차와 다과를 내놓고 내 맞은편에 앉은 마담 멜리샤가 웃으면서 말을 건넸다. 나는 탄식을 뱉으며 머리를 끄덕여 보였다.

"그러게요. 벌써 다들 이리 훌쩍 커버렸으니⋯⋯."

"후훗, 애들 자라는 속도가 워낙 빠르죠. 제 아들도 보면 그냥 잡초 같답니다."

잡초 같다라, 깊이 공감 가는 표현이다.

나는 잠시 카탈로그에서 눈을 떼고 의상실 창밖에 시선을 주었다. 3년 전 이곳에 처음 들른 날은 내가 노라와의 첫 만남을 가지기도 한 날이었다. 저기 보이는 골목 안쪽에서 말이다.

그땐 정말 이렇게 될 거라고는 상상도 못 했었지.

이번 해 노라의 성탄절 선물은 무얼 해주는 게 좋을까?

"차가 입에 맞지 않으세요? 요즘 유행하는 블루멜로우인데, 다른 걸로 내드릴까요?"

"아닙니다. 괜찮아요."

새삼 감회에 젖어든 나는 미소를 지으며 앞에 놓인 찻잔을 집어 들었다. 레몬을 짜낸 뒤라 분홍빛을 띠는 따스한 찻물을 입에 머금자 절로 온기가 퍼지며 노곤해졌다.

무언가 덜컥, 하고 거칠게 닫히는 듯한 소리에 눈을 떴다. 눈을 뜨긴 떴는데 몸의 감각이 제대로 돌아오기까지는 한참 걸렸다. 몸에 쇳덩이가 묶인 느낌이었다. 거기다 낯선 천장이 눈앞에서 한참을 왔다 갔다 했다.

대체 여기가 어디이며 나는 왜 이리 잠들었다 눈을 뜬 상태인가? 갈 팡질팡하던 정신이 마침내 번쩍 든 것은 멍멍한 귓가에 흘러들어 오는 어떤 목소리 하나 덕분이었다.

"……이것이 너를 지켜서 악한 계집에게, 이방 계집의 호리는 말에 빠지지 않게 하리라. 네 마음에 그 아름다운 색을 탐하지 말며 그 눈꺼풀에 홀리지 말라. 음녀로 인하여 사람이 한 조각 빵만 남게 됨이며 음란한 계집은 귀한 생명을 사냥함이니라……."

지극히 낯선 동시에 지독히 낯익은 음성이었다. 나는 찬물이라도 뒤집어쓴 듯 의식이 팽팽하게 부풀어 오르는 것을 느끼며 몸을 벌떡 일으켜 앉았다.

"당신……!"

창가에 서서 손에 성전을 펼쳐 든 채 중얼중얼 읽고 있던 추기경이 고개를 돌려 내 경악 서린 얼굴을 바라보았다. 문자 그대로 어둠의 구렁텅이 같은 눈동자가 난로 불빛을 담고 번득였다.

"깨어났군요. 마침내."

"……."

"제법 만족스러우시겠습니다."

내 눈이 빠르게 주변을 훑었다. 이 상황과 좀체 어울리지 않는 화려한 방이었다. 내가 앉아 있는 침대를 비롯해 모든 가구가 최고급품이었으며, 천장을 화려하게 장식하고 있는 황금 잎사귀들과 벽에 걸린 두터운 태피스트리들까지 여느 귀족가 침실 못지않은 호화로움을 자랑했다. 여기 서 있는 리슐리외 추기경의 존재 자체가 이질적으로 느껴질 정도로.

"대체 여기가⋯⋯."

"추기경 전용 관저입니다. 미리 일러두건대 비명을 지르거나 난동을 부려도 딱히 소용이 있진 않습니다. 이 안에선 그 누구도 방해받을 수 없으니까요."

과연 그러시겠지. 나는 아직까지 지끈거리는 머리를 빠르게 흔들었다. 어서 기억해 보자, 분명 난 마담 멜리샤의 의상실에서⋯⋯.

"내 아이들 어디 있죠?"

내 귀로 듣기에도 으스스하리만치 싸늘한 목소리가 흘러나왔다.

이에 리슐리외는 미간을 약간 찡그리더니 성전을 소리 나게 탁 덮고는 내 쪽으로 몸을 완전히 돌렸다.

"후작저에 있겠지요. 내가 알게 뭡니까."

뭐가 어쩌고 어째⋯⋯?

나는 눈을 질끈 감으며 숨을 길게 들이마셨다. 가만⋯⋯ 맞아, 레온과 레이첼은 기사들하고 같이 있었지. 내가 마담 멜리샤의 의상실에서 정신을 잃고 빼돌려진 것이 맞다면, 쌍둥이를 일찌감치 내보냈던 건 정말로 신의 한 수였다고 볼 수 있었다.

"하⋯⋯ 그 마담 멜리샤가 그렇게 멍청한 칠푼이일 줄은 몰랐는데."

"그녀는 진정한 신앙인일 뿐입니다."

"그 진정한 신앙인께서 당신에게 협조하는 대가로 뭘 약조받았는지요?"

리슐리외는 아무 대답도 하지 않았다. 대신에 난로 곁에 놓인 의자를 침대 가까이 끌고 와 앉고는 서슬 퍼런 시선으로 내 얼굴을 뚫어져라 노려보기 시작했다. 분노와 수치심, 죄악감과 욕망이 뒤죽박죽으로 들끓는 그 시선에 소름이 절로 오소소 돋았다.

"여인 혼자 힘으로 도저히 불가능한 짓을 참 능히도 성사시켰군요. 그 개떼 같은 귀족들의 단합과 이단 운동이라니⋯⋯. 당신, 진정 악마의 화신 그 자체 아닙니까?"

"내가 진정 악마의 화신인지는 나도 잘 모르겠지만 그 일에 당신도 어느 정도 협력했으니 당신도 악마의 하수겠군요."

"협력⋯⋯?"

"배짱 좋게도 뉘른베르 공자에게 칸타렐라를 먹였으니 말입니다. 그럭저럭 능력이 좋다는 건 인정해야겠군요. 현명하다고는 할 수 없지만."

그 일을 다시 상기하자 두려움 대신 분노가 치솟아 올랐다. 눈앞의 저 인간 때문에 노라를 영영 잃을 뻔했다는 사실을 떠올리자마자 말이다.

내 입가에 희미한 냉소가 피어올랐다.

"그 일이 아니었으면 다른 분들을 그토록 쉬이 설득하진 못했을 터이니 감사하다고 말씀드려야겠네요."

"⋯⋯."

"하마터면 공자를 잃을 뻔했다는 것 덕분에 그에 대한 제 마음을 완벽히 일깨워 주신 것에도요. 이제 보니 혹 절 일부러 도와주신 거 아닌가요?"

"⋯⋯마귀의 농간은 모든 신의 의지를 들쑤셔 놓는 법입니다."

"성부 성모께서 당신한테 뉘른베르 공자를 독살하라는 사명이라도 내리셨습니까? 난 그저 당신의 치졸한 질투 탓인 줄로만 알았는데요. 살인에 질투라니 계명에 완벽하게 반하는 죄악 아닙니까?"

"나는 그의 영혼을 구원하려 한 겁니다. 그로 하여금 당신이라는 마녀를 범하는 죄를 저지르지 못하도록⋯⋯."

"내가 마녀라고요? 난 요술 빗자루도 없는데요."

신랄함을 담아 이죽거리자 젊은 추기경의 다갈색 눈썹이 무시무시하게 꿈틀거렸다. 상체를 앞으로 기울인 채 핏대 오른 손을 쥐었다 폈다 하는 모양새가 여차하면 달려들 기세였다.

내가 시선을 내리깔며 창문 쪽을 힐긋거리는데 그가 예의 그 쇠구슬을 맞대고 문지르는 듯한 소름 끼치는 목소리로 다시 입을 열었다.

"나는 당신을 구원하려 이곳에 데려온 겁니다. 당신의 육체적, 영혼적 죄를 완전히 씻기고 새 신도로 거듭나게 만들기 위해."

"내가 당신의 품에 안기면 죄가 사해지나요?"

하도 어이가 없어서 던진 질문이었는데 속내를 제대로 찌른 모양이었는지, 그가 일순 움찔했다. 그 꼴을 보고 있자니 신음이 절로 새어 나왔다.

"성직자들은 참 편하겠네요. 겁탈을 구원이라 칭할 수 있으니."

"당신을 겁탈하겠다고 말하지 않았습니다."

"리슐리외 추기경. 내가 여기 있는 이유가 대체 뭡니까?"

"……."

"일전에 나 때문에 당신의 육체는 순결할지 몰라도 영혼은 더럽혀진 지 오래라 했었지요. 전부 내 탓으로 돌리고 나니 마음이 좀 편하던가요?"

"……당신을 알게 된 이래 단 한 번도 편해본 적이 없습니다. 차라리…… 차라리 진작에 무슨 수를 써서라도 당신을 파괴해 버렸으면 좋았을 텐데. 그랬다면 이 나라가 악마의 하수와 이단들에 의해 휩쓸리는 일은 방지할 수 있었을 텐데……."

쥐어짜진 듯 흘러나오는 목소리는 미세하게 떨리고 있었다. 무언가를 필사적으로 억누르고 있기라도 한 것처럼 말이다.

침착해…… 신중하게 행동해야 해.

나는 눈앞에서 요동치는 암흑색 시선을 바투 응시하며 낮게 가라앉은 어조로 말했다.

"사파비 왕실과 노이반슈타인 가문의 협약을 알면서도 이런 짓을 벌였다는 건 두 가지 가능성뿐이로군요. 당신 혼자 독단적으로 벌인 짓이든가, 아니면 전쟁이 터지거나 말거나 교황청과는 상관없는 일이라 믿는다든가."

"그 이단 야만도들의 군대가 진정 당신 하나를 위해 해협을 건널 것이라 믿는 겁니까? ……뭐 당신 같은 악마의 화신이라면 능히 이뤄낼 일일지도 모르겠군요. 어쨌든 설령 쳐들어온다 한들 교황청에는 여전히 신앙 깊은 동맹국들의 지원이 있습니다. 나아가 외국군까지 끌어들인 당신을 제국민들이 지금처럼 지지할 것 같습니까?"

그거야 모를 일이었다. 어쨌든 알리 왕자가 내게 한 약속은 초반에 다른 겁 많은 귀족을 설득할 때와 교단을 압박할 때 꽤 괜찮은 카드로 쓰였고, 내가 바랐던 용도도 딱 거기까지였다. 제국 해변에 예니체리군이 당도하는 건 나 역시 바라는 일이 아니었으니까. 전쟁을 바라지 않는다는 건 둘째 치고 진정 타국 군대를 끌어들인다면 분명 동요가 일 것이기 때문이다.

"그야 모를 일이지요. 하지만 지금 교단에서 걱정해야 할 상대는 외부의 적이 아닐 텐데요."

"……."

"어쨌든 나를 이리 데려왔다는 것 자체가 살려 내보낼 의지가 없다는 의미일 터이니 무슨 놀이를 하자는 건지 들어나 봅시다. 나를 어느 교구의 수녀원에 빼돌려서 영영 가두기라도 할 작정인가요? 아니면 이 자리에서 나를 굴복시킬 작정인가요?"

다시금 그 빌어먹을 침묵 속에서 나를 물끄러미 노려보던 추기경이 천천히 의자에서 몸을 일으켰다. 맥박이 빠르게 뛰면서 손바닥에 땀이 배었으나 나는 내색하지 않으려 애쓰며 꼼짝없이 앉아 있었다.

"성하께선 당신을 산 채로 불태워 버리고 싶어 하십니다."

"……"

"당신을 본보기로 삼고 악마의 시험에 깃든 신도들을 제자리에 되돌려 놓고 싶어 합니다. 물론 그 일을 하기 전에 당신에게 따로 볼일이 있겠지요. 당신에게 볼일이 많은 이는 이 안에 무수합니다."

"……"

"하지만 나는 당신을 구원할 수 있습니다."

침대맡에 가까이 다가온 그가 몸을 수그리더니 역겨움을 애써 참고 있는 내 귓가에 서늘한 숨결을 토해냈다.

"당신이 한 가지만 약속한다면 말입니다."

"……어떤 약속이죠?"

"속세와의 연을 모두 끊고 내게 종속되기로 약속한다면."

"……"

"더는 어떠한 인간적인 고뇌도, 악마에게 이용당하는 일도 없을 겁니다."

나는 내리깐 속눈썹 아래로 창문 쪽을 흘긋거리던 시선을 천천히 돌렸다. 그러고는 천천히, 천천히 고개를 뒤로 젖힌 다음 참았던 숨을 한 번에 터뜨리듯 폭소를 터뜨렸다.

"푸하하하……!"

어깨를 흔들어대며 웃는 내 모양새에 그의 얼굴이 뭐라 형언하기도 어려운 표정으로 굳어버린 건 당연한 수순이었다. 그러거나 말거나 나는 계속해서 웃으며 내 귀로 듣기에도 우리 엘리아스와 참으로 비슷한 투로 내뱉었다.

"미안하지만 난 당신의 말마따나 지극히 세속적인 사람이라 내 기사의 낡은 양말만도 못한 당신 같은 사내로는 결코 만족할 수 없네요. 이런 불쌍한 사내를 다 보았나. 그리 쉬이 날 구워삶을 수 있다고 착각했다니 가여울 따름이군요. 당신 곁에 평생 붙어 있느니 차라리 불에 타 죽고 말지!"

검은 눈동자가 지옥의 불꽃처럼 불타오르나 싶더니 다음 순간 리슐리외가 고양이처럼 맹렬하게 나를 확 덮쳤다.

나는 그 상태로 잠시 그와 엎치락뒤치락하다, 언젠가 제레미가 알려준 호신술을 떠올리며 무릎을 들어 있는 힘껏 걷어찼다.

퍽!

다행히 급소를 제대로 맞춘 모양이었다. 그 자리에서 나를 박살 낼 기세로 짓누르고 있던 추기경의 얼굴이 하얗다 못해 퍼렇게 질리면서 힘이 스르륵 빠져나갔다. 그 틈을 타 나는 잽싸게 몸을 뺐다.

"넌 날 해치지 못해, 뒤틀린 풋내기."

곧장 창가로 달려가니 창문을 뒤덮다시피 가린 플라타너스 나뭇가지들 아래로 감춰진 지면이 보였다.

나는 숨을 몰아쉬며 한쪽 벽에 걸린 두터운 태피스트리를 낚아챘다. 그리고 몸을 반으로 꺾은 채 신음을 흘리던 리슐리외가 비틀거리며 이쪽으로 돌진함과 동시에 창밖으로 몸을 날렸다!

태피스트리로 몸을 감싸고 있기에 망정이었지, 안 그랬으면 무수히 뻗친 나뭇가지들과 부딪히면서 지상에 당도하기 전에 만신창이가 되었을 터였다.

이어 장엄하고도 웅장한 충격파가 일면서 온몸이 얼얼하고 마비되는 것 같은 고통이 퍼져갔다.

겨울이라 땅이 단단히 얼어 있었다. 누렇게 변한 덤불과 태피스트리가 쿠션 역할을 해주었다 한들 자그마치 4층 높이에서 떨어진 고통을 완벽하게 막아주기엔 역부족이었다. 없는 것보다야 백배 나았지만.

쿵!

내가 절뚝거리며 몸을 일으키는 사이 바로 근처 어딘가에서 또 다른 무언가가 떨어지는 듯한 요란한 굉음이 울렸다. 혹 나처럼 납치된 누군가가 나처럼 뛰어내린 걸까? 어쨌든 망설이고 있을 틈이 없었기에 나는 너덜너덜해진 드레스 자락을 추켜들고 무작정 달리기 시작했다.

제발, 제발 쌍둥이가 무사히 집에 있기를……!

사방이 온통 깜깜한 밤이라 다행이었다. 머지않아 횃불을 든 보초병들이 뭐라 뭐라 외치며 부산스레 움직이는 소란스러운 소리가 들려왔으나 그게 나를 찾는 건지 아니면 좀 전에 들은 또 다른 추락음 탓인지 알 도리가 없었다.

화려한 계단식 정원 한쪽에 서서 아기 천사를 안고 있는 거대한 성모상 뒤에 몸을 숨긴 채 잠시 엿보고 있자니, 다급해 보이는 한 무리의 성기사가 조금 전에 내가 떨어진 부근 쪽으로 우르르 달려가는 모습이 눈에 들어왔다.

나는 그들이 다 지나가기까지 기다렸다가, 낑낑대며 성모상 위로 기어오르기 시작했다. 이 안에서 어느 누가 감히 신성한 성모상을 밟고 올라갈 수 있으리라고 상상이나 했을까.

어쨌든 다소 평평한 성모의 어깨를 한쪽 발로 디디고 다른 쪽 발은 아기 천사의 배 위에 놓은 채 중심을 잡는 찰나였다.

"거, 거기 누구냐?!"

날카로운 외침이 들려옴과 동시에 저만치 보이는 담벼락으로 힘껏 몸을 날렸다.

성모 성부시여! 살다 살다 이런 짓까지 하게 만드시다니, 귀부인 체면이 이게 다 뭡니까!

나는 담벼락에 매달려 끙끙거린 끝에 겨우겨우 담 너머로 뛰어내릴 수 있었다. 다행히 그다지 높지는 않았지만 아까 뛰어내렸던 충격 탓인지 다리가 부러지는 게 아닐까 싶었다.

어쨌든 떨어진 신발을 주워 신고 절뚝거리며 주위를 둘러보니 왼쪽 편에는 사크로상트의 화려한 건물들과 드높은 성벽들이 있었고, 바로 오른편에는 드높게 치솟은 오벨리스크와 그 아래 잘 보이지 않는 지하 수로 입구가 있었다.

정신 나간 추기경 하나 때문에 이게 무슨 개고생인지 모르겠다.

무작정 수로로 들어가 좁디좁은 통로를 한참이나 기어 마침내 밖으로 나오니, 차가운 밤공기에 싸인 비텔스바흐의 외곽 부근 골목이 나를 맞이했다.

나는 잠시 차가운 골목의 공기 속에서 멍하게 서 있었다. 그런 내 귀에 저만치서 다가오는 달그락달그락하는 마차 소리가 들려왔다. 마차가 빠르게 가까워지면서 이어 여러 사람이 고래고래 소리 지르고 요란하게 노래를 흥얼거리는 소리가 함께 들렸다.

"제국의 남아로 태어느아아! 교황의 모가지를 따버릴 수 있다며언!"

"신성모독이다! 우리 중에 이단이 있어! 여보세요, 치마 두른 놈들 발바닥 핥는 성기사 나으리들! 이놈 잡아가쇼!"

"아무리 생각해도 교황과 황제는 서로 사랑하는 사이다. 그러지 않고

서야 이딴 답답한 처우라니."

"오오, 그럼 이 모든 게 그냥 두 인간의 밀당질…… 어라? 아리따운 레이디다!"

"뭐? 어디, 어디?!"

"곤경에 처한 레이디시여! 길을 잃으신 것 같은데 태워 드릴까요?"

"잠깐만, 나 저분 어디서 본 것 같은데……."

"이 자식은 아주 세상 모든 여자가 지가 아는 사람이지? 레이디시여, 어디로 가시는 길입니까?"

"노이반슈타인 후작저까지 좀 태워다 주실래요?"

잠시 정적이 있었다. 쓰러지기 일보 직전인 나와, 이 추운 날씨에 마차 지붕을 열어젖히고 앉아 한밤의 황도의 평화에 지대한 해악을 끼치고 있던 한 무리의 기사는 잠시 물끄러미 서로를 쳐다보고만 있었다.

그러는 동안 하늘에서부터 눈송이가 하나둘씩 떨어지기 시작했다.

잠시 후 나는 대여섯 명가량의 기사들 틈에 망토를 걸치고 앉아 마침내 겨우 숨을 돌릴 수 있었다.

이 시끌벅적한 기사들의 말에 따르면, 자신들은 야간 순찰대 소속인데 지금 황도 메인 거리 쪽에서 뭔가 소동이 일어나 그쪽으로 가는 중이라 했다. 어차피 우리 집으로 가려면 메인 거리를 지나쳐야 했다.

과연 마차가 외곽을 빠져나가 메인 거리 안쪽으로 접어들자마자 사방이 온통 시끌시끌해졌다.

"허어, 이거 심상치 않은데……? 다들 한바탕하러 가는 분위기 아닌가?"

나를 제일 먼저 알아본 기사가 혀를 내두르며 중얼거린 소리였다.

그 말마따나 여기저기에 횃불이 일렁이고 있었고, 심각해 보이는 얼굴을 한 무장한 기사들이 서로 뭐라 말을 나누거나 초조하게 왔다 갔다 하고 있었다. 그들 대다수가 어디 어디 소속인지 알아보기까지 오래 걸리지 않았다.

"……일단 진정하십시오. 날이 밝을 때까지 기다리는 편이……."

"지금 내 정인이 사활의 기로에 서 있는데 어느 세월에 앉아서 기다리나?!"

"공자님, 바이에른 백작가 측에서도 추가 지원군을……."

"노라, 노라!"

내가 외치는 소리에 소속 기사들과 함께 등을 돌리고 서 있던 노라가 곧장 이쪽을 돌아보았다. 놀라움과 안도감에 휘둥그레 벌어지는 푸른 눈을 마주하자 그제야 긴장이 확 풀리면서 별안간 눈물이 치솟았다.

때마침 마차가 멈춰 섰다. 마차에서 뛰어내린 내가 완전히 바닥에 착지하기도 전에 노라는 이미 내 앞에 도달해서 나를 으스러져라 껴안고 있었다. 나 역시 나를 끌어안는 그의 팔 안에 몸을 던져 넣으며 그 목에 매달리듯 안겨들었다.

"맙소사, 누나! 난 누나가……."

"그 추기경, 그 사람이 날 납치했어. 그 의상실에서……."

"슈, 슈리이이?!"

우두두두!

저만치서 엄청난 포효를 내지르며 쏜살같이 달려온 제레미가 곧장 내게 달려들었다. 어이구, 이놈아!

"슈리이! 우리 어머니! 괜찮아?! 다친 데 없어?! 이게 대체 어떻게 된……."

"제레미, 레온하고 레이첼은……."

"둘 다 집에 있어. 하아, 다행이다. 신이시여, 지인짜 감사합니다! 저리 떨어져 인마, 내 어머니야!"

"네놈이나 떨어져라! 내 정인이시거든?!"

"누, 누구 마음대로!"

아이고, 정신없어라. 그래그래, 내 하마터면 두 번 다시 너희 얼굴 못 보는 줄 알았다!

"슈, 슈리."

나는 제레미와 노라 사이에 껴 있다 말고 고개를 들었다. 거기에는 어엿한 군장 차림을 한 채 활을 메고 서 있는 우리 엘리아스가 서 있었다. 에메랄드빛 눈동자에 눈물이 그렁그렁했다.

"엘리."

"나, 난…… 난 그러니까…… 하, 하마터면 다시는 너 못 보는 줄 알고…… 그런 줄 알고……. 너무 무서웠는데……."

"……."

"흐…… 무, 무사히 돌아와서 다행이야아!"

더듬거리며 말을 잇던 엘리아스가 불쑥 흐아앙 하고 눈물을 터뜨리며 내게 달려들었다. 어지간해선 낯간지러운 소리 안 하는 엘리아스의 이런 모습이라니, 이대로 압사당하는 게 아닐까 하는 걱정이 이는 한편 놀랍고도 따뜻한 기분이 일었다.

"마님이시다!"

"노이반슈타인 부인께서……!"

"마님께서 무사히 돌아오셨다!"

"아, 좀 애들은 저리 가라고! 너희 엄만 내 거란 말이다!"

"흐어엉. 지, 지랄 마, 이 새끼야!"

"네가 웬일로 옳은 소릴 하냐 아우야. 똥강아지 네놈이야말로 저리 꺼지시지!"

나를 둘러싸고 아웅다웅하는 녀석들의 목소리를 마지막으로 나는 넘쳐흐르는 안도감 속에서 그제야 의식의 줄이 서서히 끊어져 가는 것을 느꼈다.

⊰ ✦ ⊱

내가 납치된 사이에 벌어진 일을 요약하자면, 레온과 레이첼이 상점들을 다 둘러보고 수행 기사들과 함께 의상실에 돌아왔을 때 의상실은 텅 빈 상태였고, 안에 나는 물론이요, 직원들도 마담 멜리샤도 보이지 않았다는 거다.

그래서 다들 나를 찾으려고 그 일대를 한참 뒤지다가 결국 일단 후작저로 돌아와 제레미에게 일을 알렸고, 뭔가 심상치 않은 일이 벌어졌음을 직감한 제레미는 곧장 뉘른베르 공작저로 달려갔다고 한다.

어찌어찌 여러 정황을 추측한 결과 개혁 세력의 주동자 격인 내가 교단 측에 의해 납치된 것 같다는 추리에 아무도 이견을 내지 않았단다.

그날 밤 황도 메인 거리가 그토록 어수선했던 이유는 노이반슈타인과 뉘른베르 가문을 중심으로 한 몇몇 귀족가 병력이 황도 전체를 이 잡듯이 뒤지느라, 또 여차하면 교황청까지 쳐들어갈 준비를 하고 있느라 그랬던 것이었다.

내가 탈출을 감행하던 당시 들었던 또 다른 추락음의 정체는 바로 다음 날 일찍 밝혀지게 되었다. 자신의 대부인 추기경을 만나러 간 어느 후작가 영애가 집에 싸늘한 시체로 돌아온 사건 때문에 귀족 사회가 발칵 뒤집어졌다.

 그 영애는 개혁 반대파에 속한 가문 여식이었는데, 교단 측에선 그녀가 대부에게 우울증을 호소하다가 잠시 방심한 사이 7층 높이 창밖으로 뛰어내렸다고 주장했다.

 반면 유족 측은 자신들의 여식은 우울증과 조금도 관련이 없는 아이였다고 주장했다. 즉 아무리 봐도 강제로 내던져졌거나 정신없이 도망치려던 와중에 그렇게 된 것이라는 거다.

 내가 납치되고서 정확히 무슨 일이 벌어졌는지에 대해선 노라와 제레미에게만 털어놓았고, 다른 이들에겐 그저 교황청 측에서 나를 붙들어 본보기로 화형시키려 했다고 알려졌다. 그리고 위의 사건과 내 납치 사건이 맞물림으로써 여태껏 급진적 분위기를 자제하고 있던 개혁파 세력이 마침내 폭발해 버렸다.

 한데 아이러니하게도 내전의 불길을 먼저 당긴 쪽은 교황 측이었다. 분위기가 영 살벌해지자 발 빠르게 움직여 튜튼과 나라 왕국에 성기사 지원 병력을 요청한 것이다.

 여태껏 수수방관하는 듯하던 황제는 나의 납치건과 더불어 자신과 상의도 하지 않고 외국 군대를 들이려는 교황의 독단적 만행에 격노했다.

 그 와중에 사파비 왕실에서 황제에게 알아서 해결할 거냐, 아니면 우리가 그쪽 친구들 도와주러 가야 하느냐는 조롱조의 서신을 보낸 건 덤이었다.

 급기야 황제는 끓어오르는 귀족들에게 실력 행사 및 추가 용병 고용을 허락해 버렸다. 제국 역사에서 내전은 몇 번이나 벌어졌었지만 전부 가문들끼리의 전쟁이었지 교황령을 공격한 일은 전례가 없었다. 따라서 황제의 무력 충돌 허락은 곧 교권의 붕괴를 수용하겠다는 것을 의미했다.

전 지역에서 출두 명령을 받은 기사단들이 올라오고, 용병들이 몰려오고, 나라와 튜튼의 교단 지원 병력이 국경을 가로질러 건너오는 상황 속에서 나는 비밀리에 레이첼을 데리고 영지의 별장으로 내려가게 되었다.

여러 논의 끝에 내려진 결론이었다. 나는 이미 한 번 납치를 겪은 데다 개혁파 귀족의 상징 같은 존재로 자리매김한 터였다. 싸움이 시작되면 더 위험해질 것이 뻔했다. 거기엔 제레미와 노라까지 만장일치로 동의했다.

"네가 있으면 우리가 마음 놓고 싸울 수가 없어. 너한테 무슨 일이 생긴다면 이 모든 게 무슨 소용이 있겠어?"

"그런데 후작령보다는 우리 공작령이 좀 더 안전할 것 같은데……."

"무슨 뜻이냐 그거? 우리 가문이 네놈 가문보다 모자라다 이거냐?"

"그런 뜻이 아니라, 만에 하나 잘못됐을 때 누가 작정하고 누날 찾으려든다면 당연히 후작령부터 샅샅이 뒤질 거 아니냐, 이 멍청한 살쾡아."

맞는 말이었다. 결국 여차여차 뉘른베르 공작령의 영지 중 한 곳에 가 있기로 결정이 내려졌다. 본디 레온도 같이 데리고 가기로 했으나 어째서인지 레온은 황도에 남겠다며 고집을 부렸다.

"나도 노이반슈타인 사나이라고. 거기다 형들은 뇌까지 근육이잖아. 나 같은 두뇌파가 옆에서 보조해 줘야지."

"네 콩알만 한 머리 쓸 일 없을 거거든?! 슈리, 애 그냥 데리고 가."

물론 레온의 머리를 쓰게 될 만한 일은 당연히 없을 것이었다. 그럼에도 레온은 고집을 꺾지 않았고, 그 모습이 기특하고도 걱정스러운 한편으론 참 빨리도 커간다는 생각이 일었다.

"다들 걱정돼서 어찌 마음 편하게 가 있겠니……."

"걱정 말라고, 이 백발백중 명사수가 있잖아! 와하하핫! 여차하면 교황 면상에 쏴버리면 되지!"

"색돌 영감 교황이 전투에 왜 나오냐? 하여간 이래서 실전 경험이라곤 없는 놈들은……."

"아씨, 그러는 형은 겨우 몇 번 나간 거 가지고 잘난 척이야! 큼, 아무튼 걱정 말라고! 누가 저 덜떨어진 형 놈이나 그 끼리끼리 어울리는 친구 놈한테 덤벼들면 이 명사수께서 친히 보호해 줄게! 자고로 화살 앞에선 모두가 공평하다지!"

웬일로 의젓(?)하게 말하며 제 가슴을 팡팡 두드려 보이는 엘리아스의 행각에 다들 눈이 휘둥그레졌음은 당연지사였다.

노라가 떨떠름한 미소를 지어 보였다.

"누가 누굴 보호한다는 건지는 모르겠다만 웬일로 착하게 구냐?"

"하! 뭔 소리래. 난 원래 항상 착한 아들이거든? 네놈한테만 안 착할 뿐이지!"

코웃음을 치며 대꾸한 엘리아스가 소파에 걸터앉은 내 무릎을 베고 털썩 드러누웠다. 그러면서 노라를 향해 득의만면하기 짝이 없는 웃음을 날렸다. 하여 노라의 얼굴은 점점 더 일그러졌다. 언젠가 제레미가 내게 들러붙어서 비몽사몽하고 있을 때 지어 보였던 표정과 비슷했다.

그 제레미는 친구의 일그러진 낯짝에 대고 고소해 죽겠다고 주장하는 비웃음을 날리고 있었다.

"네놈이 우릴 이기려면 한참 멀었다, 똥강아지야."

"바보들끼리 단합이냐. 자식들과 경쟁하는 유치한 애비는 되지 않으련다."

"누우가 누구 애비야?!"

"오빠들이 같이 안 가게 돼서 차암 다행이야."

"봤지? 이래서 내가 있어야 한다고."

아무튼 공작령 에르푸르트까지 가는 길은 공자 되시는 노라가 동행하기로 되었다. 나와 레이첼을 데려다준 뒤 그곳 가신들에게 당부할 게 있다나 뭐라나.

노라는 그다음 다시 황도로 올라와 본격적으로 연합군에 가담할 것이다.

반쯤 객기로 시작했던 일이 일련의 사건과 변수들로 부풀어가면서 마침내 이런 전향을 불러일으키게 될 줄 누가 알았을까.

글쎄, 세상일이 언제 한 번이라도 예측 가능한 적이 있던가?

성탄절을 열흘가량 앞둔 1118년의 겨울. 제국 남부 지역에 자리한 에르푸르트는 작고도 서정적인 분위기의 산골 지방이었다. 도회지로부터 멀리 떨어진 데다 소수의 주민이 양을 치고 농사를 지으며 사는 곳이라 다른 지역들에서 벌어진 분쟁의 열기를 피해 간 느낌이라고 해야 할까. 황도와 비교하면 믿을 수 없을 만큼이나 평화로운 분위기였다.

"참 예쁘네."

"마음에 드신다니 다행이네요. 사실 저도 여긴 처음 와보는지라."

"그래? 한 번도 안 와봤어?"

"저는요. 듣자 하니 제 아버지가 옛날에 할아버지랑 싸울 때마다 가출 장소로 애용했다더군요. 그래서 편히 숨어 지내기 최적이라나 뭐라나……."

"유령 나올 것같이 생겼잖아!"

나와 노라가 대화하는 사이 우리가 머물게 될 아름다운 별장을 물끄러미 올려다보던 레이첼이 뜬금없이 외친 소리였다.

전혀 맞지 않는 말이었기에 내가 당황스레 쳐다보는 찰나, 레이첼이 허리를 숙여 바닥에 한가득 쌓인 눈을 장갑 낀 손으로 꽁꽁 뭉쳐 집어 드나 싶더니 다짜고짜 이쪽을 향해 던지는 것이었다.

픽!

갑작스런 요격을 당한 노라가 눈가루가 주르륵 흘러내리는 자신의 어깨를 물끄러미 내려다보는 가운데, 레이첼은 대체 무슨 생각인 건지 에메랄드빛 눈을 반짝반짝 빛내며 외쳤다.

"우리 집에서 눈싸움으로 나 이기는 사람 없는데, 공자님은 어떠시려나요?"

도발하는 것이 명백한 저 발언에 노라는 아무런 말도 하지 않았다. 대신에 마찬가지로 바닥에 쌓인 눈을 한 움큼 낚아채 던지는 것으로 화답했다.

픽!

그러고는 금빛 곱슬머리에 하얀 밀가루를 뒤집어쓴 것 같은 모양새가 된 레이첼의 꼴을 보며 통렬한 폭소를 터뜨렸다.

레이첼이 포효를 내질렀다.

"머리를 맞추다니 치사하잖아요!"

"먼저 습격한 분이 할 말씀은 아닐 텐데?"

"이잇!"

그걸로 한바탕 난투가 벌어졌다. 내가 미처 뭐라 말하기도 전에 온 사방에 눈덩이가 빗발치며 날아다니기 시작해 버린 것이다.

자신들의 아가씨가 공격당하는 것을 본 우리 가문 수행 기사들이 나서서 레이첼을 거들었고, 이에 질세라 공작가 수행 기사들이 끼어든 것은 덤이었다.

막 우리를 맞으러 나오던 참인 별장 집사는 때아닌 이 난투극에 심히 당혹스러워하는 얼굴이 되어버렸으나 노련한 집사답게 금세 정신을 차렸다.

즉, 이렇게 외치며 뛰어나왔다.

"아이고, 도련님! 오실 때마다 이런 난리법석이십니까!"

"……우리 초면 아닌가? 누구세요?"

"접니다, 푸체! 대체 이번엔 또 무슨 일로 각하와 싸우신 겁니까!"

"……."

음. 아무래도 저 연로하신 집사님은 과거의 시간대에 그대로 머무르고 계신 모양이다.

어쨌든 그 덕분에 우리 딸내미가 시작한 눈싸움은 순식간에 종결되어 우리 모두 얌전히 별장 안으로 들어갔다. 그리고 머지않아 레이첼은 춥다고 콜록거리면서 벌벌 떨기 시작했다.

"추, 추, 에에춰……!"

눈에 파묻혀서 신나게 놀 때는 언제고 그새 감기라도 옮은 모양이었다. 곧 그녀는 식은땀을 뻘뻘 흘리면서 끊임없이 기침을 해대기 시작했고 다들 비상약 찾아오랴, 뜨거운 물 가져오랴, 최대한 따듯하게 해주랴 야단법석을 치렀다.

"이거 괜스레 미안해지는데요."

"같이 놀아준 것뿐인데 네가 미안해할 게 뭐가 있니?"

한바탕 소동을 치른 끝에 마침내 레이첼은 난로가 활활 타오르는 방 안에서 두터운 이불에 꽁꽁 싸인 채 한결 평온해진 얼굴로 잠들었다.

나는 창가에 기대서서 머쓱해하는 노라를 돌아보며 싱긋 웃었다.

"원래 잘 그러지 않는데…… 아마 너랑 친해지고 싶었나 봐."

"흐음. 이미 친해진 줄 알았는데 나 혼자 착각했나 봐요?"

짐짓 장난스레 대꾸한 그가 걸음을 옮겨 내 곁에 다가와 앉았다.

우리는 잠시 그렇게 나란히 앉아서 침대에 누워 색색 자고 있는 소녀를 바라보았다. 창가에 비친 우리의 인영이 설핏 보이는데 불현듯 기묘한 기분이 일었다. 마치 우리 모두 어린아이용 장난감 인형인 느낌, 가족 놀이 역할을 맡은 작은 사기 인형이 된 기분이었다.

"무슨 생각 해요?"

내 표정이 이상해진 것을 눈치챘는지 노라가 내 어깨에 팔을 두르며 한 질문했다. 나는 눈을 깜박이며 머리를 가로저었다.

"그냥…… 뭐랄까, 갑자기 내가 애들 아버지랑 결혼하지 않았더라면 어떻게 됐을까 하는 생각이 들어서. 그랬다면 이 모든 게 없었겠지."

그리고 만약에 돌아오지 않았더라면.

이젠 돌아오기 전의 기억들이 전부 까마득했다. 마치 기나긴 백일몽을 꾸었던 것뿐인 것처럼, 내 최악의 두려움을 꿈으로 봤던 것뿐인 것처럼…….

그 꿈속에는 노라가 없었다. 거기선 아무것도 온전히 내 것이 아니었고, 나 역시 그 누구에게도 온전한 나 자신이 아니었다.

이제는 내가 변한 건지 세상이 변한 건지 알 수가 없었다. 아니면 단지 내가 뭔가를 몰랐던 것뿐일까? 돌아온 이래 지금까지 이미 잘 안다고 생각했던 이들의 새로운 면모들을 수도 없이 보았다. 어쩌면 나 자신에게서도.

별안간 똑똑똑, 노크가 울렸다. 그러고는 곧장 목소리가 들려왔다. 아까 그 집사의 목소리였다.

"도련님이십니까?"

"……그래."

"또 그 안에서 친구분들하고 이상한 책 보고 계십니까? 아이고, 그러다 뼈 삭는다고 몇 번을 말씀드립니까!"

"……"

내가 별 도리 없이 손으로 입을 가리고 열심히 헛기침을 하는 동안 노라는 짧은 신음을 흘렸다.

"대체 어디가 잘못된 거야, 저 노인네……. 정신적 시간대가 오락가락하는 모양인데."

"큼, 살아 있는 역사라고 해야 할까? 나이도 나이인 데다 그토록 닮았으니 헷갈리는 것도 무리가 아니지."

"닮았다고요? 제가? 아버지랑?"

"내 눈엔 네가 더 잘생겼지만 말이야."

이에 노라는 몹시 만족스러워하는 것 같은 표정이 되더니, 저 노인네 어쩌구 하면서 일어나 방을 나갔다.

반쯤 열린 문 밖으로 뭐라 뭐라 투덕대는 듯한 소리가 들려왔다. 이 도련님이 그 도련님이 아니라고 설명해 봤자 소용없을 것 같은데.

살아 있는 역사라……. 살아 있는 역사가 될 수 있을까, 우리 모두 언젠가는?

나는 안락의자 등받이에 등을 기대며 넓은 방 안을 한번 훑어보았다. 한쪽 벽을 차지하고 있는 책장에 고서로 보이는 책들이 가득했다. 뭔가 이 상황에 도움이 될 만한 읽을거리를 찾을 수 있을까 싶어 그 앞으로 다가간 나는 이내 흥미로운 제목의 책 몇 권을 꺼내 들었다. 〈제국 내

전의 역사〉, 〈신앙과 정치〉, 〈귀족들의 황혼〉 등등. 전체적으로 낡고 군데군데 좀먹기는 했지만 그래도 잘 관리된 편이었다.

나는 요즘엔 잘 쓰지 않는 종이의 뻣뻣한 감촉을 손가락 끝에 느끼며 별생각 없이 〈귀족들의 황혼〉이라는 책을 펼쳐보았다.

"……뭐야, 이게?"

그러고는 쿵 닫아버렸다. 그랬다가 다시 슬그머니 펼쳤다.

뭔가가 이상했다. 분명 표지에는 귀족들의 황혼이라는 멋들어진 제목이 붙어 있는데 안쪽에는 이상한 삽화와 함께 다른 제목이 붙어 있었다.

"……가정교사는 화끈해?"

내가 나도 모르게 얼빠진 목소리로 중얼거렸다 한들 날 탓할 이는 별로 없을 것이다.

이게 도대체…… 이건 엘리아스의 침대 밑에서나 발견할 그렇고 그런 물건 아닌가? 그놈의 빨간 책들 말이다! 조금 전에 그 집사가 언급한 이상한 책들!

"누나, 식사 준비 다 됐……."

노라의 목소리가 불쑥 들려옴과 동시에 나는 황급히 책을 쿵 소리 나게 덮었다. 아니, 덮으려고 했다. 하나 너무 당황한 모양인지 꼴에 꽤 두꺼운 그 망할 책은 내 손에서 미끄러지며 빠져나가 그대로 바닥에 낙하해 버렸다.

털푸덕!

하필이면 차마 뭐라 표현하기도 뭣한 낯 뜨거운 삽화 부분이 고스란히 펼쳐진 채로 말이다.

내 어설픈 움직임을 바라보던 노라의 시선이 자연스레 그쪽을 향하게 된 건 당연한 결과였다.

"……."

"……."

지금 나를 황망히 응시하는 노라의 얼굴에 대고 뭐라 말할 길을 찾을 수 있으면 좋겠다. 그랬으면 정말 좋겠다.

어색하다. 심히 어색하다. 하나 어색한 나머지 몸 둘 바를 모르고 있는 나와는 달리 노라는 별로 어색해 보이지 않았다. 되레 평소 같은 미소를 지어 보이며 이렇게 말할 뿐이었다.

"혹시라도 무슨 일 생기면 곧바로 연락하세요. 저 오락가락하는 집사 영감 그래 봬도 일 처리는 신속하더군요."

"으응. 너희도……."

"누나의 바보 아들 녀석들은 제가 목숨을 걸고서 지킬 테니까 걱정하지 마세요."

나는 그제야 시선을 들어 그의 짙푸른 눈을 마주 보았다. 황도로 돌아갈 채비를 다 마치고 환하게 웃고 있는 노라를 올려다보는데 가슴이 걷잡을 수 없이 답답해져 왔다.

전국이 봉기로 떠들썩한 이 순간 그 화두를 던진 장본인인 내가 이곳에 몸을 숨기고 있다는 건 아이러니한 일이었다.

내가 사랑하는 사람들이 싸우는 동안 혼자 숨어 있어야 한다는 건 불공평했다. 그럼에도 불구하고 내가 황도에 남아 있으면 더더욱 위험할 것이라는 말들이 맞았다. 그러지 않겠다고 내심 다짐했음에도 불구하고 나는 울음을 터뜨리기 일보 직전이 되어 더듬더듬했다.

"너도 조심해야 돼…… 알았지? 누가 도발해도 넘어가지 말고, 어떤 일이 있어도 혼자 움직이지 말고……."

"조심할게요. 약속해요."

유쾌한 어조로 대답한 노라가 한 손으로 내 뺨을 살짝 어루만지며 내 이마에 입을 맞추었다. 솜털처럼 부드러운 입맞춤, 잠시 이별이라는 의미의 입맞춤이었다.

"우리가 성탄절 전까지 끝낼 수 있기를 빌어주세요."

"……최고의 성탄절 선물이 되겠구나."

우리 둘 다 차마 안녕이라는 말을 하지 못했다. 마치 그랬다간 영원한 이별이 될까 봐 겁나기라도 하는 것처럼 말이다.

곧이어 그가 탄 마차가 멀어지는 모습을 바라보았다. 내 가슴은 아프다 못해 산산조각이 나는 듯했다.

차라리 아무것도 시작하지 않았더라면 좋았을까? 그랬더라면 모든 게 더 나았을까?

답이야 이미 알고 있었다. 이건 나 혼자만의 의지가 만들어낸 일이 아니었으니까. 하지만…….

"엄마…… 엄마 괜찮아?"

급기야 나는 걱정스런 눈으로 나를 올려다보는 레이첼을 붙들고 끅끅 통곡하기 시작했다. 제레미와 헤어지는 것, 엘리아스와 레온과 헤어지는 것 모두 가슴이 찢어지게 아팠다. 하지만 노라와 헤어지는 것에는 또 다른 차원의 고통이 있었다. 말로 표현할 수 없는 고통, 평생 처음으로 느껴보는 종류의 고통 말이다.

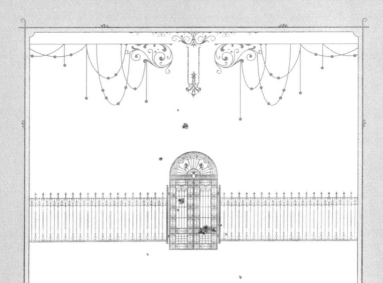

Chapter 16
종막

"오후 1시입니다."

1118년 12월 21일 아침 7시경, 개혁파의 대표적인 수장들과 회의를 하던 뉘른베르 공작은 들어오자마자 앞뒤 부연 설명도 없이 다짜고짜 저리 내뱉는 금발 애송이의 행각에 잠깐 고민에 빠져들었다. 호통을 칠 것인가, 기대하는 반문을 해줘야 하는가.

"내가 경과 점심 약속이라도 있었던가? 그런 기억은 없는데."

"노이반슈타인과 뉘른베르 동맹을 선두로 한 연합군이 사크로상트 성벽으로 진격하기 시작하는 시간이 오늘 오후 1시라는 말입니다."

뉘른베르 공작은 잠시 아무런 말도 하지 않았다. 대신에 오른편에 앉아 있던 바이에른 백작이 눈을 크게 떠 보였다.

"누가 그리하자던가?"

"저를 비롯해서 여기 모여 계신 분들의 아드님들과 조카분들 등이요."

"허어, 제레미 경, 이 무슨 급작스런…… 혹 뉘른베르 공작께서 미리 지시하신 겁니까?"

의회원들의 질문에 뉘른베르 공작은 대답하지 않았다. 대신에 뻔뻔스레 미소 짓고 있는 젊은 기사를 향해 넌지시 지시했다.

"자네들끼리 그런 결정을 내린 것에 대해 이유를 설명해 보게. 혈기를 주체 못 하겠다고 주장하는 것 말고."

"큼, 교황군의 수는 성기사단 및 용병들을 모두 합쳤을 때 대략 5천 정도입니다. 튜튼과 나라에서 지원 병력이 당도한다면 그보다 더하겠죠. 연합군은 어림잡아 2만 정도. 비록 이쪽이 우월한 상태라 한들 앞으로는 사크로상트의 성벽을, 뒤로는 외국군을 상대하기엔 버거울지도 모르겠습니다. 추가로 용병들을 고용하고 사파비에 지원을 요청한다면 병력을 늘리는 데 문제는 없지만 좌우지간 튜튼이든 나라든 타국 놈들이 끼어들기 전에 우리끼리 끝내 버리는 것이 현시점에서 최상의 시나리오라 생각됩니다. 거기다 중간에 교황이 도주해 버릴 가능성도 있으니 한시라도 빨리……."

"그게 경의 머리에서 나온 결론인가, 아니면 내 아들의 머리에서 나온 결론인가?"

"……둘 다입니다."

"튜튼과 나라의 병력이 당도하기까지 고작 나흘가량 남았네."

"예. 나흘이면 딱 성탄절이기도 합니다. 성탄절 기념으로 교황의 삼중관을 공작님께 친히 바치겠……."

"전리품 약탈은 금지일세. 나흘 안에 교황령을 완전히 점령할 수 있다고 보는가?"

"사크로상트의 성벽이 어째서 함락당한 전례가 없는지는 공작님께서 누구보다 잘 아실 거라고 생각합니다."

"왜 없다고 생각하나?"

"공격당한 전례가 없으니까요."

제레미는 대답을 마치자마자 손을 들어 금빛 머리를 긁적였다.

이 말은 사실 간밤에 레온이 던지듯 한 소리였다. 막상 레온이 말했을 당시엔 엘리아스가 말장난하냐며 버럭하긴 했으나, 결과적으로 맞는 논리 아닌가?

그 악랄한 마녀사냥 시절에조차 제국 내부에서 교황령을 공격한 전례가 없다. 문자 그대로 제국 역사상 유례없는 일이었다.

그 말이 틀리지 않다고 여기는 건 뉘른베르 공작 역시 마찬가지였다. 황제가 귀족들의 거병을 허가한 데엔 교단 측에서 먼저 황실과 상의도 없이 외국 병력을 소환했다는, 누구나 납득할 만한 명분이 있었다. 그리고 황제는 그 명분 이상의 일, 황제군을 움직여 어느 한쪽을 도와주거나 하진 않을 것이었다. 그래야만 어느 쪽이 패해도 황실의 입지를 보장할 수 있을 테니까.

설령 귀족군이 패한다 한들 황실은 아무런 책임도 지지 않을 것이며, 반대로 교황군이 패한다면 귀족군의 거병을 허가했던 만큼 당연히 아무 해도 없을 것이다.

하지만 만일 튜튼과 나라, 사파비 3국의 군대가 한꺼번에 몰려와 제국 땅 안에서 충돌하기 시작한다면 황실 역시 계속해서 중립을 지키긴 못하게 될 것이었다.

그리고 타국 군대들과 황제군까지 다 같이 제국 안에서 충돌하기 시작한다면, 철저히 교권의 붕괴를 목적으로 했던 이 내전은 혼란의 틈을 노리고 순식간에 난입해 오는 여타 국가에 의해 난장판격 대리전으로 번질 가능성이 농후했다. 남은 나흘가량에 이 개혁의 사활이 걸려 있는 것과 다름없다. 그러니 이쯤에서 진격을 시작해야 한다. 문제는…….

"무슨 수를 써서라도 나흘 안에 교황을 생포해야 할 것이네. 사크로 상트를 뚫고 들어간다 해도 교황이 도주해 버린다면 정국이 크게 복잡해지고 말 테니까. 그런 의미에서 아까 운운한 삼중관 탈취를 1순위로 삼게."

"알고 있습니다. 그럼 다들 동의하신 걸로 알고 전군 진격을 시작하겠습니다."

"……어쩌면 중간에 경의 모친을 도로 모셔 와야 할지도 모르겠군."

이 말에 제레미는 자연스레 금빛 눈썹을 찡그려 보였다.

"어째서입니까?"

"어째서인 것 같나? 노이반슈타인 부인은 현재 개혁파의 상징 같은 존재네. 제거 대상 1순위인 만큼 일단은 피신해 있는 상황이나, 만일 공성전이 지체될 기미가 보일 경우 필히 황도로 돌아오셔야 해. 사파비 왕실이 원조를 약속한 건 노이반슈타인 가주인 그녀이지 우리 동맹들이 아닐세. 사파비의 차기 군주가 넋이 빠져 있는 대상은 그녀와 경의 누이이지 경들과 우리가 아니란 말이네. 그러니 그녀가 이곳에 돌아 혁명군의 중심에 있어야 행여나 나흘 함락 전략이 실패할 시 전의를 유지하고 사파비의 협력을 무리 없이 이끌어낼 수 있을 거란 소리네."

"맞는 말씀입니다만 그렇다 해도……."

"경의 모친은 경보다 더 강한 사람이니 너무 걱정하지 않아도 될 터인데."

"아니, 하지만 공작님, 만일 슈르…… 제 어머니한테 무슨 변이라도 생긴다면 그때야말로 진정 파국이란 말입니다!"

그놈의 파국 소리가 나올 줄 알았다고 생각하며 뉘른베르 공작은 손가락으로 관자놀이를 지그시 눌렀다.

뭐 진짜 파국이라 칭할 수도 있겠다. 그녀에게 무슨 일이 생긴다면 저 혈기왕성한 사자는 틀림없이 눈이 뒤집어져서 교단뿐만 아니라 발 빼고 있던 황실에까지 칼을 겨누고도 남을 테니까……. 거기에 눈이 뒤집어 질 사람은 또 한 명 있었다.

"그러니 모두의 평화를 위해 나흘 안에 모든 것을 끝내야 한다는 것 아닌가. 내 아들에게도 그리 일러두게."

"문밖에 있으니까 직접 말씀하시면 될 텐데요."

저도 모르게 곧장 반항스레 받아친 제레미는 곧장 후회에 젖었으나 이미 늦었다. 공작의 표정이 즉시 의아하게 변했다.

"뭐? 그럼 어째서 경 혼자 들어와 보고하는 겐가?"

순간 제레미는 자신을 향해 쏟아지는 어르신들의 엄중한 시선을 느끼며 잠시 망설였다가, 이내 그답게 허심탄회하게 털어놓기로 마음먹었다.

"아침부터 공작님 얼굴 보면 컨디션 망칠 것 같답니다."

"……."

그리고 제레미는 좀체 어울리지 않는 모습으로 동공에 속절없는 지진을 일으키고 있는 강철의 공작을 향해 정중히 인사를 건넨 뒤 공작저를 빠져나왔다.

"예정대로냐?"

"예정대로다. 네 아버지가 꽤 걱정스러워하는 것 같던데."

"뭐를?"

"너를."

"웃기고 있네."

"그래도 예전에 비하면 훨씬 낫지 않아?"

"이제 와서 그러는 거 영 적응 안 되고 달갑지도 않다고."

"……그래도 너희 아버지가 우리 아버지보단 낫잖냐."

어째 자조적으로 중얼거리는 제레미의 모습에 노라는 일순 눈썹을 약간 들어 올렸다가, 이내 픽 쓴웃음을 지었다.

"네가 그렇다면 그런 거겠지."

아침 공기는 싸늘하고도 맑았다. 며칠 내리 눈발이 흩날리던 것이 무색하게도 모처럼 밝은 햇볕이 내리쬐었다.

이 땅에 천 년 넘게 버티고 있던 권위적인 상대와 내전을 시작하기에 그다지 어울리는 날씨는 아니었다. 전투에 나서기보다는 따스하게 껴입고 나들이를 가거나 여우 사냥을 하러 가기 좋은 날씨였다.

두 기사는 잠시 그렇게 나란히 서서 창밖으로 황도의 아침을 지켜보았다.

"참 다사다난한 한 해다."

"이번 여름까지만 해도 이렇게 될 줄 누가 짐작이나 했겠냐."

"그러게 말이다…… 난 황태자가 평생 그 자리에서 거들먹대다 황좌에 앉을 거라고 생각했어. 무슨 일이 있어도 우리 아버지가 그놈을 버리는 일은 일어나지 않을 거라고 확신했거든."

"그런데 결국 버리고 널 선택하셨잖아. 반대로 나는 내 아버지가 천하의 또라이라는 사실을 알아냈지. 이거야 원, 모든 면에서 네놈이 이긴 기분인데."

"그 부분에 대해서 말인데, 네가 본격적으로 마음 정리하게 된 계기가 그거냐?"

한때나마 서로 연적임을 간주했던 사이끼리 할 만한 질문은 아니었다. 그럼에도 노라는 물었고 제레미는 잠깐 눈을 내리깔았다가 망설이는 어조로 대답했다.

"그것도 있고……. 결정적인 계기는 우습게도 테오발트 때문이라고 해야 하나? 그놈이 나한테 이상한 걸 보여준 적이 있거든."

"너한테도 그놈의 초상화 보여줬나?"

노라의 말에 암녹색 눈동자가 절로 휘둥그레졌다.

"엑…… 너한테도 보여줬냐?"

"보여줬다기보다는 우연히 보게 됐다고 해야 하나. 너한테 그걸 보여주면서 대체 뭐라고 지껄이디?"

어쩐지 걱정스러워하는 것 같은 어투였다. 노라에게 어울리지 않는다는 건 둘째 치고 뭔가 정서적으로 보호받는 듯해 괴상망측한 기분이 들었다.

제레미는 그 낯선 기분을 하늘로 날려 버리려 애쓰며 이마를 일그러뜨렸다.

"별로 기억하고 싶진 않은데, 아무튼 부전자전 어쩌구 하면서 우리 셋 모두가 슈리를 좋아하는 게 당연하다나 뭐라나……. 네 아버지랑 지 아버질 변태 영감들로 만들려 하기도 했고…… 너희 집에서 다 같이 마주쳤던 날 직후였어."

"어지간히 애가 탔나 보네. 하여간 이간질이 특기인 놈이니……."

"넌 별로 안 놀랐던 모양이다?"

"그렇게 닮지도 않았던데. 누나가 백배 더 예쁜걸."

"역시 그렇지?"

"그리고 좀 닮았다 쳐도 뭐가 그리 중요하냐. 우리 아버지들이나 그

마더 콤플렉스 황태자한텐 중요한 사실일지 몰라도 나한텐 아니야. 그게 나랑 대체 무슨 상관인데? 그놈이 주장하는 유전적 취향 문제를 떠나서, 누나한테 반한 놈이 어디 한둘이냐?"

그건 그랬다. 기묘한 안도감이 피어오르는 기분에 제레미는 머리를 끄덕거리며 말을 돌렸다.

"나흘 안에 끝낼 수 있을 것 같냐?"

"끝내야지. 우리의 개혁의 여신에게 최고의 성탄절 선물을 안겨줘야 하지 않겠냐. 너 효자라며."

"생포 대상 1순위는 당연히 교황일 거고, 나머지는……."

"우르바노 추기경, 시라노 추기경, 그리고 리슐리외 추기경……."

"……그 빌어먹을 침묵의 종인지 나발인지 잡기만 해봐라, 아주 영원히 침묵하게 만들어주겠어! 다리를 찢어서 울지도 웃지도 못하게 만들어주겠어! 인간이 느낄 수 있는 고통이란 고통은 다 맛보게 해주겠다고!"

말 잘 듣는 꼬마처럼 침착하게 귀를 기울이는 듯하던 제레미가 갑작스레 안광을 활활 불태우며 실로 살 떨리는 으르렁거림을 토해내기 시작한 바람에, 차분히 읊조리던 노라는 자연스레 미간을 찡그리며 다음과 같이 말했다.

"이하 동문이긴 한데, 네가 만군 앞에서 그놈 다리를 찢어버린다면 다들 어떻게 반응할 것 같냐?"

"어떻게 반응하든 말든! 은밀하게 찢어버리면 되지!"

"은밀하게 찢는다는 게 대체 어떻게 찢는다는 건진 모르겠다만 아무튼 진정해. 그놈은 날 죽이는 데 거의 성공했었고, 내 정인이자 내 친구의 가족에게 공개적으로 모욕을 준 것도 모자라 납치 감금하려 했어. 내가 그놈의 다리가 아니라 사지를 전부 뜯어낸다 해도 모자랄 판이지만 일단은 이기고 봐야지."

"제기랄, 이길 수 있을까?"

"우리가 예전에 누나한테 떠들었던 소리 기억나냐? 황실이고 교황청이고 밀어버리고 여제로 만들어주겠다면서 떠들었잖아."

당연히 제레미는 기억했다. 건국기념제 연회를 앞두고 슈리의 기분을 달래주기 위해 자신이 떠들었던 소리였으니까.

"이 모든 게 끝나고 나면 여제는 아니더라도 비슷한 정점에 서게 되지 않을까."

"흠, 근데 교황청을 미는 건 현실로 이루어졌지만 황실은 아닌데……."

"아니라고만 할 수는 없지. 우리가 확실히 승리하고 나면 황실은 개혁을 주도한 너희 가문과 우리 가문의 허수아비 신세가 될 테니까. 패권의 균형이 재정립되는 시기에 중립 입장을 고수한 대가로 말이야."

느긋하게 힘주어 중얼거리는 노라의 짙푸른 눈동자가 어떤 확신을 담은 빛으로 반짝였다. 따라서 제레미 역시 마찬가지로 깊은 확신이 어린 표정이 되었다.

"그럼 확실히 승리하는 일만 남았네."

이 소박한 지방의 고립된 별장에 온 지 벌써 며칠이 흘렀다. 이곳에서의 하루는 놀라울 만큼 느리게 흘러갔다. 어쩌면 황도에 있을 때에 비해 이래저래 할 일이 확 줄어들어 버려서 그런 걸지도 모르겠다.

별장 안에서 발견한 고서들을 읽거나(진짜 고서들 말이다), 황도의 근황을 적은 서신들을 살피거나, 레이첼과 함께 난롯가에 앉아 짚을 엮어 승전을 기원하는 인형을 만들거나 하다 보면 간간이 식사 시간이라고 알리는 별장 집사의 목소리만 들려올 뿐이었다.

노라를 뉘른베르 공작님이라고 착각한 그 푸체 씨 말이다.

며칠 머무르며 지켜본 결과 푸체 씨는 워낙 고령이라 그런지 종종 옛 기억과 현실을 헷갈려 하는 것 같긴 했으나 별장을 관리하고 이런저런 일들을 처리하는 데에는 아무런 문제가 없어 보였다. 다만 간혹 가다 나를 붙들고는 나에게 하는 말인지 아니면 과거의 누군가에게 하는 말인지 알 수 없는 소리를 했다.

이를테면 이런 말들 말이다.

"우리 도련님이 알고 보면 외로움을 많이 타십니다. 아가씨 같은 친구분이 계셔서 얼마나 다행인지요."

"아……."

"도련님이 아가씨를 정말 많이 좋아하시는 것 같습니다. 여러모로 잘 부탁드립니다."

……누구와 헷갈리고 있는 것인지 모를 수가 없었다. 단 한 사람밖에 더 있을까?

그에게 있어 노라가 뉘른베르 공작님이라면 나는 루도비카 전 황후였다.

어쨌든 그가 한 말들을 종합해 보건대 이 별장은 확실히 과거 제국 핵심 인사들의 아지트였던 모양이었다. 그리고 당시 남작가 영애에 불과했을 루도비카가 자주 드나들었을 정도면 정말로 그들의 애정을 한 몸에 받긴 했던 것 같았다.

어떤 사람이었을까, 그녀는? 나와 그토록 닮은 사람이니 자연스레 궁금증이 솟을 수밖에 없었다.

어떤 여자였기에 그토록 깊고도 긴 애정을 한 몸에 받았을까? 안타까울 만큼 젊은 나이에 병사한 이후에도 평생 그녀의 그늘에서 벗어나지 못한 사람이 많았다.

그리고 상상해 보건대, 만약 내가 그녀였다면, 그리고 하늘에서 자신이 죽은 후에 벌어진 일들을 보았더라면, 틀림없이 그녀의 남편이었던 작자를 한 대 쥐어박고 싶은 충동에 사로잡혔을 것이다. 그녀가 남긴 아이가 어떤 뒤틀린 성장 과정을 거치는지 보았다면 말이다.

그가 그리된 건 그 하나만의 잘못이 아니니까…….

"잘 만들었네. 그건 어떤 인형이야?"

"큰오빠한테 기념으로 줄 사자 인형. 이기면 이거 덕분에 이긴 걸로 알라고."

"제레미가 좋아하겠구나."

"뭐 안 좋아하면 내가 가질 거야. 그 커다란 바보가 성탄절에도 우릴 여기 있게 하진 않겠지?"

글쎄? 성탄절은 이제 고작 이틀 남았다. 그 안에 모든 게 끝난다면 더할 나위 없이 좋겠지만, 아니라 해도 어쩔 수 없는 노릇이었다. 만약 이 내전이 길어질 조짐이 보일 경우 나는 황도로 돌아가 그곳에서 내가 할 수 있는 일들을 해야 했다. 그리고…….

"레이첼, 신년 기념으로 사파비에 잠시 머무르는 거 어떻게 생각하니?"

슬쩍 물었더니 아니나 다를까, 곧장 고개를 홱 쳐들고 나를 바라보는 레이첼의 에메랄드빛 눈동자가 별처럼 총총 빛을 뿜었다.

"사파비에? 누구랑?"

"아마 레온하고 너 둘이서?"

"레온 걔는 적응 잘 할까 걱정이지만, 아무튼 난 좋아."

과연. 그러고 보니 레이첼은 알리 왕자한테 받은 진주 목걸이를 여기 와서까지 종일 차고 있었다.

다행이라고 해야 할까? 만약 내전이 길어진다면 정국이 어떻게 될지 알 수 없는 노릇이었으므로 쌍둥이만큼은 가장 안전하게 여길 수 있는 장소에 보내놓는 것도 고려해야 할 판이었다.

"근데 엄마."

"응……?"

"엄만 그 공자님 얼마만큼 좋아해?"

어, 어째서 갑자기 이런 질문을 하는 것일까.

나는 반짝이는 눈으로 내 얼굴을 물끄러미 응시하는 딸내미와 마주한 채 뺨을 붉히는 자신을 발견하고 있었다. 하지만 내가 적절한 말을 떠올리기도 전에 그녀가 먼저 재차 말했다.

"만약 엄마랑 그 공자님이 결혼한다면."

"……뭐?"

"그리고 아기가 생기면 좀 질투 날 것 같은데."

내 턱이 힘없이 아래로 떨어졌다.

여태 한 번도 생각해 보지 않은 문제라는 건 둘째 치고…… 아기라니! 아기라니! 레이첼은 벌써 거기까지 생각했단 말인가!

내 얼빠진 표정을 본 그녀가 어깨를 으쓱하며 싱긋 미소를 지어 보였다. 새침한 듯하면서도 어딘가 의젓해 보이는 미소였다.

"솔직히 엄마는 내 언니 정도라고 해야 맞지. 우리 아빠랑 나이 차이만 봐도 우스운 일이야."

"레이첼……."

"그래도 엄마가 내 엄마가 돼서 다행이야. 엄마가 없었으면 난 아마 지금하고 전혀 다른 사람이 돼 있었을 거야. 그래서 엄마한테 엄마의 진짜 아기가 생긴다면 질투 날 것 같아."

감동스러우면서도 당혹스러운 이 기분을 어찌 설명하면 좋을까. 나와 노라가 앞으로 어찌 될지는 한 치 앞도 내다볼 수 없었다. 만일 레이첼의 말대로 내가 그와 결혼하게 된다면, 그리고 나와 그의 아이가 생긴다면…….

상상만으로도 가슴이 떨리지만 과연 가능한 미래일까? 내게도 그런 여느 평범하면서도 꿈같은 미래가 과연 허락되어 있을까?

신이 내게 경고라도 하려는 걸까. 그날 저녁 황도로부터 급한 전보가 날아왔다. 교황령을 공격하는 와중 몇몇 핵심 지휘관이 죽거나 크게 다쳤으며, 개중에는 우리 제레미도 포함되어 있다는 것이었다. 하여 연합군의 사기가 말이 아니게 된 데다 곧 있으면 타국 병력까지 감당해야 할 판이니 속히 돌아와야 한다는 내용의 전보였다.

12월 24일, 성탄절 전야의 황도.

후방에 남겨지는 건 기분 좋지 않은 일이다. 후방이라 해봤자 본인 집이지만, 아무튼 그다지 멀지 않은 곳에서 치열한 싸움이 벌어지는 와중에 집에 남아 덜떨어진 샌님 동생을 보고 있으라는 건 고문이자 모욕이었다.

……아무튼 모욕이라고 생각하기로 했다, 엘리아스는.

"젠장 할, 애 취급이냐!"

"커흠, 모름지기 후방이 가장 중요한 법……."

"숙부님한테 말한 거 아니거든요?"

안 그래도 짜증 나는 마당에 몇 년 만에 동맹이랍시고 슬금슬금 나타나서 자꾸 치대는 숙부란 작자의 모양새는 심히 거슬릴 수밖에 없다. 하여 엘리아스는 그답게 안하무인으로 팩 쏘아붙였고, 따라서 나름 조카를 달래주던 뮐러 백작은 퍽 불쾌해하는 표정이 되어 뭐라 구시렁거리며 자리를 떠버렸다.

그러거나 말거나 엘리아스는 자신의 전용 무기들을 쫙 늘어놓고 서서 어떤 것이 마지막에 들고 등장하기에 가장 멋들어져 보일까 하는 고민에 잠기기 시작했다.

오늘 낮에 벌어진 일은 악재의 연속이라 치부할 만했다.

치열한 전투가 벌어지는 와중에 연합군 지휘를 맡았던 귀족 기사 두 명이 사크로상트 수비군이 쏜 화살에 맞고 전사해 버렸다. 설상가상으로 엘리아스의 형이라는 바보는 그 와중에 손을 다쳤다. 다쳤다 해봤자 화살이 약간 스친 것 정도지만, 아무튼.

불행 중 다행이라면 그 악재의 연속으로 인해 연합군 전체의 분위기가 완전히 뒤집어져 버린 것이라고 해야 할까? 대개 며칠간 치열한 공방이 이어진 가운데 지휘관들이 전사했다면 사기도 체계도 단박에 날아가게 마련이다.

엄밀히 따지자면 날아가긴 했다. 차이가 있다면 보편적인 현상과 반대되는 모양새로, 사기를 잃고 후퇴하는 것이 아닌 사기 대신 이성을 잃고 폭발하는 쪽으로 날아갔다는 것이리라.

이 기세라면 어쩌면 정말로 성탄절이 오기 전까지 담판을 낼 수 있을지 모르겠군. 그런 생각을 하며 결정적인 순간에 극적인 연출을 도와줄 석궁을 슥슥 손질하던 엘리아스는 잠시 후 웬 영애 하나가 자신을 찾아왔다는 소리를 듣게 되었다.

"어라…… 이야, 누구인가 했더니 우리 공녀님 아니신가? 여긴 웬일이래? 나를 보러 온 건가?"

한쪽 손을 능글맞게 흔들어 보이며 유들유들 인사를 건네는 엘리아스의 뺀질뺀질한 모습에 고개를 숙이고 서 있던 백금발의 영애의 얼굴이 곧장 빨갛게 달아올랐다.

"그, 그쪽이 보고 싶어서 온 거 아니거든요?"

"우리 형 보고 싶어서 온 건 아닐 거 아니야? 그랬다면 칼 들고 교황령 쪽으로 갔겠지. 왜 온 거야? 심심해?"

장난스러우면서도 진지한 투로 물은 엘리아스가 팔짱을 끼며 눈을 깜박거려 보이는 동안 다소 뜬금없는 방문객, 오하라 폰 하인리히 공녀는 입을 꼭 다문 채 아무 말도 하지 않았다. 화가 났다거나 불쾌해하고 있다기보다는 뭔가를 망설이고 있는 듯한 기색이었다.

잠시 후, 고개를 수그린 채 입술을 짓씹고 있던 그녀가 대뜸 머리를 홱 쳐드는 바람에 엘리아스는 일순 움찔했다.

그녀의 눈에 서린 기괴한 공포에 더더욱 놀라 버렸다.

"뭐야, 무슨 일……."

"당신의 의붓어머니가 위험해요."

"뭐? 그게 도대체 무슨 말이야?!"

약간 짜증마저 밴 엘리아스의 다그침에 오하라는 숨을 가파르게 몰아쉬면서 주위를 몇 번인가 둘러보더니, 이내 마른침을 꿀꺽 삼키며 말을 이었다.

"당신 집안의 사용인 중에 교단의 첩자가 있는 것 같아요."

"그러니까 그게 대체 무슨……."

"나, 나도 몰라요! 아무튼 우리 아버지는 나약한 사람이에요. 딸인 내 입으로 말하긴 그렇지만……. 나약하고 비겁한 사람이란 말이에요. 그러지 않고서야 등 뒤로 교단이랑 다른 세력들하고 내내 내통하고 있었을 리가 없지요."

엘리아스는 문득 고함을 내지르려다가 참았다. 대신에 숨을 한번 깊게 들이마신 뒤, 최대한 침착한 몸짓으로 그녀의 어깨를 한 손으로 잡으며 차분한 어조로 물었다.

"정확히 무슨 일이 일어난 건지 말해봐. 뭐가 어떻게 됐다고?"

"그, 그게 그러니까…… 좀 전에 아버지가 어떤 사람들이랑 대화하는 걸 엿듣게 됐는데, 아무래도 당신 가문 방계 쪽 사람들인 것 같았어요."

"우리 방계 사람들? 누구누구인지 알아?"

"몰라요. 어쨌든 내용이 심상치 않았어요. 교단 내 누군가가 노이반슈타인 부인이 황도에 없다는 사실을 알아낸 듯한데, 아버지한테 그분 납치를 도와달라 청한 것 같아요. 아버지가 당신 친척들이랑 그런 얘길 하면서 그 추기경은 살아 넘겨받길 원하지만 살려둬 봤자 모두에게 좋을 거 없다, 뉘른베르 공작령에 암살자들을 잠입시킬 방도가 없으니 돌아오게 만들어서 중간에, 황도에 발을 들이기 전에 덮치는 게 최선이다 뭐 이런 말을 했다고요."

눈물이 그렁그렁한 채로 더듬거리는 오하라를 지그시 노려보는 엘리아스의 머릿속이 빠르게 회전했다.

방계 인사. 친척들, 친척들이라.

조금 전까지 그의 큰 숙부가 여기 있다가 갔다. 그러니 그는 아닐지도 모른다. 하지만 그 외에도 친척은 많았다. 배신할 수 있는 사람이 너무 많았다.

"돌아오게 만든다니? 그게 무슨 말이야?"

"자, 잘은 모르겠지만 당신 어머니한테 뭔가 서신을 부쳤다고 했어요, 의회 이름으로. 우리 아버지도 의회원이니까⋯⋯. 틀림없이 바로 돌아오려 할 거라고, 그러면 오는 길에 덮치면 된다고, 그렇지만 산 채로 붙들어서 그 추기경한테 넘기는 대신 그냥 없애 버리자고⋯⋯."

"⋯⋯이런 천하의 후레자식들이!"

엘리아스는 순식간에 머릿속이 새하얗게 변하는 것을 느끼며 몸을 확 돌렸다. 이러고 있을 틈이 없다. 어서 가서 알려야⋯⋯ 한데 누구한테 먼저 알리지? 누구한테 바로 가면 좋지?

에메랄드빛 눈동자가 빠르게 굴러갔다. 현재 황도 안의 모든 병력이 사크로상트 쪽에 몰려 있는 상태였다. 일단 무작정 그쪽으로 달려가서 누구든 가장 먼저 마주치는 대로 끌고 와야겠다. 그의 형이나, 철전지원수 둘 중 누구든 말이다.

"또 이렇게 그냥 가버리시는 겝니까? 도련님께서 서운해하실 터인데, 조금만 기다려 주시지⋯⋯."

알 수 없는 인사말 아닌 인사말을 건네는 푸체 씨에게 작별 인사를 건넨 뒤 우리 모녀는 별장에 남아 있던 소수 정예 수행 기사와 함께 에르푸르트의 별장을 떠났다. 비텔스바흐로 돌아가는 것이었다.

"너무 불안해하지 마, 엄마. 그렇게 크게 다치지도 않았는데 엄마 보고 싶어서 엄살 피우는 걸 거야. 그 바보가 원래 엄살이 심하잖아."

가는 길 내내 초조 불안한 기색을 감추지 못하는 나에게 레이첼이 의젓한 투로 달래듯 한 말이었다.

정말로 그런 것뿐이라면 얼마나 좋을까……?

나는 애써 미소를 지어 보이며 손을 들어 세차게 두근거리는 가슴 언저리에 대고 지그시 눌렀다.

별일 아닐 거라고, 생각보다 나쁜 상황은 아닐 거라고 스스로를 위안하려 애써봐도 가슴을 좀먹어대는 불길한 기분을 억누를 길이 없었다. 자꾸만 최악의 상상만 밀려왔다.

만약 우리 제레미가 돌이킬 수 없을 정도로 크게 다쳤다면? 간신히 죽음은 면했다 해도 평생 안고 가야 할 치명상을 당했다면? 거기다 연합군의 기세가 흐지부지 흩어져 기껏 시작된 개혁의 열풍이 와해되어 버린다면, 제국이 외세와 내부 세력들로 인해 갈가리 찢겨 나가기 시작한다면?

처음부터 아무것도 시작하지 말았어야 했을까. 애초부터 돌아오지 말았어야 했을까? 돌아오게 된 그 순간 그냥 모든 손을 놓아버리고 혼자 떠나 버려야 했을까? 그랬다면 아무런 분쟁도 일어나지 않고 모두가 본래의 자리에서 행복하게 잘 살게 됐을까?

하루 하고도 반나절가량에 걸쳐 마차 안에 앉아 그런 생각들로 스스로를 고문하고 있자니 탈진할 지경이었다.

우리를 태운 마차가 마침내 황도에 입장하기 전의 마지막 관문, 아로프 산맥 기슭에 접어들기 시작하자 나의 불안감은 더더욱 커져만 갔다. 마치 급작스런 공황에 의해 머리보다 몸이 먼저 반응하는 것처럼 심장이 몸 밖으로 튀어나올 기세로 날뛰어댔다.

나는 몸을 일으켜 창가에 기대어 앉아 꾸벅꾸벅 졸고 있는 레이첼의 옆자리로 옮겨 앉은 뒤 그녀의 따스한 손을 내 손으로 꼭 잡았다. 괜찮아, 별일 아닐 거야, 별일 아닐 거야…… 아무 일도 없을 거야…….

쿵!

느닷없이 엄청난 충격과 함께 마차가 거칠게 흔들렸다. 이어 우지끈, 하고 잔가지들이 부러지는 소리가 들리더니 요동치던 마차가 완전히 정지했다.

그와 동시에 기사들의 고함과 누군가의 비명이 한꺼번에 들려오면서 삽시간에 사방이 시끄러워졌다.

"뭐, 뭐야, 엄마? 이게 갑자기 무슨 일……."

"산적 떼다!"

"산적들이다! 마차를 엄호하라!"

"마차를 엄호하라!"

공포가 담긴 채 커다랗게 벌어진 레이첼의 초록빛 눈동자에 내 시체 같은 창백한 얼굴이 비치고 있었다.

이건 내 악몽이다. 그 악몽이 다시 현실로 되살아나고 있었다.

"비켜! 다 비켜! 비키라고!"

마침내 사크로상트 제1정문을 굳건히 에워싸고 있던 제4기병 바리케이드까지 무너지기 시작했다.

기사들은 적들을 짓밟으며 성벽에 사다리를 대고 성난 불길처럼 돌진했다. 온통 아수라장인 길목을 뚫고 지나가면서 비키라고 고함쳐 봤자 씨알도 먹힐 리가 없다.

하나 엘리아스는 계속해서 고래고래 포효를 내지르며 안간힘을 다해 말을 몰아 난장판을 뚫고 지나갔다. 그러고는 마침내 익숙한 깃발들이 출렁이는 지점에 다다라 목청이 터져라 악을 썼다.

"형! 그리고 공자! 야, 이 멍청한 놈들아!"

분명 이 자리에 있어선 안 되는 자의 급작스런 인신공격에 금세 문제의 두 놈이 성난 맹수 떼 같은 인간 물결을 뚫고 모습을 드러냈다. 사방이 온통 쩌렁쩌렁한 함성으로 가득했기 때문에 그들 모두 고래고래 악을 쓰며 대화해야 했다.

"엘리아스? 너 이 자식 대체 여기서 뭐 하는 거야?!"

"지금 그게 문제가 아니야! 파국이라고, 파국! 세계 멸망이란 말이다 이 바보들아!"

엘리아스는 곧장 조금 전에 들은 이야기를 숨도 쉬지 않고 빠르게 쏟아냈다. 이 아수라장의 전투 한복판에서 잠시 숨을 고르며 귀 기울이던 두 기사의 얼굴이 즉시 경악으로 물들었음은 두말할 것도 없었다.

"……그러니 당장 구하러 가야 돼! 슈리랑 레이첼이 위험하다고!"

"이런 천하의 개자식들이!"

격노한 기세로 곧장 날아가듯 질주하려는 제레미의 어깨를 누군가가 곧장 붙들었다. 바로 노라였다.

"어딜 가려고?!"

"이거 놔! 지금 슈리가……."

"손도 다친 놈이 가긴 어딜 가?! 내가 갈 테니까 넌 여기 남아서 계속 진격……."

"내 가족이야! 내 어머니랑 누이라고!"

노라는 발버둥을 쳐대며 고래고래 소리를 지르는 제레미의 목덜미를 한 손으로 홱 틀어쥐고 바짝 끌어당겼다. 그러고는 물기를 머금은 채 사납게 일렁이는 암녹색 눈동자를 들여다보며 짓씹는 어조로 차분히 내뱉었다.

"그래, 네 가족이지. 그러니 너는 여기 남아서 연합군을 승리로 이끌어야 한다는 거다. 알아들어? 넌 우리의 개혁의 여신의 후계자로서 자리를 뜰 수 없다고. 바로 저 안에 네 어머닐 징그럽게도 괴롭힌 작자들이 숨어 있어. 네 누이동생과 했다는 약속 잊은 거 아니지?"

"하, 하지만……."

"엘리아스! 놈들이 정확히 언제쯤 서신을 보냈다고?!"

숨을 헐떡이며 다소 멍한 눈으로 두 사람의 조우를 지켜보던 엘리아스가 곧장 대답했다.

"사흘 전쯤, 그러니까……."

"사흘 전에 에르푸르트로 전갈을 부쳤다면 지금쯤 누나는 이미 돌아오는 길이겠군."

"그, 그럼…… 놈들이 황도에 다다르기 직전에 끝내 버릴 거라고 했다는데……."

공작령 에르푸르트를 벗어나 황도를 향해 돌아오는 누군가를 덮치기 위해 사흘가량 전부터 계획을 짰다면, 배후를 알아낼 수 없게끔 변장한 자들이 진을 칠 장소는 한 군데밖에 없었다.

빠르게 결론에 도달한 노라의 머릿속에 불현듯 지난번 사파비 사절길에 슈리가 갑작스레 보였던 이상한 모습이 떠올랐다. 황도의 마지막 관문인 산맥을 지나면서 불안에 떨던 그 모습 말이다. 그건 직감이었을까?

다음 순간 노라는 무너져 내린 바리케이드 쪽으로 달려가 주인 잃은 말 등에 훌쩍 올라타고 있었다.

제레미의 눈이 휘둥그레졌다.

"노라?"

"네 어머니와 누이동생은 내가 반드시 무사히 데려올게. 그러니 너는 여기서 확실히 승리하고 있으라고."

그리고 곧장 질주하기 시작하는 그 뒤를 엘리아스가 황급히 따라붙었다. 그와 동시에 저만치서 벼락이 작렬하는 듯한 어마어마한 함성이 터져 나왔다. 마침내 제1문이 열린 것이다.

"끄으윽…… 끅……."

피 칠갑이 되어 기슭 바닥에 널브러진 기사들이 내는 소리가 고막을 찔러왔다. 아직 숨이 붙어 있는 누군가가 어떻게든 다시 움직이기 위해 최후의 발악을 하면서 흘리는 단말마의 신음이었다.

"어, 엄마……."

나는 울먹거리는 레이첼을 내 등 뒤로 바짝 밀어 넣으며 무거운 검을 든 손에 힘을 바짝 주었다. 바닥에 쓰러진 기사 중 하나의 것이었다.

"이제 그만 포기하시는 게 어때?"

나의 악몽 속에서 수도 없이 등장했던 그 얼굴들이 말하고 있었다. 슬슬 짜증스럽고 성가시다는 투였다. 내가 사용할 줄도 모르는 검을 들고 있어봤자 주위를 에워싸고 있는 저 무수한 적의 상대가 될 리가 없었다. 하지만 내겐 지켜야 할 레이첼이 있었다. 저들의 칼을 막느라 내 팔과 어깨는 온통 너덜너덜했지만 희한하게도 아무런 고통도 느껴지지 않았다.

4년. 저 얼굴들을 처음 마주했던 당시 나는 스물셋이었으나, 지금의 나는 열아홉이었다. 4년이나 앞당겨 만나게 된 것이다. 그때는 떠나는 길이었고, 지금은 돌아오는 길이었다는 것 역시 달랐다.

"너희를 보낸 놈이 누구지……?"

"그게 중요해?"

심드렁하게 대꾸한 험상궂은 인상의 사내가 한 손으로 거대한 칼을 빙빙 돌리며 이쪽으로 한 걸음 가까이 다가왔다.

"대단한 모성이긴 하네. 뭐 우리도 굳이 이렇게까지 하고 싶진 않지만, 네 팔자가 이런 걸 어쩌겠냐?"

캉!

이어 요란한 소리와 함께 내 손에 들려 있던 검이 바닥으로 떨어졌다. 그 충격에 나도, 내 뒤에 바짝 붙어 있던 레이첼도 허물어졌고, 희미한 달빛에 섬뜩하게 번득이는 칼날이 곧장 이쪽을 향해 맹렬히 돌진해 왔다. 레이첼이 비명을 질렀다.

"엄마!"

칼날이 손바닥 살에 파고들면서 짙은 선혈이 뚝뚝 흘러내렸다.

나는 비명을 참으려 이를 악물며 손에 힘을 주어 칼날을 바짝 움켜쥐었다. 잇소리를 내며 칼을 제 쪽으로 잡아당기던 놈이 발을 들어 내 복부를 걷어찼다.

픽!

팔에 힘이 빠져나가면서 얼빠진 신음이 절로 새어 나왔다.

"이런 독한 년을 봤나. 그냥 얌전히 있으면 둘 다 곱게 죽여준다는데 왜 자꾸 성가시게 반항질이야?!"

"꺄아아아악!"

미친 듯이 비명을 질러대며 흐느끼는 레이첼을 꼭 감싸 안은 내 몸 위로 연거푸 거친 발길질이 쏟아져 내렸다.

온 감각이 일순 마비되었다. 몸이 온통 흐물흐물한 점토 덩어리가 된 느낌이었다. 이게 내 운명인가? 상황이 얼마나 변하든 결국 똑같은 놈들에 의해 허무한 죽음을 맞는 것?

하나 내 운명이 그토록 가혹하다 한들 거기에 레이첼을 휘말리게 할 순 없었다. 우리 레이첼만은 안 되었다.

한참 그렇게 나를 사정없이 걷어차던 남자가 마침내 씨근덕거리며 재차 칼을 높이 들어 올렸다.

"둘 다 사이좋게 저 세상으로……."

푸숭!

남자가 다음으로 이으려던 말이 무엇이든 간에, 그것은 묘하게 낯익은 소음 하나가 불쑥 끼어듦과 동시에 그대로 끊겨 버렸다. 정확히 말하면 비명으로 변모했다.

"끄아아악! 이, 이……!"

"야, 이 산 채로 회를 썰어도 모자랄 놈들아!"

내가 지금 환청을 듣고 있는 걸까? 죽기 전의 마지막 환영 비슷한 그런?

"……엘리아스?"

"작은오빠?!"

귀를 의심했다. 이윽고 휘둥그레 치켜뜬 우리의 눈에 들어온 것은, 다름 아닌 거품을 내뿜고 있는 말 위에 앉아 용맹무비하게 석궁을 쏘아 날려대고 있는 우리의 엘리아스였다.

막 우리를 내려치려던 남자는 순식간에 고슴도치가 되어 쓰러졌고, 이 급작스런 피습에 잠시 우왕좌왕하던 나머지 암살자들은 곧장 무기를 쳐들고 엘리아스를 향해 덤벼들었다. 따라서 엘리아스는 머지않아 석궁을 내려놓고 검을 뽑아 들어야 했다.

"덤벼, 덤비라고!"

"이 뻘건 애송이가……."

푸컥!

허공에 높이 뛰어오르며 엘리아스를 향해 맹렬히 돌진하던 암살자의 목이 그대로 날아가면서 피가 분수처럼 흩날렸다. 그 피를 뒤집어쓴 엘리아스가 얼떨떨한 얼굴로 자신의 손을 내려다보는 사이, 양해도 구하지 않고 끼어든 기사가 말했다.

"뭐 해? 실전 처음이냐?"

"……내가 알아서 처리할 수 있었거든?! 이 재수 없는……."

"노, 노라……?"

내 목소리를 들은 나의 기사가 그 파란 시선을 돌려 내 쪽을 바라보았다.

그때 격노한 암살자들이 그에게 떼 지어 덤벼들었고, 그는 검을 거칠게 휘두르며 달려드는 적들을 상대하기 시작했다. 뭐라 뭐라 욕설을 내뱉고 있던 엘리아스 역시 검무를 추며 합세했다.

검 부딪히는 소리와 고함, 비명 등등이 한데 뒤섞여 화려한 앙상블을 자아냈다. 하늘에서 새하얀 눈발이 하나둘 흩날리기 시작한 산기슭은 잠시 그렇게 치열한 전투의 영토가 되었다.

쿵!

마침내 마지막 한 사람까지 쓰러지고, 사방 천지에 시신들이 즐비한 가운데 두 사람이 얼어붙어 있는 우리 두 모녀에게 곧장 다가왔다.

"누나!"

"슈리! 레이첼!"

"너희……."

말을 하려고 하는데 목소리가 갈가리 갈라져서 나왔다. 노라가 바닥에 무릎을 대고 앉아 나를 안아 들자마자 여태껏 느끼지 못했던 고통이 한 번에 밀려왔다. 저절로 비명이 터져 나왔다.

"아아악!"

"괜찮아요?! 젠장 할, 어떻게 이런……."

"흐, 흐와아아앙!"

여태껏 그 자리에서 얼어붙은 듯했던 레이첼이 갑작스레 울음을 터뜨리기 시작한 것은 그때였다. 개선장군과 같은 의기양양한 몸짓으로 다가오던 엘리아스가 어벙하게 물었다.

"뭐냐? 박수 쳐주진 못할망정……."

"왜애 이렇게 늦게 왔어?! 엄마가, 엄마가 나 때문에……."

"아니, 야, 나름 죽어라 달려온 거거든?! 내가 말에서 몇 번이나 떨어질 뻔했는지 알기나 하…… 아악! 악! 왜 때려?!"

"흐어어엉, 몰라아! 모른다고오!"

예기치 못한 봉변을 당한 엘리아스가 자신을 마구잡이로 두들겨대는 레이첼을 떼어놓으려 애쓰며 나를 쳐다보았다.

나는 만신창이가 된 내 몸에 제 겉옷을 단단히 두르고 안아 올리는 노라의 팔 안에서 바짝 움츠리며 간신히 입을 열었다.

"너희 대체 어떻게……."

"내 행운의 레이디 덕이라 해야 하나. 아니, 그것보다……."

"제레미는? 제레미는 괜찮아? 부상은 어느 정도 심각해?"

일순 멍한 눈으로 나를 내려다보던 노라와 엘리아스가 짧은 시선을 교환했다. 그러더니만 일제히 어처구니가 없다는 투로 중얼거리는 것이었다.

"지금 누가 누굴 걱정하는 거야……."

"부상은 누나가 입은 거지요. 그놈이 아니라."

"무, 무슨 소리야? 그럼 무사한 거야?"

"날아오는 화살 잡겠답시고 방방거린 대가를 좀 치르긴 했는데, 그것 빼곤 너무 무사해서 탈이랄까요. 그놈이 다 죽어간다고 하덥니까?"

"응. 서신이 날아왔는데…… 너흰 대체 어떻게 알고 우릴 찾은 거니?"

"와하핫, 이 몸이 그간 덕을 쌓은 덕분이지! 싹수 노오란 연놈들이 지들끼리 짜고 잠자는 사자의 코털을 건드렸다 이 말씀이야! 하! 내 돌아가기만 하면 제일 먼저 그것들부터 산 채로 회를 떠서 카니발을……."

저 멀리서부터 피유웅, 하는 굉음이 울리더니 이어 펑 하는 폭발음으로 변모했다. 시선을 돌려 바라보니 저만치 보이는 황도의 하늘에 반짝거리는 점들이 번지고 있었다.

"저게……."

"승리의 폭죽이네요. 누나의 엄살쟁이 큰아들내미가 연합군을 승리로 이끌었나 봅니다."

짐짓 장난스레 읊조린 노라가 그 짙푸른 눈으로 내 벌어진 눈을 깊숙이 들여다보았다. 순간 오만 가지 의문이 혀끝에 맴돌았다. 하지만 겨우 흘러나온 말은 고작 이거였다.

"……네가 여기까지 와서 나를 찾아냈다는 사실이 믿기지가 않아."

그가 고개를 떨어뜨리는 바람에 우리의 이마가 맞닿았다. 긴장이 한 번에 무너져 내리면서 기쁨과 환희, 안도감이 뒤죽박죽 밀려와 내 눈에 눈물이 맺히게 만들었다.

"익숙해지셔야 할 거예요. 누나가 어디에 있든 어떤 모습으로 있든 반드시 찾아내고 말 테니까."

비텔스바흐의 하늘을 물들여 가는 화려한 불꽃들이 성탄절의 새벽을 밝히고 있었다. 모든 과거의 종말을 알리는 빛, 새 시대를 알리는 빛이었다.

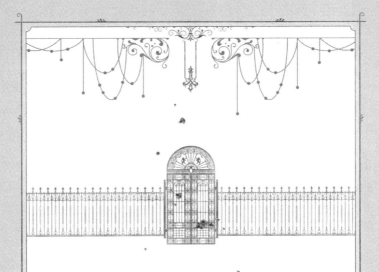

Epilogue
새 시대의 뜰에서

"……그러니 제레미 경, 더는 긴말하지 않겠습니다."

"……."

"누이동생을 제게 주십시오!"

"안 됩니다."

제레미의 대답은 상대의 비장하고도 결연한 태도가 무색하게도 매우 단호하고 빠르게 나왔다. 따라서 잠시 정적이 흘렀다.

막 필사적으로 고개를 수그려 보이던 알리 파샤 왕자의 멍한 얼굴을 그저 골똘히 노려보던 제레미가 다짜고짜 그 커다란 덩치를 벌떡 일으키며 테이블을 뒤집어엎는 짓거리를 감행하기까지는 그랬다 이 얘기다.

와장창!

"제, 제레미 경!"

"혀엉!"

"하나뿐인 어머니를 시커먼 늑대 놈한테 눈 멀쩡히 뜨고 빼앗기게 된 것도 분통 터져 죽겠는데, 이젠 웬 섬나라 사슴한테 누이동생까지 빼앗기라고?! 대체 요즘 놈들은 왜 남의 가족 못 뺏어 가서 안달이냐?! 안 될 말이지, 노이반슈타인의 사자로서 절대 용납할 수 없는 일이라고! 정녕 내 누이가 그리 탐난다면 어디 한번 정정당당히 검술로 나를 이겨 보……."

"꺄아악! 큰오빠 미쳤어?! 갑자기 왜 이래?!"

"넌 빠지거라, 누이야. 이 오라비는 기필코……."

"엄마 뺏긴 거랑 나 결혼하는 거랑 대체 무슨 상관이 있다고 왕자님한테 화풀이야?! 이건 결례야, 심각한 외교적 결례라고! 이러다 전쟁 나면 책임질 거야?!"

"화, 화풀이라니! 대체 이게 어딜 봐서 화풀이냐?!"

"엄마한테 화 못 내니까 괜히 우리한테 화풀이하는 거잖아!"

"……넌 왜 자꾸 저놈 편만 드는 거야아! 으아아!"

레이첼의 필사적인 만류가 무색하게도, 제레미는 기어이 검을 뽑아 들고는 '나는 나보다 약한 인간의 말 따위 듣지 않는다' 등의 헛소리를 외쳐대면서 이웃 나라 왕자에게 칼을 휘둘러 대는 심각한 외교적 결례를 감행했다.

이에 사랑하는 여인에게 청혼하러 바다까지 건너왔다가 난데없는 봉변을 맞은 알리 왕자는 뜨거운 섬나라의 차기 군주다운 대범함으로 응수했다. 즉, 무시무시하게 날아오는 칼날을 요리조리 피하며 고래고래 외쳤다.

"하지만 제가 누이분을 사랑한단 말입니다! 모름지기 사랑과 전쟁에는 모든 것이 용납된다는……."

"그놈의 사랑 타령 지겹다고오! 지금이 때가 어느 땐데 다들 그놈의 로맨스 타령이나 하고 있……."

"두 눈 똑바로 뜨고 보시지요, 지금 때는 봄입니다! 제레미 경도 곧 운명의 짝을 만나실 수 있을 겁니다……."

"난 못 만나는 게 아니라 안 만나는 거라고 몇 번을 말해앳!"

"신성한 황궁에서 칼춤이라니, 경이 그러고도 황궁근위대인가?"

"하나뿐인 누이를 눈 멀쩡히 뜨고 빼앗기게 생겼는데 칼춤 안 추고 배기겠습니까?"

"그 마음 이해 못 하는 건 아니나 예전만 같았어도 경은 좌천감일세."

"좌천이고 근신이고 그것이 중요한 게 아닙니다! 한 해 안에 어머니와 누이를 동시에 빼앗기라니 사내로서 이보다 더 끔찍한 파국은 없단 말입니다! 그런 의미에서 공작님 아들놈 간수나 좀 잘하십시오!"

옛 친우의 아들놈 입에서 터져 나오는 저 지극히 무례하고도 반성의 기미라곤 눈곱만큼도 없는 발언에, 퍽 느긋한 얼굴을 하고 있던 뉘른베르 공작의 눈썹이 즉시 꿈틀했다.

"간수?"

"모름지기 자식의 잘못은 부모의 책임, 그놈이 주제 파악도 못 하고 감히 우리 경애하는 어머니를 탐하니 당연히 공작님께 책임을 물을 일 아닙니까?"

"뭣이? 아니, 내 아들이 어디가 어떻다고 함부로 주제 파악 운운하는 겐가? 아무리 경의 모친이라 한들 내 아들만 한 사내 만나기가 어디 쉬운 일이라고 생각하나?"

"하! 제 어머니 같은 여인 만나기 어디 쉬운 일인 줄 아십니까? 막말로 노라 그놈이 제 친구만 아니었어도……."

"제레미 경!"

"공작님!"

"두 사람 모두 입 닥치지 못할까?!"

실로 어처구니가 없다 못해 기가 막힌다는 표정으로 한 중년과 한 청년을 노려보던 황제가 불쑥 불호령을 내렸다. 덕분에 친구의 아버지를 향해 칼춤을 재개할 기세였던 제레미도, 그런 제레미를 잡아먹을 기세로 눈을 부라리던 공작도 동시에 설전을 뚝 멈췄다.

황제는 한숨을 내쉬었다.

"제레미 경, 경이 오늘 저지른 일은 심각한 외교적 결례……."

"남의 누이를 탐하는 짓이야말로 치명적인 외교적 결례입니다! 이보다 더한 외교적 결례는 찾아볼 수가 없단 말입……."

"아무래도 경의 모친과 이야기하는 편이 빠르겠군."

"송구합니다, 폐하. 무례를 용서하소서. 두 번 다시 그러한 실례를 저지르지 않겠습니다."

"경은 짐을 몹시 하찮게 여기는 모양일세?"

"천만의 말씀입니다. 치미는 경외심을 주체 못 하여 말이 자꾸 헛나올 따름일 뿐입니다."

누가 봐도 오만하다 못해 시건방지기 짝이 없는 태도였다. 하나 예전만 같았어도 날벼락이 떨어졌을 이러한 태도에도 황제는 그저 혀를 끌끌 차 보일 뿐이었고 뉘른베르 공작 역시 딱히 나서서 젊은 기사를 나무라진 않았다. 대신 이렇게 축객령을 내릴 뿐이었다.

"나가서 사고 칠 거리나 더 찾아보게. 내 아들은 엮지 말고."

"그놈은 제가 여기도 전에 알아서 치고 있을 텐데요."

끝까지 비아냥거림으로 응수한 금발의 기사가 자리를 뜬 뒤, 황제와 공작 사이에는 잠시 침묵이 감돌았다. 생각에 잠긴 얼굴로 턱수염을 매만지던 막시밀리안 황제가 불쑥 이렇게 중얼거릴 때까지는 그랬다 이 얘기다.

"자네가 부럽군."

"폐하……?"

"우리 중 수확에 성공한 이는 자네뿐인 듯해……. 하긴 자네는 언제나 이겼지. 안 그런가?"

뜬금없이 의미심장한 소리를 중얼거리는 막시밀리안의 음성에서는 딱히 신랄함이나 조롱기를 찾아볼 수 없었다. 그렇다고 해서 원망이나 비난이 섞인 것도 아니다.

거기 있는 것은 단지 쓸쓸함뿐이었다. 하여 알브레히트는 아무 대꾸도 하지 않고 시선을 창밖으로 돌렸다.

이젠 완전히 새 시대의 봄으로 무르익어 가는 황궁의 전경 쪽으로.

4년. 정확히는 3년 하고도 조금 넘었다. 카이저라이히 제국과 그 수교국들을 한바탕 뒤흔든 종교 개혁의 열기가 휩쓸고 지나간 그 겨울 이후로 말이다.

사크로상트가 화염에 휩싸인 대학살의 날, 여인으로 변장하고 도주하려던 교황은 어설픈 걸음걸이 때문에 발각되어 붙잡혔으며, 성벽 안에 있던 성직자들 6할이 눈 뒤집힌 연합군에 의해 살해당했다.

다른 지역으로 말하자면 황도로 끌려와 다분히 형식적인 재판 끝에 처형당한 성직자의 수보다 폭도들에 의해 맞아 죽은 수가 더 많았다.

격동의 시기에 교단과 손잡았다가 몰락을 맞은 가문 역시 셀 수 없이 많았다.

교단 역사상 최악의 수난이자 굴욕이었던 사크로상트 침공 사건, 그리고 차후의 격동기를 거치면서 제국의 교황청은 더는 교황청이 아니게 되었고, 비스마르크 황실 역시 더는 예전 같은 황실이 아니게 되었다. 역사상 최초로 교권과 속권이 분리됨으로써 황실 역시 자연스레 신앙의 보호자라는 정통성을 상실한 결과였다.

그리고 현재, 천 년이 넘는 세월 동안 서대륙의 사활을 좌지우지해 왔던 교단은 결국 각종 종파로 나뉘어 갈가리 흩어졌다. 추기경들과 귀족들로 구성되었던 기존의 의회 역시 사라지고 개혁을 이끈 핵심 대가문들로만 구성된 공의회가 대신 자리를 차지했다.

교권을 와해시킨 소수 대귀족들이 패권을 나눠 먹고 종교와 실생활이 분리된 새로운 관습이 안착해 가면서 전반적으로 빠른 변화가 일어나고 있었다.

종교가 힘을 잃은 동시에 훨씬 광범위해진 자유와 권력을 쥐기 어려운 국내의 상황 등이 맞물린 가운데 젊고 머리 빠른 이들은 해외 쪽으로 눈길을 돌리기 시작했고, 예전에는 이단으로 낙인찍힐까 봐 방문조차 어려웠던 비수교국들 관련 무역 사업이 속속히 성행했다.

나아가 몰락한 가문들과 이빨 빠진 가문들이 판을 치는 바람에 예전에 비하면 훨씬 느슨해진 귀족 계층 틈으로 신흥 부르주아 계급이 치고 올라오기 시작했다.

결과적으로 황실은 예전부터 가장 이상적으로 두고 있던 그림을 그리는 데 성공하긴 했다. 황태자 곁에 노이반슈타인과 뉘른베르라는 두 날개를 두는 것 말이다. 새로이 황태자 자리에 앉은 레트란은 그런 면에 있어 제 이복형을 능가했다고 볼 수 있었다. 황태자가 누가 됐든 장차 꼭두각시 황제가 될 거라는 사실만큼은 어쩔 수 없겠지만.

황제 위의 두 가문, 바야흐로 사자와 늑대의 시대였다. 어쩌면 두 가문의 치열한 패권 다툼으로 연장될 가능성이 농후했던 격동기였으나 아이러니하게도 이 모든 것의 시발점이나 다름없는 한 여인의 존재 덕에 패권 다툼 대신 혈맹으로 끝을 맺게 되었다.

만약 그녀가 없었더라면 이 모든 일은 일어나지 않았을지도 모른다. 따라서 현 시국 역시 그녀가 키워낸 자식인 셈이었다. 그녀라면 틀림없이 아니라고 부정하겠지만.

"소신이 이긴 것이 아닙니다."

"뭐?"

"이기고 지는 문제가 아니라 이 말씀입니다. 폐하께서도 이쯤이면 아실 줄 알았는데요."

황제는 잠시 말이 없었다. 물끄러미 옛 친우의 얼굴을 응시하는 연로한 눈동자에 새삼 회한 어린 애수의 빛이 스쳐 지나갔다.

"······이제 와서 짐이 뭘 어찌할 수 있는 일은 없을 테지. 나머지는 우리 자식놈들의 어깨에 달려 있을 터이니."

"우리 제국의 권력 서열이 어떻게 되는 줄 아느냐. 우리 고운 마님이 1위, 노이반슈타인이 2위, 뉘른베르는 3위에 불과하다."

"가소롭기 그지없는 발언이로군. 곧 우리 마님이 되실 테니 뉘른베르가 2위다. 따라서 네놈들은 그저 삼인자의 어벙한 발톱일 뿐이지!"

"지금 누구 마음대로 네놈들의 마님 운운하는 거냐?! 우리 마님은 영원히 우리 마님이시다!"

"그런 화려한 시절은 끝났다, 우매한 승냥이들아! 지들 단장이 어떤 놈인지도 몰랐던 천하의 어벙이들 주제에……."

"제기랄, 그 얘기가 지금 왜 나오냐!"

노이반슈타인-뉘른베르 소속 기사들의 합동 사열식 준비는 궁중 연무장에서 진행되고 있었다. 그리고 근위병들의 이해할 수 없다는 시선 아래 진행되는 이 예행연습은, 예상했던 것보다 더 잡음이 많았다. 날도 더운 마당에 원래부터 서로 못 잡아먹어 안달인 양측 기사단을 한자리에 붙여놨으니 그럴 만도 했다.

설상가상으로 휘하 기사들을 다독이고 질서를 잡아야 할 주인이란 작자들은 도움이 되기는커녕 손 놓고 딴청이나 부리고 있는 상태였다.

"아니, 글쎄 그게 말이나 되냐고! 인간의 탈을 쓰고 뻔뻔한 거에도 정도가 있지, 어떻게 그렇게 당당하게 누이를 내놓으라고 선포할 수가 있냐 말이야!"

"……."

"거기다 레이첼 고 녀석은 거기서 또 그 자식 편이나 들고 있었다고!"

"……볼만한 풍경이었겠군."

"내가 분통이 터지냐, 안 터지냐?!"

"정 그렇게 분통이 터지면 좀 쥐어 패주지 그랬냐? 나한테 그랬던 것처럼."

"무슨 소리냐, 노이반슈타인의 차기 가주로서 그러한 심각한 외교적 결례를 저지를 순 없는 일이다!"

쥐어 패주진 않았다 한들 그 자리에서 도륙할 기세로 칼춤 춘 주제에 잘도 뻔뻔하게 떠드는 제레미였다. 이에 노라는 친우의 허물을 탓하는 대신에 혀를 끌끌 차며 보다 긍정적인 시각을 부여하려 애썼다.

"뭐 나쁘진 않잖아? 네 누이가 사파비의 왕비가 된다면야 너희 가문 입장에선 장기적 이득이니까. 거기다 네 누이도 왕자를 좋아하는 게 틀림없으니……."

"그거야 그렇지! 하지만 말이다!"

"솔직히 말해봐. 지금 나한테 쌓인 거 그 풋내기 왕자한테 대신 푸는 거 아니냐?"

아니나 다를까 제레미의 입이 곧장 댓발 나왔다. 그다지 어여삐 봐줄 만한 모습은 아니었기에 노라는 연무장 주위를 분홍빛으로 물들이고 있는 벚꽃 나무 쪽으로 시선을 돌리며 말을 이었다.

"최고의 혼사라고 생각하는 건 너도 마찬가지면서 뭘 그러냐."

"……제기랄, 그래도 열통 터지는 건 열통 터지는 거라고! 레이첼 걘 또 왜 거기서 그놈 편만……."

"적어도 네 싸가지라곤 개나 준 시뻘건 동생 놈처럼 원수 가문 처자 싸고도는 건 아니잖아."

하인리히 공녀에 대한 언급에 제레미는 일순 눈살을 찌푸렸다가, 곧장 어깨를 으쓱하며 허탈한 미소를 지어 보였다. 엄밀히 따지면 원수 가문 처자라는 정의는 틀렸다. 하인리히 공작가는 이미 원수 가문이라는 호칭조차 거창하게 보일 법한 신세로 전락했으니까.

사크로상트 침공 사태 때 의회의 일원이자 개혁파의 주축 중 하나였던 하인리히 공작이 노이반슈타인의 몇몇 방계 가문 및 교단과 손을 잡고 슈리를 암살하려 했던 일은 이제 모르는 사람이 없었다.

그 배신에 가담했던 자들은 전부 작위 박탈 및 재산 몰수, 나아가 공개 처형으로 대가를 치렀다.

하인리히 가문의 유서 깊은 이름, 그리고 아버지의 배신을 직접 밝힌 덕분에 크나큰 파국을 면하게 해준 하인리히 공녀를 봐서라도 하인리히 공작만큼은 사면될 가능성이 없던 것이 아니었다. 하지만 목숨만은 살려줄 수 있다는 자비로운 입장을 취한 노이반슈타인 측과 달리 뉘른베르 측이 워낙 강경하게 나온 덕에 결국 하인리히 공작 역시 형장의 이슬로 사라졌다.

"원수 가문이라니, 말은 바로 하지. 원수가 될 수도 없게 개박살 내버린 게 바로 네놈이잖냐."

"그러는 네놈 역시 네놈 친척들 개박살 냈잖냐. 그쪽 하나만 빼고. 누구였냐, 거, 그때 가장무도회에서 우리 붙들고 꺼이꺼이 처운 인간."

"아, 우리 큰숙부. 그 작자가 정말로 아무것도 몰랐다는 사실이 솔직히 좀 놀라웠어. 그 인간한테 의외로 의리라는 게 있었다니."

"의리라기보다는 실리지. 그런 면에서 난 네놈의 싸가지 없는 동생 놈이 더 놀라운데."

"그럼 우리 경애하는 마더 슈리를 살린 데 간접적으로나마 기여한 여자인데 그놈이 아무리 개망나니라 해도 그런 의리는 있어야지. 뭐 누구처럼 결혼하겠다는 것도 아니니……."

아버지는 사형당하고 집안은 풍비박산 난 처지가 된 오하라는, 노라의 지적대로 엘리아스의 비호가 없었더라면 지금쯤 평민만도 못한 비참한 신세로 전락했을 것이었다. 그런 면에 있어 뭐든 자기 공으로 돌리기 좋아하는 엘리아스의 의리 아닌 의리는 모두를 놀라게 만들었다.

"그럼 너는? 기사도 넘치는 네놈은 앞으로 어쩔 거냐?"

어째 놀리는 기색이 다분한 노라의 질문에, 제레미는 시선을 돌리고는 마찬가지로 벚꽃이 만개한 뜰을 힘껏 노려보기 시작했다. 이어 나직이 툴툴거리는 소리가 삐죽거리는 입 사이로 흘러나왔다.

"나도 요즘 유행 따라 신대륙 찾으러 항해나 떠나볼까나. 그리고 거기서 죽여주게 화끈한 이국의 여전사를 만나는 거야. 꽤 괜찮지 않나?"

"그 여전사한테 인질로 잡혀서 네 엄마 속이나 썩이지 마라."

"아 씨, 이 배때기 처부른 새끼가 자꾸……!"

"너희 둘은 여전하구나."

난데없이 불쑥 끼어든, 더없이 낯익은 동시에 더없이 달갑지 않은 음성 하나에 두 기사는 지극히 비생산적인 만담을 멈추고는 일순 그 자리에서 얼어붙어 버렸다.

"오랜만이네. 변한 게 하나도 없어 보이는구나. 뭐 변했다면 그것대로 놀랍겠지만……."

제레미는 저도 모르게 본능적으로 손을 들어 친구의 우람한 어깨를 잽싸게 붙들었다. 그러고는 한 발 앞으로 나서며 특유의 이죽거리는 어조로 입을 열었다.

"오랜만입니다, 폐태자 전하. 여긴 어인 일이십니까?"

"내가 내 집에 돌아왔는데 뭐 잘못된 거라도?"

"글쎄요, 꼴을 보아하니 누에바의 기후가 영 맞지 않으셨나 봅니다. 거기 관료들이 짜고서 전하를 따돌리기라도 했습니까?"

일부러 '폐태자'에 힘을 주며 비아냥대는 제레미의 행각에 장장 3년 만에 집으로 돌아온 폐태자, 즉 테오발트는 일순 움찔하긴 했으나 곧 특유의 여유로운 미소를 지어 보였다.

"반가워서 인사라도 좀 하려고 했는데 영 받아주질 않네."

"무슨 그런 서운한 말씀을. 매우 반가워하는 중입니다만."

"……참, 아까 저 앞에서 알리 파샤 왕자랑 마주쳤는데. 네 누이동생과 혼담 진행 중이라며? 잘됐다, 축하한다."

테오발트가 유유히 내뱉은 발언에 실실 웃으며 느물대던 제레미의 얼굴이 즉시 딱딱하게 얼어붙었다. 그러거나 말거나 테오발트는 시선을 다른 쪽 기사, 즉 무뚝뚝한 표정으로 자신을 노려보고만 있는 노라에게로 돌리며 재차 씩 웃었다.

"보아하니 너도 금방일 것 같네. 황도는 벌써 봄이구나."

"……."

"우리 중 진정한 승자는 결국 너인 것 같은데. 하기야 너희 가문은 항상 승자였지. 그렇지 않아? 아무래도 내가 역사 공부를 안 해서 이 지경이 된 모양이야."

노라는 아무 말도 하지 않았다. 한없이 냉랭했던 표정이 차마 못 볼 것이라도 본 사람처럼 썩어가긴 했으나 별반 대꾸는 하지 않았다 이거다.

"뭐, 그럼 둘 다 잘 지내길. 연이 닿으면 또 만날 수 있게 되겠지."

듣도 보도 못한 인사말을 남긴 테오발트가 자리를 뜬 뒤, 두 친구 사이에는 잠시 오묘한 침묵이 흘렀다. 노라와 꼭 같은 썩은 표정으로 폐태자의 뒷모습을 노려보던 제레미가 먼저 입을 열기까지는 그랬다.

"하여간 그놈의 성격은 여전하구먼……."

"대체 저놈이 어째서 오늘날 이 시점에 여기 와 있는 거래냐."

"잠깐 들른 거 아닐까? 네 아버지가 눈 시퍼렇게 뜨고 지켜보는 와중에 황궁에 눌러앉을 만큼 담이 크진 않겠지."

"내 아버지가 대체 뭔 상관이라고?"

"뭐 솔직히 저놈이 누에바까지 쫓겨난 데엔 네 아버지 입김이 크게 한몫했잖아? 아니지, 네가 한몫한 거지. 네가 두 번 다시 저놈이랑 상종하기 싫다고 말했다며?"

어쩌 놀리는 기색이 그득한 제레미의 일침에 노라는 그냥 아무 대꾸하지 않기로 마음먹었다. 대신에 손을 들어 얄밉게 처웃고 있는 친구의 이마에 손가락을 대고 세게 튕겼다.

딱!

"으갸아악! 무, 무슨 짓이야, 이 미친놈아!"

"그냥 네놈 하는 꼬라지가 장차 아빠 될 분한테 좀 많이 시건방지다고 느껴져서."

"아빠는 누우가 아빠야?! 그리고 내가 네놈보다 3개월 더 빨리 태어났거든?!"

"서열에 나이는 중요한 게 아니지."

"이, 이 후안무치한 새끼를 봤나! 내 결코 네놈한테 우리 슈리 못 넘겨준다! 네놈 같은 성격 파탄자랑 백년가약 하는 거 결코 허락할 수 없다고오!"

"누나한테 프러포즈하는 데 왜 네놈 허락이 필요하냐? 누나 허락만 있으면 되지."

"야 이 똥강아지 새끼야!"

그날 제레미는 몹시 많이 울부짖었다. 전설 속의 투명 드래곤 저리 가라 할 정도로.

다소 잡음이 발생하긴 했으나 좌우지간 1122년의 봄, 막 열일곱 생일을 넘긴 레이첼 폰 노이반슈타인 영애와 사파비의 차기 군주, 알리 파샤의 혼담은 속전속결로 진행되었다.

신부 측의 주장에 따라 결혼식은 봄이 다 가기 전에 황도에서 제국식으로 치러지기로 결정되었고, 따라서 황도 비텔스바흐는 이 국제적 행사를 구경하러 전국에서 몰려온 인파를 비롯해 사파비의 화려한 사절단까지 합쳐져 인산인해를 이루었다.

사크로상트 침공 사건 이래 첫 국가적 길사이자 문자 그대로 눈이 호강에 흠뻑 절여지는 세기의 결혼식이었다. 그 결혼식이 올해의 마지막 축제는 아닐 거라는 사실에는 아무도 이견이 없었다. 결혼식장에 몰려온 귀부인들 틈으로, 영애들과 영식들 틈으로 소문은 이미 빠르게 퍼져가고 있었다. 조만간 또 다른 세기의 결혼식을 보게 될 거라는 소문 말이다.

철혈의 미망인, 거미 과부, 남자 사냥꾼, 노이반슈타인 성의 마녀, 귀부인들의 수치…….

한때 바로 이 나를 가리켰던 저 무수한 별명이 이제는 까마득한 옛말처럼 느껴진다. 이제는 더는 생생하지도, 밤마다 꿈으로 나타나 나를 괴롭히지도 않는 옛 기억들처럼.

어쨌든 새 시대의 눈부신 파란 하늘 아래서 과거는 더는 중요하지 않았다. 중요한 건 오로지 내가 죽은 남편과 오래전에 했던 약속을 또 한 번 지켰다는 것, 그리고 동시에 나 자신의 행복까지 찾았다는 것이리라.

"신이시여, 우리 중 가장 먼저 결혼하는 사람이 레이첼이 될 줄이야……."

"그러게 말이다. 알리 왕자도 눈알이 삐었지, 저 무시무시한 기집애 어디가 이쁘다고……."

"근데 그러는 작은형도 눈알이 삔 건 마찬가지잖아?"

"야, 거기서 내 얘길 왜 하냐?!"

하지만 굳이 남편과의 약속이 아니더라도, 내 전생과 현생을 다 합쳐서 한 점의 후회도 없는 것이 있다면 그건 바로 아이들과 만났다는 사실이었다. 정확히는 이 아이들을 이만큼 키워냈다는 사실, 그들의 엄마로 살았다는 사실 말이다.

"아 진짜, 다들 제발 좀 점잖게 좀 굴라고! 여기까지 와서 꼭 그래야겠어?"

"너의 내숭을 도와줄 마음은 눈곱만큼도 없단다, 사랑스러운 누이야. 어이, 알리 왕자님, 조심하소. 행여나 엉뚱한 짓거리 하면 저 녀석이 틀림없이 왕자님 뒤통수를 하이힐로 찍을 겁니다!"

"오오, 조언 감사합니다, 엘리아스 경. 앞으로 참고해야겠군요."

"으아아!"

여기까지 와서 대체 뭐가 그리 못마땅한지 끝까지 비아냥대는 오래비들을 상대로 레이첼이 난투극을 벌이는 소동이 좀 있었다.

아름다운 새신부는 결국 우리의 사랑꾼 알리 왕자가 나서서 중재한 끝에야 진정한 뒤 마침내 나를 돌아보며 활짝 웃었다.

"건국기념제 때 꼭 올게. 그다음엔 엄마가 나 보러 오기다? 난 이제부터 사파비의 왕세자비니까, 최고로 호화로운 여행을 하게 해줄게."

"레이첼……."

"내가 이만큼 자랄 수 있었던 건 전부 엄마 덕분이야. 그거 알지?"

레이첼이 생글생글 웃으며 던진 저 말에 다소 장난스러운 분위기였던 선착장에 일순 정적이 찾아왔다.

알밉게 실실 웃고 있던 제국의 사나이들이 더없이 괴상망측한 시선 교환을 시전하는 가운데, 알리 왕자가 한 팔로 레이첼의 어깨를 감싸 안으며 눈을 나를 보고 말했다.

"소중한 따님을 주셔서 감사합니다. 맹세코 세계 최고의 남편이 되겠습니다."

"……그거 안심이네요."

나는 힘껏 미소를 지으려 애쓰며 환하게 웃고 있는 레이첼의 손을 꼭 마주 잡았다.

"정말 가는구나."

"아예 못 보게 되는 것도 아닌데 뭐. 자주 놀러 올게. 엄마도 자주 놀러 와야 해. 오빠들은 내버려 두고. 알았지?"

"……이렇게 빨리 보내게 될 줄 몰랐어. 엄만 아직 너한테 해준 게 아무것도 없는데, 해주고 싶은 것도, 같이 하고 싶은 것도 아무것도 못 했는데……."

불현듯 목소리가 갈라지고 시야가 흐릿해졌다. 내 눈에 맺힌 눈물이 레이첼의 아름다운 에메랄드빛 눈으로 옮겨 간 듯했다. 다음 순간, 목을 감아오는 가녀린 팔이 느껴지면서 이제 키가 나보다 훌쩍 커진 그녀가 나를 꼭 끌어안는 것이 느껴졌다.

"이만큼 키워줘서 고마워, 엄마. 엄마를 만나서 다행이었어."

출항을 시작한 거대한 선체에 새파란 바다의 물결이 힘차게 부딪히며 하얗게 부서졌다. 꽥꽥 우는 갈매기들이 드높게 펼쳐진 돛 위를 맴돌고, 상쾌한 바닷바람이 불어와 우리의 머리카락을 흩날렸다.

배가 멀어질 대로 멀어져 마침내 작은 점처럼 보이게 될 때까지 레이첼이 난간에 서서 손을 흔들었다. 레이첼을 향해 마주 손을 흔드는 동안 기쁨과 흐뭇함, 행복과 아쉬움과 원인 모를 저릿한 죄책감이 뒤죽박죽으로 교차해 왔다.

그리고 마침내 그녀가 더는 보이지 않게 되었을 때, 나는 그러지 않겠다고 다짐했음에도 불구하고 손에 얼굴을 묻고 끅끅 흐느껴 버렸다. 이에 당황해 버린 세 아들내미는 날 달랜답시고 웬 듣도 보도 못한 소리를 앞다투어 퍼부어대기 시작했다.

"슈, 슈리, 울지 마! 저 녀석은 틀림없이 호의호식하면서 떵떵거리고 잘 살 거야! 그런 주제에 툭하면 놀러 와서 사람 성가시게 만들 거야! 이 듬직한 큰아들이 장담할게!"

"그래, 울지 마, 엄마! 아직 내가 있잖아! 난 꼭 국내에서 결혼할게!"

"나, 나도! 나도 꼭 국내에서 결혼하고 국내에서만 살게! 아니, 아예 결혼 안 할게!"

"네놈들 부모님도 결혼하지 말았어야 했는데 말이다."

별 가당찮은 위로 다 보겠다는 표정으로 지켜보고 있던 노라가 혀를 끌끌 차면서 던진 말이었다. 그리고 당연히 화살은 그쪽으로 돌아갔다.

"결혼하지 말았어야 하는 건 네놈 부모님이겠지!"

"대체 형은 어쩌다가 저딴 놈이랑 친구 먹은 거냐고! 그러게 진작에 절교하라니까!"

"어, 작은형이 그런 말 할 입장은 심히 아닌 것 같은데……."

"넌 또 왜 저놈한테 아부하고 자빠졌어?!"

끄응. 눈물이 나는 와중에도 웃음이 터져 나오는 이 상황을 어찌 표현하면 좋을까. 하여간 이 녀석들은…….

온통 눈물로 홍건한 내 눈앞에 하늘색 손수건 하나가 불쑥 내밀어진 것은 그때였다. 나는 그걸 받아 쥐고는 나를 내려다보는 새파란 눈을 물 끄러미 올려다보았다.

"따님은 행복하실 겁니다."

"······정말 그럴까?"

"아무렴 누구 딸인데요."

크흑, 과연 맞는 말이었다. 아무렴 누구 딸인데, 당연히 행복하고말고! 우리 레이첼이 누구인가! 자타공인 노이반슈타인의 암사자이자 이 나의 자랑스러운 딸내미 아닌가!

내가 눈물 고인 눈으로 활짝 미소를 짓자 노라 역시 미소를 지었다. 그 러고는 허리를 약간 굽혀 내 이마에 입을 맞추면서 나직하게 속삭였다.

"세계 최고의 남편이 되겠다는 맹세, 저도 자신 있는데요."

순간 내가 말문이 막혀 버린 채 참으로 바보 같은 표정을 지어버렸다 한들 어쩔 수 없는 일이었다. 마찬가지로 장난스럽게 반짝이는 푸른 시 선을 외면하려 해봤자 부질없는 짓이었다.

노라는 너무 오랫동안 기다려 왔다. 이젠 내가 대답해 줘야 할 차례 였다. 일부러 레이첼의 혼례가 끝나기까지 미루고 미뤄왔던 대답을 해 줄, 그가 내게 보여준 그 모든 진심에 나 역시 진심으로 답할 차례였다.

전생에선 딱 이번 해 말에 제레미와 오하라가 결혼식을 올릴 예정이 었다.

하지만 이번 생에선 레이첼이 사파비의 왕세자비가 되었고, 나 역시 그 처음으로, 온전히 자의로 누군가의 손을 잡을 예정이었다. 그리고 제 레미와 오하라는······.

"노라."

"네?"

가끔은 이 모든 게 그저 운명의 장난처럼 느껴질 때가 있다. 다름 아닌 오하라가 내 생명을 구한 데 일조한 장본인이라는 것, 레이첼이 타국의 차기 왕비가 된 것, 레트란이 황태자가 된 것, 교권이 붕괴한 것.

예전엔 적이라고 생각했던 사람이 친구가 된 것, 예전엔 동료라고 생각했던 사람이 알고 보니 적이었다는 것 역시 마찬가지였다.

그리고 내가 한 번 겪었던 허망한 죽음이 실은 치밀하게 꾸며진 음모였다는 것도.

날 급습했던 '산적'들의 정체는 산적으로 위장한 용병들이었다. 세바스티앙 백작가 등의 방계 가문은 그렇다 쳐도 하인리히 공작이 그토록 내게 이를 갈고 있었을 줄 누가 알았을까.

그가 그릇 작은 인간인 줄은 알고 있었지만, 나 때문에 너무 자존심이 상해 견딜 수 없었다는 자백을 듣고 얼마나 기가 막혔는지 몰랐다. 한때 그토록 믿었던 충직한 기사단장, 알베른이 나란 존재를 노이반슈타인의 오점으로 여기고 있었다는 사실만큼이나.

그들 모두 이젠 죽고 없었다. 이젠 나의 가장 친한 친구가 된 엘리자베트의 말마따나, '줄 잘못 섰다'.

사크로상트가 화염에 휩싸였던 그날, 리슐리외 추기경은 자기 관저 창가에서 음독자살을 기도하다가 붙잡혔다고 했다. 그를 찾아낸 이는 제레미였다. 그리고 제레미는 평소 제 입버릇을 충실히 이행한 것이 틀림없었다.

어쨌든 그의 동료들 역시 엇비슷한 결말을 맞았고, 학살을 멈추기 위해 지휘관들이 꽤 애를 먹었다고 들었다. 거기서 죽나 재판 후에 죽나 큰 차이는 없었지만.

역설적으로 보일 수도 있겠지만, 숙청식이 거행되었던 날 나는 애들

몰래 빠져나가 구경꾼들 틈에 섞여 있었다. 거기서 내 죽음의 배후였던 자들을 비롯해 타락한 구교의 상징이 된 자들의 최후를 눈에 마지막으로 담으면서, 완전하게 지난날의 기억에 작별을 고했다.

누군가의 그림자로 살았던 기억도, 누구도 알아주지 않았던 마녀의 기억도, 쓰라렸던 죽음의 기억도 모두 다.

"……너를 만나서 다행이야."

그리고 내가 새 삶을 시작한 이래 그 무엇보다도 가장 잘한 것, 가장 큰 기적이 있다면, 그것은 노라였다.

"이런 식으로 물러나게 될 줄은 전혀 생각지 못했었는데 말이야……."

"……."

"아무튼 축하해, 우리 큰아들. 드디어 어엿한 노이반슈타인 후작이구나. 비록 네 아버지가 바라던 방식은 아니겠지만, 그래도 이 정도면 좀 봐주지 않을까?"

그걸 말이라고 하는 것인가. 이 정도면 충분하다 못해 차고 넘쳤다. 거기다 그의 아버지란 작자는 이 문제에 대해 입이 열 개라도 할 말이 없다. 하나 제레미는 그런 생각들을 입 밖으로 내는 대신 애써 미소를 지으며 눈앞의 계모님을 응시했다. 교권의 붕괴와 더불어 옛 전통과 관습들이 의미를 잃어가는 국면이라 다행이었다. 안 그랬으면 일이 꽤 복잡해졌을 테니까.

어쨌든 슈리가 명실공히 제국 실세 1위가 된 몸으로서 가주권을 내려놓는 절차는 속전속결로 끝났다.

"오늘 축하받아야 할 사람은 너뿐이라고, 바보야."

"무슨 그런 서운한 소리를. 너 역시 축하받아야 마땅한 날이지 않니? 물론 예정대로라면 내 결혼식이 아니라 네 결혼식이 됐어야 하지만……."

"누구의 결혼식이든 그게 뭐가 중요하겠어. 결혼식이기만 하면 되는 거지. 안 그래?"

장난스레 받아치는 그의 말에 그녀는 일순 눈을 동그랗게 뜨더니, 이어 활짝 웃었다. 눈부시게 새하얀 웨딩드레스에 싸인 봄의 여신 같은 여인, 슈리가 말이다.

"그래, 평소처럼 네 말에 반박할 수가 없구나. 그럼 그 반박하기 어려운 논리로 말해보렴. 나 어때 보이니?"

어때 보이냐고? 제레미는 팔짱을 끼고서 잠시 고민 중이라고 주장하는 표정을 지어 보였다. 지금 네 모습이 어때 보이냐고?

평소대로라면 '그 못난이가 어딜 가냐'고 놀리는 것이 인지상정이다. 하지만 지금 이 순간만큼은 도저히 그런 장난기가 발동하지 않았다. 수줍게 웃으며 웨딩드레스 자락을 매만지는 모습이 그야말로 넋이 빠질 지경이라는, 솔직하고도 객관적인 감상은 둘째 치고, 어쩌면 처음부터 이랬어야 한다는 생각이 들어서일지도 몰랐다.

그래, 처음부터 이랬어야 했다. 그녀에게 있어 아버지뻘인 그의 아버지와 그렇게 결혼하는 것이 아니라, 세간의 눈총을 사며 새파랗게 어린 후처가 되는 것이 아니라…… 처음부터 이런 식이었어야 했다.

이런 식으로, 설렘과 행복으로 찬란하게 빛나는 미소를 머금은 채, 눈부시도록 아름다운 모습으로 반짝반짝 빛나며 축복 충만한 결혼식을 맞았어야 했다.

"……못 알아볼 지경인데. 그 못난이가 어디로 갔는지 모르겠네. 노라 그놈이 보면 기절하겠군."

"오호라, 웬일로 칭찬을 다 하니?"

"큼, 이젠 어엿한 후작가 가주라고. 명색이 가주로서 하나뿐인 어머니를 극진히 대접해야 본보기가 되지."

"어이구, 그러세요. 기특하기도 해라. 하지만 후작님이 됐어도 울보인 건 여전하구나."

울보라니, 대체 그가 어딜 봐서 울보란 말인가! 하지만 제레미가 미처 반박하기도 전에 슈리가 여전히 환히 웃는 채로 장갑 낀 손을 뻗어 그의 따끔거리는 눈가를 살며시 어루만졌다.

"넌 원래 항상 눈물 많은 녀석이었지. 남 앞에서 보이진 않았지만."

뼛속까지 무골인 열혈기사답게, 제레미는 저 말에 반박하려고 했다. 하지만 어찌 된 셈인지 목소리가 꽉 잠겨 버려 잘 나오지 않았다. 아려오는 눈가를 필사적으로 억누르는 짓도 다 소용없어진 것 같았다. 대체 어디가 잘못된 걸까?

"울지 마, 제레미. 난 어디 멀리 떠나는 게 아니잖니. 내가 노이반슈타인 부인이 아닌 뉘른베르 부인이 된다 해도 난 영원히 너희 엄마야."

맞는 말이었다. 그녀는 레이첼처럼 멀리 떠나는 게 아니었다. 뉘른베르 공작저는 언제든 찾아갈 수 있을 만큼 가까운 곳이다.

그녀는 단지 노이반슈타인 이름을 내려놓고 뉘른베르의 이름을 쓰게 되는 것뿐이었다. 그럼에도 제레미는 자꾸만 멋대로 흘러내리는 눈물을 주체 못 하는 자신을 발견했다. 대체 왜 이러는가.

처음부터 이랬어야 한다는 생각 때문에? 이리되는 게 맞다는 생각 때문에? 아니면 이젠 정말로 완전히 보내줘야 한다는 걸 알아서?

어쩌면 그것 때문일지도 몰랐다.

소년기의 한때 품었던 그 모든 미련도, 그 모든 동경도, 미안함도, 안타까움도, 고마움도, 이젠 영원히 끝이라는 걸 알아서.

이젠 단지 그녀가 영원히 이대로 빛나고 행복하기를, 그가 그 누구보다도 신뢰하는 친구의 옆에 서서 원래 그녀가 누렸어야 할 것들을 마음껏 누리기를 바랄 뿐이었다.

자꾸 이래서는 안 된다. 이래서는 슈리의 결혼식을 망칠지도 모른다. 그렇게 필사적으로 마음을 다잡은 제레미는 애써 손등으로 눈가를 문지르며 갈라지는 목소리로 웅얼거렸다.

"……벌써부터 서운해서 그래."

"서운하다니?"

"네가 만약 네 진짜 아이를 낳는다면 우린 전부 뒷전이 될 것 같아서…… 크흑!"

장난스럽게 우는 시늉을 해보이는 제레미의 만행에, 슈리의 매끄러운 백자 같은 얼굴이 곧장 새빨갛게 달아오르게 되었음은 두말할 것도 없었다.

"그, 그건 대체 무슨 뜬금없는 바보 같은 소리야?!"

"왜애, 맞잖아, 만약 너랑 그놈 사이에 애가 생기면 나는 더는 금쪽같은 큰아들이 아니게 될 거라는…… 크흑!"

"무, 무슨 그런 상상을 다 해?! 그리고 넌 언제나 내 금쪽같은 큰아들이라고! 너 이러다가 어여쁜 처자 만나서 잔소리쟁이 엄마 따위 나 몰라라 하지 마!"

"그런 서운한 소릴, 세상에 나만 한 효자가 어디 있다고 그래!"

"거 좀, 둘 다 적당히 좀 해라 좀!"

난데없이 빼애액 하고 들려온 굉장한 포효에, 때아니게 투닥대던 슈리도 제레미도 일제히 시선을 돌려 대기실 입구를 바라보게 되었다. 그러고는 자타공인 핏빛(?) 사자의 살기등등한 모습을 목도했다.

"뭐냐, 넌? 왜 처울고 자빠졌냐?"

"……흐어엉, 내, 내가 언제! 그러는 형 새끼도 마찬가지잖아!"

"내가 언제?!"

"다 봤거든?! 그 덩치로 질질 짜는 거?!"

"언제?! 몇 시 몇 분 몇 초?!"

똑같이 눈가가 벌게지고 훌쩍이는 모양새를 한 채 실로 유치찬란한 으르렁거림을 주고받는 두 장정의 모습은, 화려한 결혼식을 앞두고 감상할 만한 풍경은 영 아니었다. 하여 슈리는 이 초유의 행사 날 그나마 점잖은 태도를 유지 중인 막내아들 쪽으로 눈길을 돌렸다.

"너희가 너무 서운해하는 것 같아서 마음이 안 좋구나."

"서운하기는, 앞으로 엄마의 애정을 독식하지 못하게 될까 봐 배 아파서 저러는 것뿐이라고. 형들이 원래 좀 유치하잖아."

의젓하게 지적한 레온이 기품 있는 걸음걸이로 다가와 들고 있던 화환을 슈리의 머리에 씌워주었다.

그가 이제 그녀보다 훨씬 커져 있었기에 가능한 일이었다. 한때 그녀의 치맛자락을 붙들고 이것저것 조르던 철부지 꼬마는 학구적인 느낌을 물씬 풍기는 어엿한 미청년이 되었다.

"결혼 축하해, 엄마. 엄마가 원한다면 난 엄마 남편한테 아빠라고 부를 마음의 준비가 되어 있어. 유치한 형들과는 다르게 말이지."

"인마! 아빠는 대체 누우가 누구 아빠냐고! 끔찍한 소리 좀 하지 말라니까!"

"내가 그 시커먼 늑대 놈을 아빠라고 부르는 날이 온다면, 그건 틀림 없이 제국 멸망이 임박한 날일 거다, 이 범생이 숏다리야!"

"내가 왜 숏다리야?! 이젠 형이랑 막상막하거든?!"

"애들아…… 계속 그렇게 또 싸울 거니?"

슈리가 힘 빠진 미소를 머금으며 중얼거린 저 소리에, 세 노이반슈타인 사나이는 신성한 신부 대기실에서 유치찬란한 드잡이질을 진행하다 말고 동시에 약속이라도 한 것처럼 입을 딱 다물었다. 그러더니만 대뜸 일제히 씨익 미소를 지으며 오늘의 신부를 바라보는 것이었다.

"애들아……?"

그 긴 세월 동안 지지고 볶아온 만큼 아들내미들의 지극히 위험스러우며 의미심장한 안광을 못 간파해 낼 슈리가 아니었다. 하여 그녀가 이것들이 또 무슨 심보인가 하고 저도 모르게 뒷걸음치는 찰나, 이젠 도저히 좋게라도 자식새끼들이라고 불러주기 어려울 만큼 커다래진 세 사자가 동시에 포효하며 그녀에게 달려들었다.

"모름지기 결혼식은 신부가 주인공이지이!"

"꺄아악! 이, 이게 무슨 짓이야?! 내, 내려놔! 애들아, 내려놓으라니까!"

온통 새빨갛게 달아오른 채 어쩔 줄 몰라 하는 슈리의 떽떽거림이 무색하게도, 세 노이반슈타인 사나이는 사이좋게 그녀를 어깨 위로 번쩍 들어 올린 채 위풍당당하게 대기실을 빠져나갔다.

그러고는 그대로 식장으로 직행하는 그들의 기행에, 객석을 무수히 채운 고귀한 신분의 하객들은 일제히 똑같은 표정이 되어버렸다. 즉, 자신들의 입 넓이를 자랑하기 시작했다.

막 음악을 연주하려던 악단 중 일부는 바이올린 활을 떨어뜨릴 뻔했으며, 주례를 서기 위해 단상 앞에서 근엄한 표정을 짓고 있던 연로한 뮐러 백작은 헛기침을 할 뻔했다.

하나 남들이 어떻게 보든 눈곱만큼도 개의치 않는 것이 바로 노이반슈타인 자제들이렷다. '우리가 아닌 사람들이 떠드는 소리엔 신경 쓸 거 없다!'라는 속 편한 소리가 바로 그들의 가언이었다.

"와하핫! 다들 번쩍번쩍하구면! 암, 오늘은 우리 꼬꼬마 어머니의 결혼식이란 말이지요!"

엘리아스가 쓸데없이 기세등등하게 외친 저 호령에 일순 넋이 나가 있던 사람들 모두 정신을 차렸다.

곧이어 더없이 낭만적이고도 비장미 넘치는 음악이 흐르는 가운데 하객들은 일제히 박수를 치기 시작했다. 대체 왜 박수를 치는 건지는 아무도 모를 일이었다.

그리고 분홍색 장미가 깔린 버진 로드가 끝나는 통로 앞에 서 있던 오늘의 신랑은 과연 이럴 줄 알았다고 주장하는 듯한 비딱한 미소를 지어 보이며 자신의 신부를 당당히 짊어지고 오는 세 놈을 노려보았다.

꼴에 신랑이라고 꽤 번쩍번쩍하게 차려입은 노라와 마주한 제레미는 잠시 눈빛 교환, 침묵의 대화를 시전했다. 이글거리는 암녹색 눈동자와 새파란 눈동자가 거센 충돌을 일으켰다.

'잘해, 이 새끼야.'

'빨리 넘기기나 해, 이 새끼야.'

머릿속에 무슨 생각이 들어차 있는지 빤히 보이는 저 늑대 놈에게 이대로 소중한 계모님을 넘겨주자니 영 속이 쓰렸다. 하나 악마에게 영혼을 파는 자가 된 것 같은 심정과는 별개로 제레미는 순순히 슈리를 내려놓고는 한 손에 꼬옥 잡고 있던 그녀의 가녀린 손을 재수 없는 친구 놈의 우람한 손아귀에 넘겨주었다.

마침내 신부를 넘겨받은 신랑이 그녀의 손을 잡고 눈을 들여다보며 미소를 지었다. 그녀 역시 미소를 지어 보였다.

한때는 종탑의 높이만큼이나 드높은 위엄을 자랑하던 비텔스바흐 중앙 성당, 이제는 각종 행사용 유물로 전락한 유서 깊은 건물의 스테인드글라스를 뚫고 들어온 햇살이 오늘의 주인공들을 환하게 비추고 있었다.

제레미는 그 애틋한 풍경을 눈에 담으며 신랑을 향해 호기롭게 눈을 부라리고 있는 동생들과 함께 신부의 우측으로 물러섰다.

괜찮다. 괜찮다. 괜찮을 거다.

혼례 날짜가 잡히자마자 절대 반대라며 단식 투쟁에 들어갔다가 반나절 만에 백기를 든 엘리아스도, 이제부터 뇌까지 근육인 멍텅구리 형들과 남아야 하는 거냐며 좌절하던 레온도, 그리고 제레미 본인도 괜찮을 것이다.

결과적으로 그는 그의 아버지와 다른 사람이었으니까. 언젠가 저 얄미운 친구 놈의 아버지가 그에게 해주었던 말 그대로 말이다.

그래서 제레미는 괜찮았다. 엘리아스만큼은 아니더라도, 또래 여인들과 어울리다 보면 좋은 사람을 만날 수 있을 것이다. 그리고 언젠가 그런 행운이 다가온다면, 햇빛 찬란한 어느 날 아침 침대 옆에 누워 있는 어떤 여인의 얼굴을 들여다보며 그녀를 사랑한다는 사실을 되새길 날이 올 것이었다.

다만 가슴 한구석을 미묘하게 간질여 오는 이 아쉬움은 역시 아까 미처 전하지 못한 말 때문일까?

"노라 폰 뉘른베르, 그대는 슈리 폰 노이반슈타인을 아내로 맞으며 평생 그녀만을 아끼고 사랑할 것을 성모와 성부의 이름으로 맹세합니까?"

"맹세합니다."

슈리, 마지막으로 너한테 꼭 하고 싶은 말이 있어.

"슈리 폰 노이반슈타인, 그대는 노라 폰 뉘른베르 공자를 남편으로 맞으며 평생 그만을 아끼고 사랑할 것을 성모와 성부의 이름으로 맹세합니까?"

"맹세합니다."

네가 우리의 엄마라서, 참 다행이었어.

<완결>

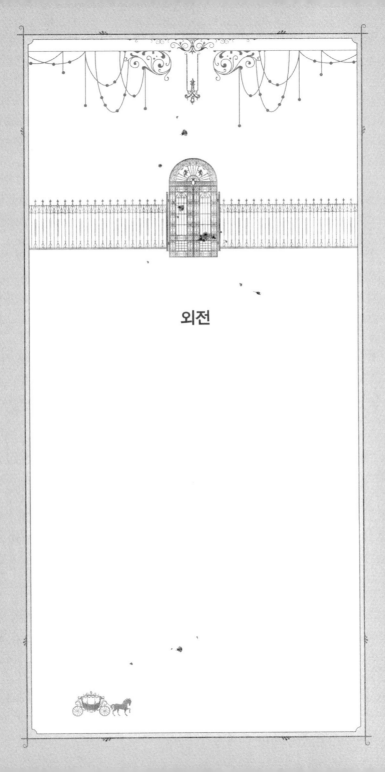

외전

외전 1
신혼여행

너희가 하도 편지 쓰라고 앙탈을 부려대니 마지못해 쓴다.

항구도시의 기후가 누나한테 잘 맞는 모양이다. 다행스러운 일이지. 우리 둘 다 즐겁게 잘 놀고 있으니까 초 칠 생각은 꿈에도 하지 말 것. 신혼여행 중인 부모님 방해하는 버릇은 대체 누가 가르친 거냐? 그렇게 할 일 없으면 나가서 바람도 좀 쐬고 사람도 좀 만나고 해라, 멍청한 아들놈들아. 답장은 이게 마지막이니까 또 칭얼대는 편지 써봤자 소용없을 거다.

p.s. 제레미, 테이블에 다리 올리고 앉지 마라.

"이, 이, 이……. 아오오, 이 천하의 재수 없는 똥강아지 새끼가!"

와락!

제레미의 우람한 손아귀 안에서 힘없이 구겨진 편지가 바닥으로 낙하

했다. 그러거나 말거나 제레미는 저도 모르게 커피 테이블에 걸쳐두었던 긴 다리를 슬쩍 내리면서 울분에 찬 포효를 내질렀다.

자타공인 노이반슈타인의 사자, 사자 굴의 어엿한 가주께서 꼭두새벽부터 펼쳐 보이는 기행에 막 졸린 눈을 부비며 힘차게 하루를 준비하려던 사용인들은 물론이요, 그의 형제들까지 기겁하게 되었음은 당연하다.

"뭐, 뭐야 형?! 대체 뭔 일이야?! 어?!"

"엄마한테 뭔 일이라도 생겼대?!"

혼비백산하여 잠옷 차림으로 달려 나온 동생에게 제레미는 아무런 대답도 하지 않았다. 하고 싶어도 분에 겨운 포효부터 내지르느라 못 했을 거다.

하여 레온과 잠시 멍한 시선을 교환하던 엘리아스는 이내 형의 발치에 굴러다니는 종잇조각을 주워 들고서 펼쳐 읽기 시작했다.

"어디 보자, 그 늑대 놈이⋯⋯. 뭐, 뭐야, 이거? 뭐 하는 새끼야, 이거?! 뭐, 아들?! 누가 누구 아들이라고?!"

대체 뭐길래 다들 또 이 난리인 것인가. 사랑하는 누이와 어머니를 떠나보내고 셋만 남겨진 형제 중에서 그나마 가장 상식적인 면모를 갖춘 레온이 어리둥절한 표정으로 편지를 들여다보는 동안, 엘리아스와 제레미는 괜히 서로를 탓하기 시작했다.

"이게 다 네놈이 편지를 그따위로 써서 그놈이 우릴 약 올리는 거잖아!"

"아, 왜 나한테만 뭐라고 해?! 애초에 이게 다 형이 친구 잘못 사귄 탓이잖아?!"

"네가 나한테 누구 사귀고 말고를 조언할 처지가 되냐, 이 돌대가리 자식아!"

"아, 그럼 형이 쓰지 그랬어?! 꼴에 어울리지도 않게 쑥스럽니 뭐니 헛소리하더니⋯⋯."

"아니, 이 새끼가 근데 보자 보자 하니까 자꾸 기어오르네? 어렸을 때처럼 밟아주랴?"

"그, 그니까 왜 나한테만 뭐라고 하냐고, 이 가정폭력배야!"

"대체 도련님들께선 어찌하여 마님만 안 계시면 이 모양 이꼴들이십니까?!"

때마침 연로한 집사의 근엄한 호통이 울린 덕분에 이른 아침부터 사용인들의 청각에 지대한 악영향을 끼치던 두 형제 모두 설전을 멈추고는 마음을 가라앉혔다. 그리고 레온은 이 틈을 타 지식인다운 면모를 발휘했다. 즉, 연로한 집사를 향해 조심스러운 지적을 날렸다.

"호칭이 잘못됐는데. 큰형은 이제 도련님이 아니고, 엄마는⋯⋯."

"그만 말해라."

그 뒤로 이어질 말을 차마 들어주기 끔찍하다는 듯 손사래를 치며 레온의 말을 끊어버린 제레미가 한숨을 푹 내쉬면서 더없이 애처로운 눈으로 로베르트를 돌아보았다.

"사랑하는 어머니께서 편지 한 통 안 써주시는데 어찌 얌전히 있을 수 있냔 말이야. 아무래도 노라 그놈이 빼돌린 게 틀림없⋯⋯."

"신혼여행 가서 자식한테 연락하는 사람이 대체 어디 있단 말입니까?"

"⋯⋯."

신흥 관광지로 떠오르고 있는 항구도시, 엠덴.

제국인뿐만 아니라 외국인 관광객들도 북적대는 곳이라 그런지 매일

매일이 축제 분위기 같았다. 이곳에 도착한 지 벌써 사흘이 되었다. 도착한 첫날은 문자 그대로 뻗어버렸고, 다음 이틀간은 이곳저곳 구경하며 돌아다니느라 정신이 없었다. 그러고도 아직 다 둘러보지 못했지만…….

"누나."

"응……? 아, 고마워."

"무슨 생각 해요? 아까부터 딴생각하시는 것 같던데. 피곤해요?"

"아니야, 아니야. 설마."

노라가 건네는 시원한 레모네이드를 받아 든 나는 괜스레 바다 내음 물씬 풍기는 장터를 둘러보는 시늉을 시작했다.

끙, 딴생각하고 있었다는 게 그리 확연히 보였더냐.

노라는 잠시 내 안색을 살피나 싶더니 누가 기사 아니랄까 봐 해적들이나 즐겨 사용할 법한 괴악한 디자인의 무기 장신구들을 파는 노점 앞에서 기웃대기 시작했다. 소금기를 물씬 머금은 바람이 까만 머리카락을 부드럽게 흩날리고, 오후의 찬란한 햇볕이 그의 그을린 얼굴을 황금빛으로 물들였다. 휴, 잘나긴 잘났구나. 오죽하면 노점상 아주머니가 입을 헤벌리고 쳐다볼까. 과연 내 신랑이다.

그러니 오늘 밤엔 반드시 결단을 내고야 말리라!

그랬다. 이곳에 도착한 이래 우리는 아직까지도 첫날밤을 제대로 치르지 못한 상태였던 것이다.

크흑, 첫날엔 내가 너무 피곤해서 리조트에 도착하자마자 기절하듯 뻗어버렸고, 그다음 날엔 선박장 근처에서 웬 강도단을 만났는데 내가 너무 놀랐다고 생각한 모양인지 어쩐 건지 저 녀석 내가 잠들 때까지 지켜보기만 하더라.

그러니 오늘 밤엔 반드시 결판을 내야겠다고 다짐하는 내 머릿속에는 엘리자베트가 결혼 선물로 준 물건이 아련하게 아른거리고 있었다.

그래, 우리 심술쟁이 황후님이 주신 선물 말이다. 포장을 뜯고 내용물을 확인하자마자 내 얼마나 기가 막혔었는지 모른다. 아니, 아무리 그래도 그렇지 황후마마 체면이 있지, 어떻게 내게 그런 선물을 할 생각을 다 할 수가 있느냐 말이다! 뭐, 요즘 유행이라고? 유행에도 정도가 있지! 어찌나 민망하던지 곧장 상자 속에 다시 쑤셔 넣고 짐 꾸러미 사이에 꼭꼭 숨겨놓았다.

문제는 지금 이 순간 그 물건이 내 머릿속에 아른거리다 못해 아예 머리를 잠식하고 있다는 사실이리라.

……내가 미쳐가는 게 틀림없어. 그런 민망스런 물건은 걸칠 엄두도 내지 말아야 함이 마땅하거늘, 내가 그걸 입으면 노라가 보일 반응이 왜 자꾸 궁금해지는 걸까?

"왜 그렇게 쳐다보세요?"

"응? ……아, 아무것도 아니야."

"아무것도 아니라고요?"

"응. 아무것도 아니야."

황급히 시선을 돌리는 내 앞으로 녀석이 바짝 다가왔다. 날카롭게 가늘어진 푸른 눈과 대조적으로 그의 입가에는 더없이 장난스러운 미소가 어른거렸다.

"아무것도 아닌 게 아닌 것 같은데. 아까부터 영 이상한데."

"……이, 이상하다니!"

"솔직히 말해봐요. 왜 자꾸 그렇게 쳐다봐요?"

"왜라니, 나는, 큼, 나는 언제나 항상 널 쳐다보는 걸 좋아한단다."

라고 말하자마자 내 입을 틀어막고 싶은 충동을 느꼈다.

에휴, 숙맥이 어디 가냐! 내가 듣기에도 진짜 바보 같구나!

그렇게 통탄의 눈물을 애써 삼키고 있는데 그런 나를 알 수 없는 묘한 눈빛으로 물끄러미 응시하던 노라가 불쑥 손을 뻗어 내 뺨에 올렸다. 그러더니만 다짜고짜 내 볼을 꼬집고는 쭉 늘리는 것이 아닌가?

"아야얏! 뭐, 뭐 하는 거야?!"

"……워서요."

"뭐?"

"귀여워서."

잠시 침묵이 흘렀다. 내가 이런 상황에선 어떤 말을 해야 적절할까 고민하며 혼란스러운 머릿속을 뒤적거리는 가운데 노라는 씩 웃더니 내 손을 잡고 앞장서기 시작했다.

"곧 날도 저물 텐데 식사나 하러 가죠. 아, 배고파라. 이렇게 굶주린 게 얼마 만인지 모르겠네."

그러고 보니 우리 점심도 제대로 먹지 않았구나. 하긴 나도 배가 고픈데 저 녀석은 더하겠지.

"어제 갔던 레스토랑 어때?"

"거기도 좋고, 다른 데도 좋고. 뭐 먹고 싶은 거 있어요?"

일단 뭐든 배를 채우고 봐야 할 것 같다. 암, 그렇고말고. 둘이 오붓하게 저녁 식사를 한 다음에…….

크흑, 그놈의 선물이 왜 자꾸 생각나는 거냐고! 이게 다 우리 심술쟁이 황후님 때문이다! 날 골탕 먹이기 위해 그딴 선물을 한 게 틀림없어!

해변이 바로 내다보이는 아름다운 하얀 리조트에는 귀족 관광객들을 상대로 한 레스토랑들이 즐비했다. 우리는 개중 어제 갔던 해산물 전문 레스토랑으로 가서 탁 트인 발코니 자리 쪽을 차지했다. 아직 이른 시각이라 그런지 우리 말고 다른 손님은 몇 명 보이지 않았다.

"……누나."

"응?"

"또, 또. 무슨 생각을 그렇게 해요?"

"아, 큼, 미안. 뭐라고 말했니?"

"어제 먹은 랍스터 요리 괜찮냐고 묻고 있었는데…… 이거 아무래도 수상한데. 대체 무슨 꿍꿍이예요?"

메뉴판을 든 손으로 부채질을 하며 장난스럽게 머리를 갸웃대는 모습이 실로 부담스럽다. 아니, 부담스럽다기보다는, 그러니까 너무 보기 좋아서 부담스럽다고 해야 하나?

"꾸, 꿍꿍이 같은 거 없어! 내가 얼마나 순수한 사람인데!"

"……흐음."

뭐지, 저 반응은? 내가 각종 암투에 특화된 종류의 사람이라고 생각하는 건가? 하지만 암투 전문은 노라네 가문인데! 그러니까 이제 내 가문 말이다. 뉘른베르 부인. 그게 이제 나를 향한 호칭이었다. 노이반슈타인 부인이 아니라.

여차여차 주문을 끝내고, 해산물 샐러드와 향긋한 조개 수프, 버터에 절여 구운 뜨거운 랍스터 요리와 생선구이에 마늘 빵을 곁들인 음식이 차례차례 나오는 가운데 우리는 맛있게 식사를 했다.

내가 할 수 있는 한 최대한의 절도를 지키며 격식 있게 식사를 했다면, 노라는 그야말로 굶주린 늑대라는 별명의 소유자다운 태도로 식사에 임했다. 우리 아들내미들 덕분에 익숙한 일이긴 하다만, 내 평생 요 놈들의 끝도 없는 식욕은 이해 못 할 것 같다. 그러고서 살이 붙는 것도 아니고, 저 많은 음식이 다 어디로 가는 걸까?

"저어……."

그때 깔끔한 턱시도 정장을 빼입은 웨이터가 또 다른 쟁반을 들고 다가왔다.

나는 절로 눈을 동그랗게 떴다.

"음? 이건 뭔가요? 우린 이거 시킨 적 없는데."

"큼, 셰프께서 보내신 찬사입니다. 부인의 미모에 감탄하셨답니다."

얼굴을 반쯤 붉히며 쑥스럽게 웃어 보인 웨이터가 테이블 위에 연어 무스 요리를 내려놓는 동안 나는 입이 절로 귀밑까지 올라가는 것을 겨우 참았다.

암, 미모 칭찬 싫어하는 사람 봤는가?

"누나."

"……어, 어?"

"입이 귀밑까지 걸리겠어요."

……끄응. 역시 난 표정 관리는 영 그른 모양이야.

통탄의 눈물이 다시금 차오르는 내 시야에 피식피식 웃는 노라가 들어왔다. 하여간 이놈은 나 없인 심심해서 못 살 것이다.

어쨌든 서비스로 나온 연어 무스 역시 매우 맛있었다. 난 배불러서 조금밖에 맛보지 못했지만, 노라가 처리해 줬으니 괜찮았다.

"여긴 전부 맛있는 거 같아. 유명 여행지라서 그런가?"

"난 둘만 있어서 맛있는 거 같은데. 아무튼 아내 잘 둔 덕분에 특별 요리까지 맛보고 좋네요."

"……푸흡!"

순간 사레가 들려 마시던 물잔을 그대로 놓쳐 버렸다. 막 냅킨으로 입가를 닦던 노라가 곧장 자리에서 일어나 내 옆에 와 앉았다.

"괜찮아요?"

"콜록, 콜록……! 괘, 괜찮아. 그냥 사레가 좀……."

오늘 내내 엘리자베트가 준 그 요망한 옷 생각에 빠져 있던 주제에 아내 소리에 사레가 들려 버리다니. 난 아무래도 갈 길이 구만리인 것 같다. 하나 내 머릿속에서 어떠한 망상이 교차하고 있는지 알 턱이 없는 노라는 그저 걱정스럽게 나를 살피며 손수건으로 내 젖은 손과 팔을 닦아줄 뿐이었다.

"이거 봐, 옷이 다 젖었잖아요."

정말 그랬다. 손이랑 팔만 젖은 게 아니라 앞가슴 쪽이랑 배까지 푹 젖어버렸다.

내가 미처 뭐라 말하기도 전에 노라는 겉옷을 벗어 내 어깨에 걸쳐주고는 나를 일으켜 세웠다.

"일단 가서 옷부터 갈아입어야겠어요."

어차피 식사도 거의 끝마친 셈이었다. 그래서 우리는 나의 미모에 찬사를 표해준 친절한 레스토랑을 뒤로하고 객실로 향했다.

"후우……."

직원들의 도움을 받아 젖은 옷을 벗고 대충 목욕까지 마친 뒤에 홀로 침실에 남아 가져온 옷들을 빤히 노려보았다.

아직 좀 이른 저녁인데, 노라가 설마 벌써 자자고 하진 않을 거고, 무슨 옷을 입는 게 나을까. 해변 산책 같은 거에 적절한 옷이 뭐가 좋을까?

머리로는 애써 그렇게 생각을 돌리고 있었으나, 내 눈길은 아까부터 오직 한곳에 머물러 있었다. 알록달록한 여름용 드레스들 아래에 깔린 큼지막한 상자에.

이대론 안 되겠다. 일단 제대로 들여다보기나 해보자. 확실히 보고 나면 역시 엘리자베트가 날 골탕 먹이려 한 거라는 현실을 인정하게 되겠지. 하여 나는 상자를 열고서 안에 담긴 옷을 조심스레 꺼내어 살펴보기 시작했다. 하나 민망스러워서 일부러 실눈을 뜨고 힐끔거리던 것도 잠시였다.

"……이게 도대체……?"

처음 얼핏 봤을 때부터 경악하긴 했지만, 제대로 살펴보고 나니 더더욱 경악스럽기 짝이 없었다. 그러니까 이건…… 뭐라고 해야 하나, 일단은 슈미즈라고 부를 수 있겠다. 하지만 현재 내가 입고 있는 슈미즈와 비교하면 차원이 달라도 한참 달랐다.

대체 뭐로 만들어졌는지 몰라도 엄청나게 얇고 부들부들했는데, 검은색 직물임에도 불구하고 손을 안쪽에 대보니 살이 거의 다 비쳤다. 소매와 목깃은 화려한 검은 레이스로 짜여 있었고, 가슴 부분에는 크고 아름다운 붉은색 쉬폰 리본이 달렸다. 그리고 치맛단은 무려 무릎길이에서 잘려 있었다!

이런 걸 내게 선물하다니. 과연 우리 엘리자베트 마마시다. 본인께선 이런 걸 입어보셨으려나? 아니, 그보다 이런 걸 진짜 입는 사람들이 있단 말이야? 아무리 잠옷이라 해도 그렇지…….

그쯤에서 그냥 도로 곱게 개어서 넣어둬야 했는지도 모르겠다. 하지만 호기심이 망측스러움을 눌러 버렸다.

정신을 차려보니 나는 뭐에 홀린 사람처럼 입고 있던 하얀 보통의 슈미즈를 벗고는 엘리자베트가 선물한 괴악한 슈미즈에 몸을 끼워 넣고 있었다. 그런 다음 침실 한쪽에 자리한 우아한 전신 거울 앞에 다가가 섰다.

"세상에……."

오, 성모 성부시여!

이래서 사람은 옷이 중요하다는 것인가? 거울에 비친 것은 분명히 나였다. 나는 나였는데, 지극히 익숙한 평소의 모습과는 너무도 다르다 못해 낯설었다.

맨다리까지 드러내며 몸의 곡선을 그대로 내비치는 야하기 짝이 없는 옷의 디자인은 둘째 치고, 전체적으로 뭔가 동화 속에 나오는 밤의 마녀 같은 분위기랄까? 망측하기 짝이 없는 동시에 어쩐지 눈을 뗄 수가 없었다.

크흑, 확실히 기이한 매력이 있는 옷이라는 건 인정해야겠다. 하나 아무리 그래도 이건 좀 아니지 않은가! 암, 내 황도로 돌아가기만 해봐라, 이 못된 황후를 찾아가서 바로…….

"누나, 설마 잠들었어요?"

"……꺄악!"

이 거대하고 화려한 침실이 나만의 침실이 아니라는 사실을 까먹고 있었다. 그러니까 나는 신혼여행 온 거라는 사실을. 문이 예고도 없이 벌컥 열림과 동시에 나는 그만 짧은 비명을 내지르며 그 자리에서 얼어붙어 버렸다. 아닌 게 아니라 정말로 그 자리에서 얼음이 되어버렸다.

"……."

"……."

잠시 정적이 있었다. 나와 거의 비슷하게 그 자리에서 얼어붙어 버린 듯한 노라가 뭐라 종잡기도 어려운 해괴한 표정으로 나를 물끄러미 응시하는 가운데, 나는 얼굴에 불이라도 붙은 듯한 감각을 느끼며 이대로 바닥 속으로 꺼져 버리고픈 충동에 사로잡혔다. 그러는 동시에 심장이 거세게 뛰기 시작했다.

"……그."

"……."

"그, 그게…… 하하……. 요즘, 유행하는 거라고 해서 한번 입어보려고……."

땀을 삐질삐질 흘리며 비실비실 웃는 나를 노라는 그저 빤히 바라보기만 했다. 그러더니만 다음 순간, 등 뒤로 문을 탁 닫은 그가 천천히 내 쪽으로 다가오기 시작했다!

어둑하게 가라앉은 푸른 시선이 내 얼굴에서 목으로, 그 아래로, 짧은 치맛단 밑으로 드러난 다리로 쭈욱 내려갔다. 그러고는 다시 천천히 위로 올라왔다. 절로 마른침이 삼켜졌다.

노라가 이런 식의…… 뭐랄까, 노골적인 눈빛으로 나를 훑어보는 건 정말이지 처음 보았다. 심장이 점점 더 빠르게 뛰는 것이 무서워서인지, 아니면 다른 이유에서인지 알 수가 없었다. 아니, 무서워도 이상하다. 그러니까 내가 노라를 무서워할 일이 뭐가 있는가?

"아하하…… 여, 역시 좀 그렇지? 그러니까 내 말은…… 아무리……."

"……."

"……신혼이라고 해도 말이야? 하하……. 역시 갈아입어야겠……."

탁.

두서없이 움직이는 내 손목을 그의 손이 잡았다. 세게 잡은 것도 아니었는데 나는 그대로 멈칫하며 재차 마른침을 꿀꺽 삼켰다.

"노, 노라……?"

"……."

"아하하, 뭐라고 말이라도 좀……."

그리고 나는 더는 떠들지 못했다. 나를 잡아먹기라도 할 것 같은 눈빛으로 빤히 노려보던 녀석이 불쑥 나를 확 끌어당기며 제 입술로 내 입술을 거칠게 내리누르기 시작한 것이다. 어찌나 열정적인 키스였는지 나는 놀라지도 않고 받아들이고 말았다.

기나긴 밤이었다.

눈꺼풀을 간질거리는 햇살에 어렴풋이 눈을 떴다. 낯선 천장이 시야에 들어오면서 여기가 어디였는지 기억이 떠올랐다. 몸이 녹은 초콜릿처럼 온통 흐물흐물한 느낌이었다.

"……헉!"

불현듯 기억이 한 번에 밀려옴과 동시에 나는 곧장 몸을 벌떡 일으켰다. 아니, 일으키려고 했다.

"우음……."

……맙소사. 어쩐지 몸이 무겁더라.

내가 움찔거리는 것을 느낀 모양인지 한 팔을 내 몸에 두르고 있던 녀석이 잠꼬대를 하면서 나를 제 품 안으로 바짝 끌어당겼다. 이어 색색 울려오는 숨소리에 멍하니 귀를 기울이며 나는 잠시 간밤의 기억을 제대로 떠올려 보려 애썼다.

그래, 맞아. 내가 엘리자베트가 선물한 옷을 입고 있었고, 노라가 나한테 키스했고, 그래서 우리는……

"……아아아."

신이시여! 우리가 그 행위를 대체 몇 번을 한 것이란 말입니까! 과연 의상의 힘은 대단하다!

나는 얼굴로 피가 몰려드는 느낌을 떨치려 애쓰며 상체를 약간 뺐다. 그리고 속 편히 잠들어 있는 남편을 골똘히 노려보았다. 전에도 생각했던 거지만 잘 때는 참 어린애 같고 유순해 보인다. 소년 같은 얼굴과는 대조적으로 온통 단단한 근육으로 덮인 몸은 햇볕에 물들어 금갈색으로 빛났다. 평화롭고도 달콤하게 느껴지는 모습이었다.

조심조심 손을 뻗어 그의 이마 위로 흐트러진 머리카락을 넘겨주던 찰나였다.

"……누나?"

"……아하하. 좋은 아침. 일어났구나."

내가 어색하게 입꼬리를 당기며 괜스레 시선을 피하는 동안 노라는 그 푸른 눈을 깜박깜박하며 나를 지그시 올려다보고만 있었다. 허허허, 왠지 갑자기 더워지는구나.

"커, 커피 마실래? 일단 옷부터……"

가만, 내 옷이 어디 있더라? 간밤에 볼 거 다 본 주제에 새삼 쑥쓰러워 어쩔 줄 몰라 하는 나도 나다. 아무튼 내가 간밤에 어디로 사라졌는지 모를 그 효과 끝내주는 옷을 찾는 시늉을 하며 몸을 슬그머니 일으키는 찰나!

노라가 대뜸 내 허리를 확 끌어안았다. 그러고는 내 목덜미에 얼굴을 묻으며 잠이 덜 깬 목소리로 웅얼거리는 것이었다.

"가지 마요……."

결과적으로 그것이 화두가 되었다. 간밤에 이은 2차전의.

"어라, 노이반…… 아니, 뉘른베르 부인 아니십니까?"

"……어머, 하텐슈타인 백작님. 여긴 어쩐 일이세요?"

"그야 당연히 신혼여행 왔지요. 여기서 이렇게 마주치다니 반갑습니다."

하텐슈타인 백작. 예전의 그 연로한 백작님이 아니라, 바로 얼마 전에 그분의 뒤를 이은 스물다섯 살의 카일 폰 하텐슈타인이 내게 몹시 반갑게 인사를 건넸다. 몇 년 전 우리 엘리아스의 성인식 무도회 날 제 아버지로부터 꽤 면박을 당했던 그 청년 말이다.

"저도 반갑네요. 결혼하셨다는 얘긴 못 들었는데……."

"아하하, 속도위반으로 후다닥 치른 거라 제대로 알리지도 못했습니다. 부인의 결혼식 덕에 조용히 묻혀갈 수 있어 다행이었죠."

시원스럽게 웃으며 궐련 끝을 깨무는 젊은 백작을 마주 보고 있자니 문득 이상한 기분이 들었다. 그러니까 예전만 해도 그저 동료의 아들내미 같은 느낌이었는데, 이러고 보니 나이도 나보다 많은 데다 똑같이 신혼여행을 온 입장 아닌가? 예전엔 왜 그토록 어리게 느껴졌을까?

"아무튼 축하드려요. 이번 해는 온통 경사 일색이로군요."

"감사합니다. 하하, 한데 그 얄미운 친구는 어디 있습니까?"

얄미운 친구라니? 내 얼굴에 서린 의문을 읽었는지 백작이 곧바로 해명했다. 즉, 장난스럽게 헛기침을 하며 이렇게 말했다.

"큼, 사실 남편 되시는 분이 또래 놈들 사이에서 꽤 미움받고 있거든요."

"미움을 받아요?"

"예. 부인께선 모르시겠지만 한때 저희 대다수가 부인께 연정을……."

"누구인가 했더니 창피한 줄 모르는 그분이었군요."

바로 뒤에서 불쑥 들려온 음성에 우리 둘 다 동시에 고개를 쳐들었다. 그리고 창피한 줄 모르는 카일 씨는 실로 해맑게 인사를 건네었다.

"이제 보니 공작께선 꽤 비범한 기억력의 소유자시군요."

"인상적이었던 부분에 한해서만 그렇습니다. 보아하니 신혼여행 오신 듯한데 여기서 혼자 뭐 하십니까?"

"남의 아픈 데를 함부로 찌르시는 거 아닙니다."

"아하. 싸우기라도 하셨습니까?"

"신혼부부들이 여행지에서 흔히 겪는 과정이라지요. 하아, 정말 별것도 아닌 걸로……."

우리가 그저 물끄러미 바라보는 가운데, 카일 씨는 마치 한탄 들어줄 사람을 찾아다니기라도 한 것처럼 천추의 한이 서린 푸념을 줄줄이 쏟아내기 시작했다. 이렇게 말 많은 분인 줄 몰랐다. 어쨌든 결론만 말하자면 백작 부부의 싸움의 원인은 다름 아닌 간밤의 저녁 식사 메뉴라는 거였다.

"……그러니까 전 분명히 송어 요리 괜찮냐고 두 번이나 물어봤단 말입니다! 한데 괜찮다고 해놓고서 나중에 불평하는 건 대체 무슨 심보랍니까?! 거기다 객실로 돌아가서 씻고 나와보니까 글쎄 사라져 있지 뭡니까? 혼비백산해서 찾느라 야단을 떨었는데 한참 뒤에 나타나서 한다는 말이 해변 산책을 좀 했답니다! 신혼 첫날에 2시간 동안 혼자 산책하는 귀족이 대체 어디 있습니까?!"

……자고로 남의 부부 싸움에 끼어드는 거 아니라고 했다. 지난 무수

한 해 동안 나보다 한참 연배 높은 귀부인들과 어울리며 저것보다 더 어이없는 부부 싸움을 익히 들어왔던 나인지라 그저 웃음만 나왔다. 하지만 우리의 늑대께서는 그다지 웃기다고 생각하지 않은 모양이었다.

"신혼여행지의 법칙 아십니까, 백작?"

"그래서 제가…… 네? 그게 뭡니까?"

"신혼부부 여러 쌍이 같은 여행지에 왔을 때 한 쌍이 싸우면 다른 부부들에게도 전이된다는 법칙입니다."

"아하, 그런 희한한 법칙도 다…….."

"그러니까 이만 사라져 주십시오. 옮을까 두렵습니다."

부부 싸움이 무슨 전염병이라도 되는 것처럼 손을 휘이휘이 저어 보이는 노라의 만행에 나도 카일 씨도 동시에 턱을 떨어뜨리게 되었음은 두말할 것도 없었다.

한데 잠시 후, 그저 멍하니 노라를 노려보던 카일이 갑작스레 알겠다는 듯한 미소를 지어 보이며 이리 말하는 것이 아닌가?

"아하아…… 방해해서 죄송합니다. 하하핫. 뜻깊은 여행 되시길 바랍니다. 그럼 전 이만!"

바람처럼 사라지는 젊은 백작의 아련한 뒷모습을 그저 물끄러미 바라보는 내 귀에 더없이 다정다감한 목소리가 들려왔다.

"배 안 고파요?"

……당연히 고프다. 고플 수밖에 없지. 암, 그렇고말고. 아니, 그런데 이 녀석은 아무렇지도 않은 걸까? 난 아까 일 생각만으로도 벌써 얼굴이 화끈거리는데 말이지?

"고, 고파."

"네? 뭐라고요? 잘 안 들리는데?"

능청스레 머리를 갸웃대는 모습이 괜스레 얄미워 힘껏 노려보려던 나는 이내 고개를 홱 돌리고는 아무렇게나 대꾸했다.

"넌 내가 그러면 어떻게 할 거야?"

"뭘 그러면요?"

"그러니까, 백작 부인처럼…… 막 멋대로 사라졌다가 나타나면 어떻게 할 거야?"

노라는 잠시 푸른 눈을 깜박거리며 내 얼굴을 빤히 응시하더니, 유유자적 팔짱을 끼면서 고민에 빠졌다고 주장하는 표정을 지어 보였다.

"애초에…… 그럴 일이 안 생기면 되는 거 아닌가요?"

"그래도 사람 일은 모르는 거잖아. 그러니까 내가 어떻게 할지 모르는 일이잖아."

"아하. 그래서 저를 버리고 혼자 가버리시겠다?"

"아니, 그런 말이 아니라……."

"참으려고 했는데 안 되겠네. 그냥 하루 종일 껴안고 있어야겠네요. 잃어버리지 않으려면."

야릇하게 휘어지는 푸른 눈과 마주한 채 나는 얼굴이 재차 화르륵 달아오르는 것을 느꼈다. 얘기가 왜 그쪽으로 흘러가냐!

"아, 아니, 그러니까 내 말은……."

"참, 아니지. 내가 누나를 잃어버리는 게 아니라 누나가 나를 잃어버리는 거였지. 안 그래요?"

여기서 4년 전 얘기는 또 왜 나오는 거냐고!

4년 전의 건국기념 축일을 떠올리는 내 입가에 어쩔 도리 없는 미소가 피어올랐다. 노라 역시 킥킥 웃으며 내 손을 잡고 손가락에 입을 맞추었다.

"잃어버릴 일 없을 테니까 걱정하지 마요."

"……너 솔직히 말해봐. 나 만나기 전에 연애 안 해본 거 맞아?"

"무슨 그런 서운한 질문을. 일편단심으로 꺾이지 않은 꽃이었는데요."

꺾이지 않은 꽃이라, 참신한 비유로군. 아니, 그런데…….

"하지만 그럼 어젯밤부터 어떻게 그렇게……."

"네?"

"……그러니까 어떻게 그렇게……."

차마 뒷말을 잇기가 뭣해서 나는 그만 우물우물하며 고개를 돌려 버
렸다. 하지만 노라가 그러도록 내버려 두지 않았다.

"어떻게 뭐요?"

"……아니야. 그냥……."

"어떻게 뭐요? 뭔데요?"

"아니, 그냥……."

"그냥?"

"……어떻게 그렇게 잘하냐고!"

정적이 흘렀다.

화창한 아침 햇살이 들이치는 화려한 로비 주위를 오가던 사람들의
아연실색한 시선들이 쏟아지는 가운데, 나는 그만 머리를 싸매고 주저
앉고 싶어졌다. 내가 미친 게지, 바닷바람에 취해서 미친 게야! 암 그렇
고말고!

실로 민망하기 짝이 없는 침묵이 몇 초나 흘렀을까. 그저 멍한 눈빛
으로 나를 응시하던 노라가 불쑥 내 손을 잡은 손에 힘을 주며 제 쪽으
로 바짝 끌어당겼다. 그러고선 실로 진지하기 짝이 없는 표정으로 한다
는 소리가 바로 이거였다.

"그렇게 좋았어요?"

"……뭐? 아니 그야, 큼큼, 당연히 나쁘지는……."

"나쁘지는 않았다고요?"

"아니, 나쁘지 않았다기보다는 솔직히 말해서……."

"……."

"조, 좋았으니까 그런 질문을 하지……."

"좋았으니까 그런…… 아, 잠깐만요."

화가 난 건지 아니면 웃음을 참는 건지 애매모호한 표정으로 나를 노려보던 노라가 대뜸 내 손을 놓으며 몸을 홱 돌렸다. 그러고서 뜬금없이 마른세수를 해대는 그의 행각에 나는 그저 아연실색하여 눈을 동그랗게 떴다. 그러다 그의 귀가 빨갛게 달아올라 있다는 사실을 깨달았다.

"노라?"

"……."

"노라? 괜찮아?"

"……네. 괜찮아요. 일단 식사하러 가죠."

내 손을 잡고 앞장서는 남편 녀석이 오늘따라 유독 걸음이 빨랐다. 하여 나는 끝까지 그의 표정을 제대로 보지 못한 채 졸졸 따라갔다.

갓 결혼한 아들에게 작위도 물려주고, 이런저런 인수인계도 끝마칠 준비를 마쳐가면서 아내와 단둘이 오붓한 노후를 계획 중인 권력가라면 이래저래 바쁜 법이다. 그런 상황에서 모처럼 한가한 오후에 팔자에도 없는 의붓손자(?)를 상대하고 앉아 있는 건 영 내키지 않는 짓이다. 하물며 상대가 옛 친우를 쏙 빼닮은 아들놈이라면.

그럼에도 알브레히트는 오늘날 이 시점 퍽 드문 인내심을 발휘하는 자신을 발견했다. 호통 한번 치지 않고 나긋나긋하게 대꾸해 주고 있었으니.

"……그러니까 저더러 어째서 신성한 의회에서 꿍해 있냐고 지적하실 자격 없으시단 말입니다! 애초에 이게 다 누구 때문인데요!"

"꿍해 있다고 지적한 게 아니라 사사건건 이죽대지 좀 말라고 지적한 걸세."

"그게 그거지 뭡니까! 아니, 십일조도 없어진 세상에 뜬금없이 신교 후원이라니, 그 녀석 머리가 어떻게 된 거 아닙니까?"

"슈바이크 후작의 의견은 구교와는 차원이 다른 의미로서 신교의 시작을 기념하는 뜻에서 성의를 보이자는 말일 터인데."

"성의고 자시고 대귀족들이 단체로 특정 종교에 돈 퍼붓는 짓은 지양해야 합니다! 거기다 뭘 잘했다고 발끈하기는……."

"자네 의견에도 일리가 있긴 하네만 살살 약 올린 자네도 잘한 것 하나도 없으니 도긴개긴이네. 누가 혈기왕성한 나이 아니랄까 봐 다들 꽤 볼만하더군."

"허어, 그래서 아드님은 다를 거라고 생각하시나 봅니다? 애초에 노라 그 녀석이 그따위 편지만 쓰지 않았어도……."

"지금 자네의 문제가 뭔지 아나?"

알브레히트는 파이프를 입에서 약간 떼며 한결 진지해진 음성으로 물었다. 강철의 공작의 으스스한 모습에, 제레미는 일순 멈칫하며 두 눈을 순진하게 끔벅거렸다.

"뭡니까?"

"심심하다는 것일세."

"……예?"

"허구한 날 어울리며 미주알고주알 쫑알대던 아버지도 없고, 자네의 차마 눈 뜨고 봐주기 어려운 어리광을 받아주던 어머니도 없는 상황이니 마음이 허하고 심심해서 사방에다 화풀이해 대는 것도 모자라 엄한 할애비를 붙들고 늘어지고 있는 것 아닌가."

제레미는 턱을 반쯤 떨어뜨린 채 얼이 빠진 멍한 눈으로 알브레히트를 뚫어져라 노려보았다. 그러거나 말거나 알브레히트는 여유롭다 못해 안쓰러움마저 깃든 음성으로 계속해서 말했다.

"오늘 저녁 우리 저택에서 연회가 열릴 거네. 자네도 아우들 데리고 참석하도록 하게. 혼자 오면 더 좋고. 거기서 자네의 심심함과 외로움을 상쇄시켜 줄 누군가를 만날지도 모를 일이지."

"……."

"아, 그리고 내 아들 돌아오고 나면 사과하게."

"……사과라니요, 제가 왜……."

"그놈의 편지 말이네. 자네들이 먼저 뭐라고 시비를 걸었으니 그런 답장이 온 것 아닌가. 뭐가 됐든 내 아들의 심기를 거슬렀으니 사과하란 말일세."

"……아니, 저기, 그, 아버지 없는 사람 서러워서 살겠습니까?!"

"서럽다니, 자네도 아버지 생겼잖은가. 내 아들 말이네."

"……."

"······이대로는 안 되겠어."

"······확실히, 이대로라면 위험하긴 하네요."

"······응. 이대로라면 우린 여행 기간 내내 이러고만 있을 거야."

"······하아, 전부 제 탓이에요. 저도 제가 이럴 줄 몰랐어요."

"······아니야, 내 탓이야. 나도 내가 이럴 줄 몰랐어."

"누나!"

"노라!"

우리는 동시에 외치며 서로에게 뜨겁게 매달렸다가, 이내 곧장 떨어졌다. 이대로라면 또다시 연장이다! 안 된다! 여기서 해야 할 목록도 쇼핑할 목록도 산더미다!

탁자 위의 물잔을 집어 든 노라가 한 손으로 시트 끝부분을 잡고 내 어깨에 걸쳐주었다. 그러고는 물잔을 건네며 자못 심각해진 얼굴로 중얼거렸다.

"뭔가 특별한 수를 써야 할 것 같아요."

"나한테 좋은 아이디어가 떠올랐어."

"뭔데요?"

"둘이 기사들 나눠서 데리고 하루 종일 떨어져 있는 거야. 넌 너대로 둘러보면서 쇼핑하고, 나도 나대로 둘러보면서 쇼핑하는 거지."

"하지만 그건······."

"아무리 생각해 봐도 이 방법밖에 없어. 너도 딱히 다른 좋은 수가 떠오르는 것도 아니잖아?"

이에 노라는 몹시 억울해하는 표정을 지어 보였으나, 이내 순순히 머리를 끄덕이며 수긍했다.

"더없이 확실한 방법이긴 하군요. 마음에 들지는 않지만."

"마음에 안 드는 건 나도 마찬가지기는 한데 이대로라면 다른 방법이 없어."

암, 현재 우리는 서로 눈만 마주쳐도 불타오르는 경지에 이르러 있다. 이대로라면 안 된다! 나는 힘껏 머리를 주억거리며 강경한 눈길로 노라를 쳐다보았다. 노라 역시 나 못지않게 비장미 넘치는 눈빛으로 머리를 끄덕여 보였다.

"그렇다면 역시……."

"저녁 8시까지. 그 전까지 마주치지 않기야."

"저녁 식사 때도요?"

"……7시로 하자."

"6시로 하죠."

"안 돼, 7시야."

"6시 반."

"……좋아."

우리는 그렇게 비장하게 다짐하며 잠시 동안 이별했다. 이곳에 온 이래 처음으로 갈라져서 움직이는 우리의 모습에 기사들이 실로 걱정스러운 시선을 교환하기 시작한 건 그냥 못 본 척하기로 마음먹었다.

오후 내내 걸었더니 피곤해 죽겠다. 일부러 진이 빠지도록 돌아다녔는데 좀 과했던 모양이다. 어쨌든 계획대로 그럭저럭 성공하긴 한 것 같았다. 혼자서 이 아름다운 관광지를 둘러보며 광대들도 구경하고 해변 연극도 감상하고 상점들도 돌아다니는 건 생각보다 할 만했다.

혼자 돌아다녀 본 것이 너무 오랜만이라 그런 걸지도 모르겠지만, 아무튼 쇼핑도 대충 성공했다.

친지들한테 줄 선물도 어지간한 것들은 싹 다 구매해 버렸으니. 짐을 주렁주렁 들고서 여기저기 나를 쫓아다니느라 고생하는 기사님들의 팔뚝을 위해 잠시 묵념을…….

"저어, 레이디 뉘른베르?"

어느덧 해가 떨어지고 있었다. 새빨갛게 물든 거리 풍경으로 눈길을 돌리며 마지막으로 들른 스카프 상점에서 막 나오던 찰나였다. 맞은편에서 다가오던 20대 초반의 아름다운 갈색 머리의 여인이 나를 붙들며 반갑게 인사를 건네는 것이었다.

"어라, 그…… 헤일런 영애?"

"이젠 하텐슈타인 부인이랍니다. 여기서 뵙다니 반가워요."

오호라, 그러니까 이분이 창피한 줄 모르는 카일 씨와 속도위반으로 결혼한 그분이시란 말인가?

"저도 반갑네요. 혼자 쇼핑하러 나오신 건가요?"

"네. 부인께서도……?"

"그렇게 됐답니다."

"혹 부인께서도 싸우신 건가요?"

음. 아무래도 이 부부의 싸움은 아직까지도 연장 중인 모양이다. 내가 차마 뭐라 설명할 말을 찾지 못하고 어설프게 웃어 보이는 사이 헤일런은 알 만하다는 듯 짧은 한숨을 내쉬더니만 침울하게 중얼거렸다.

"이해해요. 사실 저도 남편이랑 싸우고 혼자 나온 거거든요."

"아……."

"대체 사내란 족속들은 왜 그 지경일까요! 후우, 제 평생 최악의 여행으로 길이길이 기억될 것 같아요."

"대체 무슨 일로 싸우셨길래……."

"아니, 글쎄 제 말 좀 들어보세요. 어제저녁에……."

그렇게 하텐슈타인 백작 부인은 나를 붙들고 언젠가 그녀의 시어머니 되는 분이 내게 그러했던 것과 꼭 비슷하게 한탄을 늘어놓기 시작했다. 하텐슈타인 백작이 나와 노라에게 털어놓았던 이야기와 비슷한 듯하면서도 꽤 다른 양상을 띠었다.

"……아니, 썩 내키진 않아도 분위기 망치기 싫어서 괜찮다고 한 건데. 막상 먹고 나니까 입맛에 영 안 맞으니 불평 좀 할 수도 있는 거 아니에요? 거기서 그렇게 짜증을 내야 하느냐 말이에요!"

"백작께서 좀 너무하셨네요."

"그렇죠? 후, 정말 별것도 아닌 일인데 순간 어찌나 서럽고 화가 나던지, 너무 열받아서 머리 좀 식히려고 밖에 나갔는데 글쎄 몇 시간이 지나도록 걱정도 안 되는지 날 찾으러 나올 기미가 눈곱만큼도 안 보이는 거예요! 결국 너무 피곤해서 다시 객실로 돌아왔는데 되레 나한테 화를 내는 거 아니겠어요?"

"저런……."

"물론 말도 없이 나가 버린 내 잘못도 있지만, 그래도 임신 중인 아내가 사라졌는데 어떻게든 찾아내는 게 도리 아니에요?"

"그러게나 말이에요."

"후우, 어찌나 꼴도 보기 싫던지, 오늘 아침부터 지금까지 내내 한 마디도 안 걸어버렸어요!"

식식대며 연거푸 쏟아부은 그녀가 숨이 가쁜지 어깨를 들썩이며 한결 후련해 보이는 표정으로 나를 똑바로 쳐다보았다.

"한데 부인께선 왜 싸우신 건가요?"

"네? 아, 저는……."

싸운 게 아니라고 해명하려 했지만 왠지 그랬다간 불 난 데 기름 붓는 꼴이 될 것 같았다. 하여 나는 그녀와 팔짱 낀 자세 그대로 천천히 걸음을 옮기며 되는 대로 얼버무리기 시작했다.

"아니, 뭐…… 저도 비슷하지요. 다 그런 거 아니겠어요."

"후우, 이런 말 하긴 좀 그렇지만 그래도 저만 그런 게 아니라니 위로가 좀 되네요. 신혼여행 왔는데 전혀 즐겁지가 않아요!"

쯧쯧, 가여운 부인 같으니. 아무튼 부부 싸움이 가장 잦은 장소가 신혼여행지라는 속설이 맞긴 한 모양이다.

"몸이 무거워지기 전에 실컷 즐길 작정이었는데, 이런 식이다간 대체……."

"아하하, 그래도 아직 한참 남았잖아요. 너무 무리하셔도……."

"그건 그러네요. 에휴, 이제 시작인데 벌써 몇 명 낳을지 계획하고 있는 저도 웃기죠. 부인께선 몇 명이나 생각 중이세요?"

얘, 얘기가 왜 그렇게 흘러가는 걸까요?

나는 실로 어설프게 입꼬리를 끌어당기며 나와 노라의 아이를 상상해 보려 애썼다. 우리 둘을 반반씩 닮은 아기를 안고 있는 내 모습을 떠올리자 어쩔 도리 없이 가슴이 두근거리기 시작했다.

"글쎄요, 저는……."

"저기 봐!"

"오오오, 용자들이다!"

주변이 급작스레 소란스러워진 덕분에 내 말이 끊겼다. 한 무리의 사람이 우리를 우르르 지나쳐 일제히 어디론가 향하고 있었다.

나도 헤일런도 자연스레 발걸음을 멈추고 의아하게 두리번거렸다.

"저기 뭐가 있나 봐요?"

"그러게요. 한번 가볼까요?"

모름지기 관광지에서는 구경거리가 으뜸이라고 했다. 우리가 걷고 있는 장소는 해변과 가까운 상점 거리였다. 사람들이 몰려가는 해변 쪽으로 종종걸음을 치며 다가간 우리의 눈에 리조트들 바로 맞은편에 드높이 솟아 있는 첨탑이 들어왔다. 우리가 머무는 리조트 발코니에서도 바로 보였던 탑이었다. 그리고 그 위에는…….

"마, 마님?"

묵묵히 우리 뒤를 쫓던 기사 중 하나가 어째 우스꽝스럽게 들리는 목소리로 나를 불렀다. 하지만 나는 거기에 대답할 여력이 없었다. 그것은 아마 헤일런도 마찬가지일 터였다. 왜냐하면…….

"……카일?! 당신 대체 거기서 뭐 하는 거예요?!"

우아하게 솟은 첨탑의 맨 꼭대기에는 거대한 고래 모양의 조각상이 위풍당당히 자리하고 있었다. 그리고 그 고래의 등 위에 마찬가지로 위풍당당히 서 있는 인간들은 다름 아닌,

"노, 노라?! 너 대체 그 위에서 뭐 하는 거야?!"

우리의 남편 되는 작자들이었다! 신이시여!

문자 그대로 경악과 공포에 빠져 버린 우리와는 별개로, 창피한 줄 모르는 카일 씨는 손에 뭔가를 한 다발 든 채 이쪽을 한 번 힐끔 내려다보더니 이내 고래고래 고함쳤다. 정확히는 거리 때문에 고함을 치다시피 하며 대답했다.

"불꽃놀이 이벤트 받는 게 소원이라면서?! 이 자리라면 딱…….'

"불꽃놀이고 자시고 당장 내려오지 못해요?! 공작님은 대체 왜 끌어

들였어요?!"

"그거야! 도와줄 사람을 찾다 보니 어쩌다가……."

"노라! 위험하게 대체 뭐 하는 거야?! 당장 이리로 내려오지 못해?!"

"이야, 누나야, 누나도 이리 올라올래요?! 전망이 끝내주게 좋은데?!"

저 녀석이 미쳤나! 아니, 이게 갑자기 웬 어린애 같은 기행이냐고! 저러다 떨어지면 어쩌려고!

"카일, 당장 내려와요! 내려오라고요!"

"노라, 당장 내려오라니까! 그러다 떨어지면 큰일 난다고!"

"오오오, 저 사람들 봐봐!"

"대단하네. 우리도 올라가 볼까?"

우리가 속이 터져 죽기 일보 직전이 되거나 말거나 주위에 몰려든 사람들은 마냥 재미있다는 듯 환호하며 손뼉까지 쳐대기 시작했다.

내가 진짜 미쳐!

나와 딱 마찬가지로, 헤일런도 머리에서 김이 모락모락 피어오르는 모양새가 되어갔다.

"카일! 창피한 줄 좀 알라고요! 사람들이 대체 뭐라고 생각하겠어요?!"

"사랑에 미친 신랑이라고 생각하겠지!"

"카이일! 지금 나한테 보복하려고 이러는 거예요?!"

"보복이라니! 난 당신 소원 들어주려는 것뿐이라고! 억울해!"

"억울하고 자시고 일단 내려오라고, 좀!"

"와하핫, 한창 불타오르실 때구려! 나도 소싯적……."

"당신들은 좀 가만히 있어요, 좀!"

신이시여, 이게 대체 다 무슨 난리입니까!

나는 손으로 머리를 파파박 흩어뜨리다 말고 몸을 확 돌려 우리의 기사들을 바라보았다. 나로서는 영원히 이해할 수 없는 뭔가 희한한 이유로 실실 웃으며 위를 올려다보던 기사들이 일제히 흠칫하며 정색했다.

"마님?!"

"저 녀서…… 아니, 저 두 사람 당장 좀 내려오게 어떻게 좀 해봐요."

"예? 아, 예. 큼큼. 각하! 그곳은 위험하오니 어서 속히 내려오십시오!"

다소 어설픈 기사들의 부르짖음에 노라는 곧장 대꾸했다. 즉, 한 팔을 유유히 흔들어 보이며 이렇게 외쳤다.

"나는 나보다 약한 기사의 말은 듣지 않는다!"

"……라고 하시는데요?"

"아아악! 노라 너 진짜 자꾸 이럴 거야?!"

"여기 전망 진짜 좋다니까요!"

"전망이고 자시고 그러다 떨어지면 난 어쩌라고! 나 과부 만들 셈이야?! 한 번이라면 몰라도 두 번은 못 해! 아니, 안 해!"

실로 놀랍게도, 저 발언의 효과는 즉각적이었다. 절대 내려올 기미 없이 유유자적 서서 웃고 있던 노라가 곧장 몸을 수그리더니 길게 뻗은 고래의 지느러미 부분을 잡고 훌쩍 아래로 뛰어내린 것이다.

군중들 틈에서 짧은 비명이 터져 나왔다. 나 역시 손으로 입을 가리며 비명을 내질렀다. 그가 계단식으로 쭉 이어진 돌판 위에 안전하게 착지하기까지 그랬다.

노라는 그렇게 천천히 아래로 내려왔지만 창피한 줄 모르는 카일 씨는 여전히 정신을 못 차린 듯 보였다.

"안 내려가! 모름지기 한번 칼을 뽑았으면 무라도 베어야……."

"카이이일!"

"……알았어! 알았다고! 사랑한다고 말해주면 내려갈게!"

"뭐, 뭐요?!"

"사랑한다고 하면 내려간다고!"

환장하겠군. 사람들은 이제 환호하다 못해 악악 소리를 질러대며 얼씨구나 발까지 굴러댔다. 그리고 나는 헤일런을 향해 치미는 동질감과 연민에 눈가를 훔쳤다. 크흑, 아이고, 이 화상들아! 귀족 체면이 이게 다 뭐냐고!

"……사, 사랑해!"

"뭐라고?! 잘 안 들리……."

"사랑한다고 이 개자식아! 당장 내려오지 못해애애앳?!"

그것으로 창피한 줄 모르는 카일 씨 역시 순순히 그 무시무시한 탑 꼭대기에서 내려왔다.

세상에, 부부 싸움 좀 했다고 저런 무모한 짓을 벌이다니, 대체 나이를 어디로 먹은 거냐!

"일부러 그런 거지?! 어제 내가 그런 거 보복하려고 일부러 그런 거지?! 이 야비한 자식아!"

"아아악! 아니, 네가 불꽃놀이 보고 싶다면서! 난 네 화도 풀어줄 겸 전망도 구경할 겸 겸사겸사 님도 보고 뽕도 따고…… 으아악! 아파아!"

"뽕을 따?! 뽕을 따아?! 내 오늘 네 녀석 뽕을 뽑아주마, 이 화상아!"

마침내 안전하게 지상으로 되돌아온 남정네들의 등짝에 더할 나위 없이 부드러운 손길이 쏟아지게 되었음은 당연한 수순이었다.

"네가 애니?! 네가 애야?!"

"아야야야! 아니, 난 순전히 누나를 위한 마음으로…… 아야야! 잠깐, 잠깐 진정 좀……."

"말도 안 되는 핑계 대지 마! 나를 위한 마음으로 거긴 왜 올라가니 올라가긴?!"

"아니, 그게, 그러니까 저 친구하고 내기한 게 있어서…… 아야야! 나 죽어요!"

그렇게 철부지 백작과 공작은 사이좋게 등짝을 실컷 얻어맞고는 풀 죽은 강아지 같은 꼴을 연출하며 순순히 리조트로 되돌아왔다. 정확히 는 끌려왔다. 그러면서도 둘이 뭐라고 숙덕거리는 꼴이 영 수상스러워 도끼눈을 뜨고 째려보자 곧장 확 떨어지는 꼴이 가관이 따로 없었다.

"고생 많았어요, 하텐슈타인 부인."

"뉘른베르 부인도 고생 많았어요. 이게 대체 무슨 망신인지……."

"아야앗! 귀! 내, 내 귀! 난 정말로 순수하게……."

그 뒤로 이어진 카일 씨의 처절한 변명은 객실 문이 거칠게 닫히는 장 엄한 소리와 함께 아련하게 공기 중으로 흩날려 사라졌다. 쯧쯧쯧.

"누나."

"……."

"누나아."

"……말 걸지 마!"

"누나아아."

이 녀석이 어디서 은근슬쩍 애교로 넘어가려고! 도끼눈을 치켜뜨고 홱 돌아보자 파란 눈을 장난스레 반짝반짝 빛내던 녀석이 황급히 두 손 을 들어 보였다. 그 꼴을 보자니 기가 막혔다.

"그러게 거긴 대체 왜 올라갔어? 얼마나 조마조마했는지 알아?! 무슨 신바람 난 사춘기 꼬맹이들도 아니고 둘 다 어쩜 그렇게……."

"아니, 그러니까, 그게 내기 때문에 그런 거였단……."

"내기는 무슨 그딴 걸로 내기를 해?! 얼마나 대단한 내기였기에?!"

"큼, 나름 매우 중요한 내기였단 말이에요."

"그러니까 무슨 내기를 그렇게……."

"근데 누나는 그 부인이랑 대체 뭐 하고 있던 거예요?"

"뭐? 나야 당연히 쇼핑하다 보니까 마주쳐서…… 아니, 근데 이 녀석이 어디서 은근슬쩍 말을 돌리려고?!"

"이런, 안 통하네."

"노라야!"

"알았어요, 미안해요. 진짜 미안해요. 다시는 안 그럴게요."

그것참 믿음직한 다짐이로구나? 내가 부글거리는 표정을 영 풀지 않고 노려보는 가운데, 노라가 제 머리를 긁적이면서 괜스레 두리번거리더니 또다시 냉큼 말을 돌렸다.

"근데 뭘 이렇게 많이 샀어요?"

"……그러게 말이구나."

뭔가 휘말리는 느낌이긴 하지만 내가 보기에도 지나치게 많이 사긴 했다. 뭐에 씌었던 건지 어쩐 건지, 오후 내내 돌아다니며 구매한 물건을 살펴보자니 실로 어마어마하기 짝이 없었다. 이제 보니까 그냥 눈에 띄는 대로 싹 다 사버린 것 같다. 끄응, 이렇게 무작정 지르고 보는 소비벽은 내 전유가 아닌데!

"근데 넌 뭐 했니? 탑에 기어 올라가는 바보 같은 짓 하기 전까지 말이야."

"아, 일단 성가신 고양이 녀석들한테 줄 선물하고……."

"……뭐? 애들한테 줄 선물을 샀다고? 정말?"

"네. 왜 그렇게 놀라요?"

"아니, 놀랐다기보다는…… 무슨 선물을 샀는데?"

눈이 휘둥그레 벌어진 나와 달리 노라는 내 반응이 마냥 새삼스럽다는 표정이었다.

"별건 아닌데요. 그냥 단검들하고 천년필인지 만년필인지 새로 나온 속기 펜이라는 거요. 사다 줘봤자 구시렁거림이나 듣겠지만."

별거 아니라니! 노라는 별거 아니라고 생각할지 몰라도 나는 아니었다. 뭐 어떻게 보면 노라랑 제레미는 친구니까 정말 별거 아닐지도 모르지만, 그래도 내 남편 된 녀석이 내 아들내미들 선물을 챙겨주었다는 사실이 상당히 의미 있고 감명 깊게 다가왔다.

내가 그렇게 좀 전까지의 분노가 무색하게도 벅차오르는 감격에 사로잡힌 찰나, 잠시 머리를 갸웃대며 내 표정을 살피던 그가 이윽고 생각났다는 듯 안주머니를 뒤적거리며 입을 열었다.

"아 그리고, 이거……."

"응?"

"……이게 그 내기였어요. 한정판 어쩌구 하길래 일단 산 다음에 탑 꼭대기에서 나중에 내려가는 사람이 양보하기로 했는데, 뭐 결국은 제 손에…… 큼, 누나가 좋아할지는 모르겠지만."

좋아할지 모르겠다고? 내가 좋아할지 모르겠다고? 나는 문자 그대로 말문이 턱 막혀 버렸다. 그러니까…… 노라의 손에 들려 있는 물건은 다름 아닌 목걸이였다. 새하얀 진주가 줄줄이 엮이고 백금 자개와 두꺼운 사파이어 장식이 주렁주렁 달린 호사스러운 목걸이.

내 손가락에 끼워져 있는 사파이어 반지와 세트라고 해도 모자람이 없어 보였다.

"뭐, 큰아들내미가 준 것만큼은 못하겠지만요."

4년 전의 그 페리도트 목걸이를 말하는 듯했다.

그걸 말이라고 하는가……! 어느 쪽이든 내게…… 아니, 것보다 정말 이것 때문에 둘이 그 소동을 피웠던 거라고? 불꽃놀이 어쩌고 하던 건 그냥 핑계일 뿐이었어?

"아무리 그래도 그렇지 그런……."

말을 이으려는데 문득 목이 메어서 목소리가 제대로 나오지 않았다. 내가 황급히 손을 들어 아려오는 눈가를 문지르는 사이 눈을 크게 뜨고서 날 지켜보던 노라가 후다닥 내 곁에 다가왔다.

"저기, 누나, 울지 마요, 미안해요, 진짜 다음부턴 안 그럴……."

"그, 그런 게 아니야! 그런 게 아니라……."

"네?"

"하아, 너 진짜…… 넌 정말……."

더듬거리는 목소리가 갈라지면서 시야가 흐릿해졌다. 어째서 별안간 눈물이 쏟아지는지는 나도 모를 일이었다. 고마워서? 바보 같아서? 아니면 둘 다?

노라는 아무래도 당황해 버린 듯 눈을 깜박이며 어쩔 줄을 몰라 하는 표정으로 나를 바라보기만 했다. 그러나 노라는 이내 목걸이를 한쪽에 내려놓고 팔을 벌려 나를 제 품 안으로 당겨 끌어안았다. 탄탄한 몸에서부터 전해져 오는 온기에 절로 탄식이 새어 나왔다.

"……넌 진짜 바보야."

"알고 있어요."

"이제 보니까 제국 최강의 기사가 아니라 바보였어."

"거기까지 깨달아 버리면 곤란한데요."

신음하듯 대답한 그가 나를 살짝 떼어놓고 손으로 내 눈가에 흥건한 눈물을 닦아주었다. 그러면서 씩 미소를 지었다. 나 역시 미소를 지어 보였다.

"고마워……."

"큼, 고맙긴 내가 고맙죠. 덕분에 간만에 스릴 넘치는 모험을…… 알았어요, 안 할게요."

그렇고말고. 아무리 그래도 그런 위험한 짓은 부디 다시는 안 했으면 좋겠다. 노라가 잘못된다면 나도 내가 어떻게 할지 장담할 수가 없으니.

창밖을 보니 어느덧 해가 완전히 떨어지고 푸르스름한 어둠이 사방을 물들였다. 우리는 잠시 손을 맞잡고 앉아서 가만히 그 풍경을 지켜보다가, 이윽고 동시에 입을 열었다.

"누나."

"노라."

"누나가 먼저 말하세요."

"아냐, 네가 먼저 말해."

"아니요, 누나가 먼저 하세요."

굳이 이런 것까지 양보할 필요는 없는데. 나는 생긋 웃으며 그의 어깨에 머리를 기대었다.

그러고는 내게로 수그린 반짝이는 푸른 눈을, 그를 향한 애정이 영원히 살아 있게 만들어주는 그 눈을 올려다보면서 말했다.

"사랑해, 노라."

착각일지 몰라도 일순 푸른 눈동자가 미세하게 떨린 것 같았다. 잠시 후, 솜털처럼 가벼운 키스가 내 눈꺼풀에 내려앉으며 더할 나위 없이 다정한 목소리가 울렸다.

"나도 사랑해."

열흘간에 걸친 신혼여행 끝에 우리는 마침내 황도로 돌아왔다. 그리고 아주아주 격한 환영을 받았다. 당연히.

"내 선무울! 내 선물 어디 있어?! 내 선물 내놔! 야, 이 시커먼 늑대 놈아, 너 잘 만났다! 슈리, 저놈이 너 몰래 우리한테 어떤 편지 썼는지 알아?!"

"엘리, 너 말이……."

"엄마, 엄마가 없으니까 우리 집이 점점 개판이 되어가는 것 같아! 집사 할아범이 글쎄 이제 슬슬 은퇴해야 할 것 같다고 말하지 뭐야! 그리고 내 행운의 깃펜이 또 사라졌는데 대체 어디 있는지 모르겠어! 큰형도 며칠 전에 잃어버린 장갑 어디 있는지 못 찾겠대! 엄마 말고 찾아낼 수 있는 사람이 없어!"

"아니, 글쎄 슈리, 내 말부터 들어봐! 저놈이……."

"그리고 작은형은 엄마 남편한테 저놈이라는 말은 앞으로 지양해야 할 것 같아!"

"뭐, 뭐야, 너는?! 어디서 감히 하늘 같은 형님 말을 끊어?!"

"그러는 형도 툭하면 하늘 같은 엄마 말 끊고 개기잖아!"

"야! 거기서 그 얘기가 왜 나오냐?!"

동생들이 앞다투어 포효를 내지르는 동안 며칠 사이 몰라보게 듬직해진(?) 큰아드님께선 드물게 성숙한 모습으로 제 친구와 해후를 나누었다. 그러니까 대략 이런 식으로 말이다.

"네놈이 파도에 휩쓸려 실종되길 간절히 바랐는데 아쉽다 야."

"후레자식이네."

"사악한 의붓애비 주제에 효자를 바라냐? 근데 뭐냐, 이건? 웬 단검?"

"응, 네 선물. 이번 생은 영 아니다 싶을 때 쓰기 유용할 것 같아서."

"그게 애비로서 아들한테 할 소리냐?"

"모름지기 자식은 강하게 키워야 한다지."

"……어흑흑, 마더 슈리! 저 자식이 나더러 차라리 자살하래! 어떻게 그런 비정한 말을 할 수가 있어!"

그 큰 덩치로 내게 매달리며 우는 시늉을 하는 제레미를 노라가 번득이는 시선으로 지그시 쏘아보았다. 그러거나 말거나 제레미는 내 팔을 붙들고 늘어지며 실로 득의만면한 웃음을 지어 보였다.

"슈리, 저 나아쁜 의붓애비가 벌써부터 우리를 이간질하는 것 같아."

"이간질이라니?"

"신혼여행 방해하지 말라면서 너한테 편지 쓰는 거 꿈도 꾸지 말랬어."

"오호라? 정말?"

"그랬다니까. 지인짜 못되지 않았어?"

"내가 증거로 가지고 있지! 와핫핫! 이걸 보라고, 저놈이……."

"너희, 나가라."

잠시 정적이 있었다.

내게 매달린 채 실실대던 제레미나, 웬 구겨진 종이 쪼가리를 펼쳐 보이며 의기양양하게 떠들던 엘리아스나, 만년필을 귀에 대고 흔들어 보이던 레온이나 일제히 잘 못 들었다고 주장하는 표정을 지어 보이는 가운데, 노라는 실로 자애롭기 짝이 없어 뵈는 으스스한 미소를 지어 보이며 다시 한번 말했다.

"내 집에서 나가라고."

"……아니, 야, 너 갑자기 뭔……."

"엄마 아빠 이간질하는 고양이 새끼들은 내쫓아야 마땅하지. 나가라. 누나 앞에서 화내기 싫으니까."

이쯤에서 엘리아스의 '네놈이 어째서 우리 아빠냐' 식의 포효가 터져 나와야 마땅했으나, 우리의 엘리아스는 너무 당황해서인지, 아니면 처음 보는 노라의 살벌한 모습에 겁을 먹은 건지, 혹은 자신의 허물을 깨달은 건지 입만 뻐끔거릴 뿐 아무 말도 하지 못했다.

그렇게 세 녀석 모두 사이좋게 머리를 긁적이며 대문 밖으로 쫓겨난 뒤, 나는 킥킥 터져 나오는 웃음을 참으며 노라에게 다가가 그의 허리를 팔로 꼭 감싸 안았다.

"그래서 무슨 편지를 쓴 건데?"

"……아니, 저 녀석들이 먼저 써서 답장한 것뿐이에요. 무슨 사흘 내로 돌아오라니, 지들 선물 사 오라니, 누나한테 당장 편지 쓰라고 전하라니, 뭐 그런 내용들이라, 나름 성의 있게 답장해 줬는데 그거 가지고 여태 삐져 있었을 줄이야."

"애들이 많이 심심했나 보네. 네가 없어서."

"제가 없는 거랑 대체 무슨 상관이라고요."

"쟤들 저러는 거 그나마 받아주는 사람 너뿐이잖니. 솔직히 말해서, 다른 사람이었으면 진작 화냈을걸?"

"거참……."

나직하게 툴툴거린 그가 손을 들어 내 머리를 쓰다듬었다. 그러고는 어쩔 수 없다는 듯한, 어딘가 의미심장하면서도 야릇한 미소를 지어 보였다.

"동생 생기고 나면 볼만하겠군요. 안 그래요?"

공작저의 화려한 대문 앞 자그만 돌계단에 덩치 큰 사자가 쪼그리고 앉아 애꿎은 단검을 빙빙 돌리고 있는 모습은 그다지 애틋한 풍경이 아니다. 하지만 나는 애써 애틋한 미소를 지어 보이며 금쪽같은 큰아들 곁으로 다가갔다.

"뭐 하니?"

"……열심히 반성 중이야."

입을 삐죽거리며 곧장 대꾸한 제레미가 언제 그랬냐는 듯 표정을 풀며 씩 웃었다. 나 역시 웃으며 그 옆에 걸터앉았다.

"그래도 잘 지냈나 보네. 힘들지는 않아?"

"네가 항상 하던 일인데 뭐. 넌 여행 재미있었어?"

"다사다난한 여행이었지. 그래도 재미있었어. 넌 어때?"

"뭐가?"

"요즘 만나는 사람 없니? 너희 모두."

"엘리아스 저놈이야 뭐 언제나 똑같고, 레온은 아직까진 연애보단 책이 더 좋은 것 같고, 나는…….'"

나긋하게 이어지던 말꼬리가 아득하게 흐려지나 싶더니 불현듯 알아듣기 힘든 우물거림으로 변했다. 이에 나는 절로 눈을 번쩍 빛냈다.

"제레미? 설마?"

"……아니, 딱히 만난다고 할 순 없는데, 그냥 좀 괜찮다고 느끼게 된 것 같은 사람이 생긴 것 같아."

괜찮다고 느낀 거면 괜찮다고 느낀 거지, 괜찮다고 느끼게 된 것 같은 건 뭔가?

얼굴을 붉히며 시선을 바닥으로 내리까는 제레미의 생소한 모습을 보고 있자니 절로 미소가 피어올랐다.

"잘됐네. 어이구, 우리 큰아들도 드디어 그쪽으로 발전하게 됐구나?"

"에헴, 난 원래 마음만 먹으면…… 큼, 아무튼 아직 확실한 건 아니지만, 나중에 만나게 해줄게."

"그래그래. 혹시 내가 아는 집 영애인가?"

"그럴 수도 있고 아닐 수도 있어."

"그건 또 무슨 알쏭달쏭한 소리니?"

"뉘른베르 방계 쪽 사람이거든."

오호라? 내 눈이 더더욱 커다랗게 벌어졌다. 제레미는 못내 쑥스러운 듯 금빛 머리를 손으로 긁적거리며 얼버무리는 투로 말을 이었다.

"그게, 노라 저놈 아버지께서 날 자택 연회에 초대하셨거든. 근데 거기서……."

"마음에 드는 분을 만나게 되었단 말이지?"

"뭐 대충 그래. 방계라고 해봤자 아예 따로 갈라진 것 같지만 아무튼 아까 그 얘길 좀 해보려고 했는데 노라 그놈이 토라져서……."

누가 누구한테 토라졌다는 건지 원. 우리가 없는 동안 단단히 토라진 건 이쪽인 것 같은데.

나는 손을 뻗어 녀석의 이마에 흐트러진 머리카락을 단정히 넘겨주었다.

"네가 누굴 만나든 행복하다면 더 바랄 게 없어."

"……나도 그래. 그래서 말인데, 저 못된 놈이 잘해주는 거 맞지?"

"왜, 의심스럽니?"

"의심스럽다기보다는 얄미울 뿐이야. 내 엄마 뺏어간 놈이잖아."

웃음이 터져 나왔다. 내가 웃자 제레미 역시 쿡쿡 웃으면서 내 어깨에 장난스럽게 머리를 기대었다. 그때였다.

"뭐야, 왜 또 둘이서만 알콩달콩하고 있어? 이건 편애야!"

"엘리…… 너흰 어디 갔다 왔니?"

"아, 저 앞에 싸움 나서 구경 갔다 왔어."

태평하기 짝이 없는 투로 대답한 엘리아스가 대체 또 어디서 구했는지 모를 사과를 커다랗게 한입 베어 무는 동안 레온은 말없이 내 곁에 다가와 앉았다. 그러더니만 뜬금없이 한숨을 푹 내쉬며 중얼거리는 것이었다.

"그분 아직도 화났어?"

"화난 거 아니야, 레온. 너희가 자꾸 장난치니까 같이 장난친 것뿐이란다."

"하지만 진짜 화나 보였는데. 오죽하면 작은형이 아무 말 못 했겠어?"

"야! 난 못 한 게 아니라 안 한 거거든?! 내가 마음만 먹으면 저깟놈…… 큼큼, 저깟 사람 따위 한 손으로 제압할 수 있다고!"

레온은 물론이요, 제레미 역시 저 주장에 귀를 기울이는 시늉조차 하지 않았다. 잠깐의 어색한 정적 끝에 엘리아스가 상황을 수습하려는 기세로 말을 돌렸다.

"근데 우리 앞으로 얼마나 저 안에 못 들어가는 거야?"

"글쎄, 네가 어떻게 하느냐에 따라 달렸지 않을까? 왜, 들어가고 싶니?"

"그냥 네가 우리 집으로 다시 오면 안 돼?"

"엘리……."

"쳇."

부루퉁하게 입을 내밀어 보인 엘리아스가 내 앞에 쪼그리고 걸터앉았다. 망아지 꼬리 같은 붉은 꽁지머리가 저녁 바람결에 따라 가볍게 흔들리고 있었다.

"아, 있잖아."

"응?"

"난 솔직히 네가 그냥 우리 엄마일 때가 더 좋았어. 그냥 그때가 그립 다고."

"나도."

분홍빛 황혼으로 물들어가는 하늘을 아련한 표정으로 올려다보던 레온이 기다렸다는 듯 거들었다. 제레미는 아무 말도 하지 않았지만 못내 동의한다고 주장하는 눈빛으로 나를 쳐다보며 실실 웃었다.

문득 여기에 레이첼도 같이 있었으면 좋겠다는 생각을 하면서 나는 활짝 미소를 지었다. 그러고는 손을 뻗어 엘리아스의 붉은 머리를 쓰다 듬으며 대답했다.

"나도 너희가 어렸을 때가 더 좋았단다."

외전 2
옛날 옛날에

"알브, 나 결혼해! 드디어 막스랑 결혼한다고!"

하얀 모슬린 드레스 자락을 흩날리며 철부지 소녀처럼 빙글빙글 도는 여인.

루도비카는 봄바람을 타고 날아온 요정 같았다. 꿈결 같은 풍경이었음에도 불구하고, 알브레히트는 여느 때처럼 심장이 두근거리기는커녕 그대로 얼어붙어 아래로, 저 아래로 끝도 없이 추락하는 듯한 감각에 사로잡혔다.

"내가 너보다 먼저 결혼하게 됐으니까 이제부터 누나라고 부르기다? 알겠지?"

샛노란 튤립 다발을 한 아름 껴안고 폴짝 다가오며 환히 웃는 그녀의 얼굴에 대고 그는 아무런 말도 할 수가 없었다. 문자 그대로, 그리고 평생 처음으로 말문이 막혀 버렸다.

남부 지역에 자리한 뉘른베르 공작령 에르푸르트의 별장은, 공자가 격동의 십 대에 접어들면서 부친인 공작과 마찰이 생길 때마다 가출 장소로 애용하는 곳이었다.

그때부터 지금까지 공자와 그 친우들의 아지트가 되었다. 하지만 더는 이 별장이 그들 네 명 모두의 아지트가 될 일은 없을 것이다.

"너 왜 아까부터 자꾸 넋 놓고 있냐? 안 어울리게."

실실 웃으면서 잡지를 들여다보다 말고 괜스레 무릎을 툭 차며 핀잔하는 친구의 행각에 알브레히트는 곧장 정신을 차렸다. 즉, 파이프를 뻐끔대며 멍하니 천장을 노려보다 말고 친구의 낯짝으로 시선을 돌렸다.

"……요헨. 막스가 너한테 아무 말 안 했냐?"

"뭐? 뭐를?"

의자 등받이에 팔을 걸치며 고개를 갸웃대는 요헤너스의 암녹색 눈동자가 의아하게 반짝였다. 이에 알브레히트는 절로 새어 나오는 신음을 삼켰다. 역시 이 자식은 아직 모르는 모양이군. 하긴 알면 이렇게 태평하게 있을 리가 없지…….

수수깡 들고 칼싸움하던 어린 시절부터 누구보다도 가까웠던 세 사람.

그중 하나는 바로 얼마 전에 즉위한 젊디젊은 황제, 막시밀리안 폰 바덴 비스마르크였으며, 하나는 요헤너스 폰 노이반슈타인 소후작이었고, 또 하나는 알브레히트 폰 뉘른베르 소공작이었다.

서로에 대해 누구보다도 잘 아는 세 친구가 몇 년 전 한 여자에게, 그것도 남작가 출신의 보잘것없는 신분의 영애에게 똑같이 반해 버렸다는 사실은 참 지독한 운명의 장난이랄 수 있었다.

뭐 굳이 운명까지 가진 않더라도 루도비카는 누구나 반할 만한 여자였다. 사교계를 한바탕 뒤집었던 그 독특한 미모는 둘째 치고, 드물게 모험심 넘치는 말괄량이 같은 성격 역시 한없이 매력적이었다. 그런 그녀가 막시밀리안을 선택해 버릴 줄이야……

냉정하게 따졌을 때 알브레히트는 막시밀리안 쪽이 더 놀랍긴 했다. 반발이 만만치 않을 텐데 모두 불사하고서 기어이 루도비카를 황후로 들이는 쪽을 택하다니. 아무래도 막시밀리안 역시 그 못지않은 마음인 모양이었다. 그리고 그런 면에서 결코 두 친구에게 뒤처지지 않을 또 한 명, 요헤너스는 아직 아무것도 모르는 채였다.

이러다가 혼례 일정이 공식적으로 발표되면 무슨 사달이 날지 모른다는 생각에, 알브레히트는 물고 있던 파이프를 내려놓으며 긴 다리를 쭉 뻗었다. 그리고 마찬가지로 긴 다리를 까딱이며 그의 무릎을 툭툭 치고 있는 친구의 얼굴을 바투 응시했다.

"요헤너스."

"……뭐야, 왜 갑자기 정색하고 그래?"

"침착하게 잘 들어. 막스가……."

"도련님! 도련님, 하멜른 영애께서 찾아오셨습니다!"

뭐? 우렁차게 울린 별장 집사 푸체의 보고에 알브레히트는 말을 하다 말고 곧장 몸을 벌떡 일으켰다. 요헤너스 역시 마찬가지였다.

"뭐야, 루비가 왔다고? 너한테 따로 연락하기라도 한 거냐? 너희 둘이서만?"

가시가 다분히 박힌 요헤너스의 질문에 알브레히트는 대꾸할 말이 없었다. 그 역시 그녀의 방문을 전혀 예상치 못하고 있었으니까.

이 별장이 소공작과 그 친구들의 아지트인 만큼 루도비카 역시 한때 자주 드나들곤 했으나, 지금은 한밤인 데다 밖에는 눈보라가 흩날리고 있었다. 거기다 날씨는 둘째 치고 여기엔 알브레히트와 요헤너스 둘뿐이었다. 그녀의 정혼자 되시는 얄미운 막시밀리안은 이곳에 없었다. 있을 수가 없었다. 그는 이젠 예전처럼 농땡이 칠 수 있는 황태자가 아닌 황제니까.

혹 무슨 안 좋은 일이라도 생긴 것일까?

걱정스러운 기분에 곧장 1층 홀로 뛰어 내려간 알브레히트의 시야를 보랏빛을 머금은 은발이 순식간에 뒤덮었다.

이어 신선한 숲과 눈보라의 냄새를 한가득 묻히고 뛰어 들어온 여인이 꺅꺅 해맑게 소리를 지르기 시작했다.

"알브으! 깜짝 놀랐지?! 예정보다 늦게 도착해 버렸지만, 눈이 어찌나 쏟아지던지 중간에 몇 번을…… 어라, 요헨도 있었구나? 잘됐다!"

한밤의 사랑스러운 침입자께서(?) 산만 한 덩치의 두 장정에게 매달리며 반가움에 겨운 인사를 쏟아붓는 동안 알브레히트는 정신을 차리려고 애썼다.

정신 차리자, 이제 이 녀석은 친구의 여인이다. 장차 이 나라의 모후가 될…….

"루비…… 루비, 연통도 없이 여긴 대체 어쩐 일이야?"

"어쩐 일이긴, 우리 고모님 보러 내려갔다 황도로 돌아가는 길에 여기 생각나서 들렀지! 마지막이 될지도 모르는데, 너희 둘 다 있어서 다행이지 뭐야."

"마지막이라니, 그건 갑자기 무슨 소리래?"

그저 좋다고 뭐에 홀린 사람처럼 얼빠진 미소를 흘리고 있던 요헤너스가 의아하다는 듯 눈을 깜박이며 던진 저 질문에 일순 정적이 찾아왔다.

루도비카가 환한 레몬색 눈망울을 동그랗게 뜨며 두 남자를 번갈아 보는 가운데 알브레히트는 미처 나설 틈을 놓쳐 버렸다. 잽싸게 그의 곁으로 다가온 푸체가 이렇게 말했기 때문이다.

"그리고 도련님, 저어…… 각하께서 전보를 보내셨습니다."

"뭐? 뭐라고 하셨는데?"

"큼, 지금 당장 본가로 돌아오지 않으면 이번에야말로 피를 토하며 후회하게 만들어주겠다고…… 저어, 도련님, 일단 돌아가서 각하와 대화를 좀 하심이 어떻습니까?"

미치겠군. 알브레히트는 잇소리를 내며 한 손으로 짙은 머리칼을 거칠게 쓸어넘겼다. 젠장 할, 왜 하필이면 이런 때에…….

가만.

"도련님……?"

"……푸체. 지금 바로 마차 준비시켜 줘."

피를 토하며 후회하게 만들어준다라. 그냥 후회하게 만들어준다는 것도 아니고, 지난번처럼 팔다리를 전부 부러뜨려 주겠다는 식의 진부한 경고도 아니다. 알브레히트가 아는 그의 아버지란 사람은 한다면 하는 사람이었다. 그리고 이 시점에 그런 말을 했다는 건 아마 틀림없이…….

"야, 어디 가냐?"

"어라, 알브 어디 가? 나 방금 왔는데."

"……좀 급한 볼일이 생겨서. 금방 돌아올 테니까 둘이 놀고 있어."

말을 마친 알브레히트는 곧장 눈보라 흩날리는 바깥으로 뛰쳐나갔다. 코트도 걸치지 않고서.

픽!

서재에 들어서자마자 재떨이가 날아오리라는 건 당연히 예상하고 있던 수순이었다.

피하려면 능히 피할 수도 있었으나 알브레히트는 굳이 피하지 않았다. 덕분에 크리스털 재떨이를 정통으로 맞은 이마가 꽤 욱신거렸지만 지금 중요한 건 그게 아니었다.

"매번 거창하게 반겨주시는군요, 아버지."

"한다는 소리가 고작 그거냐? 대체 네놈은 언제까지 철부지 애새끼처럼 굴 생각이냐?! 대체 누굴 닮아서 그 지경인 겐지……."

"아버지 닮았습니다만."

잠시 정적이 있었다. 격노한 공작이 백 마디 호통 대신 흉흉하기 짝이 없는 안광 공격을 시전하는 동안 알브레히트는 눈가로 흘러내리는 피를 손등으로 문지르며 그 시선을 담담히 받아쳤다. 벽에 걸린 박제된 늑대 머리의 음울한 시선이 와 닿는 서재 한쪽에는 그의 누이 엘리자베트가 서 있었다. 그가 당도하기 전에 무슨 대화가 오갔을지는 아주 뻔했다. 누이의 벌겋게 달아오른 눈가와 꼭 앙다문 입술, 그리고 가쁘게 들썩이는 어깨만 봐도 아주 뻔했다.

그는 부친에게서 눈을 떼지 않으며 걸음을 옮겨 누이 곁에 다가가 섰다. 그와 동시에 공작이 입을 열었다.

"보아하니 황제께서 조만간 혼례를 올릴 작정이신 듯하더군."

"……."

"상대가 누구인지는 불 보듯 뻔한 일이지. 끼리끼리 어울린다더니, 폐하께선 제국을 말아드시려 작정하신 모양이다. 딱 네 녀석들처럼 말이다."

들끓는 분노와 조롱이 쓰라리게 뒤섞인 음성이었다. 그럴 만도 했다. 예정대로라면 막시밀리안 황제와 혼례를 올리는 여인은 엘리자베트여야 했다. 변변찮은 남작가 출신 영애 따위가 아니라.

하나뿐인 딸을 걸음마 시절부터 차기 황후감으로 철저히 교육시켜 온 뉘른베르 공작 입장에선 당연히 속이 뒤집어지는 상황이었다. 모욕감과 분노에 눈이 돌아간 늑대의 이빨이 결국 누구에게 향하게 될지는 불 보듯 뻔한 일이다.

이쯤이면 이 대화가 어느 방향으로 치달을지 역시 뻔했다. 알브레히트가 부친의 협박 아닌 협박을 접하고서 그답지않게 곧장 황도의 본가로 달려온 이유 역시 바로 그것에 있었다. 여태껏 막시밀리안의 마음 하나 잡지 못하고 뭐 했느냐는 식의 화풀이를 당할 누이를 보호하려는 의도도 약간 있긴 했지만.

"네 입장에선 꽤 속이 쓰리겠구나. 그렇지 않느냐?"

"……제게 원하시는 게 뭡니까."

만약 그가 이번에도 부친의 명령에 순응하지 않는다면…….

"내가 원하는 것? 내가 네게서 뭘 원하느냐고? 오히려 내가 너한테 할 질문이다! 대체 네 녀석이 원하는 게 뭐냐? 우리 가문이 어떤 가문이거늘, 명색이 후계자라는 녀석이 웬 미천한 남작가 계집에게 홀려서 허송세월하고 있느냔 말이다! 그것도 네 누이한테 이따위 망신을 안긴 계집에게!"

"……."

"네 나이 벌써 열아홉이다. 어쭙잖은 로맨스 흉내 그만 내고 네 의무를 행하거라!"

루도비카는, 그녀는…… 황후의 자리에 앉자마자 생지옥을 겪게 될 것이다.

좋든 싫든 그 역시 뼛속까지 권모술수의 대가인 뉘른베르 가문의 후계자, 알브레히트는 앞으로 그녀를 덮칠 풍파를 생생하게 예견할 수 있었다. 막스와 결혼할 거라며 환하게 웃던 그 눈부신 모습이 머지않아 형체도 없이 사라져 버릴 거라는 사실을.

이글거리는 푸른 눈으로 자신을 단단히 쏘아보는 아버지를 마주한 알브레히트는 문득 치미는 쓴웃음을 삼켰다.

이 얼마나 아이러니한 일이야, 루비. 내가 원하는 여인은 오직 너 하나뿐인데, 너의 웃음을 지키기 위해서 나는 다른 여인의 손을 잡아야 한다니…….

"……알겠습니다."

너무도 순순한 태도여서일까, 공작의 눈동자에 더없이 수상쩍어하는 표정이 떠올랐다. 반면에 공자의 눈동자는 한없이 무표정했다.

"아버지가 원하시는 대로 다 하겠습니다. 제 자리로 돌아오는 것 말입니다."

엘리자베트가 젖은 눈을 크게 뜨고 그를 쳐다보는 것이 느껴졌다. 동생이 이리 순순히 나오리라곤 그녀 역시 예상치 못했던 모양이다. 그 눈길에 알브레히트는 그저 쓴웃음으로 답했다. 차라리 이렇게 되는 게 모두한테 좋은 일일지도 모른다.

어차피 루도비카는 영원히 그의 것이 될 수 없을 터였다. 그녀는 이제부터 막시밀리안의 아내, 제국의 황후로서 살게 될 것이다. 그러니 그는 차라리 부친의 뜻대로 순순히 대가문의 후계자답게 정략결혼을 하고,

작위를 잇고, 그렇게 이 자리에서 누이와 친구들을 보호할 수 있는 힘을 키우는 편이…… 모두에게 좋을 것이다.

⁎

부친과의 거래를 끝맺은 알브레히트가 마지막으로 소년기의 추억 어린 은신처, 에르푸르트의 별장에 도착했을 때는 요헤너스도 루도비카도 이미 없었다. 푸체의 보고에 따르면 둘이 싸우기라도 한 건지 루도비카가 먼저 떠나 버렸고, 그다음으로 요헤너스 역시 떠났다고 했다.

아무래도 결국 그놈의 결혼 문제 때문에 다퉜나 보다고 알브레히트는 생각했다. 어쨌든 그 역시 곧장 황도로 되돌아갔다. 그러고는 황제의 혼례 당일이 되기까지 친구 중 누구와도 만나지 않았다.

⁎

제국의 젊은 황제, 막시밀리안 폰 바덴 비스마르크와 루도비카 폰 하멜른 영애의 결혼은 혼례가 치러지기 한참 전부터 온 사교계를 들썩여 놓았다.

그도 그럴 것이 아무리 미모가 뛰어나다 한들 한낱 남작가 출신 영애가 황후라니, 유례없는 결혼에 국내외적으로 말이 많았다. 그럼에도 막시밀리안은 의회를 비롯한 온갖 관료가 반대하거나 말거나 끝까지 결혼을 밀어붙였고, 결국 제국력 1095년의 봄 말도 많고 탈도 많았던 혼례식이 치러졌다.

머리카락 색과 잘 어울리는, 옅은 보랏빛이 도는 웨딩드레스를 입은 루도비카는 여신 저리 가라 할 정도로 아름다웠다. 막시밀리안 역시 마찬가지였다. 겉보기만으론 참으로 잘 어울리는 한 쌍이었다.

"감축드립니다, 폐하."

피로연은 그럭저럭 평화롭고도 즐거운 분위기로 흘러가고 있었다. 혼례일 바로 전날까지도 제발 재고해 달라며 바락바락 황제를 들볶던 이들조차 언제 그랬냐는 듯 태평한 미소를 머금은 채 모여 있는 피로연의 한복판에서, 알브레히트는 소꿉친구이자 주군에게 다가가 참으로 오랜만에 말을 건네었다. 그리고 슈바이크 소후작과 대화를 나누던 참인 막시밀리안은 곧장 술잔을 내려놓고는 그의 어깨에 한 팔을 걸치며 실로 호탕하게 대응했다.

"대체 그동안 어디 숨어서 코빼기도 안 보였던 거냐? 요헨 그놈이야 그렇다 치자, 너까지 그 정도로 단단히 삐질 거라곤 예상 못 했는데."

"삐지다니요. 눈코 뜰 새 없이 바빠서 정신이 없었을 뿐입니다."

"일부러 피한 게 아니라?"

"……요헨 그 친구는 어디 갔습니까?"

"글쎄, 아까까지만 해도 보였는데 안 보이네. 그러고 보니까 너한테 묻고 싶은 게 있는데……."

말꼬리를 흐리며 그를 한쪽으로 끌고 간 막시밀리안의 금색 눈동자가 자못 심각하게 빛났다.

"루비랑 요헨 사이에 무슨 일 있었는지 아는 거 있냐?"

"무슨 일이라 하시면……?"

"너희 둘이 하도 코빼기도 안 비치길래 루비랑 그 얘길 좀 했는데, 아무래도 둘이 뭔가 일이 있었던 것 같아. 크게 싸운 것 같던데, 루비가 글쎄 결혼식에 요헨이 안 왔으면 좋겠다는 식으로 말하지 뭐냐.”

알브레히트의 푸른 눈이 드물게 어리둥절한 빛을 머금었다. 루도비카가 정말로 그렇게 말했다고?

상식적으로 황제의 결혼식에 노이반슈타인 차기 가주인 요헤너스가 참석하지 않는다는 건 말이 안 된다. 더군다나 루도비카는 누군가를 미워하거나 원한을 품는 스타일이 아니었다. 하물며 친구였던 사람을 두고 그런 식으로 말했을 정도라면…….

역시 그날 크게 싸운 것일까? 그 루도비카가 그리 말했을 정도로?

“글쎄요, 저도 딱히 아는 건 없습니다만…… 굉장히 의외군요.”

“그렇지? 나도 놀랐어. 나 원 참, 둘이 대체 무슨 일이 있었냐고 물어봐도 그냥 좀 다퉜다고만 하던데, 얼마나 어떻게 다퉈야 그런 말이 나올 수가 있는 거지?”

“요헨은 뭐라고 하답니까?”

“몰라, 아직 못 물어봤어. 이 친구는 또 어디로 사라진 건지…….”

젊은 황제가 미간을 좁히며 혀를 끌끌 차는 사이 알브레히트는 점점 심상치 않은 표정이 되어갔다.

셋 모두 어릴 때부터 함께 어울린 친구였지만, 요헤너스의 성정에 대해 막시밀리안보다는 알브레히트가 좀 더 잘 파악하고 있었다. 그리고 알브레히트가 아는 요헤너스는 평소에는 노이반슈타인 핏줄답지 않게 꽤 온화했다. 가끔 뭐에 확 돌 때만 제외하면. 그럴 때는 정말로 다른 사람 같이 돌변하곤 했다. 만약 그놈이 그때 결혼 얘길 듣고 또다시 눈이 확 돌아버렸던 거라면…….

“일단 저도 한번 그 친구 붙들고 캐물어보겠습니다.”

“그래, 좀 그래주라. 영 찜찜해서 술맛도 안 난다 야.”

전혀 술맛이 안 나는 것처럼 보이지 않는 막시밀리안이 그를 놓아준 뒤, 알브레히트는 곧장 루도비카를 찾아갔다.

루도비카는 만찬 테이블 상석에 앉은 채 또래 영애 몇몇과 사이좋게 담소를 나누고 있었다.

그가 다가가자 막 까르르 듣기 좋은 웃음을 터뜨리던 그녀가 곧장 환한 눈망울을 동그랗게 뜨며 몸을 일으켰다.

"알브! 세상에, 이게 대체 얼마 만이야?"

"……감축드립니다, 마마."

"어머, 네가 그렇게 부르니까 뭔가 간지럽다. 그동안 뭐 하고 있었길래 여태 안 보였어? 나한테 뭔가 화난 줄 알고 얼마나 조마조마했는데."

내가 너한테 화낸다는 게 말이나 되니. 쓴웃음을 삼키며 알브레히트는 조심스레 한쪽 팔을 내밀었다.

"그 얘기 말인데…… 마마, 잠시 소신과 좀 걸으시겠습니까?"

"당연하지, 안 그래도 슬슬 다리가 저리던 참이었어."

피로연장은 알프 호수의 기슭에 자리하고 있었다. 두 사람은 사람들로부터 좀 떨어진 곳으로 나와 분홍빛 황혼에 물든 호숫가를 천천히 걷기 시작했다.

아름다운 저녁이었고, 멀리서 사람들이 떠드는 소리와 수풀 스치는 소리, 풀벌레들 소리가 한데 어우러져 꽤 몽환적인 앙상블을 자아냈다. 분홍빛으로 물든 수면 저편에는 백조 두 마리가 사이좋게 붙어서 떠돌고 있었다. 그 풍경을 반짝이는 눈으로 지켜보던 루도비카가 먼저 입을 열었다.

"알브, 네가 얼마나 보고 싶었는지 몰라. 왜 연락 안 했어? 편지 한 통도 없고 소식도 들을 수 없어서 얼마나 서운했는데."

"······미안. 좀······ 바빴어."

저도 모르게 예전 같은 말투로 대답하며 알브레히트는 시선을 바닥으로 내리깔았다.

루도비카는 그를 향해 잠깐 눈을 흘기는 시늉을 하더니 다시 싱긋 웃었다.

"그래도 건강해 보이니 다행이다. 너도 요헨도 병이라도 걸린 거 아닐까 생각했을 정도라니까."

"······요헨 얘기가 나와서 말인데, 둘이 다투기라도 했어? 막스 말로는 아무래도 그런 것 같다던데."

화사하게 웃던 루도비카의 미소가 약간 흔들렸다. 그 짧은 동요를 곧장 감지한 알브레히트의 눈이 날카롭게 가라앉았다.

"루비, 대체 무슨 일이야?"

"······별거 아니야, 그냥, 그날 그 별장에서······ 내가 결혼한다고 얘기했거든. 그래서 다툰 거야."

"얼마나 어떻게 다퉜는데?"

루도비카는 잠시 입을 다문 채 고개를 떨어뜨렸다. 수그린 정수리에서부터 부드럽게 흘러내리는 보랏빛 은발을 응시하며 알브레히트는 점점 초조해지는 자신을 느꼈다.

"대체 무슨······ 일이 있었던 거야? 그놈이 너한테 안 좋은 소리라도 지껄였어?"

"아니야, 그런 건 아닌데······."

말꼬리를 길게 늘인 그녀가 다시 고개를 들고 그를 바라보았을 때, 공포에 질린 레몬빛 눈망울과 마침내 마주하게 되었을 때, 그는 문자 그대로 심장이 철렁하는 감각에 사로잡혔다.

"알브, 난 요헨이 좋은데…… 정말 좋은 친구라고 생각하는데…… 그 땐 정말 무서웠어."

"그놈이 너한테 무슨 짓을 했는데? 막스한텐 말 안 할 테니까 말해봐. 그 자식이 너한테 뭘 어떻게 했지?"

"그게…… 나한테 욕하거나 그랬던 건 아니야."

"그러면?"

"나, 나는…… 사람이 웃으면서 화내는 게 그렇게 무서운 줄 처음 알았어, 알브……. 너무 무서워서 곧바로 거길 나가 버린 거야, 내가."

잠시 침묵이 흘렀다. 갓 황후가 된 오늘의 신부가 초조하게 마른침을 삼키며 두 눈을 불안하게 깜박거리는 가운데, 알브레히트는 그 자리에 얼어붙은 듯 굳어서 그녀의 얼굴을 뚫어져라 응시했다. 끓어오르는 용암처럼 솟아오르는 말이 목구멍을 넘어올까 말까 하고 있었다. '그래서? 그래서 그놈이 어떻게 했는데?'라는 질문이.

만약 그 예측불가한 놈이 그녀에게 약간의 폭력이라도 휘둘렀다면…….

"그래도 요헨한테 화내지는 마, 알브. 이젠 지난 일이니까. 난 그냥 예전처럼 다 사이좋게 잘 지내고 싶어."

그의 팔을 붙들며 간곡한 어조로 호소하는 루도비카의 모습에 알브레히트는 차마 그러지 못하겠다고 말할 수 없었다. 그러마라고 약속할 수도 없었다. 그저 간신히 입꼬리를 끌어당겨 보이며 머리를 끄덕일 뿐이었다.

"요헤너스!"

쿵!

아주 어렸을 때를 제외하고 뉘른베르의 소공작, 알브레히트가 이러한 늦은 시각에 노이반슈타인 후작저를 찾아오는 경우는 드물었다. 그야말로 활활 타오르는 듯한 무시무시한 기세를 하고서 들이닥치는 경우는 더더욱 드물었다.

"고, 공자님? 대체 어�쩐 일이십⋯⋯."

"요헤너스! 너 이 자식 어디 있어?!"

자정을 넘긴 야심한 시각, 분노의 화신 같은 살기등등한 기세로 들이닥친 소공작에게 당황한 사용인들이 어쩔 줄 몰라 하는 사이, 알브레히트는 문을 거칠게 밀치고는 성큼성큼 저택 안으로 들어섰다.

그와 동시에 결혼식장에서 입었던 옷차림 그대로인 요헤너스가 마치 기다렸다는 듯 안쪽에서부터 걸어 나왔다.

"뭐야, 오밤중에 웬 난리야, 이 정신 나간⋯⋯."

묻지도 따지지도 않고, 알브레히트는 곧장 주먹을 날렸다.

퍽! 퍽! 우당탕!

어찌나 세게 날렸는지 요헤너스는 그대로 뒤로 넘어가 바닥에 사정없이 나뒹굴게 되었다. 그러거나 말거나 알브레히트는 성큼 다가가 바닥에 쓰러진 친구의 멱살을 붙들고 일으켜 세웠다.

"너 무슨 짓 했어."

"쿨럭, 쿨럭⋯⋯ 야, 너 이런⋯⋯."

"무슨 짓 했냐고, 그날!"

알브레히트의 음성은 아까만큼 크지는 않았지만 그 안에 담긴 힘은 배로 증폭되어 있었다.

이글이글 작열하는 푸른 눈을 마주 보는 녹색 눈동자가 커다랗게 벌어지더니만 이내 하, 하고 알겠다는 헛웃음이 흘러나왔다.

"내가 걔한테 뭐 차마 못 할 짓이라도 했을까 봐 이래……?"

"그럼 네 입으로 뱉어. 정확히 무슨 짓 했는지."

"아무 짓도 하지 않았어. 난 그냥, 그놈의 결혼 소리 듣고 잠깐 맛이 가서……."

"너 내가 제일 싫어하는 게 뭔지 알지."

"……."

"사실 그대로 말해. 무슨 짓 했어."

빠져나갈 방법이 없다. 알브레히트가 이런 식으로 강경하다 못해 살벌하게 나올 때는 그 막시밀리안조차 한 수 접곤 했던 것이다. 그래서 요헤너스는 손을 들어 터진 입가를 훔치며 고분고분히 털어놓았다.

"나도…… 후회 중이었다고."

"……."

"……하아, 그러니까, 정신을 차려보니까 나도 모르게 걔 목을 조르려고 하고 있더라고."

"뭐?"

"걔가 비명을 질러서 정신이 번쩍 들긴 들었는데…… 그리고서 걔가 곧바로 나가 버리고 나도 좀 있다가 나갔어. 그게 다야."

섬뜩하게 얼어붙은 푸른 눈이 한참이나, 뚫어져라 친구의 녹색 눈을 노려보았다. 살얼음판 같은 침묵이 이대로 영원히 이어져 끝끝내 끝나지 않을 것 같은 무렵이 되어서야 마침내 알브레히트의 손이 요헤너스의 목덜미를 뿌리치듯 놔주었다.

"찾아가서 사과해."

"그러려고 했는데, 그 애가……."

"그 애가 아니라 황후셔. 날 밝는 대로 찾아가서 사과드리라고. 알았어? 네 정신 나간 짓거리 때문에 얼마나 겁에 질리셨을지 생각이나 해봤냐? 너 눈 돌아갔다고 상대가 감당 못 할 힘 함부로 휘두른 게 자랑이야? 그래놓고 뭘 잘했다고 꼭꼭 숨어서 피해자인 척하고 자빠졌어?"

요헤너스는 고개를 떨군 채 잠시 아무 말도 하지 않았다. 터진 입술을 잘근잘근 깨무는 표정이 참담하리만치 일그러져 있었다. 마침내 울린 목소리 역시 마찬가지로 처참했다.

"넌…… 어떻게 그렇게 아무렇지도 않냐?"

"뭐?"

"너도 마찬가지잖아. 너도, 나도, 막스도…… 하아, 나한테 가서 사과하라고 하는 것도 걔가 황후이기 때문에 사죄드리라는 것처럼 들릴 지경이야. 네가 냉혈한인 건 알고 있었다만 가끔은 무서울 지경이다."

아무렇지도 않다고? 그가 아무렇지도 않다고? 차마 형언하기 어려울 정도로 일그러진 눈으로 친구를 노려보던 소공작의 입가에 기가 차다는 냉소가 피어올랐다.

"네 눈깔엔 내가 아무렇지도 않아 보이냐?"

"……."

"빌빌거리지 말고 정신 차려. 너도, 나도 끝나 버린 일 가지고 허우적대면서 삽질해 댈 만한 처지 아니니까."

양대 대가문의 후계자로서 해야 할 일. 황제가 혼인까지 끝마친 시국이니 모든 개인적 감정은 접어두고 이제부터 철저히 가문만을 위해 움직여야 한다. 두 사람 모두 그런 위치에 있었다. 그렇게 교육받고 자랐고 그렇게 살아야 마땅했다. 소년기의 달콤한 추억들과 그 모든 아련한 감정은 이제 끝이었다.

알브레히트는 그저 허탈하게 웃음 짓는 요혜너스를 뒤로하고 후작저를 떠났다.

막시밀리안과 루도비카가 결혼하고서 약 일 년 뒤에 알브레히트도 혼례를 치렀다. 막대한 탄광 상단을 여러 개 보유한 라이나츠 백작가의 여식, 하이데와.

그가 의도한 건 아니었지만, 우습게도 하이데는 루도비카와 절친한 친구였다. 그리고 머지않아 요혜너스도 방계 쪽의 어느 여식과 결혼했다.

첫사랑을 친구에게 빼앗겼어도, 부모에게 등 떠밀려 결혼을 했어도, 그들의 세계는 잘만 굴러갔다. 세상이 어떻게 돌아가든 그들 모두 꿈쩍도 하지 않았고, 무엇도 그들을 무너뜨릴 수 없었다.

알브레히트의 아내, 하이데는 선천적으로 병약하고 내성적인 가녀린 여인이었다. 생기발랄한 요정 같은 루도비카와는 완전히 반대였다. 문자 그대로 하얗고 부서질 것 같은 느낌. 어찌나 연약해 보이던지 첫날밤을 치르는 것조차 조심스러울 지경이었다.

알브레히트의 부친은 갓 맞은 며느리가 막상 데려와 보니 영 마음에 안 드는 듯했다. 혀를 끌끌 차면서 저렇게 비실비실할 줄 알았다면 그냥 노이반슈타인 영애, 요혜너스의 누이동생과 결혼시킬 걸 하고 말했다. 이에 알브레히트는 잠시 잠깐의 망설임도 없이 대꾸했다.

"아버지. 제발 주책 좀 작작 떠십시오."

푸캉!

그리고 재떨이가 날아왔다. 이번에는 알브레히트의 손에 잡혔다.

어쨌든 어쩌다 보니 그의 아내가 된 하이데는 그가 어렴풋이 기억하는 어린 시절보다 훨씬 더 내성적이었다. 예전에는 그저 루도비카가 워낙 활발하다 보니 상대적으로 얌전해 보이는 걸 거라고 막연히 생각했는데, 예상보다 훨씬 쉽게 상처 입는 데다 늘 주변의 눈치를 살피는 기색이 만연했다. 그리고 그는 자신의 아내가 제 눈치를 살피면서 살기를 원하지 않았다.

"오늘……. 형님하고 같이 살롱에 가보기로 했어요."

아내는 늘 주눅 든 것처럼 끊임없이 그의 눈치를 살피긴 해도, 간간이 그에게 먼저 말을 붙이려 용기를 쥐어 짜내기도 했다. 가령 둘만 있는 아침 식사 자리에서라든가.

처음에는 어떻게 반응해야 할지 몰라 그냥 귀를 기울이기만 했는데, 그가 아무 대꾸도 하지 않으면 그녀 역시 더는 말하지 않는다는 사실을 눈치채기까지 좀 걸렸다.

"살롱? 나도 아는 덴가?"

"그, 마담 로제가 하는 의상실이라고……."

"……아아. 내 누이가 너무 귀찮게 하는 거 아닌가 모르겠는데. 가기 싫으면 싫다고 딱 잘라 말해. 안 그러면 못 알아듣거든."

"시, 싫은 거 아니에요. 그냥……."

"그럼 다행이긴 한데, 두 여인께서 너무 친해지면 나 혼자 따돌림당하는 거 아닐까 모르겠네."

짐짓 장난스레 던질 때면 창백한 얼굴에 홍조가 피어오르며 물빛 눈가에 이채가 서리는 모습이 보기 좋았다. 가끔은 그와 마주 앉아 있는 사람이 다른 누군가였으면 어땠을까 하는 생각이 종종 튀어나오기도 했지만, 그럴 때마다 곧장 머릿속의 불을 끄고 밀려오는 미련을 차단시키려 애썼다.

루도비카는 이제 황제의 아내이다. 그리고 그의 아내는 하이데였다. 루도비카가 아니라.

"네가 아버지 뒤를 이으면, 내가 원하는 사람하고 결혼하게 해주겠다고 약속해."

알브레히트가 결혼하던 날 그의 누이 엘리자베트가 한 말이었다. 그리고 그는 그러겠다고 약속했다. 어릴 때부터 평생을 황제의 반려가 되라는 압박에 시달려 온 누이에게 해줄 수 있는 당연한 일이라고 생각했다.

하지만 그는 결국 그 약속을 지키지 못했다. 그가 작위를 잇기 전에, 누이와의 약속을 지켜줄 힘이 생기기 바로 직전에 현 황후가, 루도비카가 세상을 떠나 버렸다. 첫 아이 테오발트를 난산하고서 고작 몇 달 뒤에, 막시밀리안과 결혼한 지 채 3년도 안 된 잔인한 봄에.

"알브……. 우리 테오…… 잘 부탁해…… 네가 지켜줄 거란 거 알아……."

생명력이 빠져나가는 흐릿한 눈으로 그를 올려다보며 그녀가 마지막으로 속삭인 말이었다. 한때 그의 마음을 그토록이나 사로잡았던 따스한 레몬빛 눈망울은 죽음을 앞두고서 더없이 황폐하고도 서늘해 보였다. 동시에 기이하게 아름다워 보이기도 했다.

알브레히트는 그대로 무릎을 꿇고 주저앉아 오열하고 싶은 충동을 필사적으로 억눌러야 했다. 이렇게 가버리면 안 된다고, 네가 이렇게 가면 남은 사람들은 어쩌라는 거냐며 매달리고 싶은 충동을 간신히 억제하면서 겨우 담담히 미소를 지어 보였다.

슬픔을 필사적으로 억누르고 있던 건 요헤너스 역시 마찬가지였다. 어쨌든 두 친구 모두 그녀에게 비슷한 작별 인사를 했고, 그렇게 그녀는 한결 편안해진 웃음을 머금고는 남편의 품 안에서 숨을 거두었다.

두 친구와 달리 막시밀리안은 슬픔을 억제하지 못했다. 루도비카가 숨을 거둔 그날 오후, 미친 듯이 오열하며 혼 떠난 황후의 시신을 붙들고 발광하는 황제를 사람들이 달려들어 간신히 떼어놓았다.

그 뒤 막시밀리안은 황궁을 뛰쳐나가서 밤이 깊도록 돌아오지 않았다. 밤이 깊도록 사라져 돌아올 기미를 안 보이는 황제를 마침내 찾아낸 이는 알브레히트였다.

알브레히트가 막시밀리안을 찾아냈을 때, 젊은 황제는 그가 결혼식을 올렸던 알프 호수의 기슭에 드러누워 꼼짝도 하지 않고 있었다. 그들 위로 아른거리는 하늘에는 쏟아질 듯 무수한 별이 얼어붙은 눈물처럼 박혀 있었다.

"바람이 찹니다, 폐하. 이 시간의 숲은 위험하고요."

"……."

"이대로 그녀 뒤를 따라가겠다는 바보 같은 생각은 접으십시오. 폐하께서 앉아계신 자리는 그럴 수 있는 자리가 아닙니다."

초점 없는 눈으로 멍하니 밤하늘만 응시하던 막시밀리안이 그제야 몸을 반쯤 일으켜 앉으며 그를 돌아보았다. 어둑한 공기 속에서 침침하게 빛나는 금빛 눈동자에 질린다는 표정이 서려 있었다.

"……어쩌면 이게 다 네 계획이 아닐까 하는 생각이 든다."

"폐하……?"

"네 잘난 가문에서 꾸민 짓 아니냐고. 루비가 죽으면 네 누이를 밀어 붙일 수 있게 될 테니까. 늑대가 암살에도 특출 난 줄은 몰랐는데."

알브레히트가 저 말의 의미를 완전히 제대로 이해하기까지 조금 걸렸 다. 그가 그녀를 암살했다고? 그녀의 죽음에 동조했다고? 이렇게 떠나 게 내버려 뒀다고?

짧은 정적이 흐른 끝에 알브레히트는 그대로 말 위에서 뛰어내려 옛 친구이자 주군에게 주먹을 날렸다.

막시밀리안 역시 지지 않고 받아쳤다. 별이 총총한 아름다운 알프 호 숫가에서 두 친구는 한참 그렇게 미친 듯이 치고받으며 둘 다 탈진하기 일보 직전이 되기까지 오열했다.

며칠 뒤 젊은 나이에 안타깝게 떠난 황후를 기리는 성대한 장례식이 치러졌다. 그리고 머지않아 뉘른베르 공작가 여식, 엘리자베트를 새 황 후로 추대하려는 움직임이 시작되었다. 이에 막시밀리안은 될 대로 되 라는 식으로 응수했다.

어쩌면 루도비카는 자신이 그리 일찍 죽어버린 뒤 무슨 일이 벌어질지 예감했는지도 몰랐다. 그녀가 떠난 뒤에 막시밀리안이 어떻게 변할지를.

활기와 열정 넘치는 청년이었던 황제는 그야말로 순식간에 음울하고 무기력한 인간으로 탈바꿈했다. 아내와 눈곱만큼도 닮지 않은, 아직 걸 음마도 채 못 하는 어린 황자에게 일말의 관심조차 주지 않는 건 덤이 었다. 만약 테오발트가 딸이었다면, 그리고 조금이라도 제 어미를 닮았다면 상황이 달랐을지도 몰랐다. 실로 안타까운 일이었다.

기어이 황제의 반려가 되고 만 엘리자베트에게도 안타까운 일이었다. 막시밀리안과 혼례를 치르게 된 날, 엘리자베트는 동생과 둘이 남게 되자마자 울음을 터뜨렸다. 누이에게 알브레히트가 해줄 수 있었던 건 고작 손수건과 더불어 앞으로의 처세에 대한 충고 몇 마디를 건네는 것뿐이었다. 모두에게 안타까운 일이었다, 루도비카의 죽음은.

하지만 아무리 안타까운 죽음이 발생했다 한들 세월은 계속 흐르고, 망자에 대한 아름다운 추억도 무뎌져 가며 새로운 생명은 계속해서 태어난다.

루도비카가 죽은 뒤 약 3년이 흐른 제국력 1101년, 매서운 겨울 바람이 마침내 물러가기 시작하는 시기에 요헤너스가 첫아들 제레미를 보았다.

그 핏줄답게 타오르는 듯한 암녹색 눈동자와 흠잡을 데 하나 없이 완벽한 모습을 타고난 아기였다.

"축하한다, 인마. 벌써부터 너 닮아서 어지간히 골 때리게 생겼구나."

"사돈 남 말 한다. 너희도 금방 아니냐? 너 말고 부인분 닮은 딸이길 빌어주마."

"글쎄, 아들이든 딸이든 별 탈만 없으면 좋겠는데."

"하긴 이번 임신도 겨우 한 거랬지. 걱정스럽긴 하다만, 하나 가지고 되겠냐?"

"너도 이제 겨우 첫아이인 주제에 으스대기냐."

"모름지기 자식은 많을수록 좋지. 난 대가족을 꿈꾸고 있다고."

누가 사자 가문 아니랄까 봐 노이반슈타인은 다산으로 유명했다.

이제 겨우 첫아들 본 주제에 벌써부터 거들먹대는 요헤너스만 해도 무려 5남매 중의 장남이었으니까. 단 알브레히트가 기억하기로 그들 남매는 우애가 썩 좋진 않았다.

"그래놓고 반년에 한 번쯤이나 얼굴 비추면서 애들 이름도 까먹거나 하지나 마라. 너희 아버지처럼."

"너나 너희 아버지처럼 사사건건 피 말려 죽이려고 안달하지 마라. ……황자께서 루비를 쏙 뺀 황녀셨음 좋았을 텐데 말이야, 우리 아들이랑 일찌감치 약혼시키게."

우스갯소리 같은, 별거 아닌 소리였음에도 불구하고 알브레히트는 저도 모르게 멈칫하며 친구의 눈을 빤히 응시했다. 요헤너스는 여전히 느긋하게 웃고 있는 채였다.

"새삼 왜 그렇게 쳐다보냐? 그랬길 바라는 건 우리 모두 마찬가지인 줄 알았는데."

글쎄. 한 가지 확실한 건 정말로 그랬더라면 막시밀리안은 지금쯤 제국 최강의 팔불출이 되었을 거라는 거였다. 짐 말고 그녀를 닮았더라면 좋았을 걸, 하는 소리가 막시밀리안의 입버릇이었으니까. 다만 요헤너스까지 그러길 바랐을 줄은 몰랐다.

"……친구 놈 자식이 딸이든 아들이든 내가 무슨 상관이라고."

"그래, 너라면 그렇게 말할 줄 알았다."

'하여간 매정한 늑대 자식' 어쩌구 중얼대는 친구 놈의 어깨를 한 대 치며 알브레히트는 스멀스멀 피어오르기 시작하는 원인 모를 기묘한 찝찝함을 떨쳐 내려 애썼다. 루도비카의 그림자는 여전히 길게 드리워져 있었다. 그녀가 죽은 뒤에도.

하지만 그녀의 그림자를 무수한 정부와 매춘부 틈에서 찾고 있는 두 친구와 달리, 알브레히트에겐 해 저무는 저녁마다 황혼 너머로 아득하게 떠오르며 그를 쫓아다니는 여인의 망령이 보이지 않았다. 적어도 보이지 않는다고 생각했다. 그래서 그는 그길로 아내가 있는 집으로 돌아갔다.

요헤너스의 첫아들이 태어나고서 약 3개월 뒤에 뉘른베르 공작저에도 아기 울음소리가 울렸다. 임신 8개월 만에 나온 아기였다. 하필이면 그때 운하 개통 건으로 사파비에서 골치 아픈 협상을 마무리 짓고 있던 알브레히트는 부랴부랴 황도로 되돌아왔다.

마침내 집에 도착하기까지 내내 얼마나 불안했는지 모른다. 난산으로 인해 합병증이 겹쳐 죽은 루도비카처럼 하이데도 루도비카처럼 가버리는 거 아닐까 싶어서.

그렇게 심장을 좀먹던 공포와 회한은 초췌하지만 희미한 미소를 띤 채 누워 있는 하이데와, 그녀의 팔에 안긴 작디작은 아기를 보자마자 순식간에 눈 녹듯 사라져 버렸다.

"하이데……."

"여보."

어떤 돌발 상황이 닥친다 한들 무슨 말을 해야 하고 어떻게 행동해야 할지 감을 잃어본 적 없는 알브레히트였으나, 그 순간만큼은 대체 무슨 말을 해야 할지 알 수가 없었다. 그저 침대 곁에 어정쩡하게 앉아서 아내의 파리한 얼굴을 멍하니 바라볼 따름이었다.

그리고 하이데가 그의 팔에 갓 태어난 그들의 아들을 넘겨주었을 때, 그와 꼭 같은 반짝이는 파란 눈동자가 그의 눈을 올려다보는 순간, 그는 자신의 세계가 완전히 변해 버렸음을, 더는 무엇 하나 예전과 같지 않으리란 사실을 깨달았다.

"여보."

"……."

"여보?"

"……아, 이런. 미안하오. 어디까지 얘기했었지?"

"얘기라니요?"

사방팔방에서 울리는 박수갈채 소리에 알브레히트는 그제야 흠칫 정신을 차렸다.

어느덧 막이 오르내리며 오페라의 피날레가 시작되고 있었고, 그의 곁에는 이제 희끗희끗해져 가는 물빛 머리카락의 귀부인이 앉아 걱정스러운 눈길로 그를 살피고 있었다.

"당신, 졸았어요?"

"……큼, 그게, 사실 이런 건 영 적성에 맞지 않아서."

"네? 좋아서 매번 오는 거 아니었어요?"

싫어하지 않긴 했다. 중간에 딴생각에 빠져들어 버려서 그렇지.

"실은 잠깐 옛 생각을 좀 하느라고……."

"옛날 생각이라니요?"

"……일단 여기서 나갑시다."

극장 밖에는 비가 쏟아지고 있었다. 무더위 끝에 시원하게 찾아온 장마였다. 생각해 보면 예전에는 이렇게 비가 내리는 날에 가족끼리 외출해 본 적이 거의 없었다. 그가 워낙 바쁘기도 했지만…….

"차라도 한잔 마실까요?"

곧장 떠나기 아쉬운지 슬쩍 묻는 아내의 음성에 전 뉘른베르 공작, 알브레히트는 머리를 흔들며 상념에서 벗어나려 애썼다. 역시 그도 나이가 들긴 한 모양이다. 자꾸 옛날 생각이 떠오르는 걸 보면. 멍청했던 친구들과 그보다 더 멍청했던 자신과…….

"좋은 생각인 것 같소. 그런데…… 어디서 마시지?"

"당신 바로 뒤에 찻집이 있잖아요."

"……내가 감이 떨어진 모양이구려. 황도에 너무 오랜만에 돌아와서 그런가……."

"그래봤자 겨우 몇 달 만인걸요."

생긋 웃으며 총총 앞장서는 하이데의 뒤를 얌전히 뒤쫓으며 알브레히트는 머리를 긁적거렸다. 그녀의 말마따나 겨우 몇 달 만이긴 했다. 그리고 몇 달 만이든 몇 년 만이든 황도로 돌아올 때마다 매번 불안해지는 건 어쩔 수 없었다. 지극히 쓸데없는 불안이긴 했지만.

"들른 김에 애들 줄 과자도 좀 사 가야겠어요."

"그거 말인데…… 애들이 우리를 보고 좋아할 것 같소……?"

"또 그 소리예요? 당신도 참, 하여간 매번 이런다니까."

"내가 매번 이랬나? 기억이 잘 안 나서."

재차 머리를 긁적이는 그를 향해 그녀가 곱게 눈을 흘겼다. 어지간하다는 눈빛이었다.

"보고 싶어 했으면서 왜 자꾸 어울리지 않게 긴장하고 그래요."

그야 죄 많은 애비라서? 말을 삼킨 그는 묵묵히 아내의 손으로부터 쿠키 상자 꾸러미를 받아 들었다.

노부부는 사이좋게 나란히 팔짱을 끼고서 물안개가 아른거리는 입구쪽으로 걸어 나왔다. 안쪽에서부터 흘러나오는 희미한 노랫소리가 빗소리에 뒤섞여 은은하게 울리고 있었다.

가라, 내 마음아, 황금의 날개를 타고
언덕 위로 날아가 앉아라.
훈훈하고 다정한 바람과 향기로운 나의 옛 고향…….
(*오페라 나부코의 한 구절입니다)

"가뭄이 길어지지 않아서 다행이군."
"그러게요. 우리가 젊었을 때였으면 교황청에서 비를 내리기 위한 회개의 교세 어쩌고 했을 텐데……."
"음, 그땐 정말 지금 생각해 보면 말도 안 되는 일이 판을 치긴 했지. 한데 부인도 그때 꽤 열심히 고해성사 다니지 않았소?"
"네? 아니, 이이가……! 예, 옛날 얘기를 왜 해요?"
"아니, 이제 와서 하는 얘기지만, 그때 당신의 비밀을 남편인 나보다 성직자 놈들이 더 잘 알고 있다는 게 영 못마땅했었단 말이오."
"딱히 대단한 비밀 털어놓은 것도 아니었거든요?"
"뭐 그렇다면 다행이지만 당신도 알다시피 내가 은근히 속 좁은 놈이라……."
그때였다.
"아, 할머니! 할아버지!"
때아니게 티격태격하던 노부부의 시선이 동시에 정면으로 향했다. 그들의 시선이 끝나는 곳에는 다름 아닌,
"얘들아, 천천히! 그러다 넘어진다!"
"하여간 황도에 오실 때마다 꼭 여기 들르시는 건 여전하군요."

새로워라, 그 옛날의 추억
　지나간 옛일을 말해주오.

　앞다투어 신나게 달려오는 검은 머리칼의 소녀와 옅은 분홍색 머리카락의 소년. 그리고 그들의 바로 뒤쪽에는 한 손에 우산을 받쳐 든 채 어련한다는 미소를 짓고 있는 장신의 공작과 그와 손을 맞잡고 서서 환하게 웃음 짓는 공작 부인이 서 있었다.

　흘러간 운명을 되새기며 고통과 슬픔을 물리칠 때,
　신께서 우리를 사랑하여 굳건한 용기를 주리라.

　"미하엘, 레아! 우리 강아지들!"
　실로 보석 같은 아이들. 그 아이들을 양팔로 끌어안으며 따스하게 웃는 아내를 잠시 지켜보던 알브레히트는 어색하게 헛기침을 하면서 아들 부부 앞으로 자박자박 다가갔다. 그가 무슨 말을 건넬지 미처 마음을 정하기도 전에 노라가 먼저 말했다.
　"이곳에 꿀이라도 발라놓으셨습니까?"
　"딱히 그런 건 아니다만……."
　"참, 아버님, 노라가 먼저 모시러 오자고 한 거랍니다."
　"내, 내가 언제 그랬어요?!"
　어쩌면 네 말이 맞을지도 모르겠어, 막스. 결국 내가 이겼다는 말.
　"큼, 제가 그러자고 한 거 아니니까 착각하지 마십시오, 아버지. 누나가 그러자고 해서 따라온 것뿐이라고요."

"하여간 쑥스러움 많은 건 아버님이랑 똑같네요."

"누나아!"

"할아버지, 할아버지 그거 뭐예요? 초콜릿이에요?"

"초콜릿? 나도, 나도요! 할머니, 나도⋯⋯."

"애들아, 천천히. 집에 가면 알게 될 거란다."

나 따위에게 과분해 마지않는 가족을 뒀다는 점에서 말이야. 그리고 그건 결코 포기할 수 있는 일이 아니었어. 살아 있는 한 포기해도 되는 일은 없는 법이니까.

외전 3
성탄절 대란

"거참, 목소리 한번 듣기 매애우 어려우시다? 꼴에 기사라는 놈이 언제까지 삐져 있을 거냐?"

세상 참 많이도 좋아졌다. 산 건너 바다 건너 있는 인간과도 바로 코앞에 있는 것처럼 생생하게 대화할 수 있게 되었으니까.

바야흐로 대항해시대를 맞은 현재, 누에바에서만 생산된다는 진귀한 수입품 '전령구'를 손에 쥔 엘리아스는 상대가 코앞에 있기라도 한 것처럼 의기양양하게 외쳐댔다. 물론 상대가 산이나 바다를 건너야 할 만큼 멀리 있거나 한 것은 아니다. 오히려 아주 가까운 거리, 엄연히 같은 황도 내에 거주 중이었다.

그럼에도 엘리아스가 굳이 이 꼭두새벽부터 전령구를 사용하는 이유는 바로 얼마 전 상대로부터 친히 접근 금지령을 먹었기 때문이다. 이번 겨울만 한 다섯 번째일 것이다. 늑대 굴 근처에 얼씬도 말라는 엄포를 받은 것이.

"조만간 그쪽 낯짝 좀 봐야겠는데 시간 언제 되냐? 가능한……."

─……지금 장난하냐?

호기롭기 짝이 없는 엘리아스의 목청과는 다르게 건너편에서 흘러나오는 목소리는 졸음기와 짜증이 가득 배어 있었다. 따라서 엘리아스는 더더욱 의기양양해졌다.

"오호라, 명색이 늑대 공작 주제에 이 시간까지 편하게 늘어져 자빠져 잤나 보네? 아무튼 정신 차리고 들어봐, 이 몸께서 네놈한테 진지하게 하고 싶은 말이 있단 말이지? 뭐 나도 굳이 네놈이랑 말 섞고 싶지도 않고 낯짝 보고 싶지도 않다만, 원래 인생이란 게 살다 보면 피해 갈 수 없는 고난도 겪게 마련이니 어쩔 수 없이……."

─……너 또 뭔 사고 쳤냐?

"누, 누굴 애새끼 취급이야, 이 늑대 자식아! 그런 거 아니거든?!"

─그럼 왜 이 꼭두새벽부터 지랄이신데.

"누가 네놈 가증스러운 목소리 듣고 싶어서 연락한 줄 아냐?! 난 그저, 큼, 아무튼 나 오늘 네놈하고 볼일 있으니까 우리 집 꼭 들러라?! 엉?! 안 그러면 내 이번에야말로 너희 멍텅구리 기사들 깡그리 고슴도치로 만드는 한이 있더라도 쳐들어간다! 제기랄, 접근 금지는 개뿔이, 하여간 남의 모친 강탈해 간 주제에 뻔뻔하기가 아주 그냥……."

─야.

뜬금없이 낮고도 스산하게 변한 상대의 음성에 득의양양 만면히 이어지던 엘리아스의 목소리가 일순 멈칫했다.

"왜, 왜? 불만 있냐?"

전령구에서는 잠시 아무 소리도 흘러나오지 않았다.

엘리아스가 입을 삐죽거리며 초조히 기다리는 가운데, 잠깐의 정적 끝에 마침내 느긋하기 짝이 없는 얄미운 음성이 유유히 울려 퍼졌다.

-네 엄마 지금 내 옆에 누워 계신다.

그것을 끝으로 전령구는 빛이 사그라든 채 어둑한 회색으로 변했다. 노이반슈타인 후작저의 1층 홀, 화려하고 고풍스러운 멋이 녹아든 장소는 그렇게 잠시 정적의 영토가 되었다.

그리고.

"이, 이 개자식이! 으아아아!"

꼭두새벽부터 울분에 찬 포효를 쩌렁쩌렁 뽑아대는 엘리아스의 만행에 막 졸린 눈을 부비며 힘차게 하루를 준비하려던 사용인들은 물론이요, 기사들까지 기겁하게 되었음은 당연한 일이었다.

그러거나 말거나 자타공인 노이반슈타인의 핏빛 사자는 스스로 불러온 분노와 비통을 주체하지 못하고 계속해서 울부짖다가, 결국 소리를 듣고 나온 자신의 형에게 한 대 맞고서야 조용해졌다.

요즘 정말로 이상하다. 자타공인 노이반슈타인 가문의 유일한 두뇌파이자 지식인, 나아가 추리사라는 정체성까지 확립 중인 청년 레온 폰 노이반슈타인은, 요즘 들어 점점 이상하다는 것을 느끼기 시작했다. 바로 그의 작은형 엘리아스가 말이다.

물론 엘리아스가 세간의 상식과는 거리가 먼 기행을 펼쳐대는 건 그들 남매가 어렸을 때부터 심히 잦은 일이었기에 이제 와 새삼 놀라워할 것도 없었지만, 그런 점을 감안하더라도 근래의 엘리아스는 확실히 어던가 좀 이상했다.

어울리지도 않게 시도 때도 없이 혼자 조용히 앉아서 멍하니 있지를 않나, 혼자 무슨 망상을 펼쳐대고 있는 건지 갑자기 머리를 싸쥐면서 '아니야, 이건 아니야!' 하고 지껄여 대지를 않나, 설상가상으로 그 좋아하는 무도회와 연회 등의 모든 사교 활동조차 마다한 채 집에만 틀어박혀 있는 시간이 늘었다.

그러한 엘리아스의 상태에 레온은 깊은 우려를 표했으나 제레미는 제발 이 상태로 쭉 가라며 기꺼워할 따름이었다.

그래주길 바라는 건 레온도 내심 마찬가지였으나 천재 추리사로서 이대로 넘어가기는 영 찜찜했다.

하여 레온은 그답지 않게 조용한 일상을 보내는 중인 작은형에게 다가가 상담사 역을 자처해 주려고 했다. 마음만 그렇게 먹었다 이 얘기다.

"형, 약 처먹었어? 요즘 왜 이렇게 얌전해?"

"저리 꺼져, 이 숯다리 새끼야!"

"공작님한테 접근 금지령 먹은 것 때문에 그래? 그러게 왜 아직 태어나지도 않은 동생 두고 질투로 펄펄 뛰어대? 하여간 우리 중에 형이 제일 유치한 건 알고 있었지만……."

따악! 딱!

그리고 레온은 쏟아지는 딱밤 세례를 피해 잽싸게 도망쳤다.

무슨 일이냐고 물어봐도 대답도 안 해, 고민 들어주겠다고 해도 짜증 내면서 폭력이나 휘둘러, 결국 레온이 이쯤에서 슬슬 그들의 자애로운 어머니를 찾아가 봐야 하나 고민하기 시작할 때쯤 사파비에서 반가운 소식이 날아왔다.

그의 쌍둥이 누이이자 사파비국의 왕비 되시는 여인, 나아가 그들 남매 중 유일하게 그와 엇비슷한 두뇌파 레이첼이 성탄절도 같이 보낼 겸 출산이 임박한 엄마 옆에 있을 겸, 방문하겠다는 소식이었다.

❄

"레온! 내 쌍둥이! 넌 어떻게 변한 게 하나도 없니?"

"그러는 너는 어떻게 그렇게 싹 변해 버렸냐? 아니, 이젠 비전하라고 불러 드려야 하나?"

"괜히 안 어울리는 짓 하지 말고. 휴우, 오랜만에 왔는데 진짜 달라진 게 하나도 없는 거 같아. 이래서 다들 친정 친정 하는 건가? 아우, 춥다. 이렇게 추워본 적이 얼마 만인지 모르겠네."

그렇게 소감을 표하는 레이첼 역시 레온이 기억하는 마지막 모습과 크게 달라진 건 없었다. 그나마 다른 점을 꼽자면 키가 약간 더 큰 것 같다는 것, 그리고 사파비식 복식과 장신구를 하고 있다는 것 정도랄까. 그와 꼭 같은 곱슬거리는 금빛 머리카락은 여전했다. 날카롭게 반짝거리는 에메랄드빛 눈동자도.

"근데 조용히 온다면서 저…… 무희분들은 뭐야?"

"무희 아니거든? 내 경호원들이야. 사파비에선 왕비의 호위 기사가 모두 여자지롱."

그렇단 말인가? 여전사라는 존재를 처음 접하는 기사들을 비롯해 레온마저 이국적인 사파비의 여성 경호원들에게 얼빠진 시선을 고정시킨 채 잠시 침묵했다.

레온의 레이첼의 손바닥이 뒤통수를 가차 없이 내리쳤다.

"너도 작은오빠 닮아가니?"

"아악! 그런 거 아니거든?! 그냥 신기해서······."

"오랜만입니다, 레이첼 아가씨. 아니, 비전하. 몰라보게 아름다워지셨군요."

"어어, 로베르트 아저씨 아직도 계셨네요?! 내가 안 그래도 혹시나 싶어 따로 선물을······."

그런 식으로 여차여차 레이첼을 꼬꼬마 시절부터 보아온 사용인들과의 훈훈한 인사 절차까지 끝마친 뒤에야 레온은 오랜만에 만난 쌍둥이를 붙들고 그간의 고충을 토로할 기회를 찾았다. 정확히는 추리사의 의혹을 피력할 기회를.

"그나저나 오빠들은 다 나갔나 봐? 일단 엄마부터 보러 가야겠다. 너도 같이 갈 거지?"

"당연히 그래야지, 아니, 근데 그것보다 너 내가 보낸 답장 받았어?"

"답장? 아아, 맞다. 그거. 그래, 도대체 무슨 일인데? 작은오빠가 또 무슨 사고라도 친 거야?"

"······아무래도 그런 거 같아. 영 심상치가 않다고."

다행히 때마침 제레미도 엘리아스도 외출한 상태였다. 두 쌍둥이 남매는 사이좋게 손을 잡고서 후원이 내다보이는 뒤뜰의 계단에 나란히 앉았다. 둘의 크기만 제외하면 어렸을 때나 지금이나 별반 다를 거 없는 모습이었다.

먼저 입을 연 쪽은 레이첼이었다. 레이첼은 어쩐지 향수가 어린 듯한 애잔한 눈길로 꽃들이 만개한 유리온실을 바라보며 나긋해진 어조로 말문을 열었다.

"오랜만에 왔는데 기분이 참 이상하네. 꼭 한 번도 떠나본 적 없는 것 같은 기분이야."

"나도 아직까지도 네가 떠났다는 사실이 영 믿기지가 않아. 너랑 엄마가 더는 이 집에 없다는 사실이 말이지."

"넌 요즘 만나는 사람 없어? 큰오빠는?"

"나야 뭐…… 아직까진 잘 모르겠고, 큰형은 누구 생긴 것 같긴 한데 자세히 말 안 해줘서 모르겠어."

"오오, 그러니까 그 둔탱이가 드디어 연애를 시작하긴 한 것 같단 말이지? 어떤 여자인지 궁금한데."

레온은 아무 대꾸도 하지 않았다. 다음으로 무슨 질문이 들려올지 이미 짐작하고 있었기 때문이다.

"작은오빠는 아직도 그 여자 만나?"

"그런 것 같긴 한데, 지금 그게 문제가 아니야."

"그럼 뭐가 문젠데?"

뭐가 문제냐는 질문에는 레온 자신조차 명확하게 대답할 수가 없었다. 어쨌든 레온은 팔짱을 끼고서 꽤 심각하다고 주장하는 표정을 지어 보였고, 따라서 레이첼의 표정 역시 퍽 심각하게 가라앉았다.

"뭔데? 그 멍청이가 또 무슨 사고 친 건데?"

"……나도 잘 모르겠는데 하는 짓 보면 뭔가 크게 사고를 친 게 분명해. 들키면 사달 날 거 뻔하니까 혼자 끙끙대는 거 눈에 훤히 보인다니까? 안 그래도 지금 엄마 상태가 상태인지라 더더욱 걱정스럽기 짝이 없다고."

"큰오빠는 뭐래?"

"딱히 신경 쓰는 거 같지 않던데. 큰형이 워낙 단순하잖아. 너도 알다시피 머리는 우리 둘이 전부 가져갔으니……."

"하긴 그건 그렇구나."

그렇게 잠시 나란히 머리를 주억거리던 쌍둥이는 이윽고 재차 심각하게 눈을 빛내며 두뇌파로서의 본분에 집중하기 시작했다.

"이런 문제는 한시라도 빨리 해결해야 돼. 나중에 어떤 식으로 엄마 귀에 흘러 들어갈지 모르잖아?"

"음, 맞는 말이야. 그런데…… 어떻게 해결하지?"

"일단 그 멍청이를 붙들고 족쳐봐야지! 작은오빠 지금 어디 있는지 알아?"

하기야 레이첼이 친히 나서서 족치기 시작하면 그 시뻘건 고집쟁이도 순순히 불지 않고는 못 배길 것이다. 레온은 피어오르는 조소를 삼키며 머리를 힘껏 끄덕이는 동시에 가로저었다.

"아마 그 여자 만나러 갔을걸?"

⁕

레온의 추리(?)와는 달리 엘리아스는 오하라를 만나고 있지 않았다. 그렇다고 해서 다른 누군가를 만나고 있던 것도 아니었다.

성탄절이 다가오는 시기를 맞아 유독 화려하게 치장한 귀족 전유 거리에 자리한 술집 '도르네의 펍'.

노이반슈타인의 차남께서는 그곳의 볕 가장 잘 드는 창가 자리에 앉아 초저녁부터 술을 퍼마시는 악취미를 이행 중이었다. 의외로 술이 약한 만큼 진짜 마구잡이로 퍼마시는 건 아니었지만.

어쨌든 셔츠 소매를 팔꿈치까지 걸어붙인 채 한 손에 턱을 괴고 앉아 저물어가는 창밖을 하염없이 바라보는 엘리아스의 모습은, 종잡을 수 없는 번민으로 들끓는 눈빛과 묘한 애수가 어린 처연한 분위기까지 더해져 퍽 그럴싸한 그림을 그려냈다.

마치 격렬한 첫사랑의 고통을 겪고 있는 듯한 안쓰럽고도 낭만적인 귀공자가 따로 없었다. 이대로 입만 계속 다물고 있는다면 말이다.

제발 저대로만 있어줬으면 하고 기도하는 도르네 씨, 이 펍의 주인이자 귀족 도련님들을 상대하는 데 이골이 난 주인장의 간절한 염원이 와장창 깨부숴지기까지는 그다지 오래 걸리지 않았다.

"뭐야, 형. 왜 그렇게 똥폼 잡고 있어?"

"오랜만이야, 오빠. 못생긴 건 여전하구나?"

우당탕!

누가 봐도 남매인 것이 분명한 아름다운 금발의 남녀 한 쌍이 펍의 문을 열고 들어섬과 동시에, 멍하다 못해 처연한 눈빛으로 하염없이 넋을 놓고 있던 엘리아스가 그대로 뒤로 넘어갔다. 그 모양새가 꽤 장엄하여 도르네 씨는 의자의 안녕을 우려하는 표정이 되었다.

"뭐, 뭐야, 레이첼. 너, 언제 오……."

"내가 온다고 연락한 지가 언젠데 새삼 반가운 척이야? 뭐 죄지었어?"

"누가 그걸 모르냐! 내 말은 네가 왜 여기까지……."

진짜 죄라도 지은 것처럼 횡설수설하며 씩씩하게 벌떡 일어선 엘리아스가 다음으로 취해 보인 행동은 바로 도망이었다. 정확히는 동생들이 가로막고 선 통로를 통해 지나가는 것이 아니라, 바로 곁에 있는 창문을 열고서 귀족다운 기품이라곤 개나 준 자태로 뛰쳐나갔다! 이에 쌍둥이는 당연히 곧장 밖으로 달려 나갔다.

"아, 어딜 도망가?! 하나뿐인 누이동생 오랜만에 만나서 한다는 짓이 기껏 도망치기야?!"

"오랜만에 보든 맨날 보든 네 면상 볼 때마다 경이로워서 그런다!"

"뭐야?! 그러는 오빠는 아직까지도 찌질하고 냄새나잖아!"

"하! 그러고 보니까 살도 좀 찐 거 같다 너?!"

"뭐가 어쩌고 어째?!"

"사파비도 이제 보니까 영 물이 안 좋은 모양이다아?! 너 망가진 꼴 보니…… 어억!"

다짜고짜 도주를 감행하는 주제에 잘도 혀를 나불거리던 엘리아스가 그에 상응하는 처참한 응징을 맞게 된 건 그야말로 순식간이었다. 문자 그대로 불쑥 튀어나온 사파비의 여전사, 왕비의 호위 기사께서 지극히 거리낌 없는 태도로 엘리아스의 발을 건 것이다.

이 거침없는 행위에 엘리아스는 당연히 그대로 볼품없이 바닥에 고꾸라졌으며 레온은 벅차오르는 경외심을 주체 못 하겠다고 주장하는 낯빛이 된 채 엄지를 치켜세웠다.

"최, 최고!"

"아우씨, 뭐야 이건 또?! 아오, 아파라. 이러다 어디 하나 부러졌으면 어쩌려고……."

"그러게 누가 도망가래? 진짜 죄라도 지은 모양이야?"

우아하게 팔짱을 끼고 선 왕비께서 어련하다는 듯 혀를 끌끌 차 보이는 가운데, 엘리아스가 낑낑대며 몸을 일으키고서 다시 도망가려고 했다. 하려고만 했다는 이 얘기다.

"어딜 도망치시게? 또 무슨 사고를 쳤길래 이 난리인 거야? 어? 대체 또 무슨 짓을 한 건데? 하루라도 엄마 속 안 썩이면 엉덩이에 가시라도 돋는 거야? 그런 거야?"

그야말로 복수의 여신처럼 불쑥 다가와 목덜미를 틀어쥐며 으르렁대는 누이동생의 행각에 엘리아스는 절로 마른침을 꿀꺽 삼켰다. 속절없이 지진을 일으키는 그의 암녹색 눈동자가 데굴데굴 굴러가다 말고 뒤쪽에 선 남동생에게 가 꽂혔다. 그와 눈이 마주친 레온이 어깨를 으쓱해 보였다.

"형 요즘 하는 짓이 영 이상해서 말이야. 아무래도 또 뭔가 대형 사고를 친 게 분명하다는 결론을 내렸지, 우리 둘이. 자, 말해봐. 또 무슨 짓을 한 거야?"

"……너흰 내가 무슨 사고뭉치 애새끼인 줄 아냐!"

"어."

"정확히 그래."

1초의 망설임도 없이 힘차게 긍정하는 동생들의 모습에 엘리아스의 턱이 힘없이 아래로 떨어졌다.

길거리 한복판에서 볼썽사납게 고꾸라지다 못해 누이동생에게 멱살까지 잡힌 채로 입을 헤벌리고 있는 그의 모습은, 행인들에게 퍽 좋은 구경거리를 제공했다.

"내, 내가 뭐가 이상하다고……."

"이상하잖아? 꼴에 어울리지도 않게 얌전히 굴질 않나, 그 좋아하는 파티들도 참석 안 하질 않나."

"처, 철든 것뿐이거든?!"

"……"

일단 보는 눈이 너무 많다는 판단에는 아무도 이견이 없었기에 세 남매는 자리를 옮겼다. 그래봤자 다시 펍 안으로 들어간 것뿐이었지만.

"확실히 맥주는 우리나라가 제일인 것 같네. 사파비의 코코넛주만큼은 못하지만."

"그렇게 말하니까 너 벌써 사파비 사람 다 된 것 같다. 저기, 여기 따뜻한 안주 좀 더 줘."

쌍둥이가 도란도란 떠들며 맥주와 안주를 깨작이는 동안 엘리아스는 평소의 당당한 태도는 어디로 갔는지 어깨를 푹 수그린 채 양손에 얼굴을 묻고 있었다.

남들이 보기엔 실연당한 오래비를 앞에 두고 놀려먹지 못해 안달 난 동생들 그 자체였다. 그러한 사람들의 왜곡된 시선을 느꼈는지 레이첼이 과일 꼬치 끝으로 엘리아스의 어깨를 쿡쿡 찔렀다.

"자, 이제 말해봐. 정말 무슨 일이야?"

"……일은 무슨 일."

"자꾸 내빼지 말고. 그러고 보니까 그 여자랑 계속 만난다며? 그 여자랑 관련된 일이야?"

정곡을 제대로 찌른 모양이다. 힘없이 수그러든 엘리아스의 어깨가 그대로 움찔했으니까. 그 찰나의 순간을 놓치지 않은 쌍둥이의 눈동자가 일제히 번득였다.

"역시 그런 거구나!"

"뭐야 형, 대체 그분이랑 무슨 일이 생긴 거야?! 혹시 헤어지자고 그래? 그런 거라면 기꺼이 축하해 줄게."

"나도."

"……야, 너희 말이 너무 심한 거 아니냐?"

"우리가 뭘 어쨌는데? 그냥 헤어지면 축하해 준다는 것뿐인데."

"아오, 이것들이 진짜…… 그리고 헤어지자고 한 거 아니거든요?!"

"그럼 뭔데? 뭐 때문에 어울리지 않게 부루퉁해 있는 건데? 뭐 형이 계속 이대로만 간다면 나야 좋기야 하다만……."

따악!

결국 레온은 약이 오를 대로 오른 엘리아스의 강맹한 주먹에 딱밤을 정통으로 얻어맞고 말았다. 레온이 머리통을 부여잡고 낑낑대는 사이 레이첼이 한결 침착해진 어조로 물었다.

"그럼 대체 무슨 일인 건데? 하긴 그 여자가 오빠한테 헤어지자고 할 리가 없지, 자기 분수를 안다면……."

"너 말이 좀 심하다? 걔 아니었음 너도 슈리도 그때 어떻게 됐을지 모른다는 거 까먹었냐?"

"그래도 마음에 안 드는 건 안 드는 거라고. 그 여자가 예전에 엄마한테 얼마나 싸가지 없게 굴었는데."

"아, 제기랄. 그건 옛날 일이고……. 막말로 걘 우리 도와준 것 때문에 가족도 전부 죽었는데, 이제 와서 너희가 찡찡거린다 해도 헤어지진 않을 거거든?"

"누가 헤어지래? 그냥 그렇다는 거지. 아무튼 답답해 죽겠으니까 정말 무슨 일인지 말이나 해봐. 서얼마 그 여자랑 그렇고 그런 사고라도 쳤다던가 하는 건 아니지?"

잠시 정적이 있었다. 쌍둥이가 머리를 갸웃대며 지그시 응시하는 가운데 엘리아스는 아무 말도 하지 않았다. 그저 손바닥으로 입가를 거칠게 문지르며 눈을 빠르게 깜박거릴 뿐이었다. 그리고.

"지인짜야?!"

"미쳤어어?!"

"아, 좀! 온 사방에 광고할 일 있냐?!"

"이번 성탄절 선물은 새 동생 하나뿐일 줄 알았는데."

충격과 경악의 시간이 지나가고, 아까에 비해 한결 침착한 낯빛이 된 레온이 나직하게 중얼거린 소리였다.

레이첼은 동의한다는 표시로 한숨을 내쉬며 엘리아스를 돌아보았다.

"어쩔 거야?"

"……."

"일단 오빠 나름대로 생각이 있을 거 아니야. 어쩌고 싶은 건데?"

레이첼의 목소리에는 사태를 한결 안정적으로 보게 만들어주는 묘한 힘이 실려 있었다. 따라서 두 형제 모두 퍽 안심스러운 기분에 젖어 버렸다.

"그야 당연히 결혼해야지. 애까지 생겼는데……."

"와, 형 입에서 그런 정상적인 소리가 나올 줄은…… 아악!"

"아무튼 난 결혼해야겠다고 이미 마음을 먹었는데, 문제는……."

붉은 속눈썹이 차양처럼 드리운 암녹색 눈동자에 우울한 번민의 빛이 깜박거렸다.

레이첼이 곧장 그의 말을 받았다.

"다들 어떻게 반응할까 걱정인 거야?"

"……그래."

"오빠가 웬일로 그런 걱정을 다 해?"

레이첼의 이죽거림에 엘리아스는 웬일로 욱하지 않았다. 대신에 마른 세수를 해대며 어울리지 않는 심각한 어조로 횡설수설하기 시작했다.

"솔직히 말해서 형이 허락해 준다고 해도 슈리 쪽이 어떨지 모르겠어. 물론 슈리야, 내가 원한다고 하면 기꺼이 그러라고 해주겠지. 어쩌면 형보다 더 쉬울 거야. 근데 난 걔가 마지못해 허락해 주는 거 바라지 않아. 그리고 형도 문제지만 노라 그놈이 제일 큰 문제야. 그놈 붙들고 얘기해 봐야겠다고 생각해 보기도 했는데 솔직히 뭐라고 해야 할지도 잘 모르겠어. 만약 그놈이 나더러 어떻게 슈리를 죽이려고 작당한 인간의 딸과 결혼하려 드냐고 한다면 할 말이 없거든. 그리고 그놈이 그렇게 반대한다면 형도 아마 반대할 거야. 일이 그렇게 꼬이면 슈리는 또 나 때문에 속 끓을 텐데, 지금 홑몸도 아닌 데다 그런 문제로 신경 쓰게 만들고 싶지도 않고⋯⋯ 거기다 우리 때문에 행여나 부부 싸움이라도 한다면⋯⋯."

"⋯⋯."

"후우, 젠장, 누구부터 설득해야 할지 감도 안 잡힌다 진짜⋯⋯."

짧은 침묵이 흘렀다. 레온과 레이첼은 잠시 멍한 시선을 교환했다가, 동시에 다시 엘리아스의 진지한 옆태를 쳐다보았다.

"형이⋯⋯."

"오빠가⋯⋯."

"언제부터 그렇게⋯⋯."

"공작님을 신경 썼어?"

저 여상한 질문에 아니나 다를까 엘리아스는 언제 그랬냐는 듯 버럭 했다.

"신경 쓰는 거 아니거든?! 막말로 그놈이 이 문제에 무슨 권한이 있다고!"

"권한이야 있지. 새아빠의 권한. 그러니까 형도 지금 그렇게 신경 쓰고 있는 거 아냐? 공작님이 어떻게 나올지는 솔직히 나도 잘 모르겠어. 일단 하인리히 가문 개박살 낸 장본인이 그쪽이잖아? 거기다 형이 그간 뭐 예쁘게 굴었다면 모를까⋯⋯."

"아, 아빠는 누가 아빠냐고?! 그리고 내가 미쳤다고 그놈한테 예쁘게 구냐?! 내 눈에 흙이 들어가더라도……."

"일단 큰오빠한테 먼저 알려야겠네. 그런 다음 공작님 붙들고 통보를 하든 설득을 하든 해야지."

레이첼이 손가락으로 금빛 고수머리를 배배 꼬며 내뱉은 말에 다시 한번 정적이 찾아왔다.

동의한다는 뜻으로 손을 들어 보이는 레온과 달리 엘리아스는 어째 좀 겁먹은 듯한 표정이 되었다.

"형이 순순히 받아들일까?"

"뭐 속도위반까지 해버렸는데 어쩌겠어. 큰오빠 성격상 그냥 버리라고 할 인간도 아니고…… 그냥 적당히 처맞으면 괜찮지 않을까?"

"네 일 아니라고 참 태연하게도 말한다, 너."

"그러게 누가 그딴 사고 치래? 어차피 언젠간 그 여자랑 결혼한다고 난리 칠 줄 알고 있었어. 이런 식으로 될 거라곤 예상 못 했지만."

할 말을 잃은 모양인지 엘리아스는 아무 대꾸도 하지 않았다. 대신에 거품이 인 맥주를 벌컥벌컥 들이켰다.

"오호라, 우리 왕비마마 오셨는가?"

그럭저럭 작당 모의를 끝낸 뒤 사이좋게 귀가한 세 남매는 곧장 첫 번째 난관과 마주하게 되었다. 오늘따라 유독 기분 좋아 보이시는 노이반슈타인의 사자와.

"큰오빠! 세상에, 무슨 키가 아직도 자라? 저번보다 더 커진 거 같은데?"

"칭찬으로 들으마. 그러는 너는 저번보다 더 작아진 거 같다? 거기 음식이 입에 안 맞냐?"

"아 맞다, 나 오빠 선물 가져왔어! 왕실 전속 장인이 만든 검인데……."

장남과 막내가 제법 훈훈한 재회의 현장을 펼쳐 보이는 동안 엘리아스는 슬금슬금 제 처소 쪽으로 내빼려는 모양새를 취했다. 하지만 레온이 둘째 형의 팔을 붙들고 늘어졌다.

"쇠뿔도 단김에 빼라잖아. 그냥 큰형 기분 좋을 때 질러."

"아 씨, 이거 안 놔? 지 일 아니라고 아주……."

"저기압일 때 지르는 것보단 낫잖아? 차라리 그냥 지금 확……."

"그런데 너희끼리 어디 다녀왔냐? 식사하고 온 건 아니지? 레이첼 온 김에 슈리네에서 다 같이 식사하기로 했는데 말이야."

제레미가 막 생각났다는 투로 던진 말에 엘리아스는 하마터면 제 혀를 깨물 뻔했다. 왜 그 생각을 미처 못 했담.

"나, 난 빠질게. 그러니까 접근 금지령 먹었잖아?"

한 번도 제대로 지켜본 적 없는 접근 금지령을 들먹이며 어색하게 웃어젖히는 엘리아스의 행각이 실로 어설프기 짝이 없었음은 당연지사였다.

레온과 레이첼은 한심해하는 시선을 교환했고 제레미는 왈칵 짜증을 냈다.

"뭔 개소리야? 네가 언제부터 그걸 순순히 지켰다고?"

"아, 아무튼 난 오늘은 그냥 빠지는 게 나을 거 같……."

"너 빠지면 슈리가 서운해할 텐데? 우리의 왕비님께서도 모처럼 오셨는데 이럴 때만 빠지려 드냐? 혼자서 뭐 하려고?"

"……아 씨, 내가 뭐 하든 말든 형이 뭔 상관이야!"

"뭐야? 아니, 이 새끼가 근데 갑자기 악을 쓰고 지랄이야? 너 이리 좀 와봐."

좀 전까지의 훈훈한 분위기는 깡그리 사라진 채 순식간에 살벌하게 변모한 현장의 한복판에서 레이첼이 빠르게 제레미의 팔을 붙들었다. 그러고는 다급하게 외쳤다.

"화내지 마, 큰오빠! 작은오빠도 지금 나름 속 시끄러워서 저러는 거야!"

"뭐? 아니, 이거 놔봐. 지 속이 시끄러우면 시끄러운 거지 왜 툭하면 사방에다 대고……."

"여자 친구가 임신했대! 그래서 오빠한테 어떻게 말할까 고민 중이라 저러는 거라고!"

"히익!"

"헤엑!"

레이첼의 목소리는, 그녀가 의도했던 것보다 더 크게 나와 버렸다. 따라서 레온과 엘리아스는 물론이요, 평소처럼 문밖을 지키고 있던 기사들과 근처의 사용인들까지 일제히 약속이라도 한 것처럼 똑같은 표정이 되어버렸다. 즉, 자신들의 입 크기를 자랑하기 시작했다.

충격과 공포로 얼어붙은 위기일발의 정적이 흐르는 가운데, 제레미는 순간적으로 자신이 들은 말을 제대로 인지하지 못하고 있는 것처럼 보였다. 동생들과 꼭 같은 에메랄드빛 눈동자가 어리둥절한 빛을 머금고 깜박거렸다.

"뭐라고?"

"……오하라 말이야. 임신했대. 그래서 작은오빠가 오빠랑 엄마한테 어떻게 말해야 할지 몰라서 끙끙대고 있던 거…… 꺄아악!"

와장창!

탁자 위에 놓여 있던 찻잔이 쏜살같이 날아가 벽에 부딪쳤다. 간발의 차이로 충돌을 피한 엘리아스가 곧장 후다닥 도주를 감행하기 시작한 것은 당연한 결과였다. 그다지 현명한 선택이라고 할 순 없었지만.

"엘리아스으으!"

"아아악! 진정해! 진정하라고, 이 미친 인간아! 나도 이렇게 될 줄은 몰랐단 말이……."

"그걸 지금 변명이라고 지껄이냐?! 내 이 새끼 너 언젠가 사고 칠 줄 알았어!"

"알고 있었으면 미리 좀 말리지 그랬…… 아아악! 아니, 그게 그니까 일부러 그런 게 아니라고!"

"지금 그 개소리를 믿으라고?! 내가 널 아는데 저질러 놓고 허락받는 척하려는 꼼수 모를 것 같냐?! 이 정신 나간 새끼야! 가문의 수치 같은 새끼!"

"아니, 그니까 이번엔 진짜 일부러 그런 거 아니라니까! 나도 미치겠단 말이…… 아아아아악! 아악!"

제레미는 아랑곳하지 않고 망설임 없는 기세로 엘리아스를 박살 내려 들었고, 엘리아스는 이리저리 도망치려 애를 쓰며 억울함을 강하게 피력했다.

노이반슈타인 후작가의 상징과 같은 두 형제의 이러한 추태는 약 30분이나 더 이어졌다. 만약 이 집안에서 지능적인 면모를 전부 가져간 쌍둥이가 강력하게 현실을 일깨워 주지 않았더라면 날이 다 저물도록 그러고 있었을 것이다.

"그쯤들 해, 오빠들 모두! 지금 그런다고 해결되는 게 아니잖아! 우리 엄마랑 식사하러 가야지!"

"그래, 엄마라면 틀림없이 형들 기색이 이상하다는 거 눈치챌 거라고. 어떻게 밝힐지 논의해 봐야 할 거 아니야."

그제야 정신을 차린 듯, 엘리아스를 붙든 채 그대로 다리를 찢어 죽일 기세던 제레미가 동작을 멈추고 번득거리는 안광을 쌍둥이에게로 돌렸다.

이어 으르렁, 하는 무시무시한 울림이 그의 목울대를 타고 올라왔다.

"……너희끼리 그 모의 하고 돌아온 거냐?"

"뭐 요약하자면 대충 그래."

"제기랄, 너희가 웬일로 사이좋게 외출했나 싶었다."

그리 말하면서도 제레미는 의외로 순순히 엘리아스를 놓아주었다. 그러고는 소파로 다가가 털썩 주저앉곤 양손으로 머리를 싸쥐었다.

잠시 침묵이 흘렀다.

엘리아스가 얻어맞은 머리통을 문지르며 슬금슬금 형의 곁으로 다가섰다. 그가 미처 뭐라 입을 열기도 전에 제레미가 먼저 말했다.

"어쩔 작정인데."

"……겨, 결혼해야지."

"그 여잔 뭐라는데."

"그야 당연히…… 나랑 결혼하고 싶다고 했지. 근데 다들 반대할 거 같아서 겁먹은 것 같……."

"그래서 너희끼리 모의한 내용이 뭐지? 슈리한텐 뭐라고 말할 작정인데?"

엘리아스는 눈을 깜박이며 화두를 던진 장본인인 레이첼을 쳐다보았다. 그리고 레이첼은 레온을 쳐다보았다.

레온은 말없이 다가가 제레미의 맞은편에 앉았다. 레이첼 역시 따라 다가가 제레미의 옆에 앉았다. 엘리아스는 조금 망설였다가 소파 가장자리에 걸터앉았다.

동생들의 동작을 한심해하는 눈빛으로 지켜보던 제레미가 떨떠름하게 으르렁거렸다.

"이제부터 모의해 보자고?"

끄덕끄덕.

통탄 어린 한숨이 제레미의 입에서 흘러나왔다. 거의 신음에 가까웠다.

"슈리는 지금 큰일을 앞두고 있는 만큼 섣부르게 알게 해선 안 돼. 특히 엘리 너, 슈리한테 가서 결혼하겠다고 찡찡거리면 진짜 죽여 버린다."

"아, 안 그럴 거거든?! 사람을 뭐로 보고! 당연히 안 그럴 작정이니까 고민하고 있던 거지······."

"고민을 했다고? 네가?"

"그, 그래! 고민하는 게 당연하잖아! 만약 그 시커면 놈이 절대 반대라고 주장해 대면 슈리만 괜히 중간에서 곤란해질 테니까······."

"그걸 아는 새끼가 이딴 사고를 치냐?"

"아아악! 그러니까 내가 일부러 그런 게 아니라고오!"

엄밀히 따졌을 때 엘리아스가 누구와 결혼하든 그건 엄연히 노이반슈타인 후작가의 일, 거기에 뉘른베르 공작가가 참견할 권한은 없었다. 하지만 두 가문이 굳건한 동맹 가문이라는 사실, 나아가 뉘른베르 공작부부와 노이반슈타인 후작 남매가 다소 복잡한 관계라는 사실이 상황을 꽤 복잡하게 만들었다.

모두의 짐작대로 슈리라면 엘리아스와 오하라의 결혼을 흔쾌히 수락해 줄 것이다. 제레미 역시 엘리아스가 오하라와 결혼하는 데 딱히 큰 이견은 없었다. 속도위반이라는 카드를 들고 나올 줄은 미처 예상치 못했었지만.

어쨌든 현 상황에 걸림돌이 있다면 단 하나뿐이었다.

"오빠, 오빠 생각엔 공작님이 뭐라고 할 거 같아?"

"……모르겠다. 의외로 예상하기 어려운 놈이라서."

"그래도 오하라 덕분에 엄마랑 내가 산 거나 마찬가지니까 의외로 순순히 수긍하지 않을까? 오하라 아버지가 죽어 싼 놈인 거지 오하라한텐 죄 없잖아."

"그렇긴 한데……. 사람들 마음이 다 우리 같진 않잖냐."

배반자의 딸이라는 낙인은, 아무리 그녀 스스로가 내부고발자를 자처했다 한들 쉬이 지워질 수 있는 것이 아니었다.

엘리아스를 위시한 노이반슈타인 가문의 보호가 아니었더라면 진작에 나락의 나락까지 추락했을지도 모를 일이었다. 어떻게 보면 일개 평민 여인과 결혼하는 것보다 더 논란의 여지가 다분했다.

거기다 그 하인리히 공작가를 그 지경까지 풍비박산 낸 장본인이 뉘른베르 공작가다. 아무리 연좌제 따위 갖다 버린다 한들 껄끄러울 수밖에 없을 터였다.

모든 사적인 감정을 배제하고 이성적으로만 따졌을 땐 동맹 가문 영식이 배반 가문의 여식과 결혼하는 셈었다.

사고는 저 새끼가 쳤는데 수습은 내가 하게 생겼군. '이러려고 장남으로 태어났나' 하는 자괴의 눈물을 삼키며 제레미는 기나긴 한숨을 토해 냈다.

"일단 너흰 티 내지 말고 가만히 있어. 똥강아진 내가 알아서 할 테니까."

"여어, 어서들 와라, 고양이들아. 우리 왕비 전하께서도 오셨네."

"따알!"

"엄마아!"

분홍빛 황혼으로 물든 뉘른베르 공작저는 모처럼 따사롭게 웃고 있는 공작과 그의 팔에 기대서서 팔을 벌리는, 막달이 가까워지고 있다는 사실이 믿기지 않을 정도로 생기발랄해 보이는 공작 부인으로 인해 훈훈하기 짝이 없는 분위기를 풍겼다.

레이첼이 곧장 달려가 슈리와 감격 어린 재회를 나누는 사이 세 노이반슈타인 사나이는 그저 흐뭇해하는 표정으로 그 풍경을 바라보고만 있었다.

……그러는 것처럼 보이려고 애를 쓰고 있었다. 심지어 노라의 고양이 운운하에도 발끈하지 않고 있었는데, 이 답지않은 잠잠한 반응에 노라는 자연스레 곧장 의아해하는 눈빛이 되었다.

"야, 느림보 살쾡이."

"……어? 왜?"

"뭐냐? 사이좋게 뭐 잘못 먹기라도 했냐?"

"내가 뭘?"

순진무구하게 눈을 깜박거리는 제레미의 낯짝을 노라의 날카로운 눈이 게슴츠레 응시했다.

엘리아스와 레온으로 말하자면 아예 노라 쪽을 외면하겠다는 기세로 등을 돌리고 서서 모친과 누이만을 눈알이 빠져라 응시하고 있었다. 따라서 노라는 더더욱 수상쩍어하는 표정이 되었다.

"너…… 혹시 데이트 망쳤냐? 쯧쯧, 하여간 못난 놈……."

"그런 거 아니거든 이 똥강아지야?!"

"아, 깜짝아. 왜 갑자기 악을 쓰고 난리야?"

"내가 언제……. 큼, 아무튼 지금 그게 문제가 아니다, 전우여. 내 너 한테 진지하게 털어놓을 고민이 있단 말이다."

제레미가 언제 그랬냐는 듯 목소리를 낮게 내리깔며 심각하게 눈을 빛 내자, 노라는 실로 심드렁하다 못해 지긋지긋하다는 표정으로 변모했다.

"또 뭐가 문젠데? 역시 데이트 망한 거냐?"

"아씨, 그런 거 아니라고!"

"그럼 또 뭐? 아, 혹시 또 스토커 붙었냐?"

"아니야, 그런 게 아니라고!"

짜증스럽게 외치며 괜히 금빛 머리를 손으로 파바박 흐트러뜨리던 제 레미는, 동생들과 슈리가 사이좋게 안쪽으로 들어가는 것을 확인하자 마자 잽싸게 노라의 팔을 붙들고 정원 한쪽으로 끌고 갔다.

이 갑작스럽고도 무례한 행위에 노라는 쓰다 달다 말도 못 하고 그대 로 끌려갔다.

제레미는 가문비나무와 전나무의 청록색으로 뒤덮인 정원을 가로질 러 얼어붙은 연못 근처의 벤치에 다다른 뒤에야 마침내 걸음을 멈추고 는 벤치에 철퍼덕 주저앉아 마른세수를 시작했다. 반면에 노라는 여전 히 서 있는 채였다.

"대체 뭔데 안 어울리게 수줍음 떨고 자빠졌냐? 얼어 죽겠구면……."

"……아우씨, 너 슈리 앞에서도 그렇게 입 험하게 쓰냐?"

"지랄을 한다. 그리고 난 원래 항상 말 곱게 쓰거든? 네놈들한테만 거 친 거지."

사돈 남 말 한다는 투로 받아치는 노라의 음성에서는 이제 슬슬 의아 함을 넘어 짜증기마저 묻어 나왔다.

하여 제레미는 아까 사고뭉치 동생놈을 조금 더 때려주지 않을 것을 후회하며 느릿하게 말문을 열었다.

"아무래도 내 동생이 나보다 먼저 결혼하게 될 것 같아."

비탄마저 느껴지는 목소리였다. 이에 노라는 치미는 동정심을 금치 못하는 눈빛으로 친구를 바라봐 주었다.

"그걸 이제야 깨달았냐? 누가 봐도 네 수사자 놀이 좋아하는 동생놈이⋯⋯."

"나 지금 진지하거든?!"

"나도 진지하거든? 그리고 그딴 소리나 하려고 그렇게 폼 잡고 있었냐?"

"그딴 소리라니, 심각한 문제잖아! 엘리 그 새끼가 감히 이 하늘 같은 형님보다 먼저 장가가게 생겼는데⋯⋯."

"분하면 지금이라도 빨리 가서 청혼해. 아직 그 정도까진 아닌 건가?"

"아니, 그런 게 아니라⋯⋯ 후우, 상대가 누구인지 궁금하지 않아?"

"너희가 누구랑 연애하든 결혼하든 그게 대체 나랑 무슨 상관이라고?"

지극히 옳은 일침이었기에 제레미는 일순 할 말을 잃고서 입만 뻐끔 거리다가, 이어 어물어물 웅얼거렸다.

"뭐 그거야 그렇지만⋯⋯ 그래도 꼴에 의붓애비라면 어느 정도 상관해야 하는 거 아니냐."

이 뻔뻔하기 짝이 없는 반문에 노라의 얼굴이 지극히 형편없게 일그러졌다.

"상관하길 바라고 있었다 이거냐? 가끔은 너희가 진짜 나한테 바라는 게 뭔지 의문스럽기 짝이 없는데⋯⋯."

"아니, 누가 상관하길 바란대?! 상관 마, 이 새끼야! 내가 누구랑 만나든 말든!"

"너 지금 나랑 스무고개 하냐?"

순식간에 장난기가 싹 빠져 버린 으스스한 으르렁거림이었다. 하긴 이쯤이면 짜증이 머리 꼭대기까지 치밀 만도 하다. 푸른 눈이 서늘하게 일그러지기 시작하자 제레미는 짧게 헛기침을 하며 손을 내저었다.

"그런 건 아니고…… 그냥 뭐라고 말해야 할지 좀 어려워서……. 아 제기랄, 내가 한 것도 아닌데 왜……."

"엘리 그 새끼가 뭔 사고라도 쳤냐?"

"……어."

"뭔데? 결혼 운운하는 꼬라지도 그렇고 설마 그런 쪽 사고는 아니지?"

"아하하, 어떻게 알았냐?"

잠시 침묵이 흘렀다. 사자 후작께서 어색한 웃음을 자연스럽게 갈무리하려 무진장 애쓰는 사이 늑대 공작은 지그시 그 꼬라지를 바라보고만 있었다.

"……그, 나도 아까 알았어."

"……."

"뭐 쌍둥이도 다 아는데……. 큼, 일단 슈리한테는 아무 말 안 하고 있기로 했다고. 잘했지?"

푸른 눈동자에 경멸의 빛이 명멸하며 지나갔다. 제레미는 다시 발끈했다.

"아, 왜애?!"

"누나가 너희끼리 뭐 감추는 꼬라지 퍽이나 잘도 눈치 못 채겠다."

"아냐, 걘 의외로 둔감한 면모가 있단 말이……."

"지금 내 아내더러 둔하다고 지껄였냐?"

"아니, 그런 게 아니라……. 아악! 아무튼 다들 입단속 철저히 하기로 했으니까 그건 둘째 치고, 앞으로 어떻게……."

"어떻게 하긴 뭘 어떻게 해? 결혼하겠다고 했다며? 그걸로 된 거 아니냐? 요새 속도위반 결혼이 드문 경우도 아니고……."

"당연히 그걸로 됐지! 우리 모두는 그걸로 됐다고! 문제는 너, 바로 네 놈이란 말이다!"

"아니, 근데 이 새끼가 왜 자꾸 아까부터 빙빙 돌면서 칭얼거려? 내가 뭐? 또 뭐가 서운하냐, 이 새끼야?"

"아, 상대가 누구인지 궁금하지도 않는 거냐, 너는?!"

"아하, 그것 때문에 서운하셨던 거로구면? 그래, 미안하다. 어느 집 영애신데?"

"하인리히 영애라고!"

다시 한번 침묵이 흘렀다. 아까와는 한결 차원을 달리하는 조마조마한 침묵이었다. 서로 물끄러미 마주 보는 두 남자 사이로 휑하니 짧은 겨울바람이 스치고 지나갔다.

먼저 입을 연 쪽은 노라였다. 노라는 어깨를 들썩이며 자신의 눈을 열심히 노려보는 친구의 암녹색 눈을 잠시 빤히 응시하다가, 천천히 팔짱을 끼면서 낮은 목소리로 입을 열었다.

"결국 그렇게 되는구나."

"……."

"예상 못 했던 건 아니다만…… 근데 그럼 넌 영 안 내키는 모양이다? 뭐 기왕이면 좀 번듯한 가문에 데릴사위로 들어가는 게 최상의 경우이긴 한데, 지들끼리 좋다는 데다 그런 사고까지 쳐버렸으니 뭐 어쩌겠……."

"……아니, 야, 잠깐, 잠깐, 잠깐만!"

"또 뭐?"

제레미는 숨을 가쁘게 고르며 몸을 일으켰다. 뭔가 대단히 분한 기분이 이는데 정확히 뭣 때문인지는 잘 모르겠다. 어쨌든 확실히 해둘 필요가 있었다.

"너 그럼…… 아무렇지도 않아?"

"뭐가?"

"엘리 그놈이 오하라랑 결혼하는 거, 아무렇지도 않냐고. 하인리히 가문 개박살 낸 건 너희 가문이었잖아. 그러니까 내 말은 우린 엄연히 동맹인데, 내 동생놈이 배반자 가문 처자랑 결혼한다고 하면……. 너든 너희 집안 원로들 누구든 반대할지도 모른다고 생각……."

"그러니까, 네 정신 사나운 말들을 종합해서 결론을 내리자면, 내가 이 결혼 결사반대를 외치기라도 할까 봐 그렇게 뜸을 들이면서 안달을 해댔다 이거지?"

잠시 정적이 좀 있었다.

"……요약하자면 대충 그래."

"엘리가 어울리지도 않게 꼬랑지 내리고 있던 것도 그것 때문이고?"

끄덕끄덕.

"그래서…… 내가 반대한다고 하면 나 몰라라 하시겠다?"

"그렇다기보다는…… 이왕이면 모두한테 축복받는 편이 낫잖냐? 모름지기 결혼이란 건 말이야."

"……."

"그럼 이대로 슈리한테 어떻게 잘 말하면 될까?"

"……그걸 왜 또 나한테 처묻냐? 사고 친 놈이 알아서 보고해야지."

"어, 그렇게 되나?"

"당연하잖아. 간만에 등짝 좀 처맞으라고 해라."

두 친구는 서로를 향해 히죽 웃어주었다가, 곧 동시에 심각한 표정이 되었다. 뭔가 중요한 화제를 동시에 떠올렸다거나 한 것이 아니라, 순전히 다른 이유에서.

"젠장, 이럴 줄도 모르고 괜히 끙끙거리고 있었네……."

"너희는 도대체 나를 얼마나 이상하게 생각하고 있는 거냐……."

손으로 이마를 짚으며 답지않게 힘 빠진 목소리로 중얼대는 노라의 모습에 제레미는 그제야 정신을 차리고는 빠르게 오해를 수습하기 시작했다.

"이상하게 생각한 게 아니라 자칫 민감한 문제가 될 수도 있으니까……."

"그래서 내가 네 동생놈이 임신시킨 처자 그냥 버리자고 할 것 같았냐?"

"아니, 왜 또 그렇게 확대 해석을 해? 속도위반이든 아니든 네가 반대하면 좀 많이 곤란해지니까 그런 거 아니야!"

"그으래? 뭐가 그렇게 곤란하신데? 엄연히 네놈들 집안일인데?"

완전히 빈정거리는 투였다. 제레미는 할 말에 쫓기기 시작해 되는대로 더듬거렸다.

"그, 그야…… 당연히 네가 반대하면…… 슈리도 중간에서 난처해질 거고…… 우리도 마음 안 편할 거고……. 솔직히 엘리 그놈도 네가 강경하게 나오면 어떻게 해야 할지 몰라 하는 것 같았고……. 그러니까 내 말은……."

다른 사람들이 상상도 못 할 애처로운 모양새로 어물쩍거리는 노이반슈타인의 사자를 넌지시 지켜보던 노라의 입꼬리가 삐뚜름하게 위로 올라간 것은 그때였다.

어째 심상치 않은 미소였기에 제레미는 저도 모르게 마른침을 꿀꺽 삼켰다.

"뭐, 뭐야. 왜 웃⋯⋯."

"⋯⋯어째서 네놈이 여기 있을까 하는 본질적인 의문에 봉착해서 말이지."

"뭐?"

"어째서 네놈이 다 붙들고 찡찡대고 있냐는 거다. 사고 친 건 네 동생 놈인데. 형한테 떠넘길 나이는 지나지 않았나?"

맞는 말이다! 암녹색 눈이 휘둥그레 벌어졌다가, 서서히 사악한 빛으로 물들어가기 시작했다.

그 눈을 바라보는 푸른 눈 역시 마찬가지로 사악하게 번쩍였다. 둘 다 쌓인 것이 워낙 많은 탓이리라.

"그놈 발 동동 구르는 꼴 재미있겠는데."

"저기⋯⋯."

"나한테 할 말씀이라도 있으신가, 망나니 도련님?"

"아 씨, 진짜⋯⋯ 커흠, 그게 아니라 내가 네놈한테 조용하게 따로 할 말이⋯⋯."

"넌 언제까지 나한테 놈놈거릴 작정이냐 근데? 익숙해질 때도 됐다만 그러긴커녕 슬슬 거슬리는 기분인데."

'난 더 안 될 거 같다. 네가 알아서 해라' 하고 평생 처음으로 동생의 책임을 동생에게 미룬 제레미의 만행 덕분에, 엘리아스는 가족 중 누구도 실제로 일어나게 될 것이라고는 상상도 못 해 본 상황을 연출하게 되었다. 즉, 노라의 뒤를 졸졸 따라다니며 은밀한 대화라는 것을 시도하려 애쓰기 시작했다.

"아, 그니까 잠깐 나랑 얘기 좀 하자고!"

"싫은데."

"뭐, 뭐?"

"싫다고 했다. 또 무슨 쓸데없는 소리를 해서 내 성질을 긁으려고."

……그다지 잘 되진 않았다, 당연히.

"엘리가 웬일로 노라 옆에 바짝 붙어 있는다니?"

"용돈 달라고 조르나 보지. 아, 엄마, 이건 파인애플 섬유로 만든 잠옷인데, 여름밤에 입고 자기 딱 좋아. 그리고 이건……."

제법 화기애애한 겨울 저녁이었다. 벽난로가 탁탁 타오르는 넓은 응접실 안에서 슈리는 사파비의 왕비 되시는 따님이 가져온 특산품 선물들을 갖다 놓고 앉아 수다를 떠느라 정신이 없었다.

큰형과 새아빠 사이에 오간 모종의 음모를 전해 들은 레온은 제레미와 유유자적 앉아 코코넛 과자를 깨작대는 동시에 엘리아스의 가련한 꼬라지를 지켜보며 배를 잡지 않으려 애를 써야 했다.

"쓰, 쓸데없는 소리 아니거든?! 무려 세 명의 인생이 달린 일이라고! 세 명의 목숨이……."

"뭐가 또 그렇게 거창한지 모르겠다만 대화를 하고 싶다면 좀 더 정중하게 나오는 것이 어떠하냐?"

10분도 채 못 되어 성질 못 이기고 난리를 칠 거라는 남매들의 짐작과 달리, 엘리아스는 놀랍게도 가히 초인적인(?) 인내심을 발휘했다.

버럭하지도 욕설을 퍼붓지도 않았다.

"혀, 형님이라고 부를게. 한 번만 얘기 좀 하자."

"구미가 살짝 당기긴 하는데 난 아직도 며칠 전에 네 녀석 덕분에 새벽잠을 날려 버린 일을 기억하거든."

"아, 진짜 이 쫌생이 새……."

"쫌 뭐?"

"……쪼, 쫌만 부탁드린다고……."

"……."

"다시는 놈이라고 하지 않을게."

"……."

"새끼라고도 안 할게."

"……."

"반말도 안 할게…… 요."

역시 가정(?)을 이루게 돼서일까. 예전이라면 상상도 못 했을 엘리아스의 비굴한 모습에 노라는 그제야 귀를 기울여 주겠다고 주장하는 표정을 지어 보였다.

그렇게 여차여차 제레미가 겪었던 절차와 비슷한 절차가 끝난 뒤에야 이 사건은 종지부를 찍게 되었다.

"……뭐가 어쩌고 어째애?! 속도위이바아안?!"

"아악! 아니, 그게 그니깐 내가 일부러 그러려고 그런 게 아니라……. 아아아! 아파아! 아악!"

"누, 누나, 진정해요, 진정! 화내면 몸에 안 좋아요!"

"맞아, 맞아! 저놈 족치는 건 나중으로 미뤄도…… 아니, 내가 대신 족칠게! 허락만 해준다면……."

그리하여 다소 충만한 삽질과 음모, 등짝 스매싱과 잔소리의 세례 끝에 엘리아스는 근 한 달 내내 고민했던 문제-가족들 모두로부터 결혼 허락을 받는 문제-를 긍정적으로 매듭지었다는 기쁜 소식을 오하라에게 들려줄 수 있게 되었다.

그리고 얼마 뒤 슈리가 첫 출산을 했다.

성탄절 이브였다.

"뭐 들여다보고 있어?"

"……최근 5년간 산욕열로 숨을 거둔 귀부인이 얼마나 되는지 조사한 통계인데, 이게……."

"아, 왜 그딴 걸 들여다보고 난리야?! 불길하게?!"

짝!

레이첼의 손바닥이 실로 매섭게 레온의 등짝을 후려쳤다. 어찌나 세게 후려쳤는지 초조하게 서성거리던 엘리아스가 움찔할 정도였다.

"아아악! 그냥 초조하다 보니까 그렇지!"

"누군 안 그런 줄 알아?!"

레이첼의 말대로 초조한 건 공작저에 모인 모두가 마찬가지였다.

엘리아스는 물론이요, 쌍둥이의 맞은편에 조용히 앉아 있는 오하라도, 뭔가 적절한 말을 해주고 싶은데 무슨 말을 해야 할지 몰라 그저 친구 곁에서 알짱대며 입술을 짓씹는 제레미도, 그리고 그 누구보다도 불안해 보이는 노라도.

"괜찮을 거야…… 괜찮겠지…… 암, 괜찮을 거야."

"······정말 괜찮을까."

"불길한 생각 하지 마라. 슈리는 무려 우리 사자들의 어머니라고."

제레미가 짐짓 장난스레 던진 말에 노라는 희미한 미소로 응대했다.

정말로 괜찮을 거라고 믿으려 애쓰고 있었지만, 산통이 장장 13시간 가까이 이어지는 상황에서 불안감이 시시각각 커져가는 것은 어쩔 수가 없었다.

이럴 때 조금이나마 도움이 되는 존재는 아이러니하게도 현 가족이 아닌 전 가족이었다. 그러니까 이런 비슷한 상황을 이미 겪어보신 부모님 말이다.

전 뉘른베르 공작 부부, 알브레히트와 하이데는 성탄 연휴에 맞춰 바로 하루 전에 황도로 올라온 상태였다. 슈리가 진통을 느끼기 시작한 순간부터 하이데는 산실에 함께 들어가 있었다. 두 사람이 와 있다는 사실만으로 위안을 느끼게 되는 날이 오리라곤 노라는 전혀 예상하지 못했었다.

"······아버지."

"아, 노라."

초조 불안해하는 청년들로 인해 어수선한 홀과 대조적으로, 발코니에 앉아 파이프를 뻐끔거리는 알브레히트는 지극히 침착하다 못해 느긋하기까지 해 보였다. 노라가 다가가자 그가 미소를 지었다.

"네 어미도 너를 낳을 때 꽤 고생했었지."

"······제가 저 정도로 속을 썩였단 말입니까?"

"넌 더했단다. 조산이었던 데다 네 어머니가 워낙 병약한 체질이었으니까."

괜스레 죄책감이 이는 기분에 노라는 부친의 손에 들린 파이프를 빠히 노려보았다.

"그거라도 피우면 좀 나아집니까? 이런 기분이요."

"글쎄다. 어쨌든 넌 나보다는 낫지 않느냐."

"낫다니요?"

"난 네 어머니가 그리 고통스러워할 때 같이 있어주지 못했거든. 그때 하필이면 출장 간 상태였던 데다…… 부랴부랴 돌아왔을 때 넌 이미 네 어미의 품에 안겨 있었지."

느릿하고도 부드러운 어조로 말한 알브레히트가 새로 재운 파이프를 건넸다.

노라는 그것을 받아 들고서 잠깐 망설였다가, 이내 한숨을 푹 내쉬었다.

"두 번은 못 하겠군요. 대체 누굴 닮아서 저렇게 끈질기게 제 엄말 괴롭히는 건지……."

"허어, 벌써부터 미워지는 게냐?"

"미워지는 게 당연하잖습니까."

"막상 만나고 나면 생각이 달라질 게다."

"어떻게 달라진다는 겁니까?"

"글쎄…… 너의 세계 자체가 달라지지 않을까. 네가 태어났을 때 내가 그러했듯, 그리고 네 친구가 태어났을 때 내 친구가 그러했듯 말이다."

"……."

"우리 모두 그 순간의 그 기분을 절대 잊어서는 안 되었는데, 그러지 못한 것이 미안할 뿐이구나."

푸른 눈동자에 씁쓸한 회한의 빛이 깜박거렸다. 하지만 그 눈을 마주 보는 또 다른 푸른 눈 속에는 더는 예전 같은 그림자가 져 있지 않았다.

"어라, 너 이 자식 언제부터 흡연했냐?!"

호랑이도 제 말 하면 온다던가. 막 발코니로 들어서던 제레미가 파이프를 들고 있는 노라를 보고는 곧장 노성을 내질렀다.

노라는 너 이 자식 딱 걸렸다고 외치는 듯한 기세등등한 제레미의 낯짝을 힐끔 곁눈질했다가, 부친을 향해 슬쩍 질문했다.

"그러고 보니까 아버지께선 이 어병한 사자 녀석 태어났을 때도 보셨겠네요? 어땠습니까?"

자신의 출생의 비밀에(?) 대한 언급에, 어병한 사자의 번득이는 안광이 젊은 늑대에서 나이 든 늑대로 옮겨 갔다. 여차하면 달려들 기세였다.

"아니지, 이 녀석 태어났을 때야말로 어땠습니까? 이런 못생긴 아들놈이라니 하고 좌절하시지 않으셨습니까?"

"좌절은 너희 아버지가 하셨겠지."

"무슨 소리, 우리 가문은 옛적부터 잘난 외모로 유명했다."

"우리 가문은 더했다. 애초에 고양이 새끼가 잘나봤자······."

때아니게 쓸데없는 경쟁의식을 불태우는 두 청년을 번갈아 보며 알브레히트는 피식 미소를 지었다. 그리고 말했다.

"둘 다 어찌나 못났던지 두 번 모두 우리끼리 술 마시러 나갔다."

침묵이 흘렀다. 문자 그대로 나란히 얼어붙어 버린 두 청년이 미처 할 말을 생각해 내기도 전에, 안쪽에서부터 마침내, 기다리고 기다리던 외침이 들려왔다.

"각하, 각하 어서!"

"형! 빨리 와!"

발코니에 모여 있던 세 남자 모두 누가 먼저랄 것도 없이 앞다투어 뛰어 들어갔다.

정확히는 노라가 제일 먼저 쏜살같이 달려갔고 그 뒤를 제레미와 알브레히트가 나란히 쫓아 들어갔다. 그리고.

"누나!"

"……안녕."

창백한 모습으로 배게 더미에 기대앉아 있던 슈리가 희미한 미소를 지어 보였다. 온통 땀범벅에 초췌한 몰골이었으나 풀빛 눈동자만큼은 유독 환하게 반짝거렸다.

노라는 곧장 그녀 곁으로 다가갔다. 어떤 돌발 상황이 닥친다 한들 무슨 말을 해야 하고 어떻게 행동해야 할지 감을 잃어본 적 없는 그였으나, 이 순간만큼은 대체 무슨 말을 해야 할지 알 수가 없었다. 그저 침대 곁에 어정쩡하게 앉아 슈리의 손을 잡고서 그녀의 반짝이는 눈을 멍하니 바라볼 따름이었다.

"내가…… 내가 다시는……."

"자아, 아빠한테 인사하렴."

아빠? 노라는 눈을 깜박이며 시선을 돌렸다. 그러고는 어머니의 미소와 마주했다. 정확히는 그녀와 그녀의 팔에 안긴 자그만 생명체를 보게되었다.

"이게……."

그의 멍한 시선이 재차 슈리의 파리한 얼굴로 향했다. 슈리가 미소를 지었다. 더없이 환하게. 더없이 따스하게.

"인사해 줘. 우리 아들한테."

노라는 멍하고도 얼떨떨한 감각에 사로잡힌 채 천천히 아기를 받아들었다. 그의 것과 꼭 같은, 반짝거리는 새파란 눈동자가 그의 눈을 올려다보고 있었다.

기이한 일이었다. 짙푸른 시선끼리 맞부딪히는 바로 그 순간에 조금 전까지 이 조그만 녀석에게 품었던 원망이 눈 녹듯이 사라져 버렸다. 대신에 뭔가가 견딜 수 없을 정도로 벅차오르는 듯한 감각이 시작되었다.

"하아. 나는, 그러니까……."

"그때 정한 대로 미하엘이라고 부르기로 했어…… 괜찮지, 그렇지?"

노라는 한 팔로 아기를 안아 든 채 다른 손으로 슈리의 손을 잡고서 머리를 푹 수그렸다. 곧 부드러운 손길이 머리를 쓰다듬는 느낌이 일었다.

"노라? 괜찮아?"

"……괜찮아요. 난 그냥…… 하아, 고마워요, 누나. 정말, 정말 고마워……."

가만히 아들 부부를 지켜보던 하이데가 손등으로 눈가를 훔치며 일어나 남편 곁으로 다가갔다. 감격에 겨워 눈시울을 붉히고 있는 아내와 달리, 알브레히트는 어째 반쯤 넋이 나가 있었다. 조금 전까지의 느긋함이 무색하게도 멍하니 굳어 있는 사자들과 다를 바 없어 보이는 모습이었다.

오빠들과 함께 조용히 서 있던 레이첼이 입을 연 것은 그때였다.

"나도 안아봐도…… 될까?"

더할 나위 없는 애틋한 눈빛으로 남편과 갓 태어난 아들을 바라보던 슈리가 고개를 돌렸다.

환한 풀빛 눈망울이 나란히 입을 벌리고 서 있는 다 큰 자식들을 향해 반짝거렸다.

"당연하지. 너희 동생이잖니."

그것으로 방 안에 모인 모든 사람을 사로잡고 있던 기이한 주문이 풀렸다.

다들 왁자지껄 떠들기 시작하는 가운데 자기를 안아 드는 금발의 여인이 신기하다는 듯 조용히 눈을 굴리던 아기가 울음을 터뜨렸다.

"쉬쉬, 괜찮아. 아이, 예뻐라. 난 네 누나란다."

"……형들, 안 안아봐?"

"……그러고 싶긴 한데…… 잘못 만지면 부서질 것 같아서 못 만지겠어."

"나도."

거리낌 없이 갓 태어난 동생을 껴안고 우쭈쭈거리는 레이첼이나, 마찬가지로 눈을 반짝이며 다가가 바라보는 오하라와는 달리, 세 노이반슈타인 사나이는 겁에 질린 것처럼 보였다.

그나마 지식인 레온은 좀 쭈뼛거리다가 금방 쌍둥이 누이가 하는 대로 따라 하기 시작했고, 형제 중 가장 먼저 아빠가 될 운명에 처한 엘리아스 역시 예행연습이 필요하다고 느낀 것인지 어쩐 것인지 머뭇머뭇 다가갔으나 제레미는 영 다가갈 엄두조차 내지 못하고 있었다.

마치 인간 아기가 아닌 생소하기 짝이 없는 생명체를 보는 듯한 해괴한 눈빛으로 서서 옴짝달싹 못 하는 제레미를 구원해 준 이는 다름 아닌 오늘의 아버지 본인이었다.

노라는 쌍둥이에게 번갈아 안기며 어느덧 울음을 그친 미하엘을 조심스레 들고서 얼어붙어 있는 친구에게 다가갔다. 그가 다가서자 제레미는 늑대 앞의 꼬마 사자라도 된 것처럼 뒷걸음질을 쳤다.

"아니, 잠깐……."

"그때 검술 대회에서 내가 너 거의 이겼던 거 까먹었냐?"

"뭐?"

"내가 너보다 세. 그러니까 네가 안아도 안 부서져."

제레미는 이번만큼은 그때의 무승부에 대해 반박할 여지를 찾지 못했다. 머뭇머뭇 들어 올린 투박한 손가락 끝이 꼬물거리고 있는 아기의 뺨을 아주 조심스럽게 살짝 스쳤다.

푸른 눈동자가 어리둥절하게 깜박이면서 암녹색 눈동자를 빤히 응시했다.

그러고도 한참이나 더 머뭇거린 끝에야 제레미는 마침내 막내동생을 팔에 안아볼 수 있었다. 어찌나 조심스럽게 안아 들었는지 보는 사람이 다 조마조마할 지경이었다.

"우와, 손 봐봐…… 어떻게 이렇게 작을 수가 있지. 신기하다…….."

"그러게. 나도 신기하다 야."

"이런 얘가 우리만큼 자랄 거라는 사실이 믿기지가 않는데…… 머리는 무슨 색일까?"

"눈은 날 닮았으니까 머리는 누나를 닮았으면 좋겠는데."

"하긴 너랑 똑 닮은 놈이면 좀 얄밉긴 하겠다."

그새 느물거릴 여유마저 되찾은 제레미의 시선이 아기의 얼굴에서 친구의 얼굴로, 그런 다음 침대에 앉아 있는 슈리의 얼굴로 향했다. 그와 눈이 마주친 그녀는 뭐라 종잡기도 어려운 미소를 짓고 있었다.

"우리 큰아들, 동생 또 생겼네. 기분이 어때?"

"……그게…… 크흠, 이런 동생을 주셔서 감사합니다, 자애로운 마더 슈리. 이젠 사자들의 어머니에서 늑대의 어머니까지 되셨네?"

"그럼 나는 늑대 아빠에 사자들 아빠냐?"

"아빠는 누우가 우리 아빠야?!"

"야, 입 안 닥…… 조용히 안 하냐? 얘 또 울려고 하잖아."

"아, 맞다. 미안, 미안."

그렇게 제레미는 모처럼 용기를 쥐어 짜내어 안아본 동생을 그대로 울려 버린 죄책감에 시달리게 되었다. 한데 놀라운 일이 벌어진 것은 그때였다.

제레미의 팔에서 노라의 팔로, 그리고 하이데의 팔에서 마지막으로 알브레히트의 팔로 옮겨 간 미하엘이 순식간에 울음을 뚝 그치고는 생글생글 웃기 시작한 것이다. 설상가상 강철의 전 공작께서는 자기가 언제 넋이 빠져 있었냐는 듯 실로 능숙하게 손자를 안아 들고 우쭈쭈거리기 시작했다.

"옳지옳지, 그래. 손힘이 좋구나. 기사가 되려나? 네 아비도 어릴 때부터 유독 손힘이 좋았지."

제레미는 노라의 표정을 보고서 애써 소리 내어 웃지 않으려 손으로 입을 틀어막았다. 다른 사람들 역시 마찬가지였다.

"아니…… 아니, 잠깐만요. 왜 내 아들이 아버지를 보고 웃는 겁니까?! 그러니까 내 아들인데, 왜 내가 아니라 아버지한테……."

"글쎄, 다 널 닮아서 그런 것 아니겠느냐? 너도 이만할 때는 울다가도 나만 보면 생글생글 웃곤 했는데……."

"제, 제가 언제 그랬어요?! 그런 말도 안 되는……."

"사실이란다, 노라. 나 역시 아직까지도 또렷이 기억하는걸."

"어머니!"

결국 꼬마 공자 미하엘이 가족들과 만난 첫날, 노라는 아버지 된 충격에서 미처 벗어나기도 전에 아들이 아버지인 자신이 아닌 할아버지를 선택했다는 충격 연타를 맞고서 문자 그대로 혼이 빠져나가 버렸다.

아버지가 어머니의 팔에 안겨서 배신감의 눈물을 떨구는 동안 꼬마 미하엘은 무수한 가족의 품에서 이리저리 옮겨 다니다가 마침내 어머니의 곁으로 돌아와 고이 잠들었다.

그해의 마지막 행사이자 레이첼이 결혼한 이래 처음으로 제국에서 보낸 성탄절이었다.

외전 4
Father's day special

와당탕, 하는 소리와 함께 목제 병정님이 저만치 날아가 굴러갔다. 이번만 해도 벌써 몇 번째인지 모르겠다.

노라는 바닥에 처박힌 인형을 주워 들고 다시 한번 만지작댔다.

"한 번에 하나씩만 넣으라니까. 자, 봐."

"……다다애."

"……답답해?"

"다다으해."

"성질머리를 나 닮으면 곤란한데."

노라는 느릿하게 중얼거리며 불쌍한 병정님의 입안을 탈탈 턴 뒤 다시 미하엘의 손에 쥐여 주었다.

입을 삐죽거리며 아비가 하는 모양새를 지켜보던 미하엘이 곧장 놀이를 재개했다. 호두까기 병정으로 호두를 까는 놀이 말이다.

딸칵, 와드득! 딸칵, 와드득!

어째 놀이라기보다는 화풀이에 가까워 보인다. 노라는 머리를 좀 긁적이다가, 안락의자에 털썩 앉으며 중얼거렸다.

"역시 화난 건가……?"

"……어마. 어므아."

"네 엄만 지금 사자 따님 만나러 갔다니까."

그러니 어쩔 수 없이 너와 나 둘뿐이다. 뒷말을 삼키며 쓰게 웃는 노라의 얼굴을 미하엘이 빤히 올려다보았다. 동그랗게 치뜬 푸른 눈에 담긴 표정이 불만스러워 보이기도 하고 아니기도 하다. 하지만 역시 불만스러울 법도 하다고 생각하며 노라는 탁자 위에 놓인 초콜릿 바를 집어 들고 껍질을 깠다.

"난 그다지 완벽하질 못해. 너도 어쩔 수 없이 알게 되겠지만……."

"……."

"아무튼 불만스러워도 좀 참아주라. 네 엄마가 그리운 건 나도 마찬가지라고."

"……쪼오엣. 쪼꼬렛."

"알았어, 줄게. 자."

고사리 같은 양손으로 초콜릿을 쥐고 열심히 우물거리면서도 미하엘의 눈은 여전히 노라의 얼굴을 빤히 쳐다보고 있었다.

반면에 노라는 시선을 어둑해지는 창 쪽으로 돌리며 손으로 머리를 아무렇게나 쓸어넘기는 중이었다. 꽤 피로해 보였다. 그가 피로감에 절어 있는 이유가 꼭 아이 때문이라고 할 순 없었지만 말이다.

"어머, 레온 공자님?"

"……아아, 다이안 영애 아니십니까. 제 형님을 만나고 돌아가시는 길인가요?"

"그럴 수도 있고 아닐 수도 있지요."

수수께끼 같은 대답을 던지며 생긋 웃는 여인의 푸른 눈이 의미심장하게 반짝였다. 어째 자신이 잘 아는 어떤 누구의 눈과 똑같다는 생각을 하면서 레온은 희미하게 미소를 지었다.

"뭐 두 분 사이야 저도 잘 아니까, 굳이 저한테까지……."

"명색이 노이반슈타인 후작께서 근무 태만으로 찍히면 보기 좀 그렇잖아요. 안 그래도 한량 고양이 신세인데."

"……그건 그렇습니다만, 형이 근무 태만을 좀 저지른다고 해서 뭐라고 할 사람은 아무도 없을 텐데요."

"제레미 경도 그리 뻐기더군요. 누가 형제 아니랄까 봐."

"아아……."

"아무튼 그럼 다음에 또 봐요, 똘똘이 도련님."

뭐지, 이 말투……? 레온은 일순 그답지 않게 당혹감을 느꼈다. 솔직히 말해서 그가 여태껏 다이안과 대화한 것은 손에 꼽을 정도였다.

그마저도 간단한 인사 정도였던지라, 그저 저 덜떨어진 큰형과 만나줄 만큼 비범하신 여인, 뭐 그 정도쯤으로 여기고 있었다.

그런데 이 스멀스멀 피어오르기 시작하는 기시감의 정체는 무엇이란 말인가. 뭔가 그가 잘 아는 누군가가 자꾸만 떠오르는 말투였다. 이죽거림이 기본적으로 깔린 말투면서도 희한하게 불쾌하진 않은 그런…….

레온은 그러한 기시감에 사로잡힌 채 이른 오후부터 황궁에 방문한 목적을 충실히 이행했다. 제 덜떨어진 큰형을 만난다는 목적 말이다. 집에서 해도 될 일이었지만, 요즘 집에서도 얼굴 보기가 어디 쉬워야지 말이다.

"오오, 우리 꼬마 학자님! 여긴 웬일이냐? 집에서 봐도 되는데."

조금 전 막 정인을 만나고 난 뒤라 그런가, 제레미는 몹시 기분이 좋아 보였다. 막 근무 태만을 저지른 주제에 황태자랑 노가리 까고 있는 꼴이 철면피가 따로 없긴 했지만 어쨌든 꽤 발랄해 보이긴 했다.

"그게……. 큼, 좋은 오후입니다, 태자 전하."

"아아, 좋은 오후. 제레미 경 동생이라길래 난 또 엘리가 온 줄 알았는데. 요즘 통 안 보이네, 그 녀석."

"육아에 재미가 들린 모양입니다. 철이 든 거죠."

레트란은 잠시 검술 수련을 멈추고는 '육아에 매진하는 철이 든 엘리아스'를 상상해 보려 했으나, 아무리 노력해 봐도 잘 되지 않았다. 그리고 그건 제레미 역시 마찬가지인 듯했다.

"갖다 붙일 말을 좀 갖다 붙여라. 그놈은 죽을 때 다 돼서야 철이 들락 말락 할걸."

"아냐, 진짜로 철이 든 게 틀림없어. 왜냐하면 기특한 소릴 했거든."

"기특한 소리라니?"

"뭐 꼭 기특하다기보다는……. 곧 아버지의 날이잖아. 근데 엄마랑 레이첼도 없으니까, 모처럼 형제들끼리 모여서 돌아가신 아버지를 추억하는 뭐 그런 시간을 갖자고 하던……."

레온의 말꼬리가 실로 아련하게 흐려졌다. 반응이 너무 예상 밖이었기 때문이다.

실실 웃던 제레미의 얼굴에서 순식간에 표정이 사라졌다. 잘 짜인 거대한 몸이 뻣뻣이 굳으면서 암녹색 눈동자만이 무시무시한 빛으로 번득이기 시작했다.

"뭐라고……?"

때아닌 변화에 레온은 당연히 당황했으나 그답게 침착하게 말을 이었다.

"그러니까 우리 진짜 아버지 말이야. 내가 보기엔 작은형이 꼴에 아빠됐다고 요즘 들어 아버지 생각이 자꾸 나는 모양인데, 아무튼 그래서……."

"안 돼."

"……어?"

"안 된다고. 어울리지도 않는 헛생각 그만하고 지금 가족한테나 잘하라고 전해라."

"아니……. 형, 물론 나나 레이첼이야 아버지 얼굴도 잘 기억 안 나긴 한데, 그래도 우리……."

"내 말 못 알아들었냐? 추억하고 싶으면 그놈 혼자 하라 하라고. 그딴 청승 지랄에 낄 마음 조금도 없으니까."

이 가차 없는 폭언에 레온은 물론이요, 레트란마저 어이없는 얼굴이 되어 잠시 시선을 교환했다.

"……노라 형이 서운해할까 봐 저러는 건가?"

"……공작님이라면 자기가 서운해할 거라는 생각 자체에 소름 끼쳐 하실 것 같은데요."

"아, 그건 그렇군."

그러거나 말거나 제레미는 대련용 검을 짜증스럽게 내던지고는 휙 몸을 돌렸…… 으나, 금방 동생에게 붙들렸다.

"형, 대체 왜 그래? 뭐라고 설명이라도 좀 해줘야 할 거 아냐?"

"아, 설명은 무슨 설명!"

"대체 왜 아버지 얘기만 나오면 꼭 이렇게 나오는 건데? 나야 솔직히 그런 거 하든 말든 상관없지만 대체 뭔 일이 있었던 건지 알아야 이해할 거 아니야?"

"어렸을 때처럼 사이좋게 밟아주랴? 내가 대체 언제부터 네 녀석들 이해를 구해야 하는 처지였냐?"

레온은 이제 황당하다 못해 넋이 나갔다. 물론 엄연히 장남이자 가주이신 만큼 제레미가 동생들의 이해를 구해야 할 이유는 없었지만, 다른 쓰잘데기 없는 짓 하자는 것도 아니고 그냥 가족 모임 좀 가지자는 건데 이런 식으로 나올 건 대체 뭔가?

"아니, 저기, 그치만 형……."

"그냥 말 들어."

"……예? 아니, 하지만 전하……."

"제레미 경 나름대로 뭔가 말할 수 없는 사정이 있겠지. 혼자만 겪은 안 좋은 기억이라든가…… 나도 어머니의 날이라면 몰라도 그놈의 아버지의 날이라는 것이 썩 반갑지가 않은 입장인걸."

드물게 차분하고도 신랄한 어조로 레온을 달래는 레트란이었다. 레온은 잠시 아무 말도 하지 못했다. 그저 레트란의 옅은 푸른빛을 머금은 금색 눈동자를 멍하게 바라볼 따름이었다.

"어, 그, 전하께서는……."

"나뿐만 아니라 영 달갑지 않아 할 이들이 우리 주위에 꽤 많지 않나? 노라 형은 지금쯤 어떨지 모르겠지만. 하아, 좌우지간 그놈의 기념일들이 문제라니까. 내 황좌에 오르고 나면 기필코 그런 쓸데없는 행사들 전부 없애 버리고 말겠어."

　그날, 레온과의 짧은 조우 이후 제레미는 참으로 오랜만에 달갑지 않은 기분에 빠져들었다. 슬프기도 하고 화가 나기도 하는 그런, 말로 표현하기도 뭣한 더러운 기분 말이다. 그리고 제레미는 그런 기분이 싫었다.
　좋아할 사람이 누가 있겠냐마는, 어쨌든 그러한 기분을 떨쳐내려 애쓰며 힘차게 하루를 마무리하려던 그는 문득 늑대 굴에 당도해 있는 자신을 발견하게 되었다.

　"그래서 결혼 생각은 있기나 한 거냐?"
　"글쎄, 그녀 쪽에선 어떨는지……. 네가 보기엔 어때?"
　"나야 네가 우리 방계 쪽 영애랑 결혼한다면 좋지. 우리 나이가 벌써 스물하고도 다섯이다, 철부지 고양이 새끼야. 서두르라고."
　"사람의 인생은 서른부터 비로소 시작되는 거랬어. 따라서 우린 아직 태어나지도 않은 거야."
　"쓸데없는 소리 좀……. 가만, 잠깐, 잠깐. 누나다!"
　"뭐?!"
　탁상 한쪽에 얌전히 놓인 전령구가 부릉부릉 진동을 일으키며 푸른 불을 깜박이기 시작하는 바람에, 두 친구는 잡담을 멈추고는 황급히 그쪽으로 달려들었다.
　잠시 후 바다 건너 섬나라에서 모처럼 한적하게 휴가 중이신 제국 서열 1위의 청아한 음성이 울려 퍼졌다.
　-노라?

"누나아!"

"슈리이!"

-어머, 제레미도 거기 있어?

"슈리이! 글쎄, 내 말 좀 들어봐, 이 금쪽같은 큰아들이 가문의 유지와 영광의 보존을 위하여 어떻게 하면 두고두고 미담으로 남을 만한 세기의 결혼을 할 수 있을 것인가 고민 중인데, 글쎄, 명색이 의붓아비라는 놈은 있는 놈이 더한다는 말이 딱 맞게 비웃기만 하고……."

"아, 좀 닥치지 못하냐. 누나, 거긴 지낼 만해요? 사위 놈이 깍듯이 모셔 받드는 중인 거 맞아요?"

-둘 다 별일 없는 거 같아서 다행이네. 여긴 아주 좋아. 미하엘은 밥 잘 먹고 있니? 아나벨라는 어때? 엘리가 아빠 노릇 잘하고 있대?

"왜 나는 밥 잘 먹고 있냐고 안 물어봐? 이건 편애야! 자식 차별이라고!"

-하하하……. 제레미, 너 또 테이블에 다리 올리고 앉아 있니?

대관절 그걸 어떻게 알았는지 알 도리가 없었으나 어쨌든 제레미는 곧장 입을 다물고는 무심결에 올려두었던 다리를 슬그머니 아래로 내렸다. 그 바람에 매우 본받을 만한 자세로 앉아 있던 노라의 비웃음을 사게 되었다.

-아무튼 금방 돌아갈게. 선물 갖고 싶은 거 있으면 미리미리 말해줘.

"그냥 빨리 돌아오시기나……. 큼, 재밌게 놀다가 무사히 돌아오시기나 하세요. 여기 일은 신경 쓰지 마시고."

-그렇게 말하면 더 신경 쓰이는 거 아니?

"……그래서 한 말이에요. 보고 싶어."

-나도 보고 싶어.

그런 식으로 제법 훈훈하게 통신이 끝난 뒤, 본래의 잿빛으로 돌아온 전령구를 앞에 둔 노라는 잠시 손으로 머리를 받치고 앉은 자세로 꼼짝하지 않고 가만히 있었다. 어쩐지 심상치 않게 느껴지는 모습이라 제레미가 슬그머니 말을 걸려는 참에 노라 쪽에서 먼저 입을 열었다.

"동작 그만. 또 슬금슬금 다리 올릴래."

"……씨이, 습관인데 어쩌라는……."

"근데 너 오늘 데이트 있는 거 아니었냐? 왜 여기 와 있어?"

갑작스럽다면 갑작스러운 이 일침에 제레미는 잠시 당황했으나 그답게 곧 당당하게 주장했다.

"데이트는 내일이고, 오늘은 우리 경애하는 마더 슈리가 안 계시는 사이 의붓아비랑 동생 둘이 무슨 사고 치지 않을까 감시하러 몸소 행차한 거다."

"……."

"……그러니까 동생이 보고 싶어졌달까? 하하. 우리 미하엘이 워낙 예뻐야지."

"날 닮았으니 당연한 거 아니냐."

"지랄한다. 눈알 빼고 너 닮은 구석 하나도 없거든?"

"그건 좋긴 한데 성질머리가 나 닮은 거 같아서 벌써부터 걱정이다. 아무튼 지금 자고 있을 테니까 보고 싶으면 좀 기다렸다가 보고 가. 식사라도 하고 있든지."

"넌 식사 안 해?"

"지금 그럴 여유 없어."

"가만 보자, 너 또 밤새웠냐? 자꾸 그러다 폐인 된다? 슈리가 지금 네 꼴 보면 아마 등짝을……."

"기사는 며칠 잠 좀 못 잤다고 죽지 않아."

별 유난을 다 떤다는 투로 받아친 노라가 다시 산더미처럼 쌓인 서류 더미 쪽으로 시선을 돌렸다. 제레미는 그 모습을 그저 망연히 바라보고만 있었다.

"내가 좀 도와줄까……?"

"정치라면 질색하는 놈 주제에 마음에도 없는 소리 하지 마라."

"고작 총독부 하나 갈아엎는 일도 정치라고 할 수 있냐?"

"……그런 의문을 품는다는 것 자체가 네가 정치와는 영 그른 사이라는 거다. 절대 이어질 수 없는 관계라는 거지."

"아 씨, 나 그래도 사람 보는 눈 하나는 기가 막히거든?!"

"네가 좋은 녀석 알아보는 눈은 그럭저럭 쓸 만할지 몰라도 여기서 필요한 건 좋은 놈들만이 아니라고. 아, 그리고, 네 시뻘건 동생 놈한테 제발 유모들이 그놈보다 똑똑하다는 사실 좀 일깨워 줘라. 툭하면 나한테 연락해서 누가 지 딸을 죽이려 했네 누가 지 딸을 울렸으니 이걸 죽이네, 살리네 하는 생난리 좀 그만 치게 하라고."

"에, 엘리가 그런 짓을 했어?"

"그래. 그것도 꼭 꼭두새벽마다 그 지랄을 떠는데 노이로제 걸릴 지경이다. 아주 제국에서 지 혼자만 아빠야."

엘리아스가 근래 들어 서서히 팔불출의 조짐을 보이기 시작한다는 건 제레미 역시 알고 있었다. 하지만 그 정도일 줄이야. 거기다 왜 또 하필이면 노라를 붙들고 그 꼴값을 떨어대는 것인가. 괜히 미안해진 기분에 제레미는 머쓱하게 머리를 긁적였다.

"그놈이 너한테 딴소리는 안 했어?"

"글쎄, 누나가 사파비에서 영영 안 돌아오면 내 탓인 줄 알라니 어쩌니 하긴 했는데."

"……그런 그놈다운 개소리 말고, 큼, 무슨 기념일 어쩌구 하는 말 같은 거 안 했어?"

"뭔 기념일?"

펜대를 내려놓으며 인상을 찌푸린 노라의 짙푸른 눈동자에 짜증과 피로감, 그리고 어쩐지 생소하게 느껴지는 냉기가 교차하며 깜박거렸다. 바로 조금 전 전령구를 마주했을 때와는 완전히 달라진 느낌이었다. 말이나 행동은 평소와 다를 바 없는 것 같으면서도 기이하게 낯선 느낌이 들어서, 제레미는 그만 고개를 가로젓고 말았다.

"아냐. 그보다 너희 부모님은 요즘 뭐 하시냐?"

"작정하고 세계 일주하시는 모양이던데. 남의 부모님 안부는 왜?"

"남이라니, 우리 사이에 서운하게 왜 이…… 미안. 일 봐, 일 봐. 난 네 놈이랑 하나도 안 닮아서 귀여운 동생 놈 좀 괴롭히다 갈게."

결국 그날 저녁 제레미는 동생 괴롭히기는커녕 잠든 모습 구경만 하면서 쩔쩔매다가 식사나 얻어먹고 잠자리 신세까지 졌다. 몇 년 전의 과거와 비교하면 어딘가 상당히 뒤바뀐 현상이었다.

"그러니까 큰형 입장도 좀 들어봐야 안다니까……."

"넌 가만히 있어! 아니, 이게 대체 말이나 되냐고! 세상 어떤 후레자식이 돌아가신 아버지 기리는 걸 두고 청승 운운할 수가 있느냔 말이야! 안 그래?! 그게 그렇게 크게 잘못된 일이야?! 그런 거야?!"

"그니까 그걸 왜 공작님한테 따지고 앉았냐고……."

"그야 그 얼간이가 이 인간 눈치 보느라 그런 게 뻔하니까 그렇지! 막말로 난 내 아내가 제 부모님 기리는 거 두고 아무 말도 안 한다고! 왜냐하면 누구든 제 부모는 소중한 법이니까! 내 말 틀렸어?!"

간밤에 느림보 사자 한 마리가 슬금슬금 기어 들어왔을 때부터 알아봤어야 했다. 이른 아침부터 늑대 굴이 어미 잃고 방황하는 길고양이 소굴로 변모할 줄 누가 알았겠나.

공작저의 사용인들은 꼭두새벽부터 귀가 아파 죽겠다며 시선을 교환하고 있었고 충성스러운 기사들은 이러다 우리 가문 상징이 늑대에서 개냥이 혼종으로 바뀔지도 모르겠다는 불안감에 동공을 흔들고 있었다.

하나 정작 동터오는 시간부터 빽빽 포효해 대는 고양이 새끼들을 상대하게 된 장본인 노라는 지극히 평온하다 못해 무표정한 얼굴로 묵묵히 귀를 기울일 따름이었다.

"내 말 틀렸냐고?! 틀렸다면 틀렸다고 지금 좀 정정해 주지그래?"

상대의 연이은 침묵이 슬슬 불안해진 건지 한결 가라앉은 음성으로 다그치는 엘리아스였다. 이에 팔짱을 끼고 앉아서 차분히 듣기만 하던 노라가 마침내 입을 열었다.

"애가 참 귀엽네."

"……역시 그렇지? 와하핫, 눈이 아주 나랑 똑같다니까? 틀림없이 제국 최고의 미녀가 될 거라고."

남들 기력을 뿌리째 뽑아놓고는 잘도 딸 자랑하고 앉아 있다. 아니, 그보다 이 자리에 애는 또 왜 데려온 거야, 진짜. 레온은 혀를 끌끌 차며 저 나이 먹고도 도무지 변함이 없는 형의 허물을 대신 사과하려 했으나 노라는 딱히 짜증이 나거나 한 건 아닌 것 같았다. 오히려 평소와 비교했을 때 너그럽다 못해 대놓고 봐주고 있는 듯한 느낌을 풍기고 있었다.

"그렇게 예쁜 딸내미 앞에서 소리 꽥꽥 질러대면 못 쓴다."

"이, 일부러 그런 거 아니거든?"

어쨌든 노라의 말마따나 엘리아스의 팔에 안겨 있는 아나벨라는 사랑스럽기 그지없었다. 옅은 백금빛 곱슬머리에 노이반슈타인 특유의 커다랗고 짙은 녹색 눈을 한 아이. 제 아빠가 목청껏 꽥꽥 고함치는 내내 겁이 나지도 않는지 엄지를 쪽쪽 빨면서 눈앞의 시커먼 늑대를 신기하다는 듯 올려다보고 있었다.

"커흠⋯⋯. 아, 안아볼래?"

"⋯⋯."

"뭐냐, 그 눈빛은?! 내 딸 안아보는 게 얼마나 영광스러운 일인지 알아?!"

"거절한다고 말한 적 없는데."

그때였다.

"우와, 장하다, 우리 똥강아지! 노라, 얘 봐봐! 네 아들놈이 막막 나 쫓아오는 거 봐봐! 우와, 세상에 이런 일이, 우와아⋯⋯."

목욕을 갓 마친 상쾌한 모습으로 걸어 들어오며 호들갑을 떨어대는 거대한 금발 장정과 그 뒤를 졸졸 따라 아장아장 뛰어오는 분홍빛 머리칼의 자그만 남자아이의 조합은 우스꽝스러운 한편으론 묘하게 애틋한 구석이 있었다. 하지만 그 풍경을 바라보는 엘리아스의 표정은 그다지 애틋하지 않았다.

"형이 왜 거기서 나와⋯⋯?"

"어⋯⋯? 뭐야? 둘 다 여기서 뭐 하나?"

잠시 침묵이 있었다.

잠깐 어리둥절하게 고개를 갸웃대던 제레미가 사태 파악을 한 듯 서서히 무시무시한 낯빛이 되어가는 상황에서, 레온은 신속하게 움직여 미하엘을 붙들고 우쭈쭈거리기 시작했다. 그리고 엘리아스는 그보다 한 발 늦게 움직였다.

"아이고 우리 미하엘, 우리 아나랑 인사해라. 자자, 신사답게 어서. 우리 아나 진짜 이쁘지 않냐?"

"……엘리아스."

"와하하, 이 형아가 말이야……."

"엘리아스."

"……아 씨, 왜 불러?!"

"이게 지금 뭘 잘했다고 악을 쓰고 자빠졌어? 너 대체 여기서 뭐 하냐? 애들까지 줄줄이 끌고 와서 대체 뭐 하는 거냐고?"

"그, 그러는 형은 꼴에 가주 주제에 집 비워놓고 여기서 뭐 하는데?! 형만 여기 들락거릴 자격 있는 줄 알아?!"

"자격이고 자시고 너 지금 또 엄한 사람한테 화풀이하려고 기어 들어온 거 아니야?!"

"화풀이가 아니라 한풀이거든?! 그러는 형도 한풀이하려고 온 거잖아!"

"내가 네놈이랑 똑같은 놈인 줄 아냐?!"

그리고 레온은 그만 울고 싶은 심정에 사로잡혀 버렸다. 아무래도 저 뇌까지 근육 덩어리인 형들은 오늘날 이 시점 그놈의 캣파이트를 또 한 판 뜰 작정인 듯했다. 비록 늑대 굴에서 이러는 게 처음이 아니라 해도 슈리가 없는 늑대 굴에서 이 짓 하는 건 정말이지 처음이었기에 불안하기 짝이 없는 일이었다.

"아니, 노라 내 말 좀 들어봐! 저 뇌도 없는 철부지 자식이 글쎄 꼴에 애비 됐다고 뭔 바람이 처들었는지 아버지의 날 운운하면서 이젠 각자

살길 바쁜 가족끼리 모여서 진작 고인 되신 분 기리는 청승이나 떨자고 주장하는 거 아니겠냐! 하, 나원 참, 어이가 없어서!"

"청스웅?! 그게 우리를 낳아주신 아버지한테 할 소리냐고?! 형이 그러고도……."

"아버지 얼굴 제대로 기억하기나 하냐 너?! 그리고 나한테 아버지라고 불릴 자격을 갖춘 인간은 저승 이승 다 합쳐서 단 한 명뿐이거든?!"

"그거랑 그거랑 대체 뭔 상관이야?! 아니, 물론 저 시커먼 놈 앞에서 이런 얘기를 하는 건 실례겠지만 애초에 일을 이렇게 키운 게 누군데?!"

"네놈이 처음부터 그딴 되지도 않는 주장 하지만 않았어도 이딴 일은 안 벌어졌다고?! 그리고 실례 운운하는 놈이 꼭두새벽부터 여기다 대고 한풀이하려고 처기어 들어왔냐, 이 아이러니한 새끼야?!"

비단 레온뿐만 아니라 공작저의 충직한 사용인들 역시 슬슬 살얼음 판 위를 걷는 듯한 기분에 젖어들었다. 하필이면 마님도 안 계시는 상황에서 이러한 고막이 터져 나갈 것 같은 촌극이라니, 이대로 가다간 공작님의 십 대 시절 모습을 오랜만에 다시 볼 수 있게 될지도 모르겠다.

그러한 관중의 서늘해져 가는 간담과는 별개로, 노라는 여전히 표정에 한 점의 변화도 없는 모습으로 귀청이 떨어져 나가는 촌극을 방관하고 있었다.

아이들은 아이들대로 주변 상황에 관심 없다는 듯 사이좋게 마주 앉아서 목각 인형을 만지작댔다.

급기야 이대로는 기어이 사달이 나겠다고 판단한 레온이 슬그머니 아나벨라를 안고서 온 저택이 무너져라 포효를 내뿜고 있는 형들 사이에 끼어들었다.

"제발 둘 다 좀 닥치고 진정해! 얘들 앞에서 이게 무슨 추태야 진짜!"

그래도 이성이 완전히 날아가진 않았는지 제레미도 엘리아스도 일단은 입을 다물었다. 여전히 식식대며 서로를 찢어 죽일 듯 노려보고 있긴 했지만. 여차했다간 서로에게 달려들 기세였다.

역시 이대로는 안 돼. 이대로 하루라도 더 갔다간 다 패망할 게 틀림없어. 어머니, 어디 계세요!

치솟는 통탄의 눈물을 삼키며 레온은 일단 애비의 품으로 돌려 보내주던 조카를 조심스레 내려놓았다. 아니, 내려놓으려고 했다.

"일단 둘 다 좀 앉지그래. 엘리 넌 딸 앞에서 부끄럽지도 않은 거냐?"

마침내 입을 연 노라가 한숨을 내쉬듯 말하며 아나벨라를 들어다 제 무릎 위에 앉혔다. 이 여상하면서도 예기치 못한 행위에 엘리아스가 먼저 표정을 좀 풀고서 자리에 앉았다. 제레미 역시 식식대면서도 소파 끝부분에 걸터앉았다.

"혀, 형이 자꾸 화나게 하잖아!"

"내가?! 먼저 헛소리한 게 누군데!"

"그만 싸우라고. 여기서 대체 누가 애인지 구분이 안 갈 지경이니까. 엘리아스."

"왜, 왜?"

웬일로 평온하다 못해 관대하던 놈이 드디어 폭발하나 싶어 저도 모르게 마른침을 꿀꺽 삼키던 엘리아스는, 이어 들려온 말에 어벙한 표정이 되고 말았다.

"형제라 해도 대상이 누가 됐든 같은 감정을 공유할 순 없는 법 아니냐. 네 형 좀 그만 괴롭혀라."

괴롭히다니? 그게 대체 어떻게 괴롭히는 것이 될 수 있단 말인가? 엘리아스의 낯짝에 아연함과 당혹감이 반반 사이좋게 섞여들었다.

"아니, 난 괴롭히려던 게 아니라……."

"그리고 제레미, 넌 이런 문제는 좀 미리 말해주면 어디가 덧나냐? 아침부터 이게 웬 푸닥거리냐고?"

동생을 향해 득의양양한 조소를 날리고 있던 제레미는 곧장 쑥스러움을 금치 못하는 표정이 되었다.

"네가 워낙 피곤해 보여서……."

"아침부터 날벼락 맞는 건 안 피곤하고?"

"아, 나도 나름 속이 복잡했단 말이다."

"그래서 그 복잡한 속을 악 좀 지른다고 누가 알아주냐? 나야 백분 이해한다만 네 동생들 입장에선 황당한 게 당연하잖아."

"그렇지만……."

"차라리 이 자리에서 그냥 전부 터뜨려 보든가."

이거야말로 전혀 예상도 못한, 파격적이다 못해 무지막지한 발언이었기에 제레미는 너무 놀라서 친구의 눈동자를 노려보았다.

"뭐……? 아니 야, 너 그게 도대체……."

"아예 없던 일로 만들 건지, 이런 식으로 계속 움찔대다 어영부영 터뜨리고 말 건지 확실히 하라고. 그래야 나도 어떻게든 할 거 아니야. 내 보기엔 네 동생들은 네 상처를 눈으로 확인하고도 믿을 것 같지 않다만, 뭐 너한텐 내가 있잖냐."

냉정한 듯하면서도 묘하게 장난스러운 어조였다. 제레미는 곧장 그 안에 섞인 교묘한 함정을 눈치채고는 안도한 눈빛이 되었다. 반면에 그저 어리둥절해하던 엘리아스와 레온은 곧장 그 함정에 걸려들었다. 즉, 심각한 오해에 빠져들기 시작했다.

"저어……. 난 애초부터 작은형 계획에 동의하지도 않았어. 난 아버지 얼굴 제대로 기억나지도 않는다고."

"아니, 내가⋯⋯. 아니 형, 그러니까 형이 아버지랑 대체 뭔 일이 있었는진 모르겠지만 난 어디까지나 그냥 해본 소리였어. 이 범생이가 쓸데없이 일을 진지하게 받아들인 거라고! 나도 사실 이젠 아버지 얼굴 기억도 안 나! 진짜야! 그냥 저 늑대 녀석 약 올리고 싶어서 해본 소리였다고!"

결국 그런 것이었나. 약 올리려는 방식도 참 독보적이기 짝이 없다. 어쨌든 앞다투어 맏형의 정체 모를 상처를 감싸주려 애쓰는 아우들의 눈물겨운 고백에 제레미는 지극히 따사롭고도 뻔뻔한 태도로 호응했다.

"후우, 무작정 성질부터 내서 미안하다. 너희가 뭘 아는 것도 아니었는데⋯⋯. 어쨌든 너희도 너무 어렸었고⋯⋯."

"아, 아냐⋯⋯. 내가, 내가 미안해! 미안해, 형! 형한테 그런 아픈 과거가 있으리라곤 꿈에도 생각지 못하고 내 입장만 생각했어! 젠장, 난 대체 왜 이 모양이지?"

"작은형이 하는 일이 뭐 다 그렇지⋯⋯ 아악! 나도! 나도 미안해!"

분위기는 대번에 훈훈해져서 온몸의 털을 곤두세우고 긴장하던 기사들조차 안도의 한숨을 내쉬며 근육의 긴장을 풀 정도가 되었다. 하필이면 바로 그 순간 일이 터지지만 않았다면 그대로 쭉 갔을 것이다.

"⋯⋯저리 비크어어!"

여태껏 아무런 소리도 내지 않고 어른들이 벌이는 추태를 가만히 지켜보고만 있던 미하엘이 갑작스레 있는 힘껏 소리치며 들고 있던 목각 토끼를 던진 것이다. 정확히는 노라의 무릎에 앉은 아나벨라를 저격해 힘차게 날렸다.

일이 어찌나 순식간에 벌어졌는지, 노라가 반사적으로 손을 뻗어 낚아채지 않았더라면 아마 그대로 아나벨라의 머리를 정통으로 맞췄을 것이다.

잠시 정적이 있었다. 모두 순간 무슨 일이 일어난 건지 인지를 못 하는 가운데, 주변이 그토록이나 시끄러워도 평정을 유지하던 아나벨라가 기어이 더는 못 견디겠는지 와아앙 하고 울음을 터뜨렸다. 그에 엘리아스가 가장 먼저 정신을 차렸다.

"대체 웬……. 따, 딸! 괜찮아! 아빠야, 아빠! 아 제기랄, 이게 바로 업보라는 건가? 얌마 미하엘, 너 그렇게 물건 막 던지면 안 돼! 형도 예전에 지은 죄가……."

"내 어엉아 아이야아!"

"어어억! 야, 야!"

엉엉 우는 딸내미를 달래려 애쓰는 동시에 뜻밖의 상황에 나름 상식적으로 대처하려던 엘리아스는 그만 의붓동생의 강맹한 발차기를 피해 이리저리 도망치는 신세가 되었다. 물론 쪼끄만 꼬맹이가 때리는 게 얼마나 아프겠냐마는 그래도 주먹은 무서운 법이다.

"아니, 똥강아지야, 너 갑자기 왜 이러냐? 심심해? ……어억!"

보들보들한 젖니 몇 개로 깨물어봤자 심각한 통증이 느껴지는 건 아니다. 문제는 통증이 아니라 그 행위에 따른 충격과 당혹감이었다. 황급히 손을 빼며 뒷걸음질 치는 제레미의 넋 나간 시선이 레온의 학구적인 시선과 마주쳤다.

"……아니, 왜 나를 노려봐?"

"얘 갑자기 왜 이러는 거냐?"

"그걸 내가 어떻게 알아? 내가 아무리 천재라 해도 아동심리까지 전부 파악하기는 다소 무리가……."

"너 이게 뭐 하는 짓이야?!"

다른 녀석들 못지않게 당황해 굳어 있던 노라가 근 며칠 만에 최초로 언성을 높인 덕분에, 형들의 정강이를 열심히 걷어차던 꼬마 늑대나 몸 둘 바를 모르고 우왕좌왕하던 사자들이나 일제히 눈을 동그랗게 뜬 채 그 자리에서 얼어붙었다. 이럴 때는 꼭 진짜 한 핏줄 같다. 그나마 장남 이라고 가장 먼저 정신을 차린 제레미가 곧장 몸을 벌떡 일으키는 노라 의 앞을 황급히 가로막았다.

이때까지 겨우 버텨온 질긴 인내의 끈이 마침내 투둑 끊어져 버린 건 지, 아니면 순전히 아이의 행동 자체에 화가 난 건지는 몰라도 어쨌든 이 대로는 안 된다고 제레미는 생각했다. 현재 노라의 상태가 평소 같지 않 다는 사실은 둘째 치고, 평소였다면 진작에 폭발하고도 남았을 만큼의 짜증까지 더해진 상황이었다. 게다가 설상가상으로 슈리조차 없는 판국 이었다.

……그게 가장 큰 문제인 것 같다.

"워워, 진정해, 진정. 얘가 그러니까, 어, 자기 영역에 남들이 알짱거리 는 게 못마땅한 것이 틀림없어. 나도 어렸을 때 그랬던 기억이 나거든."

"……그래서 너도 영역 침범당했다고 여동생한테 물건 집어 던졌냐? 아무한테나 발길질하고 그랬어?"

"그, 그건 잘 기억이 안 나지만, 아나도 괜찮고 우리도 괜찮으니까 제 발 화내지 말라고! 네가 지금 화내서 좋을 거 하나도 없다니까! 애초에 애기들 앞에서 막 싸워댄 나랑 저 바보가 잘못한 거야, 그 뭐냐, 나쁜 본을 보였잖아!"

아동심리에 대해 눈곱만큼이라도 아는 바가 없는 주제에 잘도 외쳐대 는 제레미였다. 다행스럽게도 그의 눈물겨운 노력은 효과가 있었다.

노라는 잠시 입술을 지그시 깨물며 친구의 필사적인 얼굴과 아들의 겁에 질린 얼굴을 번갈아 보더니, 이내 무슨 생각을 했는지 몸을 획 돌려서 폭풍처럼 그 자리를 떠나 버렸다.

남은 아들놈들(?) 사이로 잠시 황망한 정적이 맴돌았다.

그리고,

"우으…… 흐…… 흐아아아앙!"

"야 얌마, 넌 또 왜 울고 그래? 아 진짜 환장하겠네……!"

"……그래서 공자님을 납치해 왔다고?"

"납치라기보다는…… 그놈 상태가 영 말이 아닌데 어떡해 그럼. 걱정스럽잖아."

"난 오히려 공작님께서 너희를 고이 보내줬다는 사실이 신기한데."

꼭두새벽부터 잘도 그 민폐를 끼친 주제에 대체 누가 누굴 걱정하는 거냐고 말하는 듯했다. 반박할 여지가 없는 일침이었기에 제레미는 그저 입을 삐죽이기만 했다.

레피리안궁의 유리온실은 감탄이 나올 정도로 아름다웠다. 두 연인이 사파비에서 들여온 자스민 덤불 앞에 나란히 서 있는 동안 꼬마 미하엘은 유모의 손을 잡고서 한가득 핀 미모사를 툭툭 건드리고 있었다. 이쪽 역시 형(?) 못지않게 꽤 의기소침해 보이는 표정이었다.

"어머니가 안 계시니 아버지 눈치 보기가 영 힘드나 봐?"

"아버지는 누가……. 젠장, 몰라. 10년을 넘게 봐왔는데 지금 같은 상태는 처음 봐."

"어떤 상탠데?"

어떤 상태냐고? 제레미는 잠시 할 말에 쫓기기 시작했다.

"……언제 터질지 모르는 화산 같은 상태랄까?"

"그런 상태인데도 꼭두새벽부터 그 민폐를 끼쳤다 이거지?"

"내가 일부러 그런 게……. 큼큼, 그리고 그놈이 엘리아스가 그 난리 쳐대는 거 그렇게 참아줄 만한 놈이 아닌데 이상하잖아. 이렇게 속을 모르겠는 기분 처음이라고."

누가 들으면 봐줘도 지랄이냐고 핀잔할 만한 발언이다. 하지만 다이안은 그러한 핀잔을 던지는 대신 손을 들어 자스민 꽃 하나를 땄다. 그리고 하얀 꽃송이를 시무룩해 있는 사자의 귓가에 꽂아주며 빙긋 웃었다.

"완전히 해탈해 버리지 않으면 위험할 거라고 자각하신 모양이지."

"위험하다니?"

"화산 같은 상태라며? 폭발할지도 모르겠으니까 스스로 자제한 거 아니겠어?"

"대체 왜?"

"나야 모르지. 네가 더 잘 알겠지."

제레미는 머리에 꽃을 꽂은 채로 잠시 침울하게 허공을 노려보았다. 엘리아스와 레온은 그저 그들의 부친과 맏형 사이에 뭔가 심각한 사건이 있었던 것으로 오해했다. 차라리 다행스러운 마무리가 되긴 했으나 제레미는 여전히 속이 안 좋았다. 그리고 노라 역시, 아니, 어쩌면 그보다 더하게 속이 안 좋을 터였다.

"젠장, 하여간 예나 지금이나 엘리 그놈이 문제야. 대체 왜 툭하면 속을 못 긁어서 안달이냐고! 이겨먹지도 못하면서……."

"나름 자기만의 표현 아닐까? 네 동생 툭하면 편애 어쩌구 한다며."

"……관심받고 싶어서 그러는 거라고?"

"허구한 날 공작님 붙들고 자기 딸 얘기 늘어놓는 것만 봐도 뻔하잖아. 그보다 난 공작님이 제일 신기하다. 그 성격에 너희 꼴 다 봐주고 말이야."

이에 제레미는 '내가 뭐 어떻다고 그러냐' 하고 따져보는 대신 다른 질문을 했다.

"그놈 성격이 어떤데?"

"너희 가문이 다혈질로 유명하다 해도 그 성질머리는 못 따라갈걸? 우리 같은 방계 입장에선 여간 조심스러운 게 아니라고."

다이안이 본가의 당주에게 딱히 조심스럽게 대할 만한 성격은 절대 아닌 것이 분명했으나 제레미는 현명하게도 그 생각을 입 밖으로 내는 대신 툴툴거리는 쪽을 택했다.

"그놈 성격 더러운 건 나도 익히 봐와서 알거든?"

"허어, 그러서? 그런데도 충격 먹어서 이렇게 부루퉁해 있으서?"

한심해하는 투로 읊조리며 뺨을 쿡쿡 찌르는 모양새가 얄미우면서도 귀엽다. 아무래도 자신이 콩깍지가 단단히 씐 것이 분명하다고 확신하는 제레미의 다리를 고사리 같은 작은 손이 툭툭 쳤다.

"엄므아 어애 와?"

"……형도 초조하게 손가락 꼽는 중이란다. 너 그보다 아까 대체 왜 그런 거냐? 어떤 일이 있어도 다른 사람을 때리면 안 되는 거라고."

열네 살에 황자를 두들겨 팼다가 하마터면 팔이 잘려 나갈 뻔했던 경력의 소유자 주제에 잘도 뻔뻔하게 떠드는 제레미였다. 그래봤자 머리에 꽂은 꽃 때문에 전혀 엄숙해 보이지 않았지만.

"내애 엉아 아니야아아."

커다란 파란 눈을 불만스럽게 깜박이며 으르렁대는 미하엘의 모습에 제레미의 턱이 힘없이 아래로 떨어졌다. 그리고 다이안은 킥킥 웃기 시작했다.

"그렇지, 아빠랑 동갑인 주제에 형은 무슨, 아저씨라고 해야지."

"……아니, 저기, 그, 이런 멋진 형님 가진 게 얼마나 행운인지 알기나 하냐?!"

"내 엉아 아니야아!"

"이게 진짜……! 그리고 아나한텐 대체 왜 그런 거냐? 그렇게 예쁜 사촌 동생을 구박하려 들다니, 너 그러다 나중에……."

"내애 아브야아."

"뭐?"

"내 아바야아."

잠시 정적이 있었다. 미하엘이 조그만 어깨를 들썩이며 눈에 있는 힘을 다 주는 가운데, 제레미와 다이안은 잠시 멍하게 아이의 얼굴을 응시하다가 동시에 서로를 쳐다보았다.

"그런 거였나?"

"그런 거였나 봐."

"근데 그럼 왜 나한테까지……. 내 말은, 아나한테 질투하는 건 이해가 가지만……."

"애들은 의외로 어른보다 상황 꿰뚫어 보는 능력이 뛰어나다잖아."

"……무슨 뜻인지 이해가 잘 안 가는데."

"너희랑 공작님의 모습이 누가 봐도 훈훈한 부자지간 같았다 이거지."

제레미는 잠시 얼이 빠져 버린 눈으로 연인의 장난기 가득한 푸른 눈을 뚫어져라 노려보았다. 사냥감의 뒷발질에 보기 좋게 걷어차인 어벙한 사자 같은 풍경이었다. 그 낯짝에 대고 다이안은 실로 득의만면한 조소를 날렸다.

"이쯤에서 그만 너희 모두 좀 솔직해지시지그래?"

"난 원래 항상 솔직담백한 사내다."

"……난 돌아가신 전 후작님에 대한 건 아무것도 몰라. 하지만 네가 저승 이승 다 합쳐서 아버지라고 부를 만한 인간은 딱 하나밖에 없다고 네 입으로 말했다며? 그 난리 벌어진 걸 보아하니 돌아가신 분을 두고 말한 건 아닌 것 같은데, 너도 이쯤에서 그만 인정하지그래?"

상대가 다른 사람이었다면 제레미는 진작에 '뭔 개소리야!' 하면서 포효를 내질렀을 것이다. 하지만 상대가 다이안인 고로, 제레미는 포효를 내지르는 대신 어벙하게 눈을 끔벅거렸다.

"뭐를……?"

이 한심한 질문에 다이안은 대꾸하지 않았다. 대꾸한 이는 미하엘이었다. 미하엘은 그 조그만 손바닥으로 제레미의 무릎을 찰싹찰싹 때리며 외쳤다.

"내애 아바라고오!"

"아씨, 너 자꾸 나 때리면 노라한테 이른다?!"

"야아비애!"

"야, 야비하다니 너 말이야……."

"……그냥 가서 잘못했다고 사과하세요."

늑대 놈이 화를 내었다. → 그놈이 지 아들이 우리 좀 팬 거 가지고 진지하게 화를 낼 인간이 아니다. → 따라서 그놈이 진짜 분노한 상대는 이른 아침부터 민폐 좀 끼친 내가 틀림없다.

라는 희한한 결론에 도달한 엘리아스가 머리를 끙끙 싸매고 죽는시늉을 하는 가운데, 그 꼴을 안쓰럽다 못해 한심한 눈빛으로 지켜보던 오하라가 넌지시 던진 일침이었다.

그러나 엘리아스는 자신의 풍성한 머리카락을 다 쥐어뜯을 기세로 머리를 마구 움켜쥐면서 이렇게 웅얼거릴 뿐이었다.

"그, 그놈은 워낙 쫌생이라 진심 어린 사과 따위 안 먹힐 거라고!"

"형이 언제 누구한테 한 번이라도 진심 어린 사과라는 것을 해본 적이 있기나 해?"

"넌 닥쳐! 거기서 좀 안 말리고 뭐 했냐?!"

말린다고 들을 인간도 아닌 주제에 엄한 동생에게 울컥 화풀이를 해대는 남편의 한심한 꼬라지에 오하라는 혀를 끌끌 찼다.

이런 망둥이를 하나도 아니고 넷이나 키워낸 슈리를 향한 존경심이 새삼 다시 치밀었다.

"그러게 왜 별일도 아닌 거 가지고 꼭두새벽부터 찾아가서 그 난리를 피워대요? 아나는 또 왜 데리고 갔어요?"

"그, 그야 그놈이 건방지게도 우리 예쁜 딸내미 데리고 오라는 소리 한번 안 하니까……."

"세상에, 그분이 미하엘 놔두고 다른 애들이 눈에 들어오겠어요, 지금? 그냥 가서 죄송하다고 하세요, 좀."

"그게 쉬운 일이 아니라니까! 보자마자 나더러 슈리 만날 자격도 없는 천하의 후레자식에다 내 형의 발톱의 때만도 못한 승냥이 새끼라고 욕할지도 몰라!"

피를 토하는 듯한 절절한 포효다. 오하라도 레온도 그야말로 황당을 금치 못하는 표정이 되었다.

"대체…… 공작님이 도대체 평소에 당신을 뭐라고 부르는 거예요?"

"형은 도대체 공작님을 어떻게 생각하고 있는 거야……?"

때마침 부릉부릉 진동을 일으키기 시작한 전령구가 장장 몇 시간째 꿍꿍대고 있는 엘리아스로 하여금 발딱 일어나게 만들었다. 곧바로 맥 빠진 낯짝이 되기는 했지만.

"……아 씨, 뭐야. 형이잖아. 나 지금 정신없거든?! 내가 지금 얼마나 심각한 고뇌에 처한……."

-개소리 작작하고 주말에 집에 좀 와라.

"내가 왜? 난 가정이 있는 몸이라고. 보고 싶으면 형이 알아서……."

-누가 네 더러운 면상 보고 싶다더냐? 작위 뺏기고 싶냐?

"치사하게 준 거 뺏는다고 협박하냐?!"

-한다면 어쩔래.

노이반슈타인 가주의 위엄이 절절하게 밴 제레미의 으르렁거림에 엘리아스는 잠시 시뻘겋게 달아오른 얼굴로 입만 뻐끔거렸다. 그가 미처 적절한 대꾸를 생각해 내기도 전에 제레미가 다시 말했다.

-안 오면 다리 찢어버린다. 레온도 일정 비워두라고 전해.

"찌, 찢어보시지! 누가 무서워할 줄 알고?!"

최후의 발악을 펼쳐 보인 엘리아스가 다음으로 한 행동은 바로 엄한 전령구를 들고 있는 힘껏 던져 버리는 거였다. 그리고 그 귀한 물건에게 화풀이를 감행한 대가로 아내에게 등짝을 얻어맞았다.

"이 염치없는 새끼가 진짜."

단말마를 끝으로 통신이 끊겨 버린 전령구를 노려보며 제레미가 스산하게 으르렁거린 소리였다. 이에 고귀한 황실 물품을 개인적인 용도로 사용하는 만용을 저지르는 후작을 멍하게 노려보던 황태자가 차분하게 입을 열었다.

"진짜로 다리 찢을 작정이야?"

"……안타깝게도 그럴 일은 없을 겁니다. 그놈은 혀만 살았지 쫄보인지라."

"하긴 그건 그렇구나. 그나저나 그 아버지의 날 어쩌고 하던 건 어떻게 해결된 모양이야?"

"아직 잘 모르겠습니다. 그보다 전하께선 어떠십니까?"

다소 뜬금없다면 뜬금없는 반문에 레트란의 낯빛이 약간 어두워졌다.

"나한텐 별 의미 없어. 다른 행사들하고 다를 바 없이 다분히 형식적인 날일 뿐이라고. 그보다 형이 그 핑계로 들르지나 않았으면 좋겠는데."

"……테오발트 전하가 오신다고 했습니까?"

"아직 확실한 건 아닌데 그럴지도 몰라. 아바마마야 반가워하시겠지만……. 아, 젠장 할, 진짜 그놈의 아버지의 날 어쩌고는 대체 누가 만든 거래냐."

그답지 않게 거칠게 짜증을 내는 레트란을 바라보며 제레미는 힘 빠진 미소를 지었다. 안 그래도 조마조마한 마당에 하필이면 그놈이 온다면 더 큰일인데……. 갈수록 상황이 더 꼬이는 기분이었다.

"그다지 반가운 소식은 아니군요."

"그러게 말이다. 그럴 일은 없겠지만 노라 형이랑 마주치면 큰일인데. 가뜩이나 형수님께서도 안 계시는데 말이야……."

"누가 온다 하였소이까?"

바로 뒤에서 들려온 으스스한 음성에 대낮부터 한가하게 딴짓하고 있던 두 사람 모두 마른침을 꿀꺽 삼키며 천천히 몸을 돌렸다. 거기에는 그야말로 불꽃의 화신 같은 모습을 한 황후께서 한 팔에 조카손자를 안은 채 서 계셨다.

"오호라, 애들은 지긋지긋하다고 하셨으면서 의외로 잘 어울리시는군요."

"자넨 좀 닥치게. 태자, 조금 전 뭐라고 했습니까?"

"경애하는 이복 형님께서 곧 황궁에 모습을 드러낼지도 모른다고 말하고 있었습니다. 4년 만이죠, 아마."

엘리자베트는 잠시 미간을 찡그린 채 아무 말도 하지 않았다. 레트란이 한숨을 내쉬며 창가로 다가가 앉는 사이 제레미는 고모할머니의 품에 안겨 잘도 자고 있는 미하엘을 바라보며 헛기침을 좀 했다.

"마마께선…… 영애이셨을 시절 아버지의 날에 보통 무얼 하셨습니까?"

"아버지의 날이란 것을 창조한 작자를 원망했네."

"이런, 송구합니다."

"마음에도 없는 소리 넣어두게. 하여간 어미나 아들이나 똑같구먼."

이 날카로운 빈정거림에 제레미는 쑥스럽게 웃으며 머리를 긁적이다 말고 황급히 정신을 차렸다. 그러고 보니 슈리였어도 아버지의 날이란 것을 창조한 인간을 원망했을 듯하다. 젠장 할, 가족사가 다 이래서야 어디 조언을 구할 수가 있겠는가.

"그나저나 이 울보 녀석은 언제 돌려보낼 작정인가? 집에 가겠다고 야단을 떨던데, 하여간 애비나 아들이나 어쩜 그리……"

"내일쯤이요? 그보다 소신이 마마께 여쭙고 싶은 것이 있습니다만."

"또 뭔가?"

"오는 일요일 태자 전하께서 영 달갑지 않은 이복형을 피해 소신들과 함께 지내는 것에 대해 어찌 생각하십니까?"

잠시 침묵이 흘렀다. 레트란은 놀라움과 반가움이 반반 섞인 표정을 지었고, 엘리자베트는 미묘하게 인상을 찌푸릴 듯 말 듯 하고 있었다.

"오는 일요일이라 하면……."

"예. 바로 그날입니다."

"그 뜻깊은 날에 태자를 아예 빼돌리겠다 이건가?"

"어차피 폐하께선 4년 만에 재회하는 큰아들만으로도 족하실 거 아닙니까. 태자 전하께서도 이번 기회에 진짜 뜻깊은 기념일을 보내실 때도 되었죠."

자기 자신이 아닌 타인의 문제에 관해서라면 꽤 눈치가 비상한 인물이 제레미다. 과연 모전자전(?)이 따로 없다는 생각을 하며 엘리자베트는 아들 쪽으로 시선을 돌렸다. 레트란이 머쓱하게 웃음을 지었다.

"뭐 어마마마께서 동의만 해주신다면……."

"언제는 이 어미의 허락을 구하고 농땡이를 피우셨소이까? 태자 뜻이 정 그러하다면 그리하십시오. 또 무슨 모의를 하려는 건지는 모르겠지만."

"……."

-애들이 미하엘을 데리고 갔다고?

"요약하자면 대충 그래요."

-같이 잘 노는 모양이구나.

"수준이 비슷하니 그럴 만도 하죠."

제레미가 들었으면 곧장 눈에 쌍심지를 켜고 달려들었을 소리를 잘도 지껄이며 노라는 입안에 털어넣은 얼음을 와드득 와드득 씹어 삼켰다. 그가 빈 술잔을 다시 채우는 사이 잠시 조용하던 건너편에서 부드러운 목소리가 들려왔다.

-노라. 너 무슨 일 있었니?

"당연히 있지요. 일단 누나가 없잖아요."

-무슨 일인데 그래? 애들이 또 무슨 사고라도 쳤니? 그런 거라면 굳이 감싸주지 않아도 돼.

애초부터 그 시끄러운 것들을 감싸주고픈 마음이야 조금도 없었지만 어쨌든 노라는 팔짱을 낀 채로 잠시 신음을 흘렸다. 이걸 대체 뭐라고 설명하면 좋으려나. 한참을 망설이던 그의 입에서 마침내 간소하기 짝이 없는 대답이 흘러나왔다.

"……엘리 녀석이 제 죄에 대한 업보를 제대로 치를 뻔했습니다."

-업보라니?

"누나 목덜미에 상처 낸 거 말이에요. 우리 아들이 그 녀석 딸 이마에 상처를 낼 뻔했거든요. 다행히 다치지는 않았지만…… 역사는 되풀이된다는 말이 맞는 것 같더군요."

잠시 침묵이 흘렀다. 슈리는 대체 어쩌다 그런 일이 생겼던 거냐, 그래서 엘리아스는 어떻게 했냐, 하는 식의 질문을 퍼붓는 대신 뭔가 생각에 잠긴 듯했다.

연이은 정적 속에서 노라는 손을 들어 머리를 싸쥐며 나직한 탄식을 내뱉었다.

역사는 되풀이된다. 그와 제레미가 무덤까지 안고 가기로 다짐했던 비밀. 하필이면 엘리아스 그 녀석 덕분에 고인에 관한 비밀을 떠올리게 되어버렸던 것이 결정적인 원인이었을지도 몰랐다. 혹은 하필이면 그 상황에서 옛 기억이 떠올라서거나. 혹은 둘 다일지도 모른다.

어쨌든 노라는 그 순간 미하엘이 내보인 폭력성에 급격한 혐오를 느껴 버린 자기 자신을 발견했다. 자기혐오에 가까운 감정이긴 했지만. 어린아이가 뭣도 모르고 땡깡 부리는 것을 폭력이라고 칭하기엔 다소 거창할 수도 있으나 그 땡깡 덕에 아나벨라가 크게 다칠 뻔했다. 자칫했으면 두고두고 남을 트라우마가 됐을지도 모를 일이었다. 그 어리고 약한 여자아이에게.

물론 미하엘도 아직 한참 어린아이였고, 미하엘과 요헤너스 사이에는 그 어떠한 연결 고리도 없었다. 미하엘은 순전히 뉘른베르의 핏줄이었다. 누구누구 못지않게 대대로 폭력적인 성향을 이어간 늑대의 핏줄.

그러는 한편으로는 동시에 자신이 아버지처럼 변해 버릴까 봐 겁이 나기도 했다. 제 자식보다 다른 사람의 자식을 더 아꼈던 아버지…….

기이한 양가감정이었다. 아마 그래서 그때 그렇게 도망치듯 그 자리를 빠져나왔던 것이리라.

부친과 해후 아닌 해후를 한 상태이기도 했고 옛일은 이미 마음 한구석에 밀어둔 지 오래였으나 그는 여전히 자신이 없었다. 만약 슈리가 부재 중인 상황이 아니었더라면 스스로가 자신이 없다는 사실조차 깨닫지 못했었을 거다. 문제는 이런 복잡한 심보를 대관절 무슨 수로 슈리에게 털어놓냐는 것인데…….

-노라?

"……네?"

-나도 처음엔 실수 연발이었어.

뜬금없다면 뜬금없는 말이었다. 노라는 수그렸던 머리를 들고서 상대가 보이기라도 하는 것처럼 전령구를 뚫어져라 응시했다.

-애들 말이야. 나도 처음부터 능숙했던 건 결코 아니었어. 애들 속 하나도 모르고 서로 오해에 오해만 거듭했던 시절도 있었지.

"……누나는…… 누나도 어린애셨잖아요."

이에 슈리는 잠시 웃더니, 장난스럽게 어르는 듯한 투로 말을 이었다.

-나이가 중요한 건 아니잖아? 사람이라면 누구나 실수를 해. 특히 가족이라면 남한테보다 더한 법이지. 나도 아직까지도 실수투성이이고, 너도 마찬가지야. 난 네가 처음부터 완벽하길 바라지 않아. 그러면서 같이 자라는 거니까.

"같이 자란다고요?"

-같이 자라는 거지. 옛날에 네가 나한테 철이 든다는 게 도대체 뭐냐고 물어봤던 거 기억하니?

음울하게 가라앉았던 푸른 눈동자에 희미한 웃음이 피어올랐다.

"시험하시는 건가요? 그때 일을 내가 무슨 수로 잊겠어요?"

-이야, 하하하. 아무튼 그때나 지금이나 우리 모두 별로 달라진 게 없는 거 같네. 난 아직도 네 질문에 대한 답을 모르겠거든.

"누나가 모르는 것도 다 있다니 좀 위안이 되네요."

-그런 걸로 위안 느끼지 말아줄래? 그런데 엘리는 어떻게 됐니? 설마 그 자리에서 또 누굴 쏴버리네 마네 야단 떤 건 아니지?

"……아니요. 의외로 얌전하던데요."

-그래? 별일이네.

"이게 다 누나가 없어서예요. 누나가 없으니까 자꾸 기상천외한 사건들이 벌어지는 거라고요. 이러다 조만간 제레미가 정치에 지대한 관심을 보이거나 엘리 녀석이 성숙해지거나 하는 기현상이 벌어져도 놀랍지가 않겠어."

그렇게 투덜거리면서도 노라는 어느덧 킥킥 웃고 있는 자신을 발견하고 있었다. 근 며칠 내내 도사리던 냉소적인 피로감이 싹 빠져 버린 얼굴이었다. 슈리 역시 소리 내어 쿡쿡 웃었다.

-애들이 너한테 많이 의지하는 모양이야.

"끔찍한 말씀 마세요. 그 의지 조금만 더 했다간 사람 잡을지도 모른다고요."

-그래도 걔들 그러는 거 받아주는 사람 너밖에 없잖아. 아무튼 이젠 괜찮아?

"괜찮지 않을 게 뭐가 있겠어요? 누난 괜찮아요?"

-나도 당연히 괜찮지. 있지, 다음번엔 같이 오자. 우리 셋이 다 같이…….

물 흐르듯 유려하게 이어지던 슈리의 말이 끊기면서 뭔가 시끄러운 잡음이 들려온 것은 그때였다.

노라가 절로 몸을 앞으로 숙이며 눈을 크게 치뜨는 가운데, 잠시 후 왁자지껄하기 짝이 없는 목소리들이 쩌렁쩌렁 울려 퍼졌다.

-공작님! 엄마 여기 있는 사이 우리 오빠들 좀 패주세요! 마음껏 패주셔도 돼요! 제 몫까지 좀 같이 패주세요! 그 인간들한텐 매가 절실하다고요! 전하, 전하 얼른 인사하세요!

-잘 지내고 계십니까, 장인 어르신? 속 더럽게 썩이는 아드님들은 좀 고분고분해지셨고요? 좌우지간 고생이 많으시겠습니다. 다음번엔 꼭 방문해 주시길…… 어억! 아니, 왜 때리는 거요?

-지금 인사를 하는 거예요, 약을 올리시는 거예요?

-그야 당연히 후자…… 커흠, 죄송합니다, 장인어른.

바야흐로 6월의 셋째 주의 일요일.

집집마다 꽃과 카드가 내걸리며 신분 고하를 막론한 각 집안의 자제들이 어떻게 하면 오늘을 핑계로 용돈을 한껏 타낼 수 있을까 진지하게 머리를 쥐어 짜내는 날, 꼬마 미하엘은 장장 나흘 만에야 집으로 돌아가게 되었다.

멋대로 동생을 납치해 가서는 이러이러하니 어쩌겠다는 중간 보고도 없이 며칠 만에야 데리고 돌아온 제레미의 철없는 행각에도 노라는 딱히 불쾌감을 표출하지 않았다. 그저 미간에 주름을 약간 잡으며 나무라는 투로 말할 뿐이었다.

"애 보는 게 체질에 맞는 모양이다? 아주 할 일 없어 한가해 죽겠냐?"

"그게, 꼭 내가 봤다고 할 순 없잖아? 하하……."

"왜 또 이렇게 우르르 몰려왔어? 전하께선 끌려오신 겁니까, 볼일이 있어서 왔다가 우연히 마주치신 것뿐입니까?"

"아아, 난 당연히 형한테 볼일이 있어서 온 거지요. 그렇고말고요."

어쩌다 다 같이 사자 굴에서 만나서 사이좋게 늑대 굴까지 오긴 왔는데, 어떻게 시작해야 할지 아무도 모르겠다고 주장하는 분위기였다. 심지어 무작정 일을 주도한 제레미조차 몸 둘 바를 모르겠다는 표정이다.

세 사자 형제와 한 마리 독수리가 그런 식으로 어정쩡하고도 어수선한 분위기를 풍기며 괜히 서로를 힐끔거리는 가운데, 미하엘은 형들과 별반 다를 바 없는 어색한 표정으로 며칠 만에 만난 아빠에게 손을 흔들어 보였다. 그런 아들의 머리를 손으로 한바탕 헤집은 노라가 몸을 일으키며 이 기묘한 정적을 깨뜨렸다.

"뭔진 모르겠지만 황궁에 가서 얘기하시죠. 어차피 지금 막 그쪽으로……."

"워워, 잠깐만! 일요일에도 출근하는 미친놈이 세상에 어디 있어?!"

제레미가 불이라도 붙은 듯 후다닥 앞을 가로막으며 내뱉은 저 비난에 노라는 곧장 인상을 찌푸렸다.

"너희 같은 한량이야 일요일에는 당연히 한가할지 몰라도 난 아니라고. 폐하께서 누에바 총독부 재정비 문제를 오늘까지……."

"그, 그런 건 전령구로 보고드려도 되잖아!"

"……놀기만 하다 보니까 개념을 아예 하늘로 던져 버렸냐, 너? 세상 어느 미친놈이 황제 폐하께 전령구로 보고를 해? 그것도 이런 중대한 사항을? 네가 대체 생각이 있는 거냐, 없는 거냐?"

제레미는 졸지에 천하의 개념 없는 귀족으로 찍혀 버리게 되었음에도 불구하고 화를 낼 생각을 하지 못했다. 자기가 생각해도 참 되지도 않는 소리였기 때문이다.

"그, 그치만 그러면 차라리 저녁때쯤에……."

"그때까지 미룰 건 또 뭐야, 한시라도 빨리 끝내는 게 낫지. 전하, 가시죠."

"아니, 저기, 노라 형, 잠깐만요. 제레미 경 말에도 일리가 있는 것 같은데요."

"……방금 뭐라고 하셨습니까?"

노라는 이제 다들 사이좋게 약이라도 빤 거 아니냐고 의심스러워하는 눈빛이 되었다. 짙푸른 눈동자가 실로 무시무시하게 번득이기 시작하자 레트란은 마른침을 꿀꺽 삼키며 제레미와 다급한 시선을 교환했다.

어쨌든 지금 노라가 황궁에 가는 일은 기필코 막아야 했다. 계획이 망한다는 건 둘째 치고 현재 황궁에는 레트란의 얄미운 이복형이 당도해 있는 상태였으니까. 행여나 마주치기라도 한다면…….

"제 말은, 그러니까 아바마마께서 지금 기분이 매우 안 좋은 상태시거든요. 그러니…….."

"폐하의 기분이 어쩌든 간에 국정이 달린 문제입니다. 혹 폐하께서 오늘 일하기 싫다고 주장하기라도 하신 겁니까?"

"아니요, 그, 그런 건 아니에요! 다만 요즘 나이가 드시다 보니까 여기 저기가 쑤신다고…… 거기다 오늘은 주말이잖아요. 모름지기 사람은 주말에는 좀 쉬기도 해야…….."

"……황좌에 앉으시고 나서도 그따위 한가한 생각이나 하실 작정입니까? 적당히 놀기도 하면서 제국을 다스리겠다고요?"

이제 할 말에 쫓기기 시작한 레트란이 애처로운 눈빛을 친구에게로 돌렸다. 자세한 속사정까지는 모르는 엘리아스였으나 그래도 노라와 테오발트가 마주치면 일 난다는 사실 정도는 인지하고 있었기에 용감무쌍하게 입을 열었다.

"지금 네놈 꼴이 딱 돌아가신 선조님이 친구 하자고 할 것 같거든?! 꼴에 제국 최강 기사라면서 그게 뭐냐?! 네놈에겐 휴식이 필요하다고! 와하하핫! 안 그러냐, 아우야?"

이에 레온은 관자놀이를 타고 흐르는 땀을 닦으며 애써 차분하게 받아쳤다.

"공작님, 미하엘이 글쎄 아빠를 많이 찾더라고요. 그런데 보자마자 이렇게 일 보러 가시면 얘가 서운해합니다. 마음에 상처를 받을 거예요. 네, 틀림없이 그럴 겁니다. 저러다 질풍노도의 시기가 일찍 와버리기라도 한다면……"

"너까지 형들한테 물든 거냐?"

"……아니요. 죄송합니다. 음, 실언했습니다."

찔끔 꼬리를 내리는 레온의 가련한 모양새를 전혀 상처받은 것 같지 않은 미하엘이 안쓰럽게 바라봐 주었다.

그러는 사이 노라가 쯧 혀를 찬 뒤 일요일 아침부터 사이좋게 뜨거운 시선 교환을 감행 중인 장정들을 지나쳐 갔다. 아니, 가려고 했다.

"황명이에요! 여기서 한 발짝도 나가지 마요!"

사자들의 입이 그야말로 쩌억 벌어졌다. 거의 십년지기 친구가 제국에서 황제 다음으로 최고 존엄이라는 사실을 그제야 상기한 엘리아스의 얼굴에 경외와 감명의 빛이 명멸하여 스치고 지나갔다.

그러나 정작 저 황명의 대상이 된 노라는 그다지 감명받은 표정이 아니었다. 늑대 굴의 가주께서는 잠시 어처구니가 없다는 듯한 표정으로 일행을 죽 둘러보더니, 의자에 도로 털썩 앉으며 내뱉었다.

"좋아…… 이번엔 또 무슨 일이야? 넷이서 대체 무슨 사고를 쳤길래 이 난리지?"

"사고 친 거 아니거든?! 우리가 무슨 애새끼들도 아니고……"

"아니라면 어째서 지엄하신 사촌 아우님 입에서 황명 운운하는 헛소리까지 나오는 거냐고."

아무리 황실의 존엄이 사자와 늑대의 발톱에 꿰여 버린 정국이라 한들 가차 없는 폭언이었다.

그러나 명실공히 황태자 레트란은 사촌 형의 그러한 불충을 비난하는 대신 슬그머니 제레미의 뒤쪽으로 물러섰다. 정확히는 이미 제레미의 뒤에 바짝 들러붙다시피 한 엘리아스와 레온 사이에 꼈다. 따라서 제레미는 매우 어설프게 웃음을 지어 보여야 했다.

"레온이 말한 거, 농담이 아니야. 미하엘이 정말로 널 많이 찾았다니까? 아나한테 그랬던 것도 보니까 질투 나서 그런 거라고. 그래서 우리가 나름 계획까지 짜서 찾아왔는데……."

"무슨 계획."

"……어?"

"계획을 짰다며. 그게 뭔데."

당연히 그런 걸 미리미리 짜뒀을 리가 없었기에 제레미는 그냥 떠오르는 대로 지껄였다.

"아나랑 미하엘이 동물원에 가고 싶대. 하하하, 애들도 화해하고 너도 모처럼 좀 쉬고 그렇게 님도 보고 뽕도 따는……."

"내애가 어은제 그앳어!"

"아, 아까 그렇게 말했잖냐! 자꾸 변덕 부리면 못써 인마, 하하……."

"아나, 시이져! 오지이 마아라고 애애! 시이져어어!"

얌전히 있다가 또다시 원인 모를 행패를 부리기 시작한 미하엘의 행태에 제레미는 그만 울고 싶어졌다. 그리고 엘리아스는 곧장 제 무르팍을 간신히 넘을까 말까 한 동생을 붙들고 사이좋게 으르렁거렸다.

"야! 내 딸이 어디가 어때서?! 그런 사촌 동생 있는 게 얼마나 행운인지 알기나 하냐, 이 쪼끄만 자식…… 어어억!"

"시이져어! 엉아아도 시이져어! 내 아브아야아!"

찰싹찰싹, 고사리 같은 손으로 엘리아스의 다리를 사정없이 후려갈긴 미하엘이 고함을 내지른 다음 취해 보인 행동은 바로 분홍빛 폭풍처럼 질주하여 제 아빠의 다리에 힘차게 매달리는 거였다. 미하엘은 그대로 고개를 꼭 파묻은 채 어깨를 가쁘게 들썩였다.

잠시 침묵이 흘렀다. 두 동생과 황태자가 어벙한 시선 교환을 시전하는 동안 제레미는 힘 빠진 미소를 지어 보이며 친구를 쳐다보았다.

"아, 아까는 진짜 동물원에 가고 싶다고 했어."

"……."

"뭐 꼭 동물원이 아니더라도……."

"좋아."

제레미가 순간 자신의 귀를 의심하게 되었음은 당연지사였다. 그러나 그는 곧 잽싸게 정신을 차리고는 두 눈을 순진무구하기 짝이 없게 깜박거렸다.

"엉? 뭐라고 말했어?"

"네 계획대로 하자고. 사내놈 다섯이서 애 둘 데리고 동물원에 가는 짓거리."

"……왜 이렇게 북적거려?"

"……아버지의 날이잖아. 그래서 그런 거 아닐까?"

"오늘이? 아, 시간이 벌써 그렇게 됐나."

아무래도 노라는 요 며칠 사이 폐인 생활을 하면서 날짜 감각을 영 잃어버린 모양이었다. 따라서 제레미는 치미는 안쓰러움을 주체하지 못하는 표정이 되었다.

"그러게 내가 도와준다니까. 나 일 잘하거든? 맡겨만 준다면……."

"엉아, 저이 가아! 내 아쁘아야!"

"이 똥강아지가 진짜! 내 친구기도 하거든?! 어억! 노라, 얘가 자꾸 나 때려!"

어쨌든 노라의 감상대로 작년에 갓 연 비텔스바흐의 중앙 동물원은 꽤 많은 인파로 북적이고 있었다. 대부분이 가족끼리 나들이 나온 귀족들이었고, 따라서 다섯 명의 장정과 두 아이가 사이좋게 몰려다니는 풍경은 시선을 사기에 충분했다.

"와하핫, 금수들 천지로군. 자, 딸아, 오늘 아빠가 이곳을 점령해 주마!"

"저기서 파는 건 뭐지? 사람들이 왜 솜을 먹고 있는 거야?"

"솜사탕이라는 겁니다, 전하. 구름처럼 생긴 사탕이죠."

"오오, 과연 지식인. 좋았어, 우리 어디부터 볼까?!"

레트란이 황태자의 위엄을 담아 호기롭게 외친 저 질문에 대한 대답은 딱 두 가지로 나뉘었다.

"당연히 사자부터!"

"느으때!"

전자는 세 사자요, 후자는 꼬마 늑대의 외침이었다. 레트란은 머리를 긁적였다.

"독수리부터 봐야지. 찬물에도 위아래는 있다고."

"뭐요? 이럴 때 치사하게 신분 남용하시깁니까?!"

"그야 당연히……."

"이곳에 독수리는 없습니다, 전하."

비교적 차분하게 브로슈어를 들여다보고 있던 노라가 툭 던진 말에 레트란은 곧장 시무룩해졌다. 반면에 엘리아스는 통렬한 비웃음을 터뜨렸다.

"와하핫, 이거 참 마음에 드는 장소로구먼. 그럼 사자부터 봅세……."

"느으때애 머언저야아!"

"하, 동물의 왕은 사자라는 거 모르냐?! 당연히 왕부터 먼저 알현해야지!"

"사쟈 몬새앵겨써."

"뭐, 뭐야?! 야! 지금 나보고 하는 말이냐?!"

"느윽때 머언저야!"

"사자가 먼저거든?!"

"느때야! 브아보!"

"사자가 먼저라고! 이게 지금 누구더러 바보라는 거……."

딱!

뒤통수에 느껴지는 장엄한 충격에 엘리아스는 세 살 먹은 동생과 똑같이 구는 짓을 곧장 그만둬야 했다.

엘리아스가 한 손으로 머리통을 싸쥐며 부들부들 떠는 동안 제레미는 주먹을 갈무리하며 노라를 쳐다보았다.

"늑대부터 보러 가는 게 나을 것 같아."

"웬일로 양보냐?"

"……안 그러면 네가 없는 사이 무시무시한 꼬마 늑대께서 우릴 처참히 응징할 거 같으니까?"

그 무시무시한 꼬마 늑대는 이제 양손으로 노라의 옷깃을 꼭 붙든 채 식식거리며 딸려 온 무리를 노려보고 있었다. 여차하면 하울링을 해대며 달려들 기세였다. 아무래도 이 조합이 영 마음에 안 드는 모양이었다.

노라는 잠시 복닥거리는 주변을 한번 둘러보더니, 허리를 굽혀 미하엘을 한 팔로 안아 들었다. 이 여상한 행위에 레트란은 물론이요, 사자들조차 일순 기이하기 짝이 없는 표정이 되었다.

"차라리 찢어져서 돌아다니는 게 어떠냐. 이대로라면 계속 싸우기나……."

"늑대부터 보러 가죠! 저도 반은 늑대잖아요?!"

"전 원래 항상 늑대를 좋아했습니다. 그러니까 사자는 지긋지긋하다고요."

"늑대든 사자든 순서가 중요한 게 아니지, 와핫핫! 안 그래, 따알?"

이해 불가한 모종의 이유로 다들 자신들의 정체성(?)을 부정한 덕분에 사자니 늑대니 조류니 하는 유치하기 짝이 없는 드잡이질은 거기서 마무리를 짓게 되었다.

대신에 가장 가까운 곳부터 순서대로 우리 속 금수들을 구경하기 시작했다.

"므. 므으야? 므어야아?"

"기이리. 기이린."

원래 애들은 싸우면서 친해진다고 한다. 미하엘과 아나벨라가 둘 사이에 언제 일방적인 다툼이 존재했냐는 듯 사이좋게 말을 주거니 받거니 하면서 두 눈을 휘둥그레 떠 보이는 동안 어른들은 솜사탕을 제대로 먹어보려 애쓰고 있었다.

"어씨, 끈적거려라. 넌 안 먹냐?"

"난 됐어. 너나 많이 먹어라."

"……음식을 사양하는 건 너답지 않아."

"그게 음식이냐? 간식이지."

짐짓 장난스레 핀잔한 노라가 미하엘을 안은 팔을 추슬러 올렸다. 따라서 미하엘은 그의 한쪽 어깨에 걸터앉은 모양새가 되었다.

제레미는 그 여상한 동작을 잠시 멍하니 바라보다가, 이내 헛기침을 하며 우리 속에서 어슬렁대는 기린 한 쌍으로 시선을 돌렸다.

"우와, 목 진짜 길다."

"……."

"애들이 좋아하는 것 같아서 다행이지 않냐?"

"야야, 먹이도 줄 수 있대! 딸, 아빠랑 기린한테 먹이 줘보자!"

"기린 평균 수명이 어떻게 되지?"

"대략 20년 전후일걸요. 아, 근데 이거 진짜 달군요."

어째 애들보다 이놈들이 더 신나 하는 것 같다는 느낌이 들었으나 노라는 그 감상을 입 밖으로 내는 대신 다른 말을 했다.

"좀 괜찮냐?"

"엉? 뭐가?"

"……엘리가 너희 아버지 어쩌고 했던 거. 속 좀 괜찮냐고."

갑작스럽다면 갑작스러운 질문이었다. 제레미는 그 말에 대답하는 대신 이마를 일그러뜨리며 괜히 기린 우리의 창살을 발로 툭 찼다.

"이젠 뭐…… 제기랄, 네 말이 맞긴 해. 아예 묻고 갈 거면 그런 티 내지 말았어야 했어."

"웬일로 반성까지 할 줄 알고 기특하네. 그럼 이제 솔직하게 말해봐."

"뭐, 뭐를?"

"진심으로 금수들 구경하고 싶었던 건 아닐 테고. 왜 오자고 한 거냐?"

때마침 레트란이 끼어든 덕분에 다행스럽게도 제레미는 대답을 피할 수 있었다.

레트란이 손에 들린 솜사탕을 마치 검처럼 휘두르며 외쳤다.

"노라 형, 저기 독수리 있는데요?!"

"……그렇군요."

"아니, 진짜라고요! 봐봐요!"

"저건 독수리가 아니라 매입니다."

"아, 그, 그런가요?"

"……."

"그런데 팔 안 아파요? 제가 대신 안을 수도 있……."

"괜찮습니다. 기별도 안 오는지라."

레트란이 머쓱하게 머리를 긁적이는 모습을 바라보며 제레미는 그만 배를 잡고 싶은 충동을 억눌러야 했다.

그러는 사이 뭔가 대단히 학구적인 표정으로 이 우리 저 우리를 기웃대던 레온 역시 이쪽으로 다가왔다.

"아, 젠장. 형, 여기 하텐슈타인 백작님 소유지라고 했지?"

"그게 왜?"

"그분한테 창피한 줄 알라고 전해줘. 생물학적 지식이 영 엉망이라고. 무슨 기린 수명이 40년이라고 쓰여 있질 않나……."

"뭘 그렇게 열심히 보나 했더니 그런 거 따지고 있었냐? 쯧쯧, 하여간 너도 참 걱정이다."

"뇌까지 근육 덩어리인 형들보단 낫거든? 나는 집안에 하나 남은 지식인으로서……."

"와아, 우리 아나가 코끼리한테 사과를 줬어! 와하하! 한낱 짐승도 내 딸의 미모에 반한 게 틀림없다고! 넌 이런 거 할 줄 모르지, 땅꼬마야!"

갑작스럽게 시비가 걸린 미하엘은 당연히 곧장 못마땅해하는 표정이 되었다. 반쯤 남은 솜사탕 막대를 휘휘 휘두르며 푸른 눈을 번득이는 모양새가 퍽 야무지다.

"유찌애애."

"……유, 유치하다니 너 말이야……."

"아쁘아, 아바아, 사땅 머거요오."

동공에 지진을 일으키기 시작하는 엘리아스를 그야말로 완벽하게 외면해 버린 미하엘이 손으로 솜사탕을 조금 찢어서 노라의 입가에 가져다 댔다. 꽤 사랑스럽고도 애틋해 보이는 동작이었다.

"……맛있네. 고마워."

사실은 지독하게 달아서 이가 녹아내리는 느낌이었으나 어쨌든 노라는 뻔뻔하게 잘도 말했다. 그리고 이번엔 제레미가 영 못마땅해하는 표정이 되었다.

"너 이 치사한! 아까는 사양하겠다며?!"

노라는 이제 진심으로 친구의 정신 상태를 우려하는 눈빛이 되었다.

"너까지 유아 퇴행 중이냐?"

"……그냥 해본 소리거든? 유머 감각 저렴한 놈아."

대충 그런 식으로 이 기묘한 조합은 동물원 투어를 계속했다. 엘리아스가 진짜 사자의 포효 앞에서 잠깐 주저앉을 뻔했던 것 빼고는 그럭저럭 무탈하게 흘러갔다.

"아우, 다리야……."

"그게 바로 범생이의 숙명이라는 거다. 쯧쯔, 고작 이 정도 가지고……."

"햐, 사람 진짜 많네. 우리도 동물원 하나 차려볼까? 취미 삼아서."

"아서라. 의회 때마다 창피한 줄 모르는 백작 씨랑 으르렁대고 싶지 않으면."

"근데 노라 형, 제가 황제가 되고 나면 황실 문장을 바꿀 수 있을까요?"

"……뭐로 바꾸고 싶으십니까?"

"뭐든 조류 아닌걸로요. 하얀 늑대라거나……."

"차라리 여우로 하겠다고 하지 그러십니까."

"어, 그것도 괜찮을까요?"

"지금 진지하게 물어보시는 거…… 미하엘!"

별 시답잖은 질문에 나름 성의 있게 대답해 주던 노라가 불쑥 소리를 치며 달려가는 바람에 분수대 근처에 모여 잠시 쉬고 있던 일행 모두 화들짝 놀랐다. 그러고는 저만치서 어떤 귀부인의 발치에 넘어져 있는 미하엘을 보고는 더더욱 놀랐다. 잠깐 눈 돌린 사이에 언제 저기까지 가버린 것인가.

"괜찮아?!"

바닥에 정통으로 넘어졌음에도 불구하고 신기하게도 미하엘은 울지 않았다. 동그란 이마에 빨간 자국이 생겼는데도 두 눈을 동그랗게 뜬 채 깜박거리기만 할 뿐이었다.

"애가 참 씩씩하네요. 아가, 괜찮니?"

노라는 황급히 아이를 안아 일으키다 말고 눈앞의 여인을 바라보았다. 길게 늘어뜨린 머리 위에 모자를 쓴 젊은 귀부인이었다.

"……실례했습니다."

"괜찮아요. 뭐가 갑자기 치맛자락에 걸린 느낌에 놀라서 돌아봤더니 그만……."

다시 한번 심심한 사과를 전하는 노라의 뒤로 황급히 뒤쫓아온 녀석들이 어벙한 시선을 교환했다.

"우리 동생이 유괴될 뻔했던 거냐?"

"얌마, 너 그렇게 아무나 쪼르르 쫓아가면 어떻게 해?"

"근데 울지도 않네요. 대단하다 미하엘. 의젓해."

레온이 나름 살갑게 던진 저 칭찬은 금방 의미가 퇴색되었다. 바닥에 부딪힌 이마가 아프지도 않은지 그저 멍하게 눈만 깜박거리던 미하엘이 갑자기 고개를 푹 수그리며 훌쩍거리기 시작한 것이다. 따라서 철부지 형들은 당황했다.

"야! 네가 얘 자꾸 구박해서 그런 거잖아, 이 유치한 새끼야!"

"내, 내가 뭘? 난 그냥 아무나 쫓아가면 안 된다고…… 이게 다 숫다리 네놈이 얘 나무라서 그런 거라고!"

"내가 뭘 나무랐다고 난리야?! 난 칭찬한 것뿐인데!"

"으흐아아아아앙!"

"아, 깜짝아. 아, 아나 너까지 갑자기 왜 이래?!"

한 애가 운다고 다른 애까지 같이 울다니, 이래서 애들은 어려운 법이다.

아나벨라까지 다짜고짜 우렁차게 울기 시작하는 바람에 시커먼 장정들은 어쩔 줄 모르고 발을 동동 굴렀다. 역시 유모들을 데리고 올 걸 그랬다.

"우흑…… 훌쩍……. 엄므아……."

"미하엘."

"흐으윽……."

노라는 머리를 좀 긁적이다가, 몸을 작게 움츠린 채 훌쩍거리는 아이를 안아 들고 한쪽에 놓인 벤치로 다가가 걸터앉았다.

"훌쩍…… 엄므아…… 엄므아인주 아라서……."

"알아. 괜찮아."

"우흐으. 훌쩍. 엄므아가, 아쁘아가…… 어엉아들이……."

"괜찮다니까. 괜찮아."

"흐으으아아아아앙……!"

달래주고 있다고 생각했는데 그 반대로 가버린 것 같다. 노라는 쓴웃음을 삼키며 제 품 안으로 바짝 파고들며 엉엉 우는 아이의 등을 천천히 토닥거렸다. 그러다가 어째 얼빠진 낯짝을 하고서 자신을 노려보는 네 금수 새끼를 보게 되었다.

"……같이 울고 싶어지기라도 하신 건가?"

"……왜, 그렇다고 하면 달래주시게?"

"아니."

"……왜?"

"네놈들은 귀엽지가 않잖아."

"뭐, 뭐야?! 이 자식아, 사자가 얼마나 귀여운 동물인지 알기나 해?!"

"독수리도 나름 귀여운데……."

그냥 저 새끼들 다 확 버리고 가버릴까. 늑대 공작은 새삼 진지하게 고민하기 시작했다.

"아우, 다리야. 이렇게 걸어본 게 얼마 만인지 모르겠네."

"나도. 어후, 근데 늑대가 일부일처제인 줄은 몰랐어."

"그러게요. 그럼 개는 같은 종인데 왜 그 모양이지?"

"사람한테 배운 건가? 기린 목이 그렇게 길 줄이야……."

다사다난했던 동물원 체험 끝에 일행 모두 늑대 굴로 되돌아왔다. 엄연히 남의 집에 멋대로 침입해 온 주제에 저들 안방처럼 뒹굴며 하루의 소감을 한마디씩 던지는 꼴이 어째 그림이 영 그렇다.

"어씨, 배고프다. 이렇게 굶주린 게 얼마 만인지 모르겠네. 넌 배 안 고프냐?"

"고파. 그런데 지금 그게 문제가 아니야."

"그럼 뭐가 문젠데?"

"오늘 같은 날 네놈들이 왜 아직까지 여기서 뒹굴고 있느냐가 문제지."

"오늘 같은 날이 어떤 날인데?"

"……관두자. 다들 이쯤에서 그만 각자 집으로 돌아가는 게 어떠냐?"

"왜?"

왜냐고?

노라는 이제 슬슬 인내심의 한계에 다다르는 자신을 발견했으나 가까스로 스스로를 자제했다.

"여긴 내 가족의 보금자리다. 우리 미하엘이 네놈들을 영 못마땅해하는데 그대로 둘 순 없지."

우당탕!

소파에 발 뻗고 드러누워 꾸벅꾸벅 졸던 엘리아스가 요란하게 바닥으로 떨어져 내렸다.

다들 눈을 크게 뜨고 쳐다보거나 말거나 엘리아스는 벌떡 씩씩하게 몸을 일으켰다. 그리고 집주인을 향해 당당하게 삿대질을 하며 외쳤다.

"누군 네놈이랑 가족 하고 싶대?!"

"……."

레온은 몸을 움직여 레트란의 귀에 대고 속삭였다.

"전하. 진심으로 궁금해졌는데, 정말로 저런 얼간이하고 계속…… 베

스트 프렌드 하실 작정이신가요?"

레트란은 무척이나 회의적인 표정이긴 했으나 그럼에도 애틋하게 대꾸했다.

"그놈의 정이 뭔지."

"커흠, 그러니까 내 말은 나도 가족 하기 싫지만 어쩔 수 없이 한다는 거……."

"제레미. 네 동생들 데리고 나가라. 전하도 좀 같이."

낮게 가라앉은 투로 내뱉은 노라가 타이를 거칠게 풀어헤치며 등을 돌리는 찰나였다. 입을 벌린 채 어정쩡하게 굳어 있던 제레미가 조금 전의 엘리아스 못지않은 기세로 꽥 포효를 내질렀다.

"미하엘은 우리 동생이잖아!"

"……근데?"

"그, 근데라니! 근데 이딴 차별이 세상에 어디 있어?!"

"……차별?"

"그래! 차별! 했잖아! 방금!"

이해 불가한 눈빛으로 친구의 흉포한 면상을 빤히 응시하던 노라가 마침내 다시 입을 열기까지는 좀 걸렸다.

"어쩌자고."

"어쩌긴, 나는……."

"일도 못 가게 해, 다 큰 놈들끼리 웬 동물원에 가자고 졸라대. 그리고서 계속 뭐가 불만인지 하루 종일 더럽게 칭얼거려, 집까지 졸졸 따라와서 지들 안방인 것처럼 뒹굴거리지 않나. 그런 주제에 대체 뭔 일이 어떻게 돌아가고 있는 건지 설명은커녕 입 꽉 다물고 있어, 뭐 어쩌자는 건데?"

드물게 온기 한 점 없는 냉랭한 음성이었다. 아슬아슬한 상태라기보다는 순전히 정나미가 뚝뚝 떨어진다는 듯한 투였다. 자칫했다간 폭발이 문제가 아니라 이대로 영영 절연하게 될지도 모르겠다. 공기 중에 떠도는 예감에 엘리아스마저 순간 안색이 흙빛이 되어버렸다.

"딱히 무슨 일이 돌아가고 있다기보다는 우린 그냥……."

"나랑 뭘 어쩌고 싶은 거냐, 도대체? 불만이 있으면 그냥 말을 해. 어울리지도 않게 빙빙 돌면서 낑낑대는 거 슬슬 지겨우니까."

"우리가 언제 낑낑댔……."

"그리고 너희야 그렇다 치자. 전하께선 대체 왜 여기 껴서 한몫 거들고 계신 겁니까?"

"내, 내가 뭘요?"

"……환장하겠군. 그냥 가십시오. 다 꺼지라고 좀. 강제로 내쫓기 전에……."

"아, 우린 그냥 네놈이랑 좀 놀고 싶었다고!"

피를 토하는 듯한 포효. 오늘따라 시도 때도 없이 소환당한 침묵의 신께서 또 한 번 강림하셨다.

뉘른베르 공작저의 응접실, 안주인의 취향에 맞춘 따사로운 아름다움이 녹아든 방 안은 그렇게 얼어붙은 영토로 변모했다.

"뭐라고……?"

대단히 힘겨워 보이는 기세로 내뱉은 노라의 목소리는 의외로 퍽 온화했다. 따라서 제레미 역시 퍽 온화해진 어투로 받아쳤다.

"오늘 날이 날인데 우리가 놀 만한 사람이 너밖에 없잖아."

"……."

"뭐…… 너도 알다시피 나도 그렇고, 태자 전하도 그렇고, 솔직히 우리의 생물학적 부친들께서 영…… 그러니까 뭐라고 해야 하나, 이날을 바치고 싶지 않은 사람들이다 보니까…….”

“……”

“그, 그리고 미하엘이 우리 때문에 너랑 싸우게 된 거 미안하기도 했고. 또…… 아나랑 미하엘이 진짜 사촌처럼 친해졌음 좋겠기도 했고…….”

“……”

“네가 미하엘한테 화가 났던 건지 우리한테 화가 났던 건지 헷갈리기도 했고…….”

“……”

“또 네가 계속 워커홀릭 돼서 이러다 쓰러질까 봐 걱정되기도 했고……. 물론 거기에는 정치라면 학을 떼는 내 한량짓도 한몫하지만…… 아니, 크게 하지만…….”

“……”

“그리고…… 그리고 하필이면 오늘 또 파이프 성애자 새 새끼가 황궁에 들르기도 해서…… 여차여차 심심하고 무료하고 울적해서…….”

꼬르르륵.

하필이면 그 순간에 요란하게 울린 배꼽시계가 나중에 떠올리면 이불 킥을 수백 번도 하고 남을 소리를 참 잘도 지껄이는 제레미의 입을 막아 주었다.

누구 배에서 난 소리인지 모를 일이었다. 어쨌든 다들 굶주린 맹수처럼 배가 고픈 상태였다. 모름지기 사람이란 신분 고하와 계급을 막론하고 배가 고프면 서러워지는 법이다. 하여 다들 본의 아니게 매우 서러운 표정들이 되어 저들 속도 몰라주는 매정한 오늘의 주인공을 쳐다보았다.

본의 아니게 오늘의 주인공이 되신 공작께서는 손으로 머리를 쓸어 넘기며 절망적이기까지 한 탄식을 내뱉었다.

"빨리 가."

"그, 그치만……."

"식당으로 가라고."

"응!"

"네!"

"체크메이트."

"하, 한 수만 물러줘."

"무리입니다."

"황명인데도?"

"더더욱 무리가 되겠습니다."

배가 차고 나면 언제 그랬냐는 듯 뻔뻔해지는 것이 사람 심보다. 공작 저의 주방장이 심혈을 기울여 만든 요리를 순식간에 초토화시킨 민폐 사총사는 이제 느긋하게 바람 잘 드는 2층 홀에 모여 앉아 제멋대로 놀고 있었다.

레트란과 레온이 마주 앉아 체스를 두는 동안 엘리아스는 옆에 앉아서 별 영양가 없는 훈수를 두고 있었고, 제레미는 제레미대로 애를 먹고 있었다.

"이쯤에서 그만 인정하시지. 내가 네 맏형이다!"

"내애 아빠야아!"

"……아빠가 아니라 혀……."

"내애 아쁘아라고오!"

"아 씨, 쪼끄만 게 독점욕이 뭐 이렇게 하늘을 찌르냐? 네 엄마가 내 엄마인데 어쩌라고 그럼! 동생이라도 생겼다간 아주 난리 나겠다 너?"

"도, 도오새?"

"그래, 네 엄마랑 아빠가 동생을 만들면……."

"……시져어! 시져어어!"

"어억! 억! 야! 노라, 애 좀 봐봐! 또 나 팬다고!"

"네놈이 맞을 만한 소리만 골라 하고 있잖냐."

맞는 말이었기에 제레미는 멋쩍게 헛기침을 좀 했다. 젖은 머리의 물기를 탈탈 털며 다가와 앉은 노라가 혀를 끌끌 찼다.

"동생 운운하기 전에 사촌 만들어줄 생각이나 해라."

"안 그래도 나름 어떻게 청혼할지 고민 중이었거든?"

"그래, 장하다. 고민이라는 것도 다 하고. 대견하기 짝이 없구나."

"아쁘아, 나 동새 시져요오."

"……제레미, 너도 어렸을 때 동생 생기면 질투하고 막 그랬냐?"

"무슨 소리를, 난 언제나 마음 넓은 장남이었다고."

"그랬던 모양이네."

"아니라고!"

그러고 잠시 침묵이 흘렀다. 낑낑대며 노라의 무릎 위로 기어올라간 미하엘이 제레미와 눈싸움을 시전하는 가운데 노라가 짧은 한숨을 내쉬었다. 그리고 제레미는 그 한숨의 의미를 오해했다.

"에헴, 그러니까 새 새끼가 나타난 사실을 감추려고 했다기보다는……."

"폐태자가 황궁에 들르든 말든 내가 상관할 바가 심히 아닌데."

"……그럼 뭐가 상관할 바인데?"

"……"

"아, 뭔데? 뭐가 문제인 건데 그럼?"

노라는 잠시 말끄러미 제레미를 바라보나 싶더니 대뜸 손가락을 들어 친구의 이마에 대고 딱 소리 나게 튕겼다.

따악!

"으갸악! 야 이 새끼야, 이게 대체 무슨 짓……."

"애 앞에서 말 곱게 써라. 거참, 징그럽게도 칭얼대는 놈일세. 사춘기 라도 도졌냐?"

"이, 이 나이에 뭔 사춘기이!"

"됐고, 어울리지도 않는 징그러운 짓 그만하라고. 대체 네놈이 언제부 터 내 눈치를 살폈다고 야단이냐? 나 원 참, 기가 막혀서……."

제레미는 이마를 싸쥔 채 낑낑대면서도 이의를 피력하려 애썼다.

"징그럽다니, 내가 대체 어딜 봐서 징그럽냐?! 나처럼 사랑스러운 인간 이 어디 있다고!"

"……지금 진심으로 하는 소리냐? 더 때려주랴?"

"난, 난 그니까 그냥 네가 행여나 딴마음 먹을까 봐……."

"뭔 개소리야 또."

"……네놈이 이 자리에 모인 놈들한테 해준 건 쓸데없이 많은데 우린 뭐 없잖아."

노라의 표정은 이제 점점 표현할 수 있는 범위를 넘어갔다.

"그걸 자각은 하고 있던 거냐?"

"젠장, 몰라! 기껏 예뻐라 한 동생 놈도 이제 와서 우린 형제 아니라고 하질 않나, 넌 우리 마더 슈리 없으니까 갑자기 사람이 매정해지질 않나. 치사하다고! 이 치사한 늑대 놈들아! 누가 냉혈한 가문 아니랄까 봐!"

아버지를 아버지라 부르지 못하고 동생을 동생이라 부르지 못한 처지가 꽤 한스러웠는지 그야말로 울부짖듯 포효하는 제레미였다. 그다음으로 들려온 말에 곧장 꼬리를 내리긴 했지만.

"내가 매정하다고? 내가 네놈들한테 매정하게 굴었다고?"

"……그니까 매정하다기보다는, 뭔가 평소랑 다른 느낌이 들었다고 해야 할까……."

"매사 한 치의 발전도 없이 한결같은 네놈들하고 같은 수준에 머물러 달라 이 소리냐?"

"……"

할 말을 잃은 제레미는 괜히 미하엘을 노려보며 입을 삐죽이기 시작했다. 어느 쪽이 형이고 어느 쪽이 동생인지 심히 구분이 안 가는 풍경이다.

"내애 아쁘아항테 아브 떠지 마아!"

"뭐, 아, 아부? 쪼끄만 게 대체 그런 말은 어디서 배운 거야?! 그리고 네 아빠이기만 한 줄 알아?! 내 친구란 말이다!"

"어엉아 아쁘아 아니야아! 내 아쁘아야아!"

"야! 내 의붓아비인데 어쩌라고!"

"저이 가아!"

"너나 저리 가, 이 똥강아지야!"

노라는 그만 손으로 머리를 짚으며 신음을 흘렸다. 다행히 때마침 엘리아스가 나서서 이 한심한 기 싸움을 종결시켰다. 정확히는 한몫 보태고 나섰다.

"거, 작작 좀 해라 좀! 네가 애비 없는 설움을 알기나 하겠냐?! 이 험한 세상에서 애비 없이 살아가는 후레자식의 설움을 알…… 어억!"

"애한테 후레 머시기가 뭐냐, 후레 머시기가?"

"아 씨, 그러는 형은 애랑 똑같이 맞먹은 주제에 왜 지랄이야!"

"말! 곱게! 쓰라고! 새끼야!"

"아아아악!"

"공작님, 저랑 체스 한판 두실래요? 공작님의 역량이 어느 정도인지 예전부터 궁금했던……."

"찬물도 위아래가 있는 법이라고. 노라 형, 저랑 먼저 한판 붙으시죠."

"신분 남용이십니다!"

노라는 이 미쳐 날뛰는 금수 새끼들의 머리통을 혹투성이가 되도록 쥐어박고픈 다소 난폭한 충동에 제동을 걸었다.

참자. 참아. 여태까지 잘 참아왔으니 계속 참자, 그냥. 그놈의 아버지의 날을 만든 작자는 대체 누구인가. 그 작자만 없었어도 이 사달은 나지 않았을 터인데. 지옥까지 쫓아가서 패주고 싶은 인간이 한 명 더 늘어버렸다.

"아쁘아."

……가만, 그러고 보니까 미하엘이 언제부터 아빠라는 말을 할 줄 알았던가? 상황이 상황이다 보니 미처 제대로 인지하지 못하고 있었다. 짜증스럽게 닫혔던 푸른 눈이 번쩍 뜨였다. 그 눈을 마주 보는 푸른 눈 역시 번쩍거리고 있었다.

"아쁘아, 아쁘아. 아나주때어어."

그냥 다 어디다 갖다 버리고 요 녀석 하나만 키우면 안 되는 걸까? 치미는 통탄의 눈물을 삼키며 노라는 무릎에 앉아서 달싹거리는 아이를 바짝 그러안았다. 들러붙은 미아들이 쓸데없이 많은 애비라 그런지 죄스러운 기분이었다.

"저기, 노라 형."

"또 뭡니까."

"……아니에요."

이건 또 뭔가. 고양이 새끼들이야 그렇다 쳐도 저 철부지 사촌마저 초록동색이라니.

"사람을 불렀으면 말을 하십시오. 일국의 태자께서 그리 자신감이 없어서 되겠습……."

"사람이 좀 덜 자신만만할 수도 있지, 왜 우리 태자님 기를 죽이고 그래?!"

"가재는 게 편이라더니. 눈물겨운 우정이군."

"저기, 친우여."

"넌 또 뭐냐."

실로 애틋하게 부른 것이 무색하게도 제레미는 잠시 말이 없었다. 노라는 머릿속의 질기디질긴 인고의 줄이 끊어질락 말락 하는 것을 느끼며 이를 까드득 악물었다.

"또 뭐? 또 뭐 하고 놀고 싶냐, 이 정신머리 복잡한 새끼야?"

"……대련하고 싶어서."

"뭐?"

"아, 젠장, 그러니까 요즘 저 비실이 태자님 검술 봐주는 것만으론 지겨워 죽겠다고! 난 기사란 말이다! 짜릿한 결투가 필요하다 이거야!"

"내가 어째서 비실이야?! 노라 형, 저 이래 봬도 장족의 발전을 했다고요! 보면 아실 거예요!"

노라는 조용히 미하엘을 옆에 내려놓은 다음 몸을 일으켰다. 짜증스럽게 가라앉았던 눈동자가 순식간에 푸른 불꽃처럼 맹렬하게 타오르기 시작하는 바람에 일제히 마른침을 꼴깍 삼키는 찰나였다.

"대련을 하자 이거지."

"그, 그래."

"안 그래도 덕분에 근질근질하던 참인데 잘됐다. 따라와."

여차여차 그렇게 초저녁부터 시작된 두 제국 최강 기사들의 대련은 밤이 깊을 때까지 이어졌다. 중간에 장족의 발전 어쩌구 하던 레트란과 엘리아스가 깐죽대며 끼어들긴 했으나 쌓인 게 상당히 많은 노라에게 일방적으로 죽도록 두들겨 맞고는 장렬히 리타이어했다.

그러는 동안 지식인 레온은 현명하게도 미하엘과 사이좋게 초콜릿을 까먹으며 배를 잡고 지켜보기만 했다.

4년 주기 건국기념제가 다가오는 1126년의 아버지의 날이자, 미하엘이 막내로 지낸 마지막 해의 어느 여름날이었다.

외전 5
어느 봄날의 소동

노이반슈타인 후작가의 자타공인 유일한 지식인으로서, 황궁의 행정부에 출근하게 된 것까지는 꽤 좋은 출발이었다. 문제는 그놈의 신고식이라는 고약한 행위가 행정부에까지 존재할 줄은 몰랐다는 사실이다.

평소엔 입에도 대지 않았던 술을 그야말로 오크통째 들이켠 뒤 그대로 혼절했다가 짹짹거리는 새소리와 함께 눈을 떴을 때, 레온 폰 노이반슈타인은 반짝이는 햇살과 더불어 화려한 정원, 그리고 그 평화로운 풍경을 배경 삼은 채 자신을 내려다보고 있는 근위대장님을 보게 되었다.

"……집이야?"

"네 눈엔 내가 지금 뭘 입고 있는 것처럼 보이냐?"

"……근위대 제복?"

"내가 집에서 근무복 입고 있는 거 봤냐?"

할 말을 잃은 레온은 삐뚤어진 안경을 고쳐 쓰고는 낑낑대며 몸을 일으키려 애썼으나 잘되지 않았다. 머리에 돌덩이라도 달린 듯한 느낌이 들었으며 속은 미친 듯이 울렁거렸다.

뒤집힌 바퀴벌레처럼 부질없이 바르작대는 동생을 지극히 가소로워하는 눈빛으로 내려다보던 제레미가 인심 썼다는 듯 한 손을 내밀어주었다.

"쇼를 한다, 쇼를. 우리의 자애로운 어머니께서 지금 네 꼴을 보면 뭐라고 하실지 심히 궁금하구나."

"⋯⋯젠장, 신고식 때문에 그런 거거든?! 형도 한번 오크통째로 술 들이켜 봐!"

"시킨다고 하냐 그걸? 에라이, 가문의 수치 같은 놈⋯⋯."

"한 번도 신고식 안 해본 사람처럼 말하시네."

"당연한 거 아니냐. 난 나보다 약한 놈의 말은 듣지 않는단다."

퍽 그럴듯한 소리였기에 레온은 새삼 진지하게 간밤의 일을 후회하기 시작했다. 아, 그냥 뿌리치고 나올걸. 내가 왜 순순히 시키는 대로 했을까?

"지, 지금 몇 시야?"

"해가 중천에 뜬 시간. 첫날부터 지각이라니, 녀석, 과연 내 아우다."

"아우, 머리야아⋯⋯ 작은형한텐 말하지 마."

"싫은데?"

"아 좀⋯⋯."

'하지 말라고!' 하고 버럭하려던 레온은 이내 정신을 차리고 흠칫했다. 그도 그럴 것이 방금 대답한 인물은 제레미가 아니었기 때문이다.

"⋯⋯넌 여기서 뭐 해?"

"우리 아빠 만나러 왔는데?"

이 녀석은 왜 갈수록 말투가 저 모양이 되어가지. 이래서 미운 다섯 살이라는 건가? 레온은 낮게 흘러나오는 신음을 삼키며 중심을 잡기 위해 몇 번인가 거창하게 몸을 비틀거렸다. 그다지 봐줄 만한 풍경은 아니었기에 제레미는 시선을 막냇동생 쪽으로 돌리며 진지하게 말했다.

"미하엘, 넌 절대 저런 거 배우지 말려무나."

"응. 형아들이 하는 거 아무것도 배우지 말랬어."

"뭐, 뭐, 인마? 누가 그래?!"

"누나가."

그랬단 말이더냐, 레이첼! 치미는 배신감에 사로잡힌 두 사자 형제가 잠시 나란히 부들부들 떠는 찰나였다. 꼬마 늑대 뒤쪽에서 부스럭거리는 소리가 울리나 싶더니 이어 무언가가 별꽃 덤불을 헤치고 불쑥 튀어나왔다.

"뭐야?!"

"……아, 뭐야. 꼬맹이잖아."

본능적으로 동생들을 가로막으며 검을 뽑아 들려던 제레미는 곧장 김 빠진 얼굴이 되었다. 그도 그럴 것이 덤불 속에서 튀어나온 인물의 정체는 미하엘만 한 어린아이였던 것이다. 누구처럼 부모님을 만나러 온 귀족 아이 하나가 길을 잃은 모양이었다.

"놔아."

미하엘이 실로 까칠하게 내뱉은 저 발언에 레온 못지않게 비틀거리며 미하엘의 팔을 붙들던 소년이 황급히 손을 놓았다.

"미, 미안…… 넘어질 뻔해서…….."

"애야, 너 이름이 뭐냐?"

"……테오요."

테오라, 퍽 낯익게 느껴지는 이름이다. 잡생각을 허공으로 날려 보내며 제레미는 재차 질문했다. 모름지기 궁 안에서 미아를 발견하면 부모에게 데려다주는 것이 근위대장으로서 도리가 아니겠는가.

"그냥 이름 말고. 네 성까지 말해야지."

정체불명의 소년은 곧장 대답하지 않았다. 대신에 또래 아이를 처음 보기라도 하는 것처럼 묘하게 신기해하는 표정으로 미하엘을 바라보았다. 그리고 미하엘은 당연히 그 시선을 부담스러워했다.

"왜 쳐다봐?"

"……어? 아, 그냥…… 여기서 뭐 해?"

"넌 여기서 뭐 하는데?"

"나, 난 아버지가 여기서 기다리라고 해서……."

레온은 지끈거리는 머리를 한 손으로 부여잡은 채 형 곁으로 다가갔다. 그러고는 은밀하게 속삭였다.

"형, 쟤 눈 봐봐."

"봤어."

"……근데도 아무 생각 안 들어?"

"금안이 황족 전유만은 아니란다. 우물 안 책벌레야."

"하지만 머리도 은발이잖아."

"그러니까 은발금안이 황족 전유만은 아니라고."

"그런가? 난 혹시 폐하의 숨겨진 사생아라든가 그런……."

"폐하 나이를 좀 생각해라."

"음, 생물학적으로 그게 불가능한 것만은 아니야."

"끄, 끔찍한 소리 마."

"……내가 생각해도 좀 그렇긴 하다."

두 장정이 나란히 진저리를 치는 가운데 두 꼬마는 계속해서 종알종알 대화를 이어가고 있었다.

"너 근데 몇 살이야?"

"다섯 살. 너는?"

"일요일에 일곱 살 되는데. 너 여기 살아? 황자님이야?"

"아닌데. 우리 아빠 만나러 온 건데. 너희 아빠 어디 있어?"

"몰라. 여기서 기다리라고 해서 기다리고 있어."

"네 아빠가 너한테 여기 숨어 있으라고 했어?"

"아니. 심심해서 몰래 나왔다가 길 잃어버려서……."

뭔가 점점 더 꺼림칙해지는 기분에 제레미는 조금 전까지 레온에게 면박을 주던 사실도 잊고서 애들 사이에 끼어들었다.

"꼬맹이, 너 이름이 뭐냐고."

딱히 겁을 주려는 의도는 없었으나 그의 거대한 덩치와 진지하게 가라앉은 음성 탓에 정체불명의 소년은 잠시 겁먹은 듯 두 눈을 깜박거렸다. 황금을 녹인 것처럼 진한 금색 눈동자였다.

이마에 흘러내리는 머리카락은 환한 은색. 아직 어리지만 얼굴의 전체적인 생김새 역시 제레미가 잘 아는 누군가와 퍽 닮아 있었다. 설마 진짜로 폐하께서?! 밀려오는 끔찍한 상상을 떨치려 애쓰며 제레미는 자못 근엄한 표정을 지어 보였다.

"여긴 어떻게 들어왔어?"

"……."

"왜 말이 없어? 어떻게 들어왔냐니까?"

"형아, 왜 그래?"

심상치 않은 분위기를 감지한 건지 미하엘이 푸른 눈을 동그랗게 뜨며 물었다.

제레미는 대답하는 대신 바닥에 한쪽 무릎을 대고 앉으며 두 소년 사이를 완전히 차단시켰다. 뭔진 몰라도 일단 방어한다.

"네 아버지 이름이 뭐지?"

"······."

"아, 왜 대답이 없어?"

"형, 내가 봤을 땐 형이 무서워서 말을 못 하는 것 같아. 꼬마야, 네 엄마는 어디 계시니?"

형제 중 그나마 상식적인 면모를 갖춘 레온이 실로 부드럽게 던진 저 질문에 말없이 머뭇거리기만 하던 소년께서 마침내 입을 열었다.

"······어요."

"뭐?"

"······없어요. 엄마."

레온과 제레미는 잠시 시선을 교환했다.

"엄마가 없대······."

"그런 줄도 모르고 난······."

사무치는 반성에 사로잡혀 고개를 떨구는 형들을 이해 불가한 눈빛으로 지켜보던 미하엘이 다음 타자로 나선 것은 그때였다.

"네 아빠 어디 있어?"

"우리 아버지 지금 여기 없어."

"여기서 기다리라고 했다며? 여기 언제 왔는데?"

"어젯밤에."

"진짜? 원래 어디 있었는데?"

"키사로프."

"키사…… 형아, 거기가 어디야?"

미하엘이 머리를 갸웃거리며 던진 저 질문에 레온도 제레미도 대답하지 못했다. 몰라서가 아니라, 키사로프라는 단어를 듣는 순간 불어닥친 충격과 공포에 일제히 사로잡혀 버렸기 때문이다.

"형, 키사로프면……."

"……말하지 마."

차마 들어줄 수가 없다고 주장하는 투로 으르렁대는 제레미였다. 그러나 레온은 애써 꿋꿋하게 말을 이었다.

"……누에바의."

"말하지 말라고."

"……그러니까 저 애가 설마…… 그……."

"……."

"폐, 폐태자의."

신이시여, 그놈은 대체 예전부터 왜 이렇게 몰래 저지른 짓거리가 많사옵니까! 제 버릇 개 못 준다더니! 문자 그대로 뒷목을 부여잡고픈 충동과 치미는 포효를 동시에 억누르며 제레미는 이를 까드득 악물었다. 그래도 황제가 저지른 건 아니라서 다행이라고 해야 하나?

"……짐도 경 못지않게 곤혹스러운 상태라네. 어쨌든 경들이 발견해서 다행이라고 해야겠군."

"대체…… 좋습니다, 테오발트 전하께서 누에바의 누구와 언제, 어떻게 눈이 맞았던 건지는 소신의 관심 밖의 일입니다. 다만 어째서 황궁에 애를 맡기고 간 건지 그 의중이 심히 의문스럽습니다."

"경이 걱정하는 바가 무엇인지 이해는 하네만 그 아이는 엄연히 사생아일세. 사생아는 황족으로 인정될 수가⋯⋯."

"소신이 걱정하는 건 그런 것이 아닙니다! 아이가 위험하지 않습니까! 아뢰옵기 송구하오나 테오발트 전하와 소신의 가문, 나아가 뉘른베르 가문이 무슨 관계인지 전 제국이 아는 터, 대체 무얼 믿고 애를 여기다 두고 간 거랍니까? 행여나 이쪽에 잘 보이겠다는 심산으로 애를 해치려는 무리도 얼마든지 존재할 수 있는 데다⋯⋯."

"경은 의외로 마음 씀씀이가 곱군그래. 그 아이가 사생아가 아니었어도 그리 말할 건가?"

"당연한 거 아닙니까?"

그러고 잠시 침묵이 흘렀다. 제레미가 흥분을 가라앉히며 머릿속을 정리하려 애쓰는 동안 막시밀리안 황제는 짧은 한숨을 내쉬었다.

"테오발트도 최근에야 알았다더군. 아이 생모는 몇 년 전에 죽었고, 이모라는 여인 손에 자랐던 듯해. 어쨌든 며칠 내로 제 아비가 있는 곳으로 돌아갈 터이니 경이 우려하는 사태는 일어나지 않을 거네."

"⋯⋯태자 전하께선 아직 모르고 계십니까?"

"알아봤자 좋을 게 뭐가 있나?"

그건 그랬다. 어차피 며칠 뒤면 누에바로 돌아가 평생 거기서 살 텐데 괜히 여러 사람이 알아봤자 시끄러워지기만 할 터였다. 거기다 얘가 제 부친을 좀 닮았는가. 왠지 모를 울적한 기분에 젖어드는 자신을 발견하며 제레미는 알현실을 빠져나왔다.

"그러게 내가 이상하다고 했잖아……."

"그게 네가 표할 수 있는 소감의 다냐?"

"앞으로 어떡한다는데?"

"어떡할 게 뭐가 있냐, 며칠 여기 머물다 다시 돌아갈 텐데. 속은 좀 괜찮냐?"

"아니. 울렁거려 죽을 거 같아."

"그냥 집에 가서 쉬어라."

점심 시간이 다가오고 있었다. 다소 복잡해 보이는 낯빛의 제레미와 부스스한 몰골의 레온이 나란히 서 있는 계단의 맞은편에선 두 어린아이가 사이좋게 연못 위로 물수제비를 던지고 있었다. 하나는 뉘른베르 공자요, 다른 하나는 폐태자의 사생아다. 실로 기묘한 조합이었다.

"사생아라서 다행이라고 해야 하나……?"

좀 이상한 말이긴 했지만 맞는 말이긴 했다. 저 꼬맹이가 테오발트의 적자였다면 꽤 소란스러워졌을 거라는 건 둘째 치고 죽을 위험이 배로 치솟았을 테니까.

"집에 가서 쉬라니까 왜 자꾸 뻗대고 있냐?"

"신기해서 그래, 신기해서."

"애 처음 보냐?"

"그런 게 아니라…… 저 꼬맹이 애비가 우리 엄마한테 추근거렸던 그 인간이라는 사실이 영 믿기지가 않다고 해야 하나. 솔직히 말해서 형이랑 공작님이 치를 떠는 사람 아들이잖아. 근데 미하엘이랑 저렇게 놀고 있는 모습 보니까 신기해."

우리가 치를 떠는 인간의 아들인 건 나도 너도 마찬가지란다. 쓰라린 미소를 삼키며 제레미는 어깨를 으쓱해 보였다.

"신기할 것도 많다."

그때 꼬마 늑대께서 양손 가득 들고 있던 조약돌을 바닥에 와르르 내던지며 형들 쪽으로 쪼르르 다가왔다.

"제레미 형아, 나 집에 갈래."

"벌써? 너 네 아빠 만나러 온 거잖아?"

"응. 근데 나 쟤랑 같이 집에 가서 점심 먹을래."

"어, 저기, 그건 별로 좋은 생각이 아닌 것 같은데……."

"왜? 엄마가 나 친구 데려와도 된댔어. 형아도 같이 가고 싶어서 그래?"

같이 가고 싶은 거야 사실이었으나 그것이 이유는 아니었기에 제레미는 찔끔 새어 나오는 신음을 삼켰다. 신이시여, 이건 대체 무슨 징조입니까.

미하엘이 한번 고집을 부리기 시작하면 슈리 빼고 말릴 사람이 없다. 게다가 어차피 신경 쓰는 사람 하나 없어 보였으니 테오가 미하엘을 따라 뉘른베르 공작저로 잠깐 놀러 간다 한들 하등 문제 될 건 없었다. 단지…….

"우으, 나도 엄마한테나 가야겠다. 머리 아파서 더는 못 견디겠어."

"뭐……? 아 그래, 너라도 같이 가라."

부디 저 꼬맹이가 성격만큼은 제 아비랑 딴판이길. 딱 나처럼 말이지. 그런 생각을 기도처럼 날리며 근위대장은 멀어져 가는 동생들을 향해 손을 흔들어 보였다.

레온과 미하엘, 그리고 테오의 기묘한 조합이 뉘른베르 공작저에 도착했을 때 슈리는 마침 손님과 함께 있었다. 장남 카이를 데리고 놀러 온 하텐슈타인 백작 부인이었다.

"엄마!"

"엄마아!"

"어머, 미하엘. 일찍 돌아왔…… 레온? 세상에, 꼴이 그게 뭐니?!"

"그, 그게 신고식 때문에…… 어라, 좋은 오후입니다, 레이디 하텐슈타인."

"오랜만이에요, 공자님. ……음, 간밤에 퍽 재미있게 노셨나 보군요."

"그게 제가 원해서 그런 것이 아니라……."

"안녕하세요, 부인. 엄마, 엄마 레온 형아 노숙했대요."

슈리에게 곧장 쪼르르 다가가 안기며 형의 흑역사를 일러바치는 미하엘의 행각에 슈리는 당연히 기가 막힌 눈빛으로 레온을 쏘아보기 시작했다. 실로 무시무시한 어머니의 눈초리 아래서 레온은 그만 끔찍한 자괴감에 사로잡혀 버렸다. 제기랄, 원래 형들 머저리짓 일러바치는 건 내 담당이었는데…….

"이젠 네가 엘리처럼 굴기로 마음먹은 거니?"

"아니, 그게 그러니까 신고식 때문이라니까……. 엄마, 나 근데 머리 아파."

"이 녀석이 어디서 은근슬쩍 넘어가려고……!"

"아, 아냐, 진짜로 죽겠다니까?"

"엄마, 나 친구랑 왔어요."

다행히 곧바로 슈리의 주의를 돌리는 미하엘의 병 주고 약 주는 행위에 레온은 어머니의 무시무시한 잔소리 세례를 모면할 수 있었다. 어째 자신이 뇌까지 근육 덩어리인 형들과 같은 신세로 전락해 버린 것 같아 기분이 좀 그렇긴 했지만.

"친구……?"

"아, 안녕하세요……."

여태 뒤쪽에 가만히 서서 어째 멍해 보이는 얼굴로 슈리를 올려다보던 은발의 소년이 뒤늦게 황급히 인사했다.

모름지기 남의 집에 놀러 온 귀족이라면 어른이든 어린아이든 초면인 안주인에게 자신의 가문 이름이 어떻게 되는지부터 소개하는 것이 상식이다. 따라서 레온은 은근슬쩍 슈리의 눈치를 살피기 시작했다. 하필이면 손님이 같이 있는 바람에 이 자리에서 설명하기도 뭣하다.

"엄마, 나 쟤랑 같이 점심 먹어도 돼요?"

"그럼, 당연하지. 레온 너도 얼른 씻고 나오렴. 너 그런데 오늘부터 첫 출근이라고 하지 않았었니?"

"그, 그게…… 이따가 설명할게."

한바탕 목욕재계를 마치고 따끈한 스튜 요리를 메인으로 한 점심을 들고 나자 그제야 좀 살 것 같은 기분이 들었다. 두 번 다시 술 따위 입에도 대지 않으리라고 결심하며 레온은 성숙한 지식인다운 행위에 집중하기 시작했다.

……꼬꼬마들이 바닥에 옹기종기 모여 앉아 노는 동안 매의 눈으로 감시하는 행위 말이다.

암, 모름지기 성숙한 형이자 숙부라면 애들이 노는 동안 충실한 보모

노릇을 해주는 것이 마땅하다.

아이들은 총 다섯 명이었다. 하텐슈타인 백작 부인을 따라온 일곱 살배기 카이와 엘리아스와 오하라가 여행 떠난 동안 맡기고 간 아나벨라(보모들은 영 믿을 수가 없다고 주장해 대는 엘리아스 때문이었다), 그리고 미하엘과 레아와 테오.

"레아, 뭐 해?"

"야, 내 동생 건들지 마. 그럼 그리고 있잖아."

"나 너보다 형인데……."

"그래서?"

미하엘의 꼬우면 가라는 식의 응대에 카이가 순순히 레아로부터 떨어졌다. 누가 제국 최고 실세들의 아들 아니랄까 봐 어린 것이 벌써부터 까칠하기 그지없다.

아무튼 저 녀석이 동생 생기는 거 싫다고 바락바락 떼를 쓰던 시절이 바로 엊그제 같은데, 이제는 어엿한 오빠처럼 구는 꼴이 영 눈꼴 시리다고 레온은 생각했다.

"삼촌, 나도 레아랑 그리프 그릴래애."

"저리 가. 나 네 삼촌 아니야."

"그치만 아빠가 우린 친척이랬는데."

"거짓말이야. 어른들은 원래 툭하면 거짓말이라고."

엘리아스가 보았더라면 게거품을 물고 날뛰었을 장면이었다. 실로 매몰차게 쏘아붙인 미하엘이 등을 돌리고 장난감 상자를 뒤적이는 동안 아나벨라는 울먹거리는 얼굴로 바닥에 주저앉았다.

"아나 슬퍼어."

보드라운 백금색 곱슬머리를 양 갈래로 묶은 여자아이가 입을 시무룩하게 내밀었다. 그 모습을 힐끔 돌아본 분홍빛 머리카락의 소년이 어색하게 헛기침을 했다.

"……미안. 장난이었어."

"그럼 나 레아랑 놀아두 대?"

"마음대로 해."

그래, 인마, 어렸을 때부터 잘해주거라. 나중에 커서 후회하지 말고. 레온은 새삼 흐뭇한 미소를 지으며 한쪽에 가만히 앉아 있는 은발의 소년 쪽으로 시선을 돌렸다.

금색 눈을 반짝거리며 끊임없이 두리번거리고 있는 모양새가 주변 풍경을 몹시 신기해하고 있는 것 같다. 말투도 그렇고 자세나 분위기로도 미루어 보건대 역시 모친 쪽이 귀족은 아니었던 것 같다고 레온은 내심 결론을 내렸다. 제 부친 쪽 핏줄을 빼다 박은 외양이 아니었다면 그 누구도 저 아이가 폐태자의 아이라고 믿지 않았을 것이다.

"이건 뭐야……?"

"인형. 호두까기 인형. 몰라?"

"으응, 이런 거 처음 봐."

"내가 보여줄게. 내가 어렸을 때 가지고 놀던 건데……."

이제 다섯 살 드신 주제에 어렸을 때 운운하며 호두까기 병정님을 들고 시범을 보이는 미하엘이었다.

불쌍한 병정님이 호두알을 입에 집어넣고 껍데기를 깨끗하게 씹어 삼키는 모습에 테오의 얼굴에 경외감이 명멸해 갔다.

"우와…… 신기해."

"너도 해봐. 여기다 이렇게 넣고 여기 돌리면 돼."

좌우지간 미하엘은 새로 사귄 친구가 제법 마음에 드는 모양이었다.

그러지 않고서야 저 까칠한 성격으로 제 장난감에 남이 손대는 일을 허용해 줄 리가 없었다. 하여간 애들이란 알 수가 없다.

"……폐태자의 아들이라고? 그게 정말이니?"

"응. 나도 큰형도 깜짝 놀랐어. 며칠만 있다가 누에바로 돌아갈 거래."

"세상에…… 아니, 대체 언제 그런 사고를 쳤다니?"

"그러게 말이야. 폐하께서도 이제야 아셨다는데……. 하여간 다들 하라는 일들은 안 하고 말이야. 노블리스 오블리제도 모른다니까."

슈리는 말문이 막힌 표정이었으나 예상했던 것만큼 크게 놀란 것 같지는 않았다. 환한 풀빛 눈망울에 묘한 연민의 빛이 깜박거리는 모습을 바라보며 레온은 히죽 미소를 지었다.

"심술쟁이 황후님이 엄마한테 아무 말씀 안 하셨어?"

"글쎄다, 어쩐지 오늘 꼭 오라고 아침부터 성화를 부리시더니만……."

"그래도 레트란 전하가 일 친 게 아니라서 어디야. 뭐 황족으로 인정받기는 글렀으니 애 입장에선 차라리 다행이라고 해야 하나?"

슈리는 머리를 절레절레 가로젓더니, 손을 들어 레온의 머리를 쥐어박는 시늉을 했다. 잽싸게 딱밤을 피해 아이들의 놀이방으로 돌아온 레온은 아까까지와는 전혀 다른 분위기에 당황하게 되었다.

"우리 아빠가 더 세."

"우리 아빠가 더 세!"

"우리 아빠가 더 세다고! 우리 아빠는 공작이거든?! 그리고 제국에서 제일 센 기사거든?!"

"우, 우리 아빠는 동물원도 가지고 있거든?!"

"그깟 동물원 우리 아빠도 열 개는 더 차릴 수 있어!"

"씨이, 너 앞으로 우리 아빠 동물원에 놀러 오지 마!"

"너도 우리 집에 놀러 오지 마!"

하여간 애들이란. 혀를 끌끌 찬 레온이 소파에 앉으며 느긋하게 쿠키를 깨작대는 찰나였다.

두 살 어린 녀석에게 진(?) 것이 어지간히 분한 모양인지 식식대며 할 말을 생각해 내려 애쓰던 카이가 문득 다른 쪽으로 화살을 돌렸다. 즉, 조용히 앉아서 다른 아이들이 노는 것을 지켜보던 테오를 향해 불쑥 물었다.

"근데 너희 아빠 누구셔?"

아무래도 친부가 누구인지에 대해 함부로 발설치 말라는 주의를 들은 모양인지 테오는 당연히 대답하지 않았다.

암, 그 제레미 앞에서도 꿋꿋이 입 다물고 있었는데 또래 소년에게 순순히 불 리가 만무했다.

"너희 아빠 누구냐니까? 미하엘, 얘 어느 집 자제야?"

"얘? 귀한 집 자제."

"뭐야, 그게? 야, 너 가문 이름이 뭐야?"

"왜 자꾸 내 친구한테 시비야?"

"얘가 내 말을 자꾸 무시하잖아!"

"남의 부모님 안부 함부로 묻는 건 무례한 짓이랬어!"

"아, 안부가 아니라 어느 집안이냐고 묻는 거잖아!"

더듬대며 쏘아붙인 카이가 영 못마땅해하는 눈빛으로 테오를 노려보았다.

테오는 그저 자기 때문에 미하엘이 싸울까 봐 걱정스럽다는 표정을 짓고 있었다.

"너희 집 혹시 구교파야?"

요즘 세상에 상대의 면전에 대고 구교파냐고 묻는 건 장갑을 던지는 것과 맞먹는 결투 신청 행위다. 몰락한 가문이냐고 비웃는 거나 다름없는 행위였으니까. 하나 그러한 상식이 어린애들에게 통할 리가 없을 터. 레온이 이쯤에서 슬슬 끼어들어야 하나 망설이는 순간에 미하엘이 다시 나섰다.

"얜 그런 거 몰라. 외국에서 와서."

"외국……? 어디?"

"이름 말해줬는데 까먹었어."

"그럼 부모님이 외국 사람이야? 아니면 총독부에서 일해?"

"몰라. 엄마는 안 계신댔고 아빠는 누구인지 나도 몰라."

별로 궁금하지도 않다는 투로 대꾸한 미하엘이 장난감 검을 집어 들고 휘두르는 시늉을 하기 시작했다. 그때 뭔가 감이 잡힌다고 주장하는 표정으로 머리를 끄덕여 보이던 카이가 테오를 향해 다음과 같이 내뱉었다.

"아아, 알겠다. 너희 엄마 속국인이구나? 너 사생아지?"

우당탕!

막 몸을 일으키던 참인 레온은 그대로 미끄러지다시피 바닥에 요란하게 자빠져 버렸다. 다행히 두터운 카페트가 깔려 있어서 그다지 아프지는 않았다. 다만 바닥에 사이좋게 엎드려서 낙서를 하고 있던 아나벨라와 레아가 크게 움찔했다.

"아이고야…… 미, 미안, 얘들아. 일 봐, 일 봐."

"흐으으……."

"우, 울지 마! 그, 그냥 잠깐 넘어진 거야, 부탁이니 울지……."

찰싹.

잠시 정적이 있었다. 낮게 울먹거리는 레아를 진정시키려 애쓰다 말고 레온이 천천히 고래를 돌렸다. 그리고 그의 시야에 눈을 휘둥그레 치뜨고 있는 카이의 모습이 들어왔다.

"너…… 방금 나 때린 거야?"

실로 믿을 수가 없다는 투의 질문에 테오는 당연히 대답하지 않았다. 대신에 두 눈에 힘을 잔뜩 준 채 상대를 노려볼 뿐이었다. 그리고.

"얘들아아!"

"흐아아아앙!"

만약 레온이 곧장 몸을 날리다시피 하여 두 소년을 떼어놓지 않았더라면, 카이는 아마 들고 있던 블록으로 그대로 테오의 이마를 내려찍었을 것이었다.

그 요란한 움직임에 낮게 울먹거리던 레아가 기어이 울음을 터뜨렸음은 두말할 것도 없었다.

천장의 샹들리에가 부르르 진동을 일으킬 법한 요란한 울음소리와 더불어 사납게 버둥거리며 차마 입에 담기도 어려운 말들을 퍼붓기 시작하는 소년들의 행태에 레온은 한층 가셨던 숙취가 다시금 밀려오는 것을 느꼈다.

이 난리가 일어났으니 옆방에서 사이좋게 차를 들던 두 부인께서 곧장 등장하게 된 것은 당연한 결과였다.

"맙소사, 또 뭐가 잘못된 거야?"

레온이 미처 뭐라 할 말을 생각해 내기도 전에 그의 한쪽 팔에 붙들려 있던 카이가 제 엄마 쪽으로 후다닥 달려갔다. 그러고는 레아 못지않게 요란한 소리로 울음을 터뜨렸다.

"흐아앙, 엄마아!"

"세상에 카이, 왜 우니? 왜 울어? 무슨 일이야?"

"쟤가, 쟤가 나 때렸어어! 흐엉엉!"

"뭐?"

레온은 반쯤 무의식적으로 팔을 움직여 은발의 소년을 제 등 뒤로 감추려 했다. 엉엉 울면서 쪼르르 다가오는 레아를 안아 들고 토닥이던 슈리가 설명을 요구하는 눈빛을 보내지 않았더라면 정말로 그렇게 했을 것이다.

"그, 그게, 어떻게 된 거냐 하면……."

"뉘른베르 부인, 저 아이는 도대체 누구인가요?"

실로 곤혹스럽기 짝이 없어 뵈는 백작 부인의 질문에 슈리가 그야말로 잠시 잠깐의 망설임도 없이 대답했다.

"제 친정 쪽 친척이에요. 아이 아버지가 지금 잠깐……."

"죄송해요."

얘는 또 왜 울려는 걸까? 레온은 슬그머니 팔을 풀고서 몸을 일으켰다. 그러자 고개를 푹 수그린 채 울먹거리는 테오의 모습이 완전하게 드러났다. 작은 어깨가 바들바들 떨리는 모양새가 영 안쓰럽다.

"죄송해요. 제가 잘못했……."

"왜 너만 사과해? 엄마, 카이가 먼저 내 친구한테 못된 소리 했어! 막 자꾸 부모님 안부 따지고, 막 엄마 안 계신다 그러니까 사생아일 거라 그랬다고!"

만난 지 몇 시간이나 됐다고 벌써부터 진한 의리를 선보이는 미하엘의 모습에 레온은 그만 감동해 버렸다. 어머니들 쪽은 그다지 감동한 표정이 아니었지만.

"사생…… 카이, 너 정말로 그런 말을 했니?"

"흐아앙! 몰라!"

"얘가 얘가! 누가 그런 못된 말을 가르쳤어?! 네 아빠가 그런 말을 하디?! 하여간 이 창피한 줄 모르는 양반이 진짜……!"

"끄으아아아아앙!"

오오오, 어머니의 회초리여. 창피한 줄 모르는 백작님에게 묵념을. 웬 낯선 녀석한테 친구를 빼앗긴 것도 모자라 어머니의 찰진 손바닥 맛을 느끼게 된 카이를 바라보며 레온은 잠시 성호를 그었다.

그러는 사이 레아는 어느덧 울음을 그치고 손으로 슈리의 머리카락을 만지작대며 장난을 치고 있었다. 한쪽 어깨에 장난감 검을 걸친 채 의기양양한 표정을 지어 보이던 미하엘이 퍽 신나 보이는 기세로 도도도 달려가 슈리의 치맛자락을 붙들고 매달렸다.

슈리는 몸을 수그려 아들의 이마에 입을 맞춘 뒤 레아를 안겨주었다. 재주 좋게도 양팔로 동생을 안아 든 미하엘은 그러고 곧장 아나벨라 앞으로 가 앉아 셋이 사이좋게 낙서를 하기 시작했다.

"하텐슈타인 부인, 이쯤 그만하셔도……."

"후우, 면목이 없네요, 부인."

"아니에요, 그래도 때린 건 잘못했지요. 그치, 테오?"

실로 상냥하게 웃으며 테오의 어깨를 살그머니 끌어안는 슈리였다. 이에 젖은 눈을 동그랗게 뜬 채 슈리를 멍하니 쳐다보기만 하던 테오가 황급히 머리를 끄덕였다.

"때, 때려서 미안해."

카이는 대답하지 않았다. 영 대답할 수 있는 상태가 아니었기 때문이다. 엉덩이에 불이라도 붙은 느낌인지 반쯤 해롱거렸다.

"에휴, 이만 가봐야겠네요. 실례 많았어요."

"애들끼리 놀다 보면 그럴 수도 있지요. 다음에 또 놀러 오세요. 카이, 안녕."

"……아녀히 계세요오."

아아, 생각해 보면 우리 엄마는 얼마나 천사인가! 우린 한 번도 맞은 적이 없었지!

새삼 사무치는 감격에 레온은 슬그머니 천사 같은 어머니 곁으로 바짝 달라붙었다. 그의 표정을 돌아본 슈리가 의아하게 눈을 깜박거렸다.

"너는 또 왜 울려고 그러니?"

"……그, 그런 거 아니야."

"내 아들이 누구랑 집에 갔다고?"

어쩐 '내 아들' 부분에 미묘하게 힘이 많이 들어간 것 같은 느낌이다. 따라서 제레미는 자기도 모르게 입을 삐죽거리며 대꾸했다.

"새새…… 큼, 폐태자의 아들내미랑 눈이 맞아버려서. 내가 말릴 틈도 없이 같이 가버렸다고."

"믿으라고 하는 소리냐 지금?"

"……미하엘이 고집 부리면 말릴 사람이 없는데 어떻게 해, 그럼."

"하긴 그건 그렇구나."

한낮 황궁의 전경은 아름다웠다. 제레미는 범생이 동생이 인사불성으로 쓰러져 있던 정원에 만개한 벚꽃을 바라보며 괜스레 애꿎은 경비견의 머리를 손으로 꾹꾹 눌렀다. 마냥 근엄한 자태로 앉아 꼬리를 살랑거리던 개가 왜 여기다 화풀이하냐는 듯 눈알을 부라렸다. 백수의 왕께서는 그 눈빛을 못 본 척 외면하며 슬그머니 헛기침을 했다.

"나도 놀라 죽는 줄 알았어. 누가 상상이나 했겠냐."

"거참, 애가 몇 살이라고?"

"이번 일요일에 일곱 살이 된다던데."

"누에바로 쫓겨나자마자 일 친 모양이군."

"그러니까. 하여간 그놈은…… 쯧쯔, 누가 부전자전 아니랄까 봐."

"그런데 미하엘이 먼저 걜 집에 데려가겠다고 했어?"

"응. 같이 점심 먹는다나 어쩐다나. 마음에 들었나 봐."

"그래……? 별일이네."

미하엘이 제법 까칠한 아이라는 사실은 노라도 인정하고 있는 듯했다. 까칠하다기보다는 낯을 가린다는 편이 맞겠지만, 아무튼 처음 만난 아이와 그토록 스스럼없이 어울리는 건 꽤 의외의 모습이었다.

"모친 쪽이 귀족은 아니었던 모양이야. 보나 마나……."

"그래, 뻔하지. 누에바나 하스파에 제국인 혼혈 사생아들이 몇 명이나 있는지 알면 아마 기겁할 거다."

"……그, 그다지 알고 싶지 않은걸. 제기랄, 일이나 열심히 할 것이지 말이야. 아무튼 그래도 애는 착해 보이던데. 되바라진 것 같지도 않았고."

"흠, 착해 보이는 거야말로 비스마르크 혈통 기본 장착 특성인데."

농담인지 진담인지 알 수가 없는 어투로 중얼거린 노라가 몸을 굽히고 앉아 경비견을 쓰다듬기 시작했다. 제레미는 잠깐 망설이다가, 이내 슬그머니 물었다.

"나쁘게 생각하는 거 아니지?"

"뭘?"

"……미하엘이 그 꼬마랑 친해지는 거 말이야. 어차피 며칠 후면 떨어지겠지만."

"좀 아쉬워하겠지만 어쩌겠어? 여기 있다 보면 못 볼 꼴들이나 볼 텐데."

그런 얘기를 뜻하는 게 아니긴 했으나 어쨌든 맞는 말이긴 했다. 어째 매번 핀트가 어긋나는 것 같다는 생각을 하면서 제레미는 괜스레 이마를 일그러뜨렸다.

"대체 그 새 새끼는 무슨 심보로 애를 여기다 덥석 맡기고 간 건지 원."

"신분 얻어주려고 그런 거겠지."

"……뭐?"

"사생아잖아. 아들로 인정하기로 마음먹었다면 일단 황궁으로 보내는 수밖에 없지. 황족으로 인정이야 못 받겠지만 폐하께서 뭐라도 내려주시면 그쪽에서도 별 잡음 없이 대우받고 살 거니까, 그 아이."

"정말로 그러려고 그런 걸까? 그 새 새끼한테 그런 면모가 있으리라고는 도저히……."

"글쎄, 정말로 부성애가 생긴 것일 수도 있고, 혹은 언젠가 쓸 수로 남겨두려는 심산일 수도 있고."

스스로가 믿기지가 않았지만, 제레미는 제발 전자이길 바라는 자신을 발견하고 있었다. 그의 표정을 읽은 노라가 희미하게 미소를 지었다.

"사람 일은 모르는 법이니까."

"……넌 가끔 무시무시한 생각을 아무렇지도 않게 하는 악취미가 있어."

"그리고 너는 마냥 햇볕 아래 머무르고 싶어 하는 악취미가 있지. 누가 어벙한 고양이 아니랄까 봐. 네 취미 지켜주려다 나의 악취미가 점점 더 심해져 간다는 점은 좀 알아줬으면 좋겠는데."

"어, 어벙하다니 너 말이야…… 내가 얼마나 똑똑한데?!"

"눈치도 빠르고 머리도 나쁜 건 아니다만 지저분한 문제는 쳐다보기도 싫어하잖아. 그런 면으론 차라리 레온이 더 재능이 있는 것 같다."

"……난 기사지, 모사꾼이 아니야."

"누군 기사 아니냐?"

반박할 말이 점점 더 떨어져 가는 기분에 제레미는 은근슬쩍 말을 돌렸다.

"참, 오늘 글쎄 그 재능 좋은 레온 녀석이 아침부터 저기 한복판에 쓰러져 있던데."

"……설마?"

"응. 신고식 한번 거하게 치른 모양이더라고."

"쯧쯧, 사자 가문의 수치로군."

"그러게 말이다. 하여간 범생이 녀석들이란 이래서……."

두 친구는 그렇게 잠시 사이좋게 쓸데없이 착실한 지식인을 향해 통렬한 비웃음을 날리다가, 곧 동시에 심각한 표정을 지어 보였다.

"난 일찍 퇴근하련다, 근위대장."

"뭐? 벌써 왜?"

"집에 낯선 손님이 와계시는데 일찌감치 귀가하는 것이 가주로서의 도리지."

"손님이라니, 그냥 애일 뿐인……."

"그러니까 누나가 성가실까 봐 걱정된다고. 아나까지 있는 데다 레온도 가 있다며?"

"……저기, 레온은 스물세 살이거든?"

"그리고 너는 스물일곱이지. 엘리로 말하자면……."

"애들이랑 똑같은 취급 하냐, 지금!"

"애 취급 받기 싫으면 장가부터 가든가."

그런 식으로 따지면 진작 장가간 엘리아스는 뭐가 되나 싶었으나 제레미는 그 점을 따지는 대신 얼굴을 붉히며 버벅댔다.

"가, 갈 거거든?! 그러니까 조만간……."

"그놈의 조만간 소리 이제 지겹다. 대체 왜 그렇게 질질 끄는 거냐? 이쯤에서 뺑 차이지 않은 게 신기할 지경이다. 아니면 서로 그렇게 좋아하는 건 아닌 건가?"

"조, 좋아하거든?! 아니, 사랑하거든?! 우리가 얼마나……."

"그럼 왜 자꾸 미적대시는데."

이런 질문을 들을 때마다 머릿속이 하얗게 변하는 기분이 이는 것은 어쩔 수가 없었다.

제레미는 입술을 잘근잘근 깨물며 친구의 심드렁한 낯짝을 잡아먹을 듯이 노려보았다.

"……네가 내 심정에 대해 뭘 알아."

"……또 스무고개 하자고?"

"아니, 그런 게 아니라 진짜……!"

"야, 그럼 또 뭔데? 대체 뭐가 문젠데? 넌 대체 왜 이렇게 심리적으로 문제가 많냐, 이 새끼야?!"

"시, 심리적으로 문제가 많긴 뭐가 많아! 내가 얼마나 건강한 육체와 정신의 소유자인데!"

"관두자, 관둬."

지긋지긋하다는 투로 혀를 끌끌 찬 노라가 몸을 확 돌리는 찰나였다.

누가 같은 개과(?) 아니랄까 봐 새삼 반하기라도 한 건지 공작의 뒤를 졸졸 따라가려는 경비견을 제치고 나선 제레미가 실로 맹렬한 기세로 으르렁거렸다.

"무섭단 말이야!"

이건 또 웬 귀신 씻나락 까먹는 소리란 말인가. 어처구니가 없다는 표정으로 돌아보는 노라의 시야에 이제 우람한 어깨를 축 늘어뜨리고 선 친구의 안쓰러운 꼬라지가 들어왔다.

"네놈이 무서워하는 것도 있었냐?"

"……워."

"뭐라고? 안 들려."

"……우리의 아버지들처럼 될까 봐 무섭다고."

잠시 침묵이 있었다. 노라가 거의 얼어붙다시피 한 눈으로 빤히 노려보는 가운데, 제레미는 괜스레 손을 들어 눈가를 꾹꾹 눌렀다.

"물론 내가 아직까지도 그런 헛생각 품고 있다거나 한 건 절대 아니야. 내가 말하고자 하는 건 그런 문제가 아니라……."

"……."

"……그러니까, 나한테도 같은 피가 흐르고 있잖아."

"……."

"……나도 의식하지 못하는 사이에 그녀한테 상처 주게 되는 건 아닐까, 혹은 내 자식한테 상처 주게 되는 건 아닐까 하고."

어린 시절의 한때 품었던 마음은 아득한 옛 기억으로 사그라든 지 오래다. 이건 그런 문제가 아니었다. 스스로의 감정에 대해 자신이 없다거나 하는 그런 진부한 문제가 아니었다. 자신의 부친을 포함한 나쁜 예들을 지나치게 자세히 목도한 경험 탓일까. 혹은 그저 완벽주의일까.

제레미는 비단 다이안이 아닌 그 누구와도 '가정을 꾸린 자신의 모습'을 도저히 상상할 수가 없었다.

그토록 완벽해 보였던 사람들도 그런 짓들을 저질렀는데, 그라 해서 그렇게 변하지 않으리란 법이 있을까? 아무리 현재의 감정에 충실하려 해도 그런 두려움이 시도 때도 없이 아가리를 벌리고 덮쳐오는 것이었다.

차라리 평생 독신으로 사는 게 길일지도 모르겠다. 제레미가 그렇게 울적한 생각을 갈무리하는 찰나, 한참 말없이 쳐다보기만 하던 노라가 마침내 입을 열었다.

"새끼, 아무 생각 없이 사는 줄 알았더니……."

"……야!"

"또 왜 싸우고 있니?"

"……헉!"

불쑥 들려온 그야말로 예기치 못한 목소리에 꽥 포효를 내지르던 제레미도, 혀를 끌끌 차던 노라도 동시에 흠칫하며 시선을 돌렸다. 그리고.

"싸, 싸우다니. 내가 얼마나 착한 아들인데. 안 그러냐?"

"뭐 그렇다고 치자. 누나, 나 보러 온 거예요?"

"허구한 날 집에서 보는 것도 지겨울 텐데 무슨. 슈리, 나 보러 온 거지? 그렇지?"

"……황후마마 뵈러 온 거야."

허리에 한 손을 얹은 채 두 눈을 가늘게 뜬 슈리가 내놓은 저 지극히 매정한 대답에, 실로 수줍게 눈을 빛내고 있던 두 장정은 나란히 시무룩한 표정이 되었다.

"이런 금쪽같은 큰아들을 버리고 심술쟁이 황후님을 선택하다니……."

"넌 좀 빠져봐. 누나, 날씨도 좋은데 고모님은 그냥 혼자만의 시간을 좀 갖도록 내버려 두고 저랑 같이……."

"너나 비켜, 음흉한 놈아. 마더 슈리, 나한테 좋은 생각이 있어, 어떤 거냐 하면……."

"별로 안 바쁜 모양이구나."

"안 바빠요, 바쁠 리가……."

"나도 안 바빠!"

"잘됐다. 그럼 일찍 집에 좀 들어갈래? 애들끼리만 두고 왔는데 영 걱정스러워서."

잠시 정적이 흘렀다.

"보모들 있잖아요."

"마, 맞아. 그리고 레온도 있는 거 아냐?"

"그렇긴 한데 숙련된 보모들마저 버거워하던 녀석들을 네 명이나 키운 경험이 있어서 말이지."

놀리는 투로 대꾸한 슈리가 생긋 미소를 지었다. 이에 제레미는 곧장 버럭했다. 즉, 강력하게 이의를 피력했다.

"우리가 얼마나 고분고분하고 천사 같은 아이들이었는데?!"

"……."

기억 날조가 의심스러운 주장에 슈리는 물론이요, 노라 역시 심히 삭막한 표정이 되었다. 따라서 퍽 민망해진 제레미는 괜스레 시선을 돌리고 존재감이 잊혀진 경비견과 시무룩한 눈빛을 교환했다.

"그럼 누난 언제 집에 오는데요?"

"음? 글쎄, 얘기가 길어지지 않으면…… 너도 들었겠지만, 지금 우리 집에 어떤 손님이 와 있잖아. 그 문제로 속이 복잡하신 모양이야."

어차피 며칠 있으면 떠날 녀석을 두고 왜 남의 아내를 귀찮게 구는가.

고모를 향해 치솟는 원망과 쓴 눈물을 동시에 삼키며 노라는 머리를 긁적였다.

"미하엘이랑 잘 어울리나 봐요."

"응. 글쎄, 미하엘이 호두까기 인형도 양보했지 뭐니. 황궁으로 오는 김에 데려다주려고 했는데, 너무 아쉬워하는 것 같아서 조금 더 놀라고 두고 온 거야……."

나직하게 말꼬리를 흐리는 슈리의 눈동자에 기묘한 표정이 깜박거리며 스쳐 갔다. 뭔가 살피는 것 같은 표정이기도 하고 걱정스러워 보이는 표정이기도 했다. 그 표정을 감지한 노라는 곧장 그답게 평소처럼 씩 웃음을 지었다.

"그 까탈스러운 녀석이 웬일이래요. 그럼 전 그냥 여기서 누나랑……."

"에헴헴, 아까 퇴근한다고 선포한 주제에 뭘 또 미적대려고 그러냐? 어여 집에나 가라, 난 듬직한 근위대장으로서 어머니를 보호하련……."

"그건 누나가 집에 있을 때 얘기고. 네놈이야말로 한량 주제에 이럴 때만 근면한 척이냐?"

"한량 아니거든? 내가 궁에 없으면 불안하다고 폐하께서 친히 고충을 토로하셨거든?"

"있으면 불안하다는 핀잔을 네놈 좋을 대로 해석한 게 아니라?"

"야!"

"아무튼 나는 마마 뵙고 돌아갈 테니까, 이따 집에서 얘기하자. 제레미 너도 오늘 다이안이랑 저녁 먹으러 오기로 한 거 잊지 말고. 알았지?"

"아니, 누나아. 잠깐만요! 남편을 버리고 다른 여인한테 가는 아내가 어디 있어요?!"

"어째서 어머니들은 언제나 아들들을 버리는 거야?!"

"누가 들으면 오해할 소리들 좀 하지 말고."

"넵."

"미안."

새삼 머쓱해진 두 장정은 나란히 손을 흔들었다. 슈리의 뒷모습이 완전히 멀어져 사라질 때쯤이 돼서야 둘은 언제 그랬냐는 듯 정색한 낯빛으로 서로를 노려보았다.

"제기랄, 내 결혼엔 방해꾼이 왜 이렇게 많은 거야……."

"네 고모님인데 어떻게 좀 안 되냐?"

"그보다 일단 네놈들이 제일 걸리적거리거든?"

"뭐, 뭐야?!"

"하여간 참 대단도 하지 않아? 그 새 새…… 큼, 폐태자의 사생아라니 누가 상상이나 했겠냐고."

"전 그보다 나리가 더 대단하십니다."

"내가? 내가 뭐?"

"저토록 아름다운 분을 정인으로 두시고도 이날 이때까지 결혼의 기미가 도무지 조금도 안 보이시잖습니까. 대체 언제까지 미루실 작정입니까? 엘리아스 도련님께선 벌써 따님까지 보셨는데 이대로 가다간……."

요즘 들어 심심하면 쏟아지는 충직한 집사의 잔소리가 또다시 재개할 기미를 보인다. 이번엔 또 어떻게 빠져나갈까 잽싸게 잔머리를 굴리던 노이반슈타인의 사자는 이윽고 두 눈을 동그랗게 뜨며 냅다 외쳤다.

"어어, 로베르트, 자네 머리에 흰머리가……!"

"……예? 아니, 제 머리에 흰머리라니 그건 또 무슨 말씀이십니까?"

"그냥 희망을 좀 줘봤지."

잠시 침묵이 흘렀다. 제레미가 퍽 발랄하게 히죽거려 보이는 가운데 이젠 흰머리 자체가 생겨날 수 없는 상태가 된 로베르트는 따라 웃지도, 그렇다고 찡그리지도 않았다. 그저 어딘가 초연한 눈빛을 지어 보이며 이리 말할 따름이었다.

"이 늙은이 이만 은퇴하렵니다. 죽을 때가 다 된 것 같으니……."

"자, 장난친 거야, 장난……!"

장난을 칠 게 있고 안 칠 게 있는 법이다.

괜히 연로한 집사를 약 올리다 한바탕 진땀을 뺀 제레미가 옷을 갈아입고 앞뜰로 나왔을 때 다이안은 막 안장 위에 올라타고 있었다. 곱슬거리는 검푸른 머리카락이 오후의 햇볕을 받아 연푸른빛을 발했고, 마찬가지로 하늘색 드레스와 같은 색깔인 푸른 눈동자가 그를 향해 짓궂게 반짝였다.

"경주할래? 공작저까지 누가 먼저 도착하는지?"

"나쁘지 않은 제안인데, 내가 이기면 상은 뭐지?"

"뭐든지. 내가 이기면?"

"뭐든지. 바라는 게 뭐야? 말만 해."

호기롭게 받아친 제레미가 자기 몫의 종마 위에 훌쩍 올라타는 사이 다이안은 잠시 머리를 갸웃대면서 고민하는 척하는 표정을 지어 보였다.

"흐음, 글쎄, 아마…… 너?"

"……그, 그거라면 얼마든지!"

"그렇지만 역시 이런 경주는 어머님이랑 하는 게 재미있다고. 그냥 관두자."

제레미는 하마터면 안장에서 떨어질 뻔했으나 가까스로 중심을 되찾았다.

"저기요, 승마는 내가 훨씬 먼저 시작했는데⋯⋯."

"먼저 시작했다고 더 잘하는 건 아니잖아."

"⋯⋯그야 그렇지만. 솔직히 말해봐, 진짜 우리 마더 슈리가 나보다 더 잘 타?"

"응."

실로 단호하기 짝이 없는 대답에 제레미는 입을 삐죽이며 투덜거렸으나 객관적인 사실이 분명한 관계로 조금만 투덜거렸다.

"둘이 언제 그렇게 친해졌대."

"너 지금 질투하니?"

"지, 질투는 누가! 그냥 신기해서 그런 거라고. 어머님 소리가 벌써 그렇게 잘 나오다니⋯⋯."

"그러면 안 돼?"

"안 된다는 게 아니라 꼭 결혼이라도 한 것 같은⋯⋯ 그러니까 나랑 결혼하고 싶은 거야?"

자기도 모르게 튀어나온 질문이었다. 정말이지 저도 모르게 튀어나온 헛소리에 제레미가 황급히 손을 들어 입을 틀어막는 찰나, 다이안이 인상을 살짝 찌푸리며 곧장 대꾸했다.

"이상한 질문이네."

"미, 미안. 난 그러니까⋯⋯."

"진짜 이상한 질문이잖아. 단순히 찔러보는 것도 아니고, 진짜 궁금해서 묻는 것처럼 들린다고."

"당연히 찔러본다거나 그런 게 아니라⋯⋯."

"물론 너만큼 조건 좋은 남자가 드물긴 하지. 그런 의미에서 웅, 당연히 하고 싶어."

"……."

"뭐 조건을 떼놓고 보더라도 그럭저럭 괜찮긴 해."

"그것참 감동적인 사족인데. 사람을 이렇게 들었다 놨다 해도 되는 거야?"

"들었다 놨다 하는 건 너지, 바보야. 결혼하고 싶기는 하냐는 질문, 내 쪽에서 할 질문이지 네가 할 만한 소리는 아닌 것 같은데?"

그야말로 정곡을 제대로 찌르는 소리였기에 제레미는 잠시 할 말을 찾지 못하고 그저 멍하게 연인의 푸른 눈을 바라보기만 했다.

만난 기간만 벌써 몇 해째다. 제레미는 이제 스물일곱이었고, 다이안은 스물넷이었다. 슬슬 결단을 내려야 하는 시기였다. 물론 결혼하자는 말이 목구멍까지 치밀어 오를 때야 종종 있긴 했다. 바로 지금처럼. 문제는 막상 마음을 표현하려고 하면 순식간에 머릿속이 하얗게 변하면서 원인 모를 공황에 사로잡혀 버린다는 거다.

"나는……."

그때 다이안이 생긋 웃으며 말머리를 돌렸다.

"좋아, 일단 가자. 뭣 때문에 일찍 가자는 건진 모르겠지만 그 폐태자의 사생아라니 나도 좀 궁금한걸."

그렇게 두 연인이 사이좋게 말을 타고 늑대 굴에 도착했을 때는 대략 오후 5시쯤이었다. 제레미의 짐작과 달리 노라는 어째서인지 아직까지도 귀가하지 않은 상태였다.

슈리야 그렇다 쳐도 그놈은 뭐 하느라 아직까지 안 들어온 걸까? 쓸데없이 불안해지는 기분에 제레미는 괜히 들어서자마자 눈이 마주친 인간을 잡아먹을 듯 노려보았다. 상대는 당연히 당황했다.

"뭐야 형, 표정이 왜 그렇게 썩었어?"

"……넌 오늘 종일 여기서 죽치고 있었냐?"

"동생들 보고 있던 거거든? 커흠, 안녕하십니까, 다이안 영애."

"오랜만이네요. 신고식 때문에 고생하셨다고 들었는데, 이젠 괜찮으신가 봐요?"

그 얘길 그새 애인한테 쪼르륵 떠들어댔단 말인가? 레온의 눈동자가 안경 너머로 원망스레 번득였으나 다이안을 의식해서인지 조금만 번득거렸다. 그리고 제레미는 언제나 그렇듯 동생의 원망 어린 시선을 뻔뻔스레 무시했다.

"애들은 뭐 하고 있냐?"

"레아랑 아나는 낮잠 자고 있고 나머진 뜰에서 놀고 있어. 아, 근데 그 꼬맹이 슬슬 궁으로 안 돌려보내도 괜찮은지 모르겠네."

"뭐라고 할 사람도 없는데 웬 걱정이냐."

뭐라고 하기는커녕 이쪽에서 누에바로 돌려보내기 전까지 붙들고 있는다 한들 어쩔 도리가 없을 것이다. 그럴 일은 없겠지만, 만일 뉘른베르 쪽에서 작정하고 아이 신분 문제를 파투 내려 한다면 황실 측에서도 딱히 방도가 없는 상황이었으니까.

"하긴 그건 그렇구나. 근데 공작님은 뭐라셔?"

"뭐라고 하겠냐, 그냥 어이없어했지."

"아, 맞다. 글쎄, 아까 말이야……."

"그럼 저 기사님도 네 형이야?"

뒤뜰과 맞닿은 발코니에 등장한 세 사람 쪽을 힐끔거리던 테오가 아까의 근위대장을 알아보았는지 슬쩍 던진 질문이었다. 이에 미하엘은 고개도 들지 않고 대답했다.

"어쩌다가 그렇게 됐어."

"가족들이 되게 많구나…… 좋겠다. 재미있을 것 같아."

"가끔 재미있긴 해. 근데 항상 좋지만은 않아."

"왜?"

"자꾸 내 엄마 아빠 뺏어가려고 하거든. 다 큰 주제에 말이야."

짜증스럽게 투덜대며 기껏 쌓은 흙성을 발로 차서 와르르 무너뜨리는 미하엘이었다. 그토록 쉬이 무너질 거라고는 생각을 못 한 모양인지 푸른 눈동자에 낭패가 스쳐 갔다.

조심스레 미하엘의 눈치를 살피던 테오가 슬그머니 물었다.

"다시 쌓을까?"

"……아니. 어차피 재미없어지던 참이었어. 너 근데 말 탈 줄 알아?"

"아니. 너는?"

"아직 안 배웠어. 근데 우리 엄마 아빠는 잘 타. 말 보러 갈래?"

"여기에 말들도 있어?"

"당연하지. 말 안 키우는 사람이 세상에 어디 있어."

지극히 어린 귀족 아이다운 말을 내뱉은 미하엘이 제법 의젓하게 앞장섰다. 따라서 잠시 후 때마침 말들에게 여물을 주던 마구간지기는 난데없는 어린아이들의 습격에 당황하게 되었다.

"안녕, 폴!"

"아이고, 도련님. 여긴 어인 일이십니까?"

"내 친구한테 말들 보여주러 왔어."

"그러십니까? 허허, 위험하니 이 안으로 들어오시면 안 됩니다."

"나도 알아. 그냥 보기만 할 거야."

물론 정말 보기만 할 리가 없었다. 미하엘이 울타리를 붙들고 폴짝 올라서서 잘 관리된 종마의 머리를 쓰다듬는 동안 테오는 신기해하다 못해 넋이 나간 것 같은 표정으로 그 모습을 바라만 보고 있었다.

"멋있지? 아빠가 제일 좋아하는 말이래."

"응, 지인짜 멋있다. 되게 비싸 보여……."

"그런 것도 알 수 있어?"

"예전에 옆집 아저씨가 이런 말들 돌보는 일을 해서…… 이거 다 너희 부모님 거야?"

"내 거이기도 해. 그러니까 우리 엄마 아빠 거면 다 내 거니까. 그렇 지, 폴?"

조금 묘한 눈길로 테오를 곁눈질하던 폴이 잽싸게 푸근한 미소와 함 께 머리를 끄덕여 보였다.

저만치서 뭐라뭐라 외치는 소리가 들려온 것은 그때였다. 물론 그런 소리가 들려오거나 말거나 두 아이는 말들을 구경하며 떠드느라 조금 의 관심도 기울이지 않았고, 하여 폴이 대신 나서서 그들의 주의를 끌 었다.

"저 노인네 저러다 목청 나갈 텐데……. 도련님, 각하께서 돌아오신 모양입니다."

"진짜? 아, 가자!"

곧장 울타리에서 뛰어내린 미하엘이 그대로 앞뜰을 향해 폭풍질주하기 시작했다. 테오는 멋도 모르고 엉겁결에 그 뒤를 따라 달려갔다. 그리고.

"여, 누추하지만 들어와."

"……아예 여기다 살림을 차리지 그러냐? 대체 여기가 누구 집인지……."

"일찍일찍 들어가라는 우리 어머니 말씀 어기고 이 시간에 기어 들어온 놈이 할 소리냐, 그게……."

"아빠아아아! 다녀오셨어요!"

숨이 턱 끝까지 차오른 상태로 달려드는 미하엘 덕분에 제레미의 이죽거림이 그대로 끊긴 것은 차라리 다행이랄 수 있었다. 폴짝거리는 아들내미를 한 팔로 안아 든 노라가 영 못마땅해하는 눈빛으로 제레미를 노려보았다.

"일하고 왔다. 누구랑은 다르게 바빠서 말이지."

"일찍 퇴근할 거라면서 무슨 일?"

"너 왜 이렇게 잔소리가 많냐? 우리 집에 있는 손님에 대한 일이다. 그러한 중대사에 대해 일언반구도 안 한 늙은 새대가리를 좀 족치고 왔거든."

충직한 근위대장이라면 감히 하늘 같은 황제를 두고 늙은 뭐 대가리 운운하는 친구를 나무라야 함이 마땅한 일이다. 그러나 제레미는 친구의 허물을 비난하는 대신 다른 말을 했다.

"뭐라고 했는데?"

"뭐라고 했을 것 같냐?"

"……너 설마."

그때 아래로 폴짝 내려온 미하엘이 뒤로 도도도 달려가더니 양손으로 노라의 허리께를 밀기 시작했다. 노라는 당연히 의아한 표정으로 돌아보았다.

"왜 그래?"

"……아무것도 아니에요."

"아무것도 아니야?"

"아무것도 아닌데…… 아빠, 나 친구 사귀었어요."

미하엘은 아무래도 자기가 새로 사귄 친구를 빨리 보여주고 싶어서 안달이 난 것 같았다.

굳이 그렇게 밀지 않아도 자연스레 보게 될 터였지만, 아무튼 재주 좋게도 한 팔로 미하엘을 들고서 어깨 위에 목말을 태우는 노라를 향해 한쪽에 멍하게 서 있던 아이가 황급히 인사를 했다. 그러니까 이렇게 말했다.

"아, 안녕하세요. 나리……."

잠시 침묵이 있었다. 노라가 뜻 모를 표정으로 머리를 갸웃대며 은발의 소년을 바라보는 가운데, 제레미가 슬그머니 다가가서 친구의 귀에 대고 나직하게 속삭였다.

"그래도 착한 것 같지 않냐……?"

"형아, 저리 가아!"

"……아 씨, 또 왜애? 내가 뭘 잘못했는데, 이 독점욕만 끝내주는 녀석아?"

"얼굴이 잘못했어!"

"뭐, 뭐가 어쩌고 어째?!"

평생 잘생겼다는 찬사만 들어온 제레미가 꽤 신선한 충격에 사로잡혀 버리게 된 것은 당연한 수순이었다.

암녹색 눈동자가 세상의 파멸이라도 목도한 것처럼 격렬히 지진을 일으키기 시작했다. 그 꼬라지를 향해 노라가 지극히 안쓰러워하는 표정을 보냈다.

"너흰 만나기만 하면 싸우냐? 쯧쯧, 하여간 애랑 똑같이 노는 수준 하고는……."

"아니, 내가 싸운 게 아니라 이 녀석이 일방적으로……! 꼭 너만 근처에 있으면 의기양양해서 나한테……!"

"오셨습니까, 공작님. 좋은 저녁입니다."

"오랜만에 봬요, 공작님."

"오랜만입니다, 다이안 영애. 이 성질 더러운 고양이 좀 어서 거둬 가 주시면 안 되겠습니까?"

"그게, 좀 더 고민해 보아야 할 거 같아요."

"하긴 신중하게 고려할 문제긴 하지요."

누가 친척 아니랄까 봐 사이좋게 능청스런 인사를 주고받는 노라와 다이안의 행위에 막 억울함을 피력하던 제레미도, 꽤 예의 바르게 인사하던 레온도 그만 존재가 잊혀진 채 퍽 외로운 시선을 교환하게 되었다. 이쪽이야 허구한 날 보는 사이이니 새삼 서운해할 것도 없었지만.

한편 몸 둘 바를 모르겠는 건 테오 역시 마찬가지인 것 같았다. 노라의 머리를 손으로 헤집으며 쭉쭉 당겼다가 어깨를 붙들고 매달렸다가 폴짝 내려와서 빙빙 도는 등 정신 사납게 움직이는 미하엘을 향해 슬그머니 다가간 테오가 조심스럽게 속삭였다.

"저기, 나는 이만 가보는 게 나을 거 같은……."

"응? 왜? 아, 맞다. 아빠, 내 친구 같이 저녁 먹어도 돼요? 엄마는 괜찮을 거라고 하셨는데."

어째 엄마는 괜찮을 거라고 했다는 부분에 미묘하게 힘이 많이 들어간 느낌이다. 그래서인지 좌중의 조마조마한 심정과는 별개로 노라는 의외로 꽤 시원스럽게 대답했다.

"그거야 네 마음이지. 네 친구니까."

"와아, 아빠가 너 더 있어도 된대!"

"아아…… 가, 감사합니다……."

"내 동생 데리러 가자! 이리 와봐."

한창 지칠 줄 모를 나이라는 사실은 둘째 치고 미하엘은 유달리 기력이 좋은 편에 속했다. 그에 반해 테오는 그야말로 정신이 하나도 없어 보였다.

그 풍경이 제레미로 하여금 어린 시절을 떠올리게 만들었다. 슈리를 만나기 전에, 그러니까 친부모가 모두 살아 있던 까마득한 어린 시절에 당시 황태자였던 누군가와 어울리던 때를 말이다.

그때의 기억이 아른거림과 동시에 기분이 불쾌해졌다. 그리고 제레미는 불쾌한 기분이 싫었다. 좋아할 사람이 누가 있겠냐마는.

"저기, 친우여."

"넌 또 왜?"

"우리도 친구들 마음대로 데려와도 되냐?"

이죽거리는 것이 분명한 친구의 물음에 노라는 그답게 마찬가지로 응수했다.

"너 친구 없잖아."

"누가 그래?! 누가 그런 유언비어를 퍼뜨려? 레온 네놈이냐?!"

"아니, 왜 나한테……."

날이 다 저물어갈 때쯤 슈리도 마침내 귀가했다. 반나절 내내 어머니뻘 황후의 한탄에 귀 기울여 준 공작 부인께서는 집에 도착하자마자 쌓인 울분이 상당히 많은 상태인 자식새끼들의 아우성과 마주하게 되었다.

"슈리! 글쎄, 미하엘이 나더러 못생겼대! 나더러 못생겼다 그랬다고! 거기다 노라 저놈은 나 친구 없지 않냐면서 비웃기나 하고……."

"엄마, 나 배고파. 그리고 레아가 내 손가락 깨물었어. 파상풍 걸리는 거 아니겠지?"

"엄마, 아나가 자꾸 나한테 삼촌이라 그래! 나 삼촌이라고 못 부르게 해줘! 그리고 형아들 못됐어! 자꾸 아빠한테 소리 지르고 우리 앞에서 곱지 않은 말 쓰고……."

"하머니, 아나 배 고프아요."

"우리 엄마가 왜 네 할머니야?!"

"그치만……."

"명색이 의붓애비라면 아들이 친구가 적든 많든 신경 쓰는 것이 인간으로서의 도리 아니냐고!"

"어, 근데 형 친구 적은 거 사실 아니야? 내 말은 형이 하도 남들 약 올리면서 다니는 바람에……."

"넌 좀 가만히 있어 좀!"

"형아들 시끄러워!"

이 아수라장 한복판에서 그나마 손님으로서의 상식을 갖추고 있는 유일한 인물인 다이안이 연인의 옆구리를 손가락으로 쿡쿡 찔렀으나 그다지 효과는 없었다. 정작 저 아우성의 대상인 슈리는 딱히 별 반응을 보이지 않고 있었다. 평소답지 않게 어련하다는 미소만 지어 보이는 모양새가 어째 좀 피곤해 보이는 기색이었다.

"얘들아, 일단 나 옷부터 좀 갈아입고……."

"엄마, 그리고 형아들 이상해! 막 내 친구 보고 자꾸 자기들끼리 수군거린다고! 사람 뒤에 대고 수군거리는 건 소인배들이나 하는 짓이랬는데……!"

"우, 우리가 언제 그랬어?!"

급기야 노라가 나서서 슈리의 뒤를 끈덕지게 따라붙는 야수 떼를 떨어뜨려 놓아야 했다. 정확히는 아내와 자식들(?) 사이에 끼어들어서 엄숙하게 으르렁거렸다.

"얘들아, 정숙해라."

이에 다들 즉시 멈칫했으나 제레미만은 당연히 포기를 모르는 불굴의 사자답게 포효했다.

"네놈이 무슨 권한으로 나한테 정숙 운운이냐? 난 금쪽같은 큰아들로서 권리가……."

"아버지의 권한이다. 애들은 빠지라고."

"……."

제레미는 일순 기가 막혀 버린 건지 아니면 반박할 말을 잃어서인지 더는 왈가왈부하지 않고 멈춰 서서 위층으로 사라져 가는 부모님(?)을 닭 쫓는 개처럼 쳐다보기만 했다. 그 처량 맞은 모양새를 한심하게 지켜보던 다이안이 혀를 끌끌 찼다.

"우리 후작님 그래서 며칠?"

"……커흠, 잠깐 나도 모르게 휩쓸린 것뿐이야."

"잘도 그러시겠지. 네 상태가 이 지경이 된 건 역시 저 꼬마 때문인가?"

느릿하게 중얼거린 다이안이 어쩐지 제레미와 비슷한 모양새를 하고

있는 테오 쪽을 힐끔 곁눈질했다. 정곡이 제대로 찔린 느낌에 제레미는
멋쩍게 헛기침을 했다.

"내 상태가 어디가 어때서?"

"조마조마해서 안달 난 것처럼 보이는걸. 저 애가 그렇게 걱정돼? 네
가 저 아이 부친 되는 분을 십수 년 전에 두들겨 팼었다는 사실을 고려
하면 굉장히 의외인데."

"그, 그 얘기는 부탁인데 꺼내지 말아주겠어?"

"괜찮아요?"

"괜찮아. 그냥 머리가 약간 복잡해서 그래."

짧게 한숨을 내쉰 슈리가 창가에 자리한 소파로 다가가 앉았다. 노라
는 역시 이 결혼의 가장 큰 방해꾼은 엘리자베트 황후가 틀림없다는 생
각을 장난처럼 하면서 그 옆으로 가서 앉았다.

"누나를 원하는 인간들이 너무 많아서 걱정인데⋯⋯. 고모님은 뭐라
셔요?"

"글쎄, 그쪽도 나름 복잡하신 모양이야. 어차피 곧 떠날 아이인 데다
레트란 전하께 걸림돌이 될 만한 일은 없을 테지만⋯⋯ 그래도 애가 무
슨 죄겠니. 휴, 폐하께선 뭐라고 하셨어?"

"일단 제 아버지한테 알려 드리겠다고 했더니 안색이 꽤 볼만하게 변
하시더군요."

사실은 굳이 알릴 생각은 없었지만. 노라가 머리를 설레설레 저으며 혀
차는 시늉을 해 보이는 가운데 슈리 역시 알 만한다는 미소를 지었다.

"뭐 아들이 멋대로 사고 친 거니까 폐하께서도 당황스러우시겠지."

"그야 그렇지만 깨씸하단 말입니다. 앞으로 어떤 변수가 될지도 모를

일인데 유야무야 스리슬쩍 넘어가겠다라, 아니 될 말이죠."

"거기까지는 나도 동감인데 그런 것하고는 별개로, 네 생각은 어때?"

"내 생각이라 하시면?"

"우리 미하엘은 꽤 마음에 든 눈치던데, 네가 보기엔 어떠니?"

의미심장하다면 의미심장한 질문이다. 그가 보기엔 어떠냐니.

솔직히 말해서 노라는 정말로 딱히 별 감상이랄 게 없었다. 테오발트의 사생아라는 소리를 들었을 때 그토록 이미지 관리 철저하던 놈이 이젠 그냥 막 나가는 건가 싶어 절로 냉소가 나오긴 했으나 그것뿐이었다. 거기에 그 까탈스런 미하엘이 허물없이 어울리는 데 대한 약간의 놀라움 정도.

그렇게 속내를 정리하던 그는 잠시 머리를 긁적이며 뜸을 들였다가 마침내 대답했다.

"일단 지금의 이 조합 자체가 내 취향이 심히 아닌걸요."

"그럼 네 취향은 뭔데?"

"누나. 나. 그리고 누나. 나……?"

투박한 손을 쫙 펼쳐 보이며 퍽 진지하게 손가락을 꼽아대는 노라였다.

슈리는 조그맣게 한숨을 내쉬었다. 그러고는 노라의 목에 두 팔을 두르며 꼭 끌어안고 어깨에 머리를 기대었다.

"실은 우리 둘만의 휴가가 좀 필요한 것 같긴 하다고 생각하던 참이었어."

"필요한 것 같은 게 아니라 절실히 필요한 거죠. 일단 누나가 너무 피곤해 보인다고요, 요즘."

"정말 그것 때문에 필요하다고 생각하는 거야?"

"……사심이 더 크죠."

나직한 신음을 흘린 노라가 마찬가지로 팔을 움직여 슈리의 몸을 바짝 끌어안으며 가녀린 목덜미에 얼굴을 묻었다.

"노라, 정말 괜찮은 거야?"

"철천지원수 새대가리와 빼다 박은 꼬맹이를 마주한 순간 어떤 복잡한 생각과 정치적 계산이 돌아갔는지 말해줬음 좋겠어요? 근데 그럴 수가 없네, 정말로 아무런 생각 안 들었거든요. 난 누나만큼 사람이 좋지 못해서, 황제를 족치고 돌아오는 길 내내 머릿속에 떠돌던 건 오늘 밤 레아가 과연 아빠한테 엄마를 양보할까 하는 고민뿐이었다고."

"……하여튼, 누구더러 사람이 좋다는 건지."

슈리는 한 팔을 남편의 목에 두른 채 솜씨 좋게 다른 손으로 그의 머리를 쓰다듬었다. 입가에는 못 말리겠다는 미소가 떠올라 있었다.

"이렇게 피곤해 보이는데 밤에 어쩌고 생각할 여유는 있니?"

"그거랑 이거랑 별개…… 큼, 동갑내기 아들 때문에 정신적으로 지친 것뿐이에요. 갈수록 징그러워지는 느낌이라고. 아, 젠장. 빨리 장가보내든가 해야지……."

"맞다, 그 얘기는 좀 해봤어? 걔넨 결혼 생각이 있기나 한 건지 모르겠다니까. 백날 얘기해 봐도 감감무소식이니 원……."

"때 되면 알아서 하겠지요. 그 녀석이 원래 좀 느려 터졌잖아요. 처음 만났을 때부터 지긋지긋하게 일관적인 놈이라니까."

"에구…… 설마 끝내주는 프러포즈 고민하느라 계속 미루기만 한다거나 뭐 그런 건 아니겠지?"

"……그, 그쪽도 왠지 그럴싸한데요."

물론 정말로 그런 이유 때문은 아니겠지만, 어쨌든 제레미와 다이안이 진심으로 서로 좋아하고 있다는 사실만큼은 확실했으니 그것만으로도 일단은 다행이라 할 수 있었다.

예전과 비교하면 정말로 장족의 발전이니까……. 그런 생각을 새삼 곱씹는 슈리의 눈앞에 일순 예전 기억이 주마등처럼 스쳐 지나갔다.

이젠 희미해진 옛 기억, 돌아오기 전의 그곳에 두고 온 과거의 주마등이.

만약 그녀가 그렇게 돌아오지 않았더라면, 그 세계가 그렇게 그대로 흘러갔더라면 세상은 아직도 구교의 통치 아래서 삽질하고 있었을 것이고, 테오발트는 여전히 황태자였을 것이며, 저 아래층에 있는 어린아이들 모두 태어나지 못했을 것이다. 미하엘도, 아나벨라도, 레아도, 테오도 모두.

다시 돌아와서 정말 다행이었다. 그녀에게도 노라에게도. 안 그랬으면 결코 서로도 아이들도 만나지 못했을 테니까. 이렇게 다 같이 진짜 가족이 되지도 못했을 테니까.

"노라."

"네?"

"……폐하께 너의 장기 휴가를 종용하려고 하는데. 어때?"

명실공히 제국 서열 1위의 제안에 노라는 대답하지 않았다. 대신에 머리를 움직여서 슈리의 목덜미 아래, 하얗게 드러난 어깨 부근에 입을 맞추었다.

엘리아스가 빠져서 그런지 그럭저럭 평온한(?) 분위기 속에서 저녁 식사가 진행된 뒤 테오는 마침내 황궁으로 돌아가게 되었다.

또 보자며 아쉽게 손을 흔들어 보이는 미하엘과 사이좋게 인사를 나누는 폐태자의 사생아는 그렇게 이상한 나라에서의 모험을 끝마치는 듯했다. 테오는 며칠 후면 누에바로 떠나서 영원히 그곳에 머무르게 될 것이다.

"안녕."

"잘 가. 또 놀자."

영 아쉬운 모양인지 졸린 눈을 부비적거리면서도 연거푸 손을 흔들어대는 미하엘이었다. 그 뒤에 무릎을 대고 앉아 한 팔로 아들을 끌어안은 슈리가 엉거주춤 따라 손을 흔들어대는 테오를 향해 생긋 미소를 지었다.

"살펴 가고, 궁에 머무르는 동안 미하엘이랑 놀고 싶으면 언제든 놀러 오렴."

"네……. 감사합니다."

테오가 자못 멍해 보이는 눈으로 슈리를 올려다보며 웅얼거리는 가운데 노라 역시 퍽 친근하게 손을 흔들어 보였다. 즉 이렇게 인사를 건넸다.

"참, 그 병정님한테 호두 너무 많이 먹이진 마라. 그러다 몇 번인가 고장 나셨거든."

"아……. 네. 네."

장난처럼 던진 말에 꽤 진지하게 눈을 빛내며 머리를 끄덕거리는 테오였다. 그토록 아끼던 호두까기 병정을 선물로 줄 정도라니, 미하엘은 아무래도 새 친구가 꽤 좋아진 모양이다.

이래서 애들 속은 알 수가 없다고 혼자 감탄하는 제레미의 곁에 묵묵히 서서 늑대 가족과 폐태자의 아들을 매의 눈으로 번갈아 보던 레온이 슬그머니 속삭인 것은 그때였다.

"흐음, 나 미하엘이 저 꼬마한테 왜 그렇게 친절한지 알 것 같은데."

누가 자칭 추리사 아니랄까 봐 음산하게 속삭이는 꼴이 영 우습다. 이 녀석 혹시 질투하는 것일까? 좀 있으면 레온 역시 누구처럼 차별 운운하려나?

그런 의문을 장난처럼 떠올리며 제레미는 그답게 냅다 이죽거렸다.

"오호라, 왜 그러는 건데?"

"나 지금 진지하게 말하는 건데."

"네가 매사 진지한 건 다 아는 얘기고. 그래서 네가 깨달은 참진리가 뭐냐?"

레온은 제레미의 목소리에 섞인 비아냥거림을 무시하려 애쓰며 꿋꿋이 대답했다.

"엄마랑 닮았어, 쟤."

"……뭐?"

"아, 내 말은 저렇게 다 같이 나란히 있으니까 그렇게 보인다고. 눈매라든가 엄마랑 좀 닮지 않았어? 진짜 엄마 친정 쪽 친척이라고 해도 믿을 수 있겠는데."

물론 그렇다고 해서 폐태자가 우리 엄마랑 닮았다는 건 절대 아니지만, 하고 사족을 덧붙인 레온이 콧잔등을 긁적거리는 동안 제레미는 잠시 아무런 말도 하지 않았다.

저 아이의 조모가 누구인지를 고려하면 마냥 말도 안 되는 소리라고는 할 수 없었다. 그럼에도 그는 동생이 평생 잊지 못할 온갖 난폭한 욕설이 혀끝을 맴도는 것을 간신히 자제시켜야 했다. 다행히 때마침 다이안이 나서서 그의 주의를 끌었다.

"제레미. 아파."

"······아, 미안."

저도 모르게 연인과 맞잡은 손에 힘을 바짝 주고 있던 모양이다. 황급히 사과하며 힘을 푸는 제레미의 눈을 다이안이 의아하게 마주 보았다.

"괜찮아?"

드물게 걱정이 깃든 목소리였다. 제레미는 그저 실없이 머리를 끄덕이며 아기처럼 상대의 손을 꽉 그러쥐었다. 아프지 않게 조심해서.

당혹스럽고도 무지막지했던 신고식 이후 출근하는 일이란 상당한 민망함과 어색함을 동반하게 마련이다. 그럼에도 어쨌든 신고식을 무사히 마쳤으니 이제부터는 본격적으로 동료인 법. 그런 순진한 생각과 함께 힘차게 첫 출근을 감행한 레온이 황궁에 당도하자마자 마주하게 된 것은 다름 아닌 요란한 웃음 세례였다.

"껄껄껄껄!"

"푸하하핡!"

······그러니까, 상당히 오묘한 분위기였다. 행정부의 관료들뿐만 아니라 드넓은 황궁 안에서 시도 때도 없이 마주치는 근위병들조차 하나같이 비웃음을 주체 못 하는 분위기라고 해야 할까. 아무래도 노이반슈타인의 지식인께서 생애 첫 신고식을 치르면서 무슨 장관을 연출했는지에 대해 소문이 쫙 퍼진 모양이었다.

남들에게 놀림거리가 되는 일에 영 익숙치 않은 레온은 그 길로 근위대장이자 명망 높은 노이반슈타인의 사자에게 달려가 수치심과 괴로움을 성토했다. 그러나 문제의 소문이 퍼지는 데 지대한 공헌을 한 장본인 제레미는 그저 '황궁에 온 것을 환영한다'는 식의 지극히 조롱기 어린 대구만 내놓을 뿐이었다.

하여 레온은 급기야 답지않게 짜증을 내었다.

"아, 무슨 형이 이래?! 동생이 온 황궁에서 두고두고 비웃음거리로 전락하게 생겼는데?!"

"그럼 나더러 어쩌라고, 내 동생 놀리지 말라고 협박이라도 해주랴? 그건 족벌주의라고 부르기도 뭣한 유치한 짓거리일 뿐이다."

"내가 애야?! 협박 같은 유치한 짓거리 해달라고 조르게?! 명색이 근위대장이라면 근위병들로 하여금 쓸데없는 일에 힘 빼지 말고 언제나 심신을 바짝 긴장시키도록 종용해야지!"

"얼씨구, 반대로 생각해 봐라. 평소에 얼마나 심신이 메말라 있으면 그깟 일로 그렇게 즐거워하겠냐? 이런 낙도 있어야 능률도 오르는 법이라고."

가족의 피눈물(?)보다 한낱 직장 동료들의 유희 따위를 더 귀히 여겨버리는 제레미의 만행에 레온은 치미는 배신감의 눈물과 더불어 평생 처음으로 엘리아스를 향한 그리움을 느끼는 자신을 발견해 버렸다. 살다 살다 엘리아스를 그리워하게 될 줄이야, 역시 사람은 오래 살고 봐야 한다.

만약 엘리아스가 있었더라면 비록 똑같이 놀려먹기야 할지언정 '이것들이 내 동생을 놀림거리로 희생시키다니, 우리가 그렇게 만만하냐!' 하는 막무가내식 시비를 털고 다녔을 것이다.

제레미의 말마따나 유치한 족벌주의에 불과한 짓일 터이나 지금의 레온은 족벌주의에 대해 그다지 회의적인 입장이 아니었다.

"형, 솔직히 말해봐. 내가 그 빌어먹을 신고식 때문에 본궁 뜰에 뻗어 있었던 거 형이 소문낸 거지?"

"……무, 무슨 소릴 하는 거냐. 그보다 다들 재미있어하는 것 같으니 너도 그냥 즐기는 마음가짐으로 넘기는 것이 어떠하냐? 하여간 넌 매사 너무 진지해서 탈이라니까."

"이거 봐, 형 맞네. 제기랄, 무슨 형이 이래애?! 엄마한테 이를 거야!"

"아니야, 나 아니라고!"

"형 맞잖아!"

그런 식의 다소 치열한 공방 끝에 제레미는 결국 근위병이 앞으로 레온을 볼 때마다 의미심장하게 웃지 않게끔 단속하겠다는 약속을 하게 되었다.

물론 지켜질 리가 없는 약속이었다, 당연히.

"친애하는 제군들이여, 내 범생이 아우가 약이 바짝 오른 고로 당분간 더더욱 눈치 보지 말고 마음껏 비웃게나들. 푸하하핫!"

"와하하핫, 과연 노이반슈타인의 사자다우십니다!"

모름지기 듬직한 장남이라면 착실한 지식인 동생이 최초로 저지른 흑역사를 덮어주려 노력하는 것이 도리일 것이다. 하지만 여느 형제지간이 으레 그렇듯 제레미 역시 동생의 불행을 위해 자신의 것을 포기할 줄 아는 인간이었다. 거기다 이런 기회가 어디 흔한가.

그런 식으로 며칠이 레온에겐 퍽 부끄럽게, 제레미에겐 퍽 유쾌하게 흘러갔다. 만약 중간에 황제의 기묘한 호출이 없었더라면 제레미는 어쩌면 모든 찜찜한 잡념은 하늘로 날려 버린 채 퍽 유쾌한 한 주를 보냈을 것이다.

"……없어졌다니, 그게 대체 무슨 말씀이십니까?"

"말 그대로네. 내일 아침 일찍 보낼 채비를 하라 명했는데 글쎄 감쪽같이 사라졌다더군."

막시밀리안 황제는 어딘가 회한마저 느껴지는 비장한 어조였고 따라서 제레미 역시 퍽 비장한 어조가 되었다.

"그 어린애가 대체 무슨 수로 건장한 시종들을 따돌리고 쥐도 새도 모르게 사라질 수 있단 말입니까?"

"그걸 짐이 무슨 수로 알겠나?"

"……송구합니다. 그저 어디 숨어서 숨바꼭질이라도 하는 거 아닐까 싶어서……. 없어진 지 얼마나 됐습니까?"

"점심 무렵부터네."

이 말에 제레미는 저도 모르게 질책하는 듯한 눈빛을 지어 보였다.

"반나절이나 지났다고요……? 아이가 사라진 지 반나절이나 지났는데 어째서 이제야 알리신 겁니까?"

"……경이 방금 말한 것처럼 어디 숨어서 숨바꼭질이라도 하는가 싶었지. 금방 다시 돌아올 줄 알았네만, 낌새가 없는 걸 보아하니 여기저기 쏘다니다 길을 잃은 것 아닐까 싶네."

수염을 쓰다듬으며 짐짓 느긋하게 대꾸하는 황제였으나 낮은 음성엔 묘한 초조가 섞여 있었다. 그게 아이를 걱정해서인지, 아니면 다른 돌발 사태를 우려해서인지는 모를 일이다.

우선적으로 테오가 머무르던 별궁 내부와 주변을 샅샅이 수색해 보았으나 별 소득은 없었다. 사라진 지 반나절이나 지난 상태였으니 지금쯤 황궁의 어느 곳에 숨어들었을지 모를 일이었다.

어디 혼자 조용히 숨어 있다면 그나마 다행이다. 혼자 멋대로 돌아다니다가 어느 귀족들 눈에 띄기라도 한다면 어떤 돌발 상황이 벌어질지 예측하기 어려웠다.

여러 모로 사람 성가시게 하는 면에서 3대가 참 똑같다는 생각을 곱씹으며 제레미는 휘하 근위병들에게 황궁 전체를 이 잡듯이 수색하라는 지시를 내렸다.

"은발에 7세가량의 남자아이다. 찾는 즉시 아무도 거치지 말고 곧장 나한테 데려오도록. 누가 물으면 비상 훈련 중이라고만 말하고."

여느 때처럼 평온해야 할 오후에 때아니게 매의 눈을 한 근위병들이 여기저기서 부산하게 움직인다면 당연히 의아해하는 시선이 쏟아질 것이었다. 그런 점을 고려해서라도 가능한 빨리 찾아내야 했다.

얌전히 잘 있다가 대관절 왜 이런 소동을 일으키는가. 그것도 하필이면 집으로 돌아가기 바로 전날에.

혹시 테오발트 그 파이프 성애자 녀석이 애한테 뭔가 긴밀한 임무를 내리기라도 한 것일까? 황궁 내 무언가를 슬쩍해 오라는 뭐 그런 거? 아니면 처음부터 뭔가 작정하고 두고 갔던 것일까?

제레미는 스멀스멀 피어오르는 불쾌한 의혹을 떨치려 애쓰며 친히 수색견을 이끌고 아이와 처음 조우했던 본궁의 뜰을 탐색하기 시작했다. 거기서 발견하게 될 가능성은 미비했지만 말이다.

그답지 않게 불쾌한 의혹이 자꾸만 피어오르는 것은 순전히 기분 탓일 것이었다. 정확히는 그가 현재 찾고 있는 사람에 대한 꺼림칙함 탓이라고 해야겠다.

일전에 레온이 슈리와 테오가 닮았다고 말했었다. 대체 어딜 봐서 닮았다는 건지 알 수 없었으나 어쨌든 테오의 조모가 누구인지 고려하면 마냥 헛소리라고 할 순 없었다. 하지만 만약 아이가 제 조모를 닮은 것이 아니라면, 그러니까 조모가 아닌 친모를 닮은 것이라면……

물론 세상에 닮은 사람이 그토록 많을 리는 없었지만, 그런 억측이 꼬리에 꼬리를 물수록 제레미의 속은 점점 더 메슥거려 왔다. 동시에 형언하기 어려운 우울감과 분노 역시 밀려왔다. 정확히 누구를 향한 분노인지는 알 수 없었지만.

역시 한번 어긋난 사슬은 영원히 그대로 이어지는 걸까. 그럼 역시 그에게도 가망은 없는 거나 마찬가지일까…….

"폐하께서 병아리라도 잃어버리셨대?"

"……얼추 비슷해."

"대체 뭘 찾기에 이리 부산스러워? 무식한 근위병들이 꼴에 그리 진지해 보이는 모습 처음 보는 거 같은데."

막 퇴궁하려던 레온은 며칠 사이 근위대에게 쌓인 한이 꽤 많은 모양인지 퍽 거친 어사를 구사하고 있었다. 영 어울리지 않는다는 감상을 허공에 날려 보내면서 제레미는 짜증스럽게 으르렁거렸다.

"혈통 특색이 민폐 그 자체인 어떤 녀석이 부자 2대에 걸쳐 내 속을 썩이고 있잖냐."

"그 꼬맹이 말하는 거야? 내일 떠난다며? 갑자기 사라지기라도 했어?"

"제기랄, 보면 모르겠냐?"

"……왜 그렇게 짜증을 내? 떠나기 전에 마지막으로 구경이라도 하려고 슬쩍 나왔나 보지. 애들이야 뻔하잖아."

비록 쌓인 게 많은 상태라 한들 형의 답지 않게 날카로워 보이는 모습이 영 걱정스러웠는지 한결 조심스러워진 어조로 말을 잇는 레온이었다. 이에 제레미는 마찬가지로 한결 부드럽게 대꾸했다.

"그게 네가 추리사로서 내놓을 수 있는 최선의 가정이냐?"

"그럼 일곱 살짜리 꼬맹이한테 다른 이유가 뭐가 있겠어? 설마 레트란 전하 암살하러 간 건 아닐 테고."

레온이 우스갯소리로 덧붙인 말에 제레미는 그제야 표정을 약간 풀고서 어깨를 으쓱해 보였다.

"애가 갈 만한 곳 좀 알아내 봐. 너 추리 잘한다며."

"……방금 했잖아? 그리고 황궁 내에서 미아 찾는 건 엄연히 근위대의 관할이라고. 괜히 타 부서 일에 간섭했다간 자칫 영역 다툼이……"

"네 녀석의 쓸모를 가주에게 증명해 보일 기회를 줄게."

"그런 기회 필요 없거든?!"

"근위대장님! 찾았습니다!"

때마침 이쪽으로 다급하게 달려온 한 근위병 덕분에 레온은 때아니게 자신의 가치를 입증해야 하는 곤란한 상황에서 벗어나게 되었다.

그와 대조적으로 제레미는 대뜸 금빛 눈썹을 매섭게 꿈틀거리기 시작했다. 짜증기가 가득 밴 암녹색 눈동자가 타오르는 화염처럼 무시무시하게 번득이는 풍경에 가엾은 근위병은 물론이요, 레온마저 마른침을 꿀꺽 삼켰다.

"어디 보자, 내가 뭐라고 말했더라? 아, 찾는 즉시 나한테 데려오라고 말했던 것 같은데. 내 기억이 잘못된 건가?"

"아, 아닙니다. 그런 것이 아니라…… 그것이 지금……."

"……무어라 말씀 좀 해보십시오, 어마마마! 소자 답답해 죽겠습니다! 아바마마께서 일을 치르신 게 아니라면 이 아이는 대체 누구란 말입니까? 예?! 소자에게 저런 친척이 있다는 소리는 듣도 보도 못했단 말입니다!"

어지간해선 언성 높이는 법 없는 레트란이 무려 황후 궁에서, 그것도 모친 앞에서 거의 으르렁대다시피 하며 다그쳐 대는 상황이란 실로 두고두고 기록해 둘 만한 장관이었다.

한걸음에 달려온 근위대장이 막 안으로 들어섰을 때 레트란은 막 저렇게 악을 내지르던 참이었다.

엘리자베트 황후로 말하자면 그저 곤혹스러워 보이는 표정으로 관자놀이를 매만지며 침묵했다. 어떻게 설명하면 좋을지 난감해하고 있는 것 같았다.

핏줄은 핏줄을 알아본다던가, 혹은 막시밀리안 황제의 과거 행실이 워낙 그래서일까, 어떤 계기에서인지 몰라도 레트란은 궁 안에서 우연히 만난 어린아이가 자신과 같은 황족이 맞다고 굳게 확신하고 있는 듯했다.

"황후마마. 태자 전하."

"……아, 제레미 경. 경은 저 녀석이 누구인지 알고 있나? 아무래도 나만 모르고 있던 것 같은데, 대체 누구고 여기서 뭐 하는 거래?"

제레미의 시선이 곧장 방 맞은편에 서 있는 근위병 쪽으로 향했다. 정확히는 스스로를 화초라고 주장하는 표정을 짓는 신참내기 근위병 뒤쪽에 몸을 어설프게 숨기고 서 있는 은발의 소년에게로 내리꽂혔다.

"아, 진짜 답답해 미치겠네! 대체 누구냐고 저 녀석?!"

"전하의 조카입니다."

하고 대답한 이는 제레미가 아니었다. 헐레벌떡 형을 쫓아온 레온이 얼떨결에 대답해 버린 것이다. 일순 멈칫한 레트란이 턱을 쩌억 떨어뜨리기 시작하는 가운데, 제레미는 곧장 방 안을 성큼성큼 가로질러 갔다. 그러고는 밀랍인형처럼 창백해진 아이의 어깨를 낚아채듯 붙들었다.

"너 뭐야."

"……네, 네……?"

"너 뭐냐고. 대체 무슨 생각으로…… 젠장, 후우, 누가 너더러 멋대로 나오라고 했어? 누가 태자궁으로 들어가라고 했냐고?!"

이번에는 레온의 입이 쩌억 벌어질 차례였다. 비단 레온뿐만 아니라 레트란을 비롯해 한숨을 삼키고 있던 엘리자베트와 근위병까지 다 같이 사이좋게 두 눈을 크게 치뜨며 제레미를 쳐다보았다.

테오로 말하자면 아무런 대답도 하지 않았다. 대답을 할 수가 없는 상태임이 분명하긴 했다. 하얗다 못해 파랗게 질린 채로 바들바들 떠는 모양새가 금방이라도 혼절할 것 같다. 급기야 레온이 황급히 나섰다.

"혀, 형. 갑자기 왜 그래?"

"저기, 제레미 경, 태자궁에서 만난 게 아니라 내가 바람 쐬러 나왔다가 마주친 거야! 그랬다가 여기로 데려온 거라고, 내가."

조금 전까지 쟤 정체가 뭐냐고 떼쓰던 것이 무색하게도 황급히 나서서 오해(?)를 정정해 주는 레트란이었다.

잠깐 당황했던 엘리자베트 역시 평정을 되찾고는 침착하게 거들었다.

"혼자서 헤매고 있던 듯한데 마침 태자가 발견한 모양이더군. 어쨌든 찾았으니 되었지 않은가. 이만 데려가서 잘 지켜보도록 조치하게. 하여간 누가 모전자전 아니랄까 봐 성질머리 하고는……."

이걸 두고 모전자전이라고 하기엔 심히 어폐가 있었다. 만약 슈리가 이 자리에 있었더라면 큰아들내미의 등짝을 사정없이 후려쳤을 테니까 말이다. 그 생각을 떠올린 제레미가 그제야 가까스로 정신을 차리는 찰나였다.

"……서요……."

"뭐?"

제레미의 암녹색 눈동자가 멍하게 깜박거렸다. 금색 눈동자에 눈물을 한가득 담은 아이가 울음을 억누르느라 벌벌 떨리는 목소리로 더듬더듬 말을 이었다.

"미, 미하엘이랑 공작 부인께…… 제대로 인사를 못 드려서요."

잠시 정적이 좀 있었다.

"마, 마지막으로 보고 싶어서…… 그런데 어떻게 가야 될지 몰라서……. 그래서어…… 그냥 저번처럼……."

"지난번처럼 그렇게 마주치지 않을까 싶어서 돌아다니고 있었다는 거지? 우리 만나려고 그랬던 거였구나?"

잽싸게 끼어든 레온이 실로 상냥하게 웃음을 지어 보임과 동시에 테오가 머리를 힘주어 끄덕거렸다. 거의 필사적으로 보이는 몸짓이었다.

"죄, 죄송합니다……."

"아하하, 아니야, 아니야. 진작 말을 하지 그랬어. 뭐 말할 틈도 없긴 했지만. 들었지, 형? 우리 만나려고 그랬던 거라잖아."

입으로는 생글거리며, 눈으로는 질책의 빛을 쏘아 보내는 레온을 마주한 제레미는 그만 형언하기도 어려운 자괴감에 사로잡혀 버렸다. 순간 뭐에 홀렸던 건지 알 길이 없었다.

"……말은 바로 하자. 우리가 아니라 우리의 어머니와 얄미운 동생 녀석을 만나고 싶다는 거잖냐."

"어느 쪽이든 간에 형이 동화 속 악당처럼 굴었다는 사실은 변하지 않는데. 아무튼 이젠 어쩔 거야?"

어쩔 거냐고? 제레미는 머뭇거리며 테오를 바라보았다가, 슬그머니 황후 쪽으로 시선을 돌렸다. 뜻 모를 복잡 미묘한 눈빛으로 테오를 주시하고 있던 엘리자베트가 눈썹을 꿈틀거렸다.

"또 뭔가?"

"……잠깐 데려갔다 오겠습니다."

"언제부터 이런 일에 내 허락을 다 구했다고?"

"저희는 원래 항상 폐하보다 마마를……."

"잠깐, 잠깐. 그러니까 상황을 대충 정리해 보면, 지금까지 나만 빼고 다 저…… 내 조카의 존재에 대해 알고 있었다는 거지?"

레트란이 지극히 혼란스럽다고 주장하는 투로 던진 질문에 다시 한번 짧은 정적이 찾아왔다.

제레미와 레온이 멀거니 시선을 교환하는 사이 엘리자베트는 쓴웃음을 한번 짓고는 몸을 일으켰다.

"자네들이 설명하게."

"……."

결코 일부러 감춘 것이 아니라 어쩌다 보니 상황이 그렇게 되었다는 설명을 거듭한 끝에 레트란을 진정시킨 뒤(쉬운 일은 아니었다) 테오를 데리고 늑대 굴로 향한 두 형제가 가장 먼저 맞닥뜨리게 된 인물은 다름 아닌 최근 며칠간 존재 자체를 까맣게 잊고 있었던 어떤 녀석이었다.

"여, 뭐야, 형은 왜 출근복이야. 재수 없게스리. 꼴에 근위대장 됐다고 자랑해? 레온 넌 벌써 퇴근한 거냐? 쯧쯧, 신참 녀석이 벌써부터……."

붉은 꽁지머리가 의기양양하게 흔들리는 꼬라지를 지그시 응시하던 두 금발 형제는 이내 천천히 고개를 돌려 서로를 쳐다보았다.

저 새끼가 대체 왜 벌써 돌아와 있는 거지?

"아우, 아무튼 역시 온천이 제일이더라. 나도 나이가 드는 건가? 아무튼 원래 사흘 정도 더 있을 예정이었지만 우리 이쁜 아나가 자꾸 눈에 밟히는 바람에 일찍 돌아왔지! 와하하핫! 근데 그 꼬만 누구야? 못 보던 얼굴인데."

묻지도 않은 말들을 장황하게 늘어놓으며 퍽 상큼한 기세로 웃어젖히던 엘리아스가 삭막한 낯빛의 형제들 곁에 서 있는 아이를 가리키며 질문했다. 이에 제레미와 레온은 다시 한번 시선을 교환했다.

먼저 입을 연 쪽은 레온이었다.

"형 근데 여기서 뭐 해?"

"뭔 소리야? 아들이 어머니 집에 온 것이 잘못된 거냐?"

"그런 말이 아니라 왜 대문 앞에서 청승 떨고 있냐는 건데. 설마 또 쫓겨난 거?"

엘리아스는 곧장 붉으락푸르락했으나 희한하게도 아무런 반박도 하지 않았다. 따라서 제레미의 표정은 더더욱 삭막해졌다.

"또 뭔 짓거리 했냐?"

"……아, 아무것도 안 했거든?! 그놈의 정이 무섭다고 꼴에 오랜만에 보니까 그 재수 없던 인간도 새삼 반갑게 느껴져서 인사한 것뿐인데 그 쪼잔한 작자가 혼자 욱한 거거든?!"

그 재수 없는 인간이자 쪼잔한 작자가 이 공작저의 주인이라는 사실을 엘리아스는 매번 깜박하는 모양이었다. 이쯤이면 일부러 깜박하는 척하는 것일지도 모르겠다.

"에헴, 아무튼 그래서 쟨 누구라고?"

제레미는 더는 말도 하기 싫다는 표정이었기에 레온이 다시 대답했다.

"미하엘 친구."

"뭐? 그 싹퉁머리 없는 녀석한테 친구도 다 생겼어? 기특한 소식이군. 어느 집 자젠데?"

"폐태…… 테오발트 전하의 아들이래."

"아하, 그렇구먼. ……재미없다, 숯다리 자식아! 행정부에서 그딴 개 그나 가르쳐 주디?! 쯧쯧, 하여간 네놈도 장가가긴 글렀다, 다들 나를 좀 보고 배우라고!"

속도위반으로 그 난리를 쳐놓고 간신히 결혼하다시피 한 주제에 의기 양양하게 어깨를 으쓱거리는 엘리아스의 꼬라지에, 제레미의 표정은 점점 더 표현할 수 있는 범위를 넘어갔다. 안 그래도 예민해져 있는 상태인데 그다지 보고 싶지도 않은 동생 놈이 예정보다 일찍 나타나 깐죽거리는 상황이었으니 짜증이 솟을 만도 했다.

"네놈은 눈도 없고 뇌도 없냐?"

"뭐? 왜 갑자기 인신공격이야?! 그럼 그딴 농담에 웃으라고?!"

"그러니까 네놈이 무뇌아라는 증거라고."

잠시 정적이 있었다. 마치 차마 못 들어줄 농담을 들은 사람처럼 인상을 한껏 찌푸린 엘리아스가 레온의 곁에 조그맣게 서 있는 소년을 한참 이나 뚫어져라 노려보았다. 그러고는 마침내 웅얼거렸다.

"그놈은 또 언제 결혼했대?"

"결혼 안 했다는데."

"뭐야, 그럼. 대체 언제 그런 사고를……."

"난들 아냐."

"근데 그럼 대체 왜 여기에 있는 건데? 폐태자가 애 데리고 고향 방문이라도 했어?"

"아니. 혼자 와 있더라."

"왜 혼자 와 있는 건데?"

"난들 아냐."

"대체 형은 아는 게 뭐야? 하여간 무식한 검잡이가 따로 없……."

"오랜만에 쥐어 터지고 싶어서 몸이 근질근질하지?"

몸이 근질근질한 건 아닌 모양인지 엘리아스는 곧장 잽싸게 화제를 돌렸다. 즉, 뜻밖의 소년을 향해 우렁차게 포효했다.

"아무튼 만나서 반갑다, 소년! 나는 노이반슈타인의 핏빛 사자라고 한다! 와하하핫!"

……아무래도 엘리아스는 그간 제 형의 별명이 꽤 탐났던 모양이었다.

어쨌든 형제들의 우려(?)와는 달리 자칭 노이반슈타인의 핏빛 사자께선 태평하다 못해 스스럼없는 태도로 테오를 대했다.

"아…… 안녕하세요."

"그래, 그래. 한데 어쩌다 이 흉포한 인간들이랑 같이 오냐? 까까 준다고 꼬시기라도 하디? 미하엘 친구치고는 순수한 녀석이로군. 몇 살이냐?"

"곧 일곱 살인데요……."

"오호라, 그럼 미하엘보다 형 아냐? 생일이 언젠데?"

테오는 곧장 대답하지 않았다. 겁먹은 듯 크게 치뜬 금빛 눈을 떼굴떼굴 구르는 모양새가 어째 망설이는 듯한 기색이다. 그래서 레온이 대신 말했다.

"오는 일요일이래. ……가만, 내일이구나."

생일날 집으로 돌려보내지는 것이 좋은 일인지 나쁜 일인지 모를 일이다. 그 문제에 대해서는 레온도 제레미도 뭐라 판단을 내릴 수 없었다. 그리고 엘리아스는 두 눈을 과장되게 치켜떠 보였다.

"아~ 하, 내일이 생일이로구먼? 미리 축하한다. 미하엘 그 녀석한테 선물 좋은 거 좀 달라고 해. 이왕 친구 된 거 이럴 때 써먹어야지. 하하하."

제레미는 짧은 신음을 삼키고는 레온을 향해 먼저 들어가라는 눈짓을 해 보였다.

레온이 고분고분히 테오를 데리고 먼저 안으로 향한 뒤, 진짜 노이반슈타인의 사자께서는 의아하게 머리를 갸웃대는 엘리아스를 붙들고 나지막이 입을 열었다.

"저 녀석 내일 누에바로 돌아간다고."

"엑? 얼마나 머무른 건데?"

"닷새 정도. 마지막으로 친구한테 인사하고 싶다고 해서 데려온 거야."

"그으래? 애들끼리 서운해하겠네. 와, 근데 그놈은 대체 언제 또 그런 사고를 친 거래? 누에바로 쫓겨나자마자 저지른 모양인데 그럴 거면 차라리 결혼하지. 하여간 등신 새끼…… 레트란 전하는 아셔?"

"어."

"푸하하하핫! 거참 볼만했겠군! 이럴 줄 알았으면 좀 더 일찍 돌아오는 건데!"

저 역시 자식이 있어서인지 혹은 그저 특유의 단순함 탓인지, 엘리아스는 시종일관 유쾌하기 짝이 없는 분위기였다. 그리고 제레미는 그 모습이 부러운 한편으론 엘리아스에게 부러움을 느끼는 자신에 대해 심각한 자괴감을 느꼈다.

"아무튼 그럼 넌 진짜로 또 왜 쫓겨난 거냐?"

"와하하…… 쫓겨난 거 아니거든?! 이번엔 진짜로 억울하게 화풀이당한 거라고!"

"……."

제레미는 말없이 시선을 돌려서 웅장한 공작저의 대문 주위를 엄호 중인 기사들을 바라보았다. 달관한 듯한 눈빛들을 보아하니 이쯤에서 해탈하기로 작정한 모양이다.

"갑자기 사라졌었다고?"

"그렇다고 하시더라, 폐하께서."

"그런데 레트란 전하가 발견해서 야단이 났었다고?"

"요약하자면 대충 그래."

"그런데 미하엘한테 인사하고 싶다고 했다고?"

"……정확히는 미하엘과 우리의 자애로운 어머니한테? 하하하."

대체 왜 하필이면 이럴 때 슈리는 자리를 비운 것일까. 쓰라린 속내를 삼키며 제레미는 애써 발랄하게 웃어 보였다.

그런 친구의 속내를 간파했는지 노라가 심드렁하게 내뱉었다.

"네 정인께서 내 아내를 강탈해 갔다."

"……다이안이?"

"그래. 같이 사이좋게 말 타러 가버렸다고. 참고로 네 아우 놈 부인분도 합세했다."

며느리(?)들에게 아내를 빼앗긴 것이 어지간히 한스러운 모양인지 노라는 답지 않게 울적해 보이는 낯빛이었다.

여느 때 같으면 통쾌한 비웃음을 날려줘야 마땅했으나 지금의 제레미는 영 그럴 기분이 아니었다.

"그래서 화풀이로 엘리 쫓아낸 거냐?"

"그랬다면 어쩔 건데."

"어쩌겠다는 건 아니고…… 아무튼 이 꼬마 신사께서 떠나기 전에 마지막으로 인사하고 싶다는데."

그 꼬마 신사께서는 어쩐지 안절부절못한 기색으로 서재 안의 두 장정을 번갈아 살피고 있었다. 순전히 눈치를 보는 것인지 아니면 뭔가 다른 이유로 불안해하는 건지 알 도리는 없었다.

"어차피 누나 올 때까지 기다려야 할 테니까 애들끼리 놀고 있으라고 하지 그럼. 전하께선 뭐라시던?"

"뭐라고 하시긴, 그냥 믿기지가 않는다는 반응이었지. 하여간 이게 다 무슨 난리인지 모르겠다. 제발 레트란 전하만큼은 너희 쪽 기질을 닮았길 바랄 뿐이라고."

"그거 칭찬이냐?"

"그쪽이 그.나.마. 낫다는 의미거든?"

"내 집에서 나가라."

"야, 아들을 내쫓는 아버지가 세상에 어디 있냐?"

"여기 있다, 왜."

"그래봤자 다시 들어오면 되는데."

"이런 패륜아를 봤나."

"……죄송해요."

저건 제레미가 한 말이 아니었다, 당연히. 초조하게 손끝을 움찔거리며 두 사람을 살피던 테오가 불쑥 울먹거리듯 내뱉은 말이었다. 따라서 잠시 정적이 찾아왔다.

"그, 그냥…… 마지막으로 볼 수 있을까 해서. 다시는 못 보게 될 거 같아서……. 그러니까 주제넘게 굴려던 건……."

짙푸른 시선이 의아함을 담고서 제레미 쪽을 돌아보았다.

"얜 또 왜 이래?"

"……네가 화내는 것처럼 보여서 그런 거 아닐까? 저기, 꼬맹아, 울지 마. 이놈은 너한테 화가 난 게 아니라 원래 못돼 처먹은 것뿐이거든."

"그, 그치만……."

"그리고 여긴 원래 만남의 광장과 다를 바 없는 곳이라 딱히 주제넘었 니 마니 할 것도 없다고."

제레미가 뻔뻔스럽게 늘어놓는 동안 노라는 표정이 아주 가관이 되 었다.

"만남의…… 뭐?"

"에헴헴, 자자, 괜찮으니까 얼른 가서 미하엘이랑 놀려무나. 거기, 애 좀 데리고 가."

문밖에서 대기 중이던 충직한 기사는 제레미의 지시를 따라야 할지 말아야 할지 심각하게 고민된다는 눈빛이었으나 노라가 딱히 저지하지 않은 고로 순순히 그 말에 따랐다. 모름지기 이토록 족보 복잡한 집안 의 사용인이라면 적절한 눈치와 융통성은 필수다.

마지막까지 불안하게 돌아보는 아이가 나간 뒤, 남은 두 친구 사이에 는 잠시 오묘한 침묵이 내렸다. 그랬다가 거의 동시에 입을 열었다.

"방금 대체……."

"나 때문이야."

"……네놈이 웬일로 자기 잘못을 인정할 줄 아는 갸륵한 모습을 다 보이냐. 그래서 뭐가 너 때문인데? 네가 알고 보니 여태껏 은밀하게 저 녀석 키우기라도 했냐? 참 불쌍하게도 키웠구나."

완전히 빈정거리는 투다. 제레미의 턱이 그야말로 힘없이 아래로 떨어졌다.

"끔찍한 소리 하지 마. 그냥…… 내가 아까 저 녀석 찾다가 폭발한 거야."

"네 녀석이 폭발하는 경우가 어디 한두 번이어야지."

맞는 말이긴 했으나 또다시 핀트가 어긋나기 시작하는 느낌이 들어서, 제레미는 수치심도 잊은 채 아까 있었던 일에 대해 퍽 상세하게 털어놓았다.

"……그래서 나 때문에 겁먹은 거라고."

"……."

"나도 순간 뭐에 눈이 돌아갔던 건지 모르겠는데…… 결과적으로 화풀이한 거나 다름없다는 사실은 변함이 없지. 정말이지 기사도에 어긋나는 짓이었어."

울적하게 덧붙인 제레미가 손을 들어 마른세수를 했다. 그 안쓰러운 모양새를 지그시 응시하던 노라가 이윽고 따스하기 그지없는 목소리로 말했다.

"철천지원수의 사생아한테 그만하면 근위대장으로서 적정 수준인데. 다른 사람 같았다면……."

"아 씨, 이 냉혈한 자식이 진짜!"

"농담이고, 미안하면 그냥 미안하다고 사과를 해, 머저리 놈아. 네놈들은 왜 그렇게 하나같이 삽질에 쓸데없이 능동적이냐? 레이첼은 안 그러던데."

"레, 레이첼이랑 비교하지 마!"

"그럼 비교당할 짓 하지 말든가. 실수한 것 같으면 사과하고 다시는 안 그러면 되잖아."

세간의 상식대로라면 노이반슈타인 후작이 폐태자의 사생아에게 무언가에 대해 사과한다는 것 자체가 말도 안 되는 이야기였다.

그럼에도 노라는 그러한 비상식적인 행위를 종용하고 있었고 제레미 역시 납득하고 있는 자신을 발견했다.

"사과한다고 괜찮아질까……?"

"때렸어?"

"뭐?"

"때렸냐고. 아까."

"……미쳤냐?! 사람을 대체 뭘로 보고! 나는 온전히 기사도에 죽고 사는…….''

"그런 게 아니었다면 머릿속으로 그딴 인간하고 비교질 좀 그만하지? 슬슬 불쾌해지려고 하거든."

제레미는 턱을 약간 떨어뜨리고서 얼이 빠져 버린 눈으로 노라의 굳은 눈을 노려보았다.

"뭐가 불쾌해?"

"너 같은 놈한테 갖다 대기도 뭣한 쓰레기랑 비교질하면서 혼자 자학하는데 안 불쾌하냐 그럼?"

칭찬을 하는 건지 욕을 하는 건지 분간하기 애매했다. 하여 제레미는 재차 확인했다.

"그러니까 너는…… 내가 퍽 괜찮은 놈이라고 생각한다는 거지?"

"나가."

"아, 왜애? 의미를 전달하는 데에 있어 쓸데없는 완곡어법 따위 좋지 않다고!"

"여긴 내 집이다. 완곡어법을 쓰든 직설법을 쓰든 온전히 내 자유지."

반박 불가한 일침이었기에 제레미는 입을 삐죽거리며 좀 투덜거리다가, 문득 절망적인 한숨을 푹 내쉬었다.

"슈리가 알면 나한테 실망할지도 몰라……."

"누나가 그 정도로 실망할 위인이었다면 진작에 네놈들 전부 파양해 버렸을 텐데. 하아, 그랬더라면 나도 좀 더 행복했을 것을……."

"야!"

"또 아나가 술래다!"

"얌마, 너 내 딸 자꾸 그렇게 부려먹을 거냐? 내가 대신 하면……."

"술래잡기 규칙이거든? 형아는 빠지시지!"

"뭐 인마?!"

"아빠아, 저리 가아."

"아, 아나……! 아빠 그냥……."

"빨리 잡으러 와아!"

좌우지간 아이들이란 참 신기한 존재다. 저 엘리아스를 단숨에 무력화해 버린 아나벨라나 아까의 기죽은 모습이 무색하게도 어느새 같이 신나게 뛰어놀고 있는 테오나 신기하기 그지없었다.

가장 신기한 건 아나벨라에게 사사건건 틱틱대면서도 놀 때는 잘 노는 미하엘이었지만.

그나마 레아가 저기 끼기는 아직 멀었기에 망정이었다.

"……우리가 어렸을 때 엄마도 이런 기분이었을까?"

레온이 슬그머니 던진 말에 제레미 역시 슬그머니 대답했다.

"우린 한창 청소년이었잖냐. 즉 저기서 열 배는 더했다 이거지."

"⋯⋯엄마한테 효도하려면 뭘 해야 할까?"

"네놈들이 사라져 주는 게 가장 큰 효도 아닐까?"

라고 말하자마자 노라는 곧장 진노한 사자들의 포효 세례를 받게 되었다. 이쯤이면 진정한 주객전도의 경지에 이르렀다 할 수 있겠다.

"우리 슈리의 하해와 같은 마음을 네놈의 사심 따위로 재단하지 마!"

"와, 공작님 그렇게 안 봤는데 아주 못돼먹은 계부셨군요? 이게 진심이었어!"

고작 네 살 차이 나는 주제에 잘도 계부 운운한다. 이런 커다랗고 징그러운 놈들을 매번 돌봐줘야 한다니 영 부조리하다고 노라는 생각했다. 아무래도 조만간 슈리와의 비밀 여행 계획을 짜야 할 것 같다.

한편 엘리아스는 아나벨라의 축객령이 어지간히 충격인 모양이었는지 퍽 처참한 모습으로 한쪽 구석에 찌그러져 주저앉아 있었다.

"크흑⋯⋯ 따알⋯⋯ 어떻게 아빠를 버리고 다른 녀석을 택할 수가 있어⋯⋯."

"누가 들으면 오해할 소리 좀 작작 해라."

"⋯⋯형은 자식도 없는 주제에 뭘 안다고 핀잔이야! 아직까지 장가도 못 간 주제에 내 처참한 기분에 대해 뭘 아느냔 말이야!"

"노라, 넌 저놈 기분 알겠냐?"

"글쎄, 알아본 적도 알고 싶은 마음도 없는데."

며느리와 예비 며느리와 함께 저녁 승마를 끝마친 슈리가 돌아왔을 때, 늑대 굴은 대략 저런 식으로 그럭저럭 훈훈한 분위기를 유지하고 있었다.

"여, 우리 자애로운 마더 슈리."

"어머, 제레미. 일찍 퇴궁했구나? 다이안이랑 보기로 약속한 모양이네?"

"뭐 그건 겸사겸사…… 근데 또 시합한 거야? 이번엔 누가 이겼어?"

"당연히 이 엄마가 이겼지."

짐짓 흡족한 투로 대꾸한 슈리가 승마 모자를 벗으며 생긋 미소를 지었다. 운동 탓인지 환한 풀빛 눈동자가 오늘따라 유독 더 반짝거리는 것처럼 보였다.

"한데 무슨 일 있었니? 기운이 없어 보이는데."

기운이 없어 보인다니, 노이반슈타인의 사자가 기운이 없어 보인다는 것이 말이나 되는가!

제레미는 곧장 강력하게 부정하려 했으나 어쩐지 부질없는 기분이 들어서 그냥 입을 다물어 버렸다. 대신에 두 눈을 질끈 감고는 대뜸 양팔로 슈리의 어깨를 감싸 안았다. 이런 짓을 하기에는 나이가 너무 많았지만. 생각해 보니까 더 어렸을 때도 이런 짓은 거의 하지 않았었다.

"제레미? 왜 그래? 뭐가 잘못됐니?"

걱정스럽게 들려오는 목소리에 그제야 기묘한 안도감이 밀려왔다. 그는 짧은 탄식을 삼키며 고개를 도리도리 가로저었다.

"아냐, 그런 건 아니고……. 그냥……."

"동작 그만. 다 큰 놈이 어디서 징그럽게 엄마한테 엉겨 붙냐."

막 이쪽으로 다가온 노라가 매우 못마땅해하는 눈빛으로 제레미를 노려보며 내뱉은 일갈이었다. 그리고 제레미 역시 못마땅해하는 표정이 되었다.

"천륜도 못 막는다는 모자 상봉을 이렇게 훼방 놓기냐, 이 못돼먹은 놈아."

"누나가 네 녀석 덩치를 버거워하잖냐."

"그럼 네놈한테 안겨주랴?"

"안 돼. 싫어. 누나가 안기는 것만 좋아."

실로 단호하게 받아치는 노라의 행위에 제레미는 그만 전의를 상실하고서 입을 삐죽댔다. 그러는 동안 슈리는 손으로 머리를 싸쥐는 시늉을 하면서 웃음을 흘렸다.

"너흰 언제나 사이가 좋구나."

"사, 사이가 좋다니 대체 어디가?!"

"아, 누나. 지금 안에 미하엘 친구가 와 있어요."

"미하엘 친구?"

"네. 내일 떠난다고 인사하러 왔답니다. 친절한 근위대장께서 친히 모시고 오셨지요. 안 그러냐?"

"……."

⁂

"여기서 너랑 마주칠 줄이야."

"그러게. 혹 네가 있지 않을까 해서……."

"그거 좀 많이 어설픈데."

"그, 그런가?"

확실히 자신이 생각해도 어설프긴 했기에 제레미는 어색하게 머리를 긁적거렸다. 그에 반해 다이안은 여유롭게 웃으며 턱짓으로 회오리 계단 쪽을 가리켜 보였다.

"보아하니 저기서 놀고 있는 누구 때문에 끌려온 것 같은데."

"아니, 꼭 끌려왔다기보다는……."

비교적 풋풋한 두 연인과 대조적으로 형보다 한참 먼저 결혼에 성공한 엘리아스는 아내를 보자마자 곧장 땅을 치며 통곡할 기세를 보였다.

"아니, 어떻게 그렇게 매몰차게 아빠를 버리고 그 얄미운 녀석을 쪼르르 따라갈 수가 있느냐고!"

피를 토하는 듯한 이 절절한 외침에 오하라는 그저 혀를 끌끌 차 보일 따름이었다.

"그러게 왜 애들 노는 데 자꾸 끼어들려고 해요? 눈치도 없이."

"누, 눈치 없다니……! 와아! 와! 슈리이! 내 신세 좀 봐아! 다들 나만 미워한다고! 나 그냥 콱 죽어버릴……."

"엘리, 애들도 있는데 이상한 소리 좀 하지 말라고 했잖니."

"……쳇, 이건 편애야! 차별이라고!"

그놈의 편애 운운은 어째 나이가 들어도 고쳐질 기미가 안 보이는 엘리아스였다.

한편 이 중 유일하게 짝이 없는 레온은 괜스레 원인 모를 부아가 치미는 것을 느끼기 시작했다. 아무래도 조만간 추리물 좋아하는 영애를 좀 찾아봐야 할 것 같다. 혹은 쌍둥이 누이가 있는 사파비를 방문해서 그곳의 여전사님과…….

"꺄하하하!"

"뒤에 오는 사람 꼴찌이!"

……정말이지 동에 번쩍 서에 번쩍이 따로 없다. 아이들 말이다. 적어도 레온이 보기엔 이리저리 날아다니는 맹수 새끼들이 따로 없었다.

개구리 올챙이 시절 생각 못 한다는 말은 이런 때 쓰는 것이렷다.

"저어, 어머님. 저흰 이만 집으로 돌아가는 것이……."

"응? 식사 시간도 다 됐는데 좀 더 있다 가지 왜."

"아니에요, 이미 충분히 신세를…… 거기다 사실 너무 피곤해서……."

하기야 여독이 채 풀리기도 전에 돌아오자마자 신나게 말을 달렸으니 피로가 밀려올 법도 했다. 거기다 비록 가족의 일원이 된 세월이 꽤 흐른 데다 슈리와도 제법 가까워졌다 한들, 오하라는 아직까지는 노라가 같이 있는 자리를 어색해하는 편이었다. 꺼림칙해한다거나 불편해한다기보다는 순전히 긴장하게 되는 편에 가까웠다. 물론 정작 노라는 전혀 신경 쓰고 있지 않았지만, 어쨌든 그런 점을 슈리 또한 인지하고 있었기에 더는 붙잡지 않았다. 대신에 엘리아스가 늘어지기 시작했다.

"안 가. 씨이, 다 나만 미워하고……."

"……아나, 집에 가자꾸나. 아빠는 내버려 두고-"

"왜 나만 버리고 가?! 남편을 버리고 가는 아내가 세상에 어디 있어?!"

"어라, 아나 벌써 집에 가?"

"삼촌 서우내애?"

"서, 서운하긴 누가 서운해! 바보야!"

우당탕 응접실 안으로 뛰어들어온 아나벨라와 미하엘이 사이좋게 떠드는 가운데 테오는 입구에 멈춰 서서 숨을 몰아쉬며 그 모습을 바라보고만 있었다. 그 곁으로 제레미가 소리 없이 스리슬쩍 다가갔다.

"저기……."

"……네?"

곧바로 고개를 홱 쳐들며 금빛 눈을 겁먹은 듯 치뜨는 모습이 못내 안쓰럽다.

제레미는 헛기침을 좀 하며 뒤쪽을 흘긋거리다가, 이내 입구 옆의 복도로 몇 발자국을 옮겼다. 제레미 본인이 듣기에도 영 어색한 목소리가 흘러나왔다.

"그게…… 내가 할 말이 좀 있어서…… 너한테."

"……."

테오는 그저 눈을 커다랗게 뜬 채 멍하게 제레미를 올려다보기만 했다. 거의 울듯한 표정이다. 그리고 제레미는 그만 도로 안으로 뛰어 들어가고픈 충동을 느껴 버렸다. 일단 말을 걸긴 걸었는데, 어떻게 시작해야 할까?

"그러니까 내가……."

"……."

"큼, 그러니까…… 그 뭐냐, 아까 말이야……."

"……."

"……에헴헴, 아까 미안해. 그, 너한테 소리 질렀던 거 말이야."

잠시 침묵이 흘렀다. 간신히 사과의 말을 꺼낸 제레미가 상대의 눈치를 슬슬 살피는 가운데, 테오는 마치 그의 말을 못 들은 것처럼 똑같은 표정으로 그의 얼굴을 올려다보고만 있었다.

하여 제레미는 더더욱 쭈뼛거리는 자신을 발견하며 머뭇머뭇 덧붙였다.

"많이 놀랐을 텐데……. 큼. 미안하다."

"……."

"……저기, 뭐라고 대답이라도 좀 해주면 안 될까? 뭐 말하기 싫으면 그냥 한 대 쳐도 돼. 하하하."

제레미가 실없이 웃어젖힘과 동시에 그때까지 얼음 인형처럼 굳어 있던 아이가 마침내 입을 열었다. 정확히는 무어라 말하려는 듯 입술을 달싹였다가, 도로 꾹 다물어 버리는 것이었다. 그리고.

"흑……."

뭐지, 이건? 순간 잘못 들었다는 생각에 필사적으로 눈을 깜빡이던 제레미는 곧 눈앞에 펼쳐진 충격적인 장면을 목도하고는 가슴이 철렁해졌다.

"아니, 저기, 너 너……."

"흑…… 흑……."

"왜, 왜 우는 거야?!"

신이시여! 대체 제가 뭘 잘못 말한 겁니까?! 아니면 역시 매정한 늑대 동생 말대로 얼굴이 잘못한 것인가?! 그런 것인가?!

혼돈에 사로잡힌 제레미의 동공이 어찌할 바를 모르고 거세게 지진을 일으켰다.

테오는 장난하는 게 아니라 진짜로 울고 있었다. 고사리 같은 두 손을 모아 눈가에 가져다 댄 채, 그 커다란 금빛 눈에서 눈물을 뚝뚝 떨어뜨리고 있었다. 난생처음 겪어보는 당혹스러움에 제레미는 일단 마른침을 삼켰다.

"저기, 꼬마야, 울지 말고…… 아니, 어째서 우는 거야? 나는 단지 사과를…… 어, 내가 뭐 또 실수했어?"

도리도리. 놀랍게도 곧바로 빠르게 머리를 가로저은 아이가 무어라 말할 듯 숨을 약간 몰아쉬더니 다시 끅끅 흐느끼기 시작했다. 딸린 동생들이 워낙 많은 데다 조카까지 있는 제레미였으나 이런 상황에는 영 면역이 없었기에 당황스럽기 그지없었다. 점점 머릿속이 하얗게 변할 따름이다.

"이, 일단 울지 말라고! 아니, 울어도 되는데 이유라도 좀……."

잠시 그렇게 어찌할 바를 모르고 갈팡질팡하던 제레미는 일단 그 우람한 앞발(?)을 뻗어 굵직한 손가락으로 아이의 뺨을 문질렀다. 뭔진 몰라도 일단 눈물을 좀 닦아줘야 할 것 같았다.

"저어, 울지 마. 응? 난 애들이 울면 어떻게 해야 할지 잘 모른다고. 거기다……."

"너희 거기서 뭐 하나?"

언제 따라 나왔는지 모를 노라의 의아한 목소리가 울린 것, 그리고 숨 죽이다시피 하며 흐느끼던 테오가 와락 울음을 터뜨려 버린 것은 거의 동시였다. 덕분에 삽시간에 사방이 소란스러워졌음은 당연한 일이었다.

"흐, 흐으아아아앙!"

"오호라, 큰형이 기어이 애를 울렸구나!"

"와, 형 대체 또 뭔 짓을 한 거야?! 애를 울리다니, 하여간 저 짐승!"

"테오 왜 울어? 형아가 괴롭혔어?"

"이게 대체 무슨 일이래요?"

난들 아냐! 제레미는 그만 테오를 따라 울고 싶은 충동을 느꼈다. 신이시여, 이것은 혹 제 업보입니까? 비록 무엇에 대한 업보인지는 잘 모르겠으나…….

"세상에, 또 뭐가 잘못된 거야?"

자녀 무리를 헤치고 곧장 다가온 슈리가 의아함에 가득 찬 시선을 노라에게 보냈다.

노라는 아무것도 모른다는 의미로 황급히 머리를 가로저어 보였다. 그 시선이 제레미에게로 옮겨 갔다. 제레미는 머리를 끄덕이는 동시에 가로저었다. 덕분에 목 근육이 저렸다.

"나, 나도 잘 모르겠는데……."

"테오? 아가, 왜 우니?"

테오는 당연히 대답하지 않았다. 대답을 할 수 있는 상태가 아니었기 때문이다. 뭐라 말하려고 하는 것 같기는 한데 엉엉 우느라 목소리가 나오지 않는 것 같다.

"쉬이, 괜찮아, 괜찮아요……."

슈리가 바닥에 꿇어앉은 채 조심스럽게 아이를 안고 달래는 동안 제
레미는 그저 멍하게 그 모습을 응시하기만 할 따름이었다. 그런 제레미
와 팔에 안긴 아이를 번갈아 보는 슈리의 만면에 기묘한 표정이 깜박거
렸다.

운명이란 참 기묘하다.

너희는 알까? 내가 돌아오지 않았더라면, 지금쯤 네 앞엔 이 아이가
아닌 아이의 아버지가 대신 있었겠지. 이 아이는 태어나는 일도 없었겠
지…….

"난 그냥 사과하려고……."

"응?"

"……내가 애한테 소리 지른 게 있어서 사과하려고……."

다소 형편없이 우물거리며 제레미는 괜스레 맞은편에 선 노라를 힐긋
곁눈질했다. 그제야 뭔가 알겠다는 눈빛이 된 노라가 맥빠진 미소를 지
었다.

"네가 울린 거 맞네."

"아니, 그치만 난 정말로 사과한 것뿐인데…… 그러니깐 진심으로 진
심을 담아……."

"와하하핫! 형이 진심으로 사과해 봤자 다 거기서 거기지 뭐!"

"저기요, 그러는 작은형은 누구한테 단 한 번이라도 진심으로 사과해
본 적 있어?"

"뭐 인마?!"

소란스러워져 가는 어른들과는 별개로 테오는 어느덧 울음을 그치고

는 낮게 딸꾹질을 하고 있었다. 들썩거리는 작은 등을 슈리의 손이 나직하게 토닥거렸다.

"좀 괜찮니?"

"……히끅…… 마."

"응? 다시 한번 말해줄래?"

"히끅…… 엄마. 히끅…… 보고 싶어요……."

일순 침묵이 내려앉았다. 사자 형제가 숙연한 시선을 교환하는 가운데 미하엘이 쪼르르 그들 쪽으로 다가왔다. 그러고는 손으로 슈리의 팔을 붙들며 퍽 의젓하게 말했다.

"엄마, 있잖아요, 내일 테오 생일이래요."

"……그래?"

"네. 근데 아침 일찍 간대요. 집으로. 그래서어……."

"네가 같이 우는 줄 알았어."

"대, 대체 나를 뭘로 보고……."

"진짜 그럴 것처럼 보였다고."

"대체 어딜 봐서?"

그토록 당황한 건 오랜만이긴 했으나 같이 울 뻔했다니 그게 말이나 되는가. 못마땅하게 투덜거리는 제레미의 뺨을 다이안의 손이 잡고 쭈욱 늘렸다.

"아야악!"

"그래서 고민은 좀 해결됐어?"

뜬금없이 고민이라니, 이건 또 무슨 말인가. 얼얼한 **뺨**을 문지르는 제레미의 눈이 어벙하게 끔벅거렸다.

"무슨 고민?"

"나야 모르지. 네가 더 잘 알겠지. 저 아이 만난 이후부터 내내 저기압이었잖아, 너. 근데 지금은 꽤 좋아 보여."

그랬단 말인가? 남이 해주는 얘기는 실감이 잘 안 난다는 생각을 하면서 제레미는 멋쩍게 시선을 돌렸다.

평소보다 더 호화로웠던 저녁 만찬이 끝난 뒤 엘리아스네는 저들 집으로 돌아갔고, 레온은 발코니 소파에 앉아 책을 읽는 척하더니 그대로 뻗어버렸다.

미하엘은 더 놀고 싶어 하는 기색이 분명했으나 척 봐도 졸음에 겨운 눈을 주체 못 하고 있었다. 테오도 슬슬 황궁으로 돌아갈 시간이었다. 그 이후부터는 앞으로 언제 다시 제국으로 올 수 있을지 기약할 수가 없다.

"걱정돼?"

"응?"

"쟤 걱정되냐고."

"……조금? 그러니까 쟤 아버지라는 녀석이 영 못 미더워서……."

"그래도 덕분에 친구는 제대로 만들었으니 그렇게 나쁜 상황은 아니잖아?"

물론 당장 기약이 없어 보여도 미하엘이 있는 한 쉽게 풀릴 수 있는 문제였다. 미하엘이 원한다면 언제든 만날 수 있게 될 테니까. 어쩌면 부친과 떨어져 살게 되는 것도 가능하리라. 물론 테오 본인이 원한다는 조건하에 말이다.

"그래도 다들 잘해주네. 너도 그렇고, 네 형제들이나 부모님도 그렇고. 폐태자와의 관계를 생각하면 경이로울 정도인데."

제레미는 저 부모님 소리에서 부 자에 대한 반박을 하려다가 그냥 그만두기로 했다. 대신에 입맛을 멋쩍게 다시며 곁에 있는 연인을 한 팔로 바짝 끌어당겼다.

"애는 잘못이 없잖아."

"그렇지. 자식은 아무 상관이 없지."

"……응, 맞아. 그래."

"그런데 너는 네 자식 볼 마음은 있기나 해?"

자못 장난스러운 투였으나 그를 돌아보는 푸른 눈만큼은 묘하게 진지했다.

제레미는 잠시 입을 뻐끔거리며 그 눈을 빤히 들여다보았다가, 이윽고 씩 웃으며 말했다.

"응. 너랑 같이라면."

<외전 완결>

작가 후기

종종 스스로가 얼마나 운이 좋은지 깨닫곤 합니다. 마음속으로 그리던 이야기를 남들에게 보일 수 있다는 게 얼마나 행운인지요. 그토록 많은 분의 사랑과 지지가 없었더라면 결코 해내지 못했을 거라고 생각합니다.

연재 시절부터 내내 '어떤 계모님의 메르헨'을 사랑하고 응원해 주셨던 모든 독자분께 거듭 감사드립니다.

여러모로 부족한 글임에도 불구하고 출판 제의를 보내준 KW북스 출판사에게도, 거친 글을 거듭 다듬고 수정하며 늘 조언을 아끼지 않아 주신 편집자님께도 깊은 감사를 전합니다.

언제나 용기와 응원을 보내준 내 소중한 동생 W에게, 늘 곁에서 묵묵히 지지해 준 J언니에게도 감사를 전합니다.

마지막으로 글을 쓰는 내내 곁을 지켜준 고양이들과 블루에게 감사

를, 그리고 이 글을 읽어주신 모든 분께 감사를 전합니다. 부디 즐거우
셨기를 진심으로 기원하며, 여러분이 가시는 모든 길에 건승을 빌겠습
니다.